古典文獻研究輯刊

十　編

曾　永　義　主編

第11冊

明代流傳之元雜劇版本及其曲文改編研究（下）

陳　富　容　著

國家圖書館出版品預行編目資料

明代流傳之元雜劇版本及其曲文改編研究（下）／陳富容 著
-- 初版 -- 新北市：花木蘭文化出版社，2014〔民 103〕
目 4+226 面；19×26 公分
（古典文學研究輯刊 十編；第 11 冊）
ISBN 978-986-322-912-4（精裝）
1.元雜劇　2.戲曲評論
820.8　　　　　　　　　　　　　　　103014147

ISBN-978-986-322-912-4

古典文學研究輯刊
十　編　第十一冊　　　　　ISBN：978-986-322-912-4

明代流傳之元雜劇版本及其曲文改編研究（下）

作　　者　陳富容
主　　編　曾永義
總 編 輯　杜潔祥
副總編輯　楊嘉樂
編　　輯　許郁翎
出　　版　花木蘭文化出版社
社　　長　高小娟
聯絡地址　235 新北市中和區中安街七二號十三樓
　　　　　電話：02-2923-1455／傳眞：02-2923-1452
網　　址　http://www.huamulan.tw 信箱 hml 810518@gmail.com
印　　刷　普羅文化出版廣告事業
初　　版　2014 年 9 月
定　　價　十編 18 冊（精裝）新台幣 32,000 元

明代流傳之元雜劇版本及其曲文改編研究(下)

陳富容　著

目

次

上 冊

緒 論 ……………………………………………………… 1

一、研究背景及目的 ……………………………………… 1

二、文獻回顧與評述 ……………………………………… 2

三、研究方法與進行步驟 ………………………………… 5

四、預期之成果 …………………………………………… 7

第一章　明人對於元雜劇保存之貢獻與研究範圍
　　　　　之確立 ……………………………………… 9

第一節　明人對元雜劇劇目與音樂保存之貢獻 ……… 9

一、元雜劇劇本在明代的收藏與傳刻 ………………… 10

二、元雜劇音樂在明代的保存 ………………………… 15

第二節　研究範圍之確立及明代流傳本元雜劇之
　　　　重要性 …………………………………………… 24

一、「元雜劇」之範疇界定 …………………………… 24

二、從今本元雜劇選看明代流傳之版本 ……………… 39

第二章　明代流傳之元雜劇版本 ……………………… 47

第一節　元雜劇的近眞本 ……………………………… 47

一、《元刊雜劇三十種》 ……………………………… 48

二、《太和正音譜》 …………………………………… 50

三、《李開先鈔本元雜劇》 …………………………… 54

四、《詞謔》 …………………………………………… 57

第二節　宮廷演出本及其嫡系 ……………………………… 61

一、《脈望館鈔本》 ……………………………………… 62

二、《改定元賢傳奇》 …………………………………… 70

三、《元人雜劇選》 ……………………………………… 73

四、《古名家雜劇》 ……………………………………… 74

五、《古雜劇》 …………………………………………… 76

六、《陽春奏》 …………………………………………… 78

七、《元明雜劇》 ………………………………………… 79

第三節　過渡時期之選曲本與明代後期之文人改
　　　　編本 …………………………………………… 80

一、過渡時期之選曲本 ………………………………… 82

二、文人改編本 ………………………………………… 87

第三章　明本元雜劇之曲牌與套式改編 ………………… 99

第一節　宮廷本之曲牌套式改編 ………………………… 100

一、增減曲牌 …………………………………………… 103

二、曲牌異名與順序 …………………………………… 117

第二節　過渡曲本之曲牌套式改編 ……………………… 129

一、增減曲牌 …………………………………………… 134

二、曲牌異名及順序 …………………………………… 145

第三節　文人改編本之曲牌套式改編 …………………… 153

一、《元曲選》之曲牌增刪 …………………………… 154

二、《元曲選》增改曲牌之內容特色 ………………… 163

三、《古今名劇合選》對《元曲選》曲牌套式
　　使用的接受與批評 ……………………………… 177

下　冊

第四章　明本元雜劇之句數與句式改編 ………………… 185

第一節　可增減句數曲牌之增句與減句 ………………… 187

一、宮廷本之增減句 …………………………………… 188

二、過渡曲本之增減句 ………………………………… 193

三、文人改編本之增減句 ……………………………… 200

第二節　曲牌之句式使用 ………………………………… 212

一、宮廷本之句式使用 ………………………………… 213

二、過渡曲本之句式使用 ……………………………… 220

　　　三、文人改編本的句式使用 ……………………………… 227
　　第三節　襯增字之使用 …………………………………… 239
　　　一、宮廷本之襯增字使用 ……………………………… 243
　　　二、過渡曲本之襯增字使用 …………………………… 254
　　　三、文人改編本之襯增字使用 ………………………… 260
第五章　明本元雜劇之音律與文辭改編 ………………… 267
　　第一節　曲文之聲調格律 ………………………………… 270
　　　一、宮廷本曲文之聲調格律 …………………………… 272
　　　二、過渡曲本曲文之聲調格律 ………………………… 281
　　　三、文人改編本曲文之聲調格律 ……………………… 290
　　第二節　曲文之用韻 ……………………………………… 296
　　　一、宮廷本之用韻概況 ………………………………… 298
　　　二、過渡曲本之用韻概況 ……………………………… 306
　　　三、文人改編本之用韻概況 …………………………… 313
　　第三節　曲文之用字修辭 ………………………………… 323
　　　一、宮廷本之用字修辭 ………………………………… 325
　　　二、過渡曲本之用字修辭 ……………………………… 340
　　　三、文人改編本之用字修辭 …………………………… 350
結　論 …………………………………………………………… 367
參考書目 ………………………………………………………… 381
附錄一　現存元雜劇表 ………………………………………… 393
附錄二　《元曲選》與宮廷本增刪曲牌比較表 ……… 403

第四章　明本元雜劇之句數與句式改編

　　在上一章從曲牌套式中討論過明代元雜劇版本曲文之「篇」的問題後，此章將進一步針對元雜劇曲文之「句」的問題，對元雜劇曲文之「句數」與「句式」改編，提出探討。

　　本文所謂「句數」問題，乃針對元曲中可以增減句數的曲牌而發，討論各階段版本對於曲牌增句、減句之運用概念；所謂「句式」問題，則是以每一曲牌多少句、每句多少字、應為單式或雙式等格式慣例，檢驗各階段版本之使用狀況。

　　許之衡《曲律易知》曾道：

　　　平仄四聲固應遵譜，惟有時平仄錯叶尚可通融，而句式尤為重要。

　　　如上三下四萬勿作上四下三，上四下三者，萬勿作上三下四；是兩
　　　句者，萬勿誤作一句，本是一句萬勿誤作兩句。〔註1〕

而實際運用上，襯字的增入，則可能嚴重影響句式之變化，故襯字問題亦須隨著句式的討論而分辨之。由於本章的內容探討，多需仰賴前人曲譜加以深入分析，故此先就筆者對於現今流傳北曲曲譜的選擇，做一番說明。

　　現今流傳的古代曲譜，約莫可以分為兩類：一是工尺譜，一是文字譜。前者主要標注工尺板眼，以供歌者習作，又稱「唱法譜」；後者則按調舉例，標注每一牌調之字數、句數、句式、平仄、韻協及增句等格式，以為作者軌範，又稱「作法譜」。本文之重點，在於元明兩代所留下來的文字資料，主要

〔註1〕　許之衡《曲律易知》〈論聲韻襯字〉，台北：郁氏印獎會，1979年，頁183。

探討其文字改編是否合乎規範的問題，故所需仰賴者，應屬「文字譜」的部分。

以目前行世的北曲文字譜而言，共有：明代朱權的《太和正音譜》、范文若的《博山堂北曲譜》、程明善的《嘯餘曲譜》、清代李玉的《北詞廣正譜》、周祥鈺等的《九宮大成》、王奕清的《欽定曲譜》、及近人吳梅的《北詞簡譜》數種。但由於《博山堂北曲譜》、《嘯餘曲譜》、及《欽定曲譜》三者全襲《太和正音譜》，故真正需要注意者，僅有《太和正音譜》、《北詞廣正譜》、《九宮大成》、《北詞簡譜》四種。

鄭騫曾經針對以上四種舊譜加以分析曰：

> 太和正音最為簡要，但僅有例曲毫無說明。北詞廣正論述較詳，而往往辨格不清，分體煩瑣，致令學者茫然無所適從。九宮大成成於樂工之手，拘守樂章，不通文理，強為句讀，亂分正襯，四種之中，此為最劣。吳氏簡譜，大體因襲太和正音，略有發明，但疏於參証，立論每嫌武斷。〔註2〕

認為目前通行的四種舊譜，各有得失，故另作《北曲新譜》一書，於〈凡例〉中表明：

> 本譜所定各牌調之格式，皆係根據元代及明初之全部北散曲及雜劇，逐一勘對，比較歸納，然後作成定論，力避前人只憑樂理臆測武斷之失。明代中葉以後，北曲衰落，作品多違格舛律，此等皆置而不論。（《北曲新譜》，頁2）

又道：

> 本譜之作，體例務求明確，解說不厭詳審，舊譜失誤，均加辨正，非敢妄議前賢，只期不誤後學。（《北曲新譜》，頁1）

其前後費時逾二十餘載，方才完成此譜之整理，就個人投注心力而言，鄭騫對北曲曲譜的研究貢獻，恐非前人可及。但也由於其搜例之廣，用功之勤，方法之精確，態度之審慎，故使得此譜之作，更加令人深刻信賴。

雖然元人創作雜劇曲文所使用之句數與句式，並不必然皆斤斤計較於格式之固定，偶亦有其可以靈活變化的空間，但鄭騫所整理出來的格式，仍是元曲中使用最為普遍者，可以說是最為人所熟知的一種旋律。所以筆者以為，觀察各階段曲文是否合乎《北曲新譜》之格律，可以約略得知其改編者對於

〔註2〕鄭騫《北曲新譜》，〈凡例〉一，台北：藝文印書館，1973年，頁1。

慣用旋律之使用態度。故本文之研究，凡需慮及曲譜之部分，大抵採用鄭騫《北曲新譜》的歸納與說明，以期進一步了解各階段版本對於曲文之「句」的改編概況。

第一節　可增減句數曲牌之增句與減句

朱權曾於《太和正音譜》中列出可以增減句數的曲牌名「句字不拘，可以損者，一十四章」〔註3〕，其中有：

正宮──【端正好】、【貨郎兒】、【煞尾】

仙呂──【混江龍】、【後庭花】、【青哥兒】

南呂──【草池春】、【鵪鶉兒】、【黃鍾尾】

中呂──【道和】

雙調──【新水令】、【折桂令】、【梅花酒】、【尾聲】

但其於範例中全無說明，甚至每曲例証亦只有一種，使讀者完全無法從中得知其增句之變化規則，令人不無遺憾。而李玉《北詞廣正譜》則多出仙呂【六么序】、南呂【玄鶴鳴】、【收尾】、雙調【攬箏琶】等四支曲牌，於可以增句之牌調概云：「此章句字不拘，可以增損。」〔註4〕其說之籠統，亦容易使人誤認為增句並無法則，可以隨作者之意增減之，如此非但無益，反而令人感覺錯亂。

對上述二書，鄭騫除糾正其中正宮【端正好】一曲，曰：「【端正好】入仙呂可以增句，入正宮不可增句，二譜仍把此調歸入正宮，殊誤。」〔註5〕之外，還針對數百種劇套，數千首散曲加以分析，整理出元曲中可增減句數的曲牌，其數遠遠超過朱權《太和正音譜》所舉的十四種，及李玉《北詞廣正譜》的十八種，除去二人所列的十八種（正確應為十七種）外，另外還有：

黃鍾宮──【刮地風】

正　宮──【笑和尚】

仙呂宮──【端正好】、【油葫蘆】、【那吒令】、【村里迓鼓】、【元和

〔註3〕　朱權《太和正音譜》，收錄於《中國古典戲曲論著集成》三，北京：中國戲劇出版社，1959年，頁63

〔註4〕　李玉《北詞廣正譜》，收錄於《善本戲曲叢刊》，台北：學生書局，1984年。

〔註5〕　鄭騫《景午叢編》〈仙呂混江龍的本格及其變化〉，台北：台灣中華書局，1972年，頁367

令〕、【上馬嬌】、【遊四門】、【柳葉兒】、【醉扶歸】

南呂宮——【賀新郎】、【隔尾】

大石調——【喜秋風】、【玉蟬翼煞】

商　調——【逍遙樂】、【高過浪來裡】

越　調——【鬥鵪鶉】、【絡絲娘】、【綿搭絮】、【拙魯速】

雙　調——【滴滴金】、【川撥棹】、【撥不斷】、【豆葉黃】、【忽都白】

　　約計二十六種，其它偶有增減句數之曲牌，暫不列入其中。在《北曲新譜》中，鄭騫非但列出可增減曲牌的名稱，更將其增減句式的規律，詳加介紹，十分便於研究者分析比較之用。以下筆者便以上述幾個可增減句數的曲牌，觀察各個階段中，元雜劇在這些可增減曲牌運用上的不同，並試著觀察其增減句數主要原因。

一、宮廷本之增減句

　　筆者此處即以明代宮廷演出本與近真本重複的十個劇目，包括與元刊本重複的《關大王單刀會》、《好酒趙元好遇上皇》、《諸葛亮博望燒屯》、《相國寺公孫合汗衫》、《楚昭王疏者下船》、《西華山陳摶高臥》、《張鼎智勘魔合羅》、《看錢奴賣冤家債主》、《死生交范張雞黍》九種，及與李鈔本重複的《醉思鄉王粲登樓》一種，針對其使用曲牌增減句數的問題，加以討論。

　　首先，在比較中發現，在宮廷本與近真本重複的十個劇目之可增減曲牌中，句數變化最多的，僅有兩支曲牌，而且全部集中在《看錢奴買冤家債主》一劇，分別是第一折仙呂宮的【混江龍】，宮廷本減去十二句；第二折正宮的【收尾煞】，宮廷本減去二十三句。

　　仙呂【混江龍】，向來堪稱元雜劇所用曲牌中，使用次數及格式變化最多的曲牌，根據鄭騫的統計，光就【混江龍】的本格而言，便有三種之多〔註6〕：第一種是「九句：四·七。四·四。七·七。（＊）三·四·四。」，第二種則是將第一種格式中的第七句變為七個字，第三種則將第七句變為兩個七字句。另外，其增句格則是在原來第六句下增入句子，情況也有三種：一是增

〔註6〕此據鄭騫《北曲新譜》，另外他在民國三十九年發表的〈仙呂混江龍本格及其變化〉一文中，多出一種格式，即將其九句式本格中的第七句的「平平去」三字句式，改為「仄十十·平平去」的折腰六字句，但出版時間較晚的《北曲新譜》卻未將此一格式列入，下列增句式亦少列於第六句下增六字句一種，此處稍加補充。

入四字句；二是增入三字句；三是先增四字句，再增三字句。增句多少不拘，但必爲雙數，須用對偶。最好每二句一韻，且與本曲同韻爲原則，但也有全不用韻、全皆用韻，或另協一韻者。(《北曲新譜》，頁78) 此其句式變化情況之大要。

元刊本《看錢奴冤家債主》一劇所用之【混江龍】，曲文爲：

> 休攬他貪聲價，子存著心田一寸種根芽，不肯甘貧立事，子待僥幸成家，自拿著殺子殺孫笑裡刀，怎存的好兒好女眼前花，這等人夫不行孝道，婦不盡賢達，耶瞞心昧己，娘剗剌挑茶，兒焦波浪劣，女俐齒伶牙，笑窮民寒賤，愛富漢奢華，他用的驅駕，他沒的頻拿，挾權處追往，倚勢處行踏，少一分也告狀，多半錢也隨銜，買官司上下，請機察鈐轄，這等人，忘人恩背人義賴人錢，壞風俗殺風景傷風化，倒能夠肥羊法酒，衣錦輕紗。(《校訂元刊雜劇三十種》，頁85)

其格式概以十句式爲基礎，在第六句下增加了「這等人夫不行孝道，……，請機察鈐轄」等十六個四字句，但這十六個句子，卻爲息機子本刪爲：「詳跋那陽間之事，更和這陰府無差，明明受罪，暗暗消乏。」(《全元雜劇》初編六，頁3) 四個四字句。元刊本原來十六句乃增福神大罵世人各種惡形惡狀之語，痛快淋漓，息機子四句，卻僅將陰陽對比，輕輕帶過，對世間不平事批評的力道，減輕不少。

對於這種元人增句，大幅爲明人刪減的情形，鄭騫曾解釋道：

> 疑是元時無論作曲唱曲，皆有「以多爲勝」之風氣，作者其才華富豔，歌者誇其氣力充足。至明時風氣轉移，唱腔改變，遂群出於刪削一途。(〈元雜劇異本比較〉第二組，頁104)

元人劇作多增句的情況，我們大約可於現存的三十一種近眞本中得見，但明人「群出於刪削一途」的情況，則於宮廷本階段，似乎不可謂之明顯。畢竟，在十種重複劇目的比較中，宮廷本大幅刪減近眞本增句者，實際上僅有《看錢奴買冤家債主》的【混江龍】及【收尾煞】二曲。

且如果單以仙呂【混江龍】而言，在兩個階段的十個重複劇本中，元人劇作家曾經大幅增句者，尚有《死生交范張雞黍》一劇，其曲文爲：

> 自天地人三皇興，至女媧氏一十八代定乾坤，紀年數三百二十七萬，稱尊號一百八十餘君，陰康氏壽域怕一千歲考，無懷氏豈年樂永四

千春，伏羲氏造書契始畫八卦，神農氏嘗草普濟蒸民，軒轅氏制舟
傳衣冠□□，少昊氏降封禪民物欣欣，顓頊氏守淵靜無爲而治，高
辛氏布威德率土之濱，陶唐氏聰明文思，命羲和曆象星辰，有虞氏
溫恭允塞，奉□陶屏出凶臣，夏后氏功垂萬世，使后稷播種耕耘，
成湯作東征西怨，用伊尹帝德惟新，文王應飛熊夢兆，遇呂望際會
風雲，武王怒吊民伐罪，哀悼獨法正施仁，周公地百王兼備，孔子
道千古人尊，孟子時周流憂世，歷齊梁道屈無伸，距楊墨法湯文，
傳五典說三墳，明天理正人倫，君臣道主于仁，父子道主于親，夫
婦道主于恩，道惟善教本出曾參，見諸侯言必稱堯舜。孟氏沒儒風
已滅，秦皇起聖道湮淪。（《校訂元刊雜劇三十種》，頁 320）

基本上亦用十句式本格，第六句下增入二十二個四字句，十二個三字句，共
增加三十四個句子。其所增字句，遠遠超過《看錢奴冤家債主》的十六句，
但息機子本所刊刻同劇之【混江龍】一曲，卻沒有刪削任何一句，連文字的
改編都很少。

　　如果再擴大來看，明代宮廷演出系統的諸種版本，對於【混江龍】一曲
的句數使用，也是相當寬鬆的，如《張天師斷風花雪月》及《錦雲堂暗定連
環計》的第一折，用的都是九句體本格，而《劉晨阮肇誤入桃源》第一折則
增加了三十句，《㑳梅香騙翰林風月》第一折則用了二十六個增句，《杜牧之詩
酒揚州夢》也增加了二十句，雖然其間由於元人版本的缺乏，我們無法比較
是否原來的增句更多，但從以上諸劇使用【混江龍】的情況亦足以見得，【混
江龍】一曲，在明代宮廷演唱中，句數變化的幅度依然很大，宮廷本對於增
句繁多的【混江龍】，仍然是大量運用於演唱之上，並不一定大幅刪落。在這
個階段中，唱腔的改變，對於句數的影響，或許不如想像之大，宮廷本刪減
增句，應該不全然與唱腔有關。

　　筆者以爲，宮廷本之所以大刪《看錢奴冤家債主》一劇【混江龍】的曲
文，或許仍與整個宮廷本改編的中心思想之一，即我們在上一章曾經討論的
──刪減不適曲文──有極大的關係。且看其於同劇中所刪減之第二折正宮
【收尾煞】一曲，元刊本原文作：

把當的一周年下架休贖解，趲的五個月還錢本利也該，納了利從頭
再取索，還了錢文書又廝賴，陷窮人的心兒毒性兒歹，罵窮人的舌
兒毒口兒快，打了人衙門錢主劃，殺了人官司鈔分拆，有鋒利曹司

寶貝挨，散決斷的官人賄賂買，強證的凶徒暢不該，代訴的家奴更
巨耐，問不問有錢的得自在，是不是無錢的吃嗔責，無官司勾追不
請客，有關節臨危卻相待，請人排筵度量窄，待客樽席不寬大，爲
錢呵，當房惡了叔伯，爲錢呵，族中失了宗派，與他行錢運氣衰，
與他交財命不快，無仁義愚濁卻有財，有德行聰明少人債，青湛湛
高天眼不開，窮滴滴飢民苦怎捱，錢流轉時辰有該載，天打算日頭
輪到來，發背疔瘡，富漢災，反食病根源有錢的害，賊打劫天火燒
了院宅，人連累抄估了你舊錢債，合著鍋沒錢買米柴，忍著餓無鹽
少齏菜，常受飢寒貧不擇，纏有些餘資很心在，你看他跋扈形骸，
毒害心腸，不著他家破人亡那裡采，直待失了火遭了喪恁時節改。

（《校訂元刊雜劇三十種》，頁 91）

此處所用應爲正宮【煞尾】格式，其變化繁多，頗多孤例，最有名的如白樸
的《唐明皇秋夜梧桐雨》第四折，其用法即相當獨特。但大體仍有規律可循，
基本上是用煞首兩句，即「七。七。」，中間可插入六乙句或七字句若干，每
句皆應協韻，接著有些用煞曲第三、四句，有些用三、四、五句，有些用三、
四、五、六句，抑或用七、八、九句，但不論是第三、第四、……至第九句，
其字數皆爲四字句，句數由二到四句不等，僅平仄格律及押韻方式不同。另
外也可以在所增的六乙句及七字句之後，不接用煞曲的四字句，僅在最後再
加上【尾聲】末句（七字句）即可。（《北曲新譜》，頁 67～72）

　　依上述格式觀察此曲，則「納了利從頭再取索，……，纏有些餘資很心
在」等三十四個七字句，均爲增句〔註7〕。但息機子本則刪減了「陷窮人的心
兒毒性兒歹，……，與他交財命不快」十八句，及「青湛湛高天眼不開，窮
滴滴飢民苦怎捱」，共二十個增句。觀其所刪去的增句內容，則爲正末大罵富
人之仗勢欺貧，官衙之依錢主宰，及有錢人得意，沒錢人受苦的情況，其所
刪的最後兩句，更將「湛湛高天」也罵進去了，字字可見作者對此種社會狀
況，心中之不平，怨恨之深切。而這種字句，正如我們上一章所討論的，是
足以讓台下某些觀眾，如坐針氈的唱詞，唱一兩句帶過猶可，如一連串二三
十個句子，皆如此反覆敘述，甚至層層深入，那麼這恐怕是無法見容於當時

〔註7〕　但元刊本最後多出一七字句有些不合格律，但如果依息機子本將其「你看他
　　　　跋扈形骸，毒害心腸，不著他家破人亡那裡采」三句改爲「則你看跋扈形骸
　　　　你毒害，天著你便家破人亡那裡肯來」則有三十六個七字增句，最後接【尾
　　　　聲】末句，就句式而言，比較符合正宮【煞尾】的格律。

－191－

劇場的。

　　由以上諸例之分析，筆者以爲，宮廷本對於元人雜劇增句繁多曲牌的處理，並不是「逢多必刪」，而是有其取抉準則的。其實，除了以上二曲之外，在可資比較的版本中，宮廷本對於其它可增減曲牌的句數，都是較近眞本增加的，而這些曲牌原來的句數，基本上都是比較少的。如《好酒趙元遇上皇》第四折雙調之【甜水令】（即爲【滴滴金】），及《相國寺公孫合汗衫》第一折仙呂之【後庭花】、【青哥兒】三曲。元刊本【甜水令】的曲文爲：

> 不戀高官，休將人賺，這煩惱怎生擔？你道相逢，驚了人膽，不如
> 我住草舍茅庵。（《校訂元刊雜劇三十種》，頁 70）

用的是【甜水令】減句式：「四·四：五：四。四：七乙：」（《北曲新譜》，頁 287）的格式，而脈望館鈔校于小穀本則作：

> 臣一心不戀高官，不圖富貴，休將人賺，這煩惱怎生擔？也不索建
> 立廳堂，修蓋宅舍，粧鑾堆嵌，不如我住草舍茅庵。（《全元雜劇》
> 初編七，頁 25）

用的則是【甜水令】本格：「四·四·四：五：四。四。四：七乙：」的格式，其所增改「也不索建立廳堂，修蓋宅舍，粧鑾堆嵌」三句，與最末「不如我住草舍茅庵。」一句，語意連貫，似乎較原本完整明暢。

而《相國寺公孫合汗衫》之【後庭花】與【青哥兒】兩曲，元刊本曲文爲：

> 【後庭花】你道他眉下沒眼斤，口邊有餓文，豈不聞馬向群中覷，人
> 居貧內親，不索你怒生嗔，他如今身遭危困，你將他惡語噴，他將
> 你廝怨恨，恩和讎兩個人，是和非三處分。
>
> 【青哥兒】休顯的我言而無信，你便是交人交人評論，他如今迭配遭
> 囚鎖纏著身，你枉了相聞，你□說胡云，他背義忘恩，道不是良民，
> 一世孤貧，你問毗鄰，遠戶巡門，你也曾一年春盡一年春，這般窮
> 身分。（《校訂元刊雜劇三十種》，頁 198）

仙呂【後庭花】格式原爲：「七句：五·五：五·五：三：四·五。」最末句下可以增五字句，句數多少不拘，但須每句協韻。（《北曲新譜》，頁 91）而元刊本之用法，即較本格增加三個五字句。而脈望館鈔校內府本則較之增加了「劈手裏奪了他銀」（《全元雜劇》初編五，頁 13）一句，並重複唱了一次，可能是爲了讓歌者表現唱腔而增。如以內容而言，這句話加在這裏，雖然與下面劇情相關，但其實只要在賓白中表明便可，無須增入【後庭花】的唱詞

之中，否則與前面四句兩兩相對的唱詞，顯得格格不入，無法連貫。

　　而其後【青哥兒】一曲，格式是「五句：六：六：七：（＊）七：三：」第三句下必須增句，多寡奇偶則隨意，以增四字句爲主，間有增六字句或四字六字並用者。增句之每句須協韻，但亦有前數句協韻，後數句不協者。（《北曲新譜》，頁94）故元刊本用了七個四字的增句，其中每句協韻，而內府本則將此七句增改爲：

　　　　他有一日龍虎風雲，得到朝庭，治國安民，掃蕩征塵，你道他一世
　　　　兒爲人，半世兒孤貧，背義忘恩，遠戶蓁門，不離了窨門，你也曾
　　　　哭哭啼啼，瀟瀟灑灑，切切悲悲，凄凄涼涼。（《全元雜劇》初編五，
　　　　頁13）

增爲十三句，前九句乃就原文而改，語意較原來明暢，而後四句則原來所無，用的是不協韻的增句，頗似後來弋陽腔滾調的增句法，可能與唱腔的改變有所關連，〔註8〕並可以強化情緒的表達，但就整個文句內容而言，則無甚差別。

　　故此可見，宮廷本對於原作句數較少的曲牌，在可以增減的情況下，通常會依劇情加入曲文，使其文義更加明暢，或令歌者更能盡情發揮唱腔。

　　由於可供比較的資料尚嫌不足，故目前無法提出更有力，或更具系統性的推斷，僅能從以上少數幾個例証，分析其中可能的訊息。筆者以爲，宮廷本在可增減句數曲牌的處理上，並非如鄭騫所言因爲唱腔之改變，而「群出於刪削一途」。事實上，在比較中發現，宮廷本的改編並不刻意偏向於增句或減句，對於近眞本增句特別多的曲牌，也不一定大刀刪減。其之所以大幅度刪減增句，大多與唱詞內容不合於當時的觀眾欣賞有關，而在增句的部分，則所增句數多半數句而已，其所關注者則在於唱詞是否妥切明暢，及演員在舞台上發揮唱腔的問題。或許其改筆未必高明，常露破綻，但其中所顯現的跡象，已然可見明代舞台表演對於句式增減所產生的影響。

二、過渡曲本之增減句

　　此處之討論與上一章同樣先以《盛世新聲》、《詞林摘豔》、《雍熙樂府》三個選曲本與近眞本重複的九個劇套爲主，然後輔以與宮廷演出本重複的三

〔註8〕　鄭騫在〈元雜劇異本比較〉第三組此劇比較中，認爲內府本增句僅有九句，
　　　　可能認爲後四個四字句，應視爲襯字，但筆者以爲既然有不協韻的增句，此
　　　　處或許將之視爲增句更爲恰當。

十二個劇套,相互比較,試圖從中看出過渡曲本系統在曲牌增減句上的變化。

從近眞本到過渡曲本,由於可以比較的劇套不多,故可觀察到過渡曲本對於原本可增減曲牌的改編也相對很少,目前僅見《死生交范張雞黍》第一折仙呂【混江龍】一曲,以下試分析之。《雍熙樂府》【混江龍】曲文爲:

自天地人三皇興運,至女媧氏一十八代定乾坤,紀年數三百二十七萬,稱尊號一百八十餘君,因康氏壽域同躋千歲考,無懷氏豐年樂永四千春,伏羲氏造書契始畫八卦,神農氏嘗百草普濟蒸民,軒轅氏制舟車衣冠濟濟,少昊氏降封禪民物欣欣,顓頊氏守淵靜無爲而治,高辛氏布威德率土之濱,陶唐氏欽明文思,命羲和曆象星辰,有虞氏溫恭允塞,舉皋陶屏出凶臣,夏后氏功垂萬世,使后稷種耕耘,成湯作東征西怨,用伊尹帝德惟新,文王應非態夢兆,遇呂望際會風雲,武王怒吊民伐罪,哀悼獨法政施仁,周公禮百王兼備,孔子道千古獨尊,孟子時周流憂世,歷齊梁道屈無伸,距楊墨,法湯文,傳五典,說三墳,明天理,正人倫,君臣道,主于仁,父子道,主于親,夫婦道,主于恩,道性善教本出曾參,見諸侯言必稱堯舜。(《雍熙樂府》,卷五,頁74)

較原本僅少了本格最後的「孟氏沒儒風已滅,秦皇起聖道湮淪。」兩個四字句(可見上一段引文),與可增減句式無關。

《雍熙樂府》刪去本格最末之兩個四字句,變成以「道性善教本出曾參,見諸侯言必稱堯舜」的句字結束。其實原來元刊本與宮廷本皆結束以「孟氏沒儒風已滅,秦皇起聖道湮淪」二句,從三皇五帝一直講到秦以後的道統湮淪,敘述得有頭有尾,是一段道脈傳承的完整歷程。而《雍熙樂府》刪去末二句,讓整段歷史維持在興揚的狀態之中,與前曲【點絳唇】曲文中「生意紛紛,萬物無窮盡」之句,意思更加具有延伸性,且連接以下一曲【油葫蘆】之:

道統相承十二君,三聖人,皇天有意爲斯文,教人從誠心正意修根本,以致齊家治國爲標準,孔子書齊魯論,不離忠恕傳心印,以此上天子重賢臣。(卷五,頁74)

內容亦不顯得突兀。所以舞台演出時,【混江龍】因爲前後皆有賓白,說明此乃范巨卿對王仲略所言之「三皇五帝從頭至尾」的歷史陳述,故由興至衰,顯得有頭有尾。但選曲本僅供清唱之用,沒有賓白,三曲連貫而唱,將此二

句具有消極意義的文辭刪去，反而能使其與上下曲牌文義更加相融。只是如此一來，則本格之末尾兩個四字句，便因此沒去，格律上不合於慣例，唱法勢必亦有所為難。故此二句究竟為有意刪除，或者是不小心缺漏，實難評斷。

　　由於過渡曲本可與近真本比較的曲文委實不多，故從中無法得見過渡曲本在可增減曲牌的運用上，是否有其特殊的見解，勉強找出來的一條資料，實難說明過渡曲本對於增句的使用的態度。雖則如此，但我們仍可透過比較過渡曲本與宮廷本曲文的差異，側面了解過渡曲本在可增減曲牌句式上的處理。如古名家《唐明皇秋夜梧桐雨》第四折正宮【黃鍾煞】作：

> 順西風低把紗窗哨，送寒氣頻將繡戶敲，莫不是噀酒欒巴殿閣前，度鈴聲響棧道，似花奴羯鼓敲，如伯牙水仙操，洒迴廊嫩竹梢，潤階前百草苗，洗黃花洒籬落，漬蒼苔倒牆角，渲湖山漱石竅，浸枯荷溢池沼，濕殘蝶粉漸消，洒流螢焰不著，綠窗前促織叫，聲相近雁影高，催鄰砧處處搗，助新涼分外早，斟量來這一宵，雨和淚緊廝熬，伴銅壺點點敲，雨忿多淚不少，雨濕寒稍，淚濕龍袍，不肯相饒，簾映梧桐上下到曉。（《全元雜劇》初編二，頁24）

此正宮【煞尾】格式變化極多，而《梧桐雨》此處「煞首兩句，七字一句，六乙若干句，煞七、八、九句，尾聲末句。」的用例，鄭騫道：「此式甚奇，只見梧桐雨一例。」（《北曲新譜》，頁72）尤其突兀之處在於第三句「噀酒欒巴殿閣前」用了七字一句，且又不押韻，但古名家、古雜劇、繼志齋本皆如此，應是宮廷演出本原即如此，非單一版本的錯誤。而過渡曲本中則無此句，全曲基本上符合「煞首二句，六乙句若干，四字句二到四句」的作法。但其後連帶少了「度鈴聲響棧道，……助新涼分外早」及「伴銅壺點點敲」十六個六乙句，使得所有客觀寫景，以襯托主人公此刻心境的精彩句子，全無表現，只留下「料應來這一宵，雨和淚人怎消，雨更多淚不少」三個可以具體描述唐明皇主觀行徑的六乙句，整個尾聲顯得過於簡單，而宮廷本曲文中餘音繚繞的韻味，也幾乎消失殆盡。

　　雖然由於近真本的缺漏，我們無法肯定此曲的增句，究竟是宮廷本所增，抑或是過渡曲本所刪，但從以上近真本與宮廷本的比較中約略可見，宮廷本中極少對原本曲文有大幅度增句的現象，況且這些增句與原來曲文文氣頗為一貫，如果說這是宮廷本所增而非過渡曲本所刪，實令人難以相信。

　　其實，相對於宮廷本，過渡曲本這種減少尾曲增句的作法，並非單一現

象，在所有可增減句數曲牌中，過渡曲本減少尾曲增句的比例，皆是比較大的。如脈望館鈔校于小穀本《呂翁三化邯鄲店》第三折南呂【尾聲】作：

> 我覷著枷頭鐵鎖纏聯繫，你可甚麼兩行朱衣左右隨，你則待幼讀書，壯游藝，蓋書樓，買農器，圖功名，攢財賄，萬言策，五陵氣，施權謀，展經濟，追前非，覺後悔，望妻兒，盼親戚，哭哭啼啼，巴巴急急，靜悄悄人烟，白茫茫田地，疎剌剌風聲，凍剝剝天氣，少不的血里埋身，劍下做鬼，比及你六道輪迴到人世，想著那百般是非，幾場黜陟，猶兀自煩心不徹黃粱半鐺兒米。（《全元雜劇》外編八，頁20）

用的是南呂【隔尾】的增句式，即前兩句用押韻的七字句，中間可增三字句若干，須雙數，宜對偶，隔句協韻，再增四字句若干，同樣須用雙數對偶，隔句協韻，最後接「七：二：二：七：」四句。（《北曲新譜》，頁137）由此觀之，宮廷本共用了十四個三字增句，八個四字增句。

而《雍熙樂府》此曲，則較宮廷本少了「幼讀書，壯游藝」兩個三字增句，「靜悄悄人烟，白茫茫田地，疎剌剌風聲，凍剝剝天氣」四個四字增句。（《雍熙樂府》，卷九，頁58）原本此曲敘述呂洞賓見盧生枷鎖纏身，不禁將其由少年至壯年，由貧困而發達，最後終究大禍臨頭的生命歷程，細數一遍，娓娓道來，頗具層次，而曲本少了「幼讀書，壯游藝」兩句，雖然抹去了少年奮發的過程，但於曲意差別不大，畢竟「蓋書樓，買農器，圖功名，攢財賄，萬言策，五陵氣，施權謀，展經濟」數句，仍然將其生命歷程中的上升曲線，表露無遺。但其後所刪之「靜悄悄人烟，白茫茫田地，疎剌剌風聲，凍剝剝天氣」四個寓情於景的排比字句，雖於文義無損，整個曲子卻因此失去了一種動人的淒涼意境，且其連用形容詞疊字，在聲音的表現上，必然有其可觀之處。

另外，《邯鄲道省悟黃粱夢》第三折大石調之尾曲【玉翼蟬煞】，在宮廷本與過渡曲本中，句數亦有所增減。古名家此曲作：

> 那先生自舞自歌，仙酒仙桃，住的是草舍茅菴，強如鳳閣龍樓，白雲不掃，蒼松自老，青山圍遶，淡烟籠罩，黃精自炮，靈丹自燒，崎嶇峪道，凹苔岩壑，門無綽楔，洞無鎖鑰，香焚石卓，笛吹古調，雲黯黯，水沼沼，風凜凜，雪飄飄，柴門閉，竹籬高，檜楔青松疎竹寒梅，瑞草靈芝峻嶺尖峯，遙望見那幽雅的仙庄，這此是道你休迷了。（《全元雜劇》初編五，頁19）

其格式前四句乃【玉翼蟬】第四換頭首四句，而後可接四字疊句八至十二句，須用雙數，三字句例增六句，隔句協韻，再接【玉翼蟬】第四換頭第五句，下可疊用三句，末尾則用七字一句。（《北曲新譜》，頁 194）可見從「白雲不掃」一句開始，是此曲中可以彈性增減的句子，古名家本共用了十二句，而過渡曲本雖僅少去「黃精自炮，靈丹自燒」二句（《雍熙樂府》，卷十五，前頁 7），而整個道家修煉的氛圍，則因此失卻不少。

　　從以上比較中我們仍可隱約觀察到，過渡曲本對於尾曲增句的處理上，多傾向於少用，尤其《唐明皇秋夜梧桐雨》第四折正宮【黃鍾煞】一曲，總共較宮廷本減少了一個七字句及十六個六乙句，是所有比較的曲文中，減少幅度最大的。這種作法，極可能與過渡曲本不喜歡錄尾曲是一貫的，是時人清唱不喜尾曲之習慣的一種反映。

　　在其它可增減曲牌的曲文增減上，《雍熙樂府》之《杜牧之詩酒揚州夢》第一折仙呂宮【後庭花】與【青哥兒】二曲，也較宮廷本的曲文減少數句，古名家本此二曲文原作：

> 【後庭花】他那裏應答的語話投，我這裏笑談得局面熱，准備著夜月攜紅袖，不覺的春風到玉甌，怎生下我咽喉，勞你個田文生受，志昂昂包古今瞻宇宙，氣騰騰吐虹霓貫斗牛，袖飄飄拂紅雲出鳳樓，興悠悠駕蒼龍遍九州，嬌滴滴賞瓊花雙玉頭，風颭颭游廣寒八月秋，樂陶陶倩春風散客愁，濕浸浸錦橙漿潤紫裳，急煎煎想韋娘不自由，虛飄飄恨彩雲容易收，香馥馥斟一杯花露酒。

> 【青哥兒】休央及煞偷香偷香韓壽，怕驚回兩行兩行紅袖，感謝多情禮數周，我是箇放浪江海儒流，傲慢宰相王侯，既然賓主相酬，閑敘筆硯交游，對酒綢繆，交錯觥籌，銀甲輕搊，金縷低謳，則為他倚著雲兜，我控著驊騮，羞，似有冤讎，又不是司馬江州，商婦蘭舟，烟水悠悠，楓葉颭颭，沙渚汀洲，宿鷺眠鷗，話不相投，心去難留，不爭我橫撥琵琶楚江頭，愁淚濕了青衫袖。（《全元雜劇》二編二，頁 6）

仙呂【後庭花】與【青哥兒】的增句格式，已見上文，分別是：【後庭花】可以在本格最末句下增五字句，如末句用六乙句，增句亦可用六乙句法，句數多少不拘；【青哥兒】則必須在第三句下增句，多寡奇偶則隨意，以增四字句為主，間有增六字句或四字六字並用者。以此觀之，宮廷本【後庭花】是在

末句後增加了十個六乙句,【青哥兒】則在第三句後增加了四個六字句,十個四字句。

　　較之宮廷本,《雍熙樂府》所收錄的劇套,【後庭花】一曲減少了「風颸颸游廣寒八月秋,樂陶陶倩春風散客愁,濕浸浸錦橙漿潤紫裳,急煎煎想韋娘不自由,虛飄飄恨彩雲容易收」五個六乙句,【青哥兒】則減少了「交錯觥籌,銀甲輕撾,金縷低謳」、「(為你嬌)羞〔註9〕,似有冤讎,又不是司馬江州」、「心去難留」七個四字句。(卷四,頁29)觀【後庭花】一曲所減者多為排比抒情的字句,可多可少,增之氣勢酣暢,少之亦無傷曲意,而【青哥兒】所減少之句,概亦如此。只是過渡曲本少去「司馬江洲」之句,而以「傷賦蘭舟」代「商婦蘭舟」,較宮廷本少用了「白居易與琵琶女」的典故,也因此少了一層意境。

　　雖則如此,但過渡曲本之減少增句,並非毫不檢擇,逢多必刪,且觀古名家同劇之【混江龍】一曲:

> 江山如舊,憶昔歌舞古揚州,二分明月,十里紅樓,綠水朱闌品玉簫,珠簾繡幕上金鈎,淮南無比景,天下最高樓,罷干戈無士馬太平之世,省刑法薄稅斂富貴之秋,列一百二十行經商財貨,潤四萬八千戶人物風流,平山堂觀音閣閑花野草,九曲池小金山浴鷺眠鷗,豬市街馬市街如龍馬聚,天寧寺咸寧寺似蟻人稠,文章客傲王侯峨冠博帶,豪傑士蕩塵埃肥馬輕裘,茶房內泛松風香酥鳳髓,酒樓上歌桂月檀板鶯喉,接前廳通後閣馬蹄街砌,近雕闌穿玉戶龜背球樓,金盤露瓊花露釀成嘉酒,大官羊柳蒸羊饌列珍羞,看官場慣韝袖垂肩蹴鞠,喜教坊善清歌妙舞俳優,一箇箇著輕紗籠異錦,齊臻臻按冬夏春秋,理繁弦吹急管,鬧炒炒無昏晝,棄萬兩赤資資黃金買笑,散拼百段大設設紅錦纏頭。(《全元雜劇》二編二,頁3)

共用了二十個增句,而《雍熙樂府》卻除了在其與繼志齋的差異之間,調整文字之外,卻沒有增減任何一個句子。可能是因為這段曲文全在描寫揚州的繁華景象,有其層次與景深,且與全劇主軸「詩酒揚州夢」緊緊相扣,若冒然驟減,於景恐有未到之處,也使得整個劇套,失卻了幾分精神。所以相較之下,同樣要刪減可多可少的增句,則【後庭花】與【青哥兒】的句子,是比較無足輕重的。

〔註9〕 繼志齋本《元明雜劇》與《詞謔》均作「為你嬌羞」,較合乎格律,應從之。

　　而《破幽夢孤雁漢宮秋》第三折雙調【梅花酒】一曲，宮廷本與過渡曲本則是互有增減。古名家本的曲文是：

　　　　向野荒涼，草卻又添黃，色已早迎霜，犬退的毛蒼，人搠起纓鎗，馬負著行裝，馳運著餱糧，人獵起圍場，他傷心辭漢主，望攜手上河梁，前面早叫排行，愁鑾輿到咸陽，到咸陽過蕭墻，過蕭墻葉飄黃，葉飄黃遶回廊，遶回廊竹生涼，竹生涼近椒房，近椒房泣寒螿，泣寒螿綠紗窗，綠紗窗不思量。（《全元雜劇》初編四，頁 14）

雙調【梅花酒】的作法頗為複雜，鄭騫編此曲譜式時，除了本例之外，另外附帶六個不同範例，皆是以「七句：六乙：四：四：四：五‧五：六乙：」為其基本格式，加以變化。（《北曲新譜》，頁 312）而此處所用，即不用首句，於第四句下增若干四字句，最後再增加若干六乙句的格式。而此處過渡曲本改為「愁鑾輿到咸陽，到咸陽過蕭墻，過蕭墻轉回廊，轉回廊近椒房，近椒房竹生涼，竹生涼月昏黃，月昏黃不思量」（《雍熙樂府》，卷十一，頁 29）〔註10〕除更動幾個字，並調動文字的位置外，總共少了「葉飄黃」、「泣寒螿」、「綠紗窗」三個循環字句，而多出「月昏黃」一句，使全曲的總數較宮廷本減少兩句。

　　以這兩支曲文而言，雖然我們無法判定何者距離原作較近，及其個別之增減情況如何，但鄙意以為，「葉飄黃」與「月昏黃」兩者音近而且重韻，應該不可能同時出現在一支曲中，所以二者必有其一是經過改編，非僅單純之增減句而已。而兩種描寫方式，各有其優點，它們對於景物輸出的概念有著不同的想法，從「過蕭墻」句後，宮廷本是以一句客觀實體的描寫，搭配一句主觀景致的感受，給人一種情景相生的直覺；而過渡曲本則從對外在硬體建築的觀看，慢慢進入內心對四周景物的感受，有一種由淺到深的層次。故二者實皆有其保存的價值。

　　另外，還有一些曲牌增減句式上的小參差，在此亦一併列出。如古名家本的《醉思鄉王粲登樓》第一折仙呂【那吒令】曲文為：

　　　　我怎肯空隱，在嚴子陵釣灘，我怎肯甘老，在班定呂玉關，我則待要大走，上韓元帥將壇，我雖貧樂有餘，敢賤呵非是無憚，脫不的二字飢寒。（《全元雜劇》二編一，頁 7）

按例此曲可在「九句：二‧四：二‧四：二‧四：三‧三：七乙：」本格的

〔註10〕此處用《雍熙樂府》曲文，《盛世新聲》與《詞林摘豔》文字相去不遠。

「二・四：」句上做增減變化，可以增加一組「二・四：」句，也可以減少一組「二・四：」句。（《北曲新譜》，頁 83）而《雍熙樂府》少了「我怎肯甘老，在班定呂玉關」（卷五，頁 78）二句，即是少用一組「二・四：」的格式。而顧曲齋本《李太白匹配金錢記》第一折仙呂【後庭花】曲文爲：

> 你看那指纖長錦玉甲，則他那鬢嵯峨堆紺髮，可便似舞困三眠柳，
> 端的是這春風恰破瓜，我見他靨雙鴉，他將那柳稍兒斜抹，美孜孜
> 可喜煞，我心兒裡顧戀他顧戀他。（《全元雜劇》二編二，頁 4）

《雍熙樂府》則少了句末「我心裏顧戀他顧戀他」一增句。（卷四，頁 39）

從以上諸曲的分析中可見，相對於宮廷本，過渡曲本之曲牌增句，大多有減少的趨向。雖然就宮廷本與過渡曲本的比較而言，我們很難肯定是增句者抑或減少增句者接近原著，但過渡曲本出現於宮廷本之後，從第二章的討論亦可知，其編者見過宮廷本的可能性極大，所以縱使過渡曲本並非直接根據宮廷本而刪減其增句，至少也說明過渡曲本對於宮廷本的增句無法認同的態度。而且從以上諸曲的比較看來，過渡曲本確實有減少排比抒情字句及尾曲增句兩種傾向，而這些句子，不見得是宮廷伶工所能夠或願意增入者。所以筆者以爲，這些增句的減少，仍與過渡曲本編者之主觀意識脫離不了關係。

三、文人改編本之增減句

首先，我們將《元曲選》與宮廷演出本、過渡曲本重複的劇套加以比較，以便觀察《元曲選》對於可增減曲牌大體上的處理方向。

以三個階段重複的二十四個劇套而言，《元曲選》增句的使用，較二者使用增句的數量，均有減少的趨勢。其減少的曲牌，計有《破幽夢孤雁漢宮秋》第三折雙調【梅花酒】、《杜牧之詩酒揚州夢》第一折仙呂【混江龍】、【青哥兒】、《㑳梅香翰林風月》第一折仙呂【混江龍】及《死生交范張雞黍》第一折仙呂【混江龍】、【六么序】等六曲，以下分別說明之。

《破幽夢孤雁漢宮秋》第三折雙調【梅花酒】一曲，《元曲選》的文辭是：

> 呀俺向著這迥野悲涼，草已添黃兔早迎霜，犬退的毛蒼，人擁起纓
> 鎗，馬負著行裝，車馳運著糇糧，打獵起圍場，他他他傷心思漢主，
> 我我我攜手上河梁，他部從入窮荒，我鑾輿返咸陽，返咸陽月昏黃，
> 月昏黃夜生涼，夜生涼泣寒螿，泣寒螿綠紗窗，綠紗窗不思量。（一
> 上，頁 197）

且不論文字的異同，宮廷本從「愁鑾輿到咸陽，到咸陽過蕭墻，過蕭墻葉飄黃，葉飄黃遶回廊，遶回廊竹生涼，竹生涼近椒房，近椒房泣寒螿，泣寒螿綠紗窗，綠紗窗不思量」共用了九個六乙增句，過渡曲本則用了「愁鑾輿到咸陽，到咸陽過蕭墻，過蕭墻轉回廊，轉回廊近椒房，近椒房竹生涼，竹生涼月昏黃，月昏黃不思量」七個六乙增句，而此處臧懋循在文辭上融合了二者，除了「愁鑾輿」改為「我鑾輿」、「竹生涼」改為「夜生涼」的單一文字改編外，整體而言，較宮廷本少了「過蕭墻」、「葉飄黃」、「遶回廊」、「近椒房」四句，多了「月昏黃」一句；較過渡曲本少了「過蕭墻」、「轉回廊」、「近椒房」三句，多了「泣寒螿」、「綠紗窗」兩句，總共較宮廷本少了三個六乙句，較過渡曲本少了一個六乙句。而其敘述重點與二者不同的，乃在於《元曲選》所減除者，多是對客觀景物的描寫，而保留了多數描述內心主觀感受的增句。

《杜牧之詩酒揚州夢》第一折仙呂【混江龍】曲文為：

> 江山如舊，竹西歌吹古揚州，三分明月，十里紅樓，綠水芳塘浮玉榜，珠簾繡幕上金鉤，列一百二十行經商財貨，潤四萬八千戶人物風流，平山堂觀音閣閑花野草，九曲池小金山浴鷺眠鷗，馬市街米市街如龍馬聚，天寧寺咸寧寺似蟻人稠，茶房內泛松風香酥鳳髓，酒樓上歌桂月檀板鶯喉，接前廳通後閣馬蹄街砌，近雕闌穿玉戶龜背球樓，金盤露瓊花露釀成佳醞，大官羊柳蒸羊饌列珍羞，看官場慣鞻袖垂肩蹴鞠，喜教坊善清歌妙舞俳優，大都來一箇箇著輕紗籠異錦，齊臻臻的按春秋，理繁弦吹急管，鬧炒炒的無昏晝，棄萬兩赤資資黃金買笑，百段大設設紅錦纏頭。（二下，頁 2048）

較古名家本及《雍熙樂府》少了「淮南無比景，天下最高樓，罷干戈無士馬太平之世，省刑法薄稅斂富貴之秋」，及「文章客傲王侯峨冠博帶，豪傑士蕩塵埃肥馬輕裘」等六個增句，〔註 11〕如此一刪，則將揚州的繁華熱鬧景象，減落幾分。而其所刪除的增句中，「文章客傲王侯峨冠博帶，豪傑士蕩塵埃肥馬輕裘」二句，在繼志齋本《元明雜劇》所收的楊升菴改本中亦同樣刪去。故可見，臧懋循改編的《元曲選》，不但曲牌文辭融合各本，其增句的取抉，

〔註 11〕此為古名家本之曲文，《雍熙樂府》的文字與古名家相去不多，為「淮南風月景，天下最為頭，罷干戈無士馬太平時世，省刑法薄稅斂民物悠悠」、「文章客傲王侯峨冠博帶，豪傑士蕩風埃肥馬輕裘」。

也在各本之間。

同樣的情形，在《揚州夢》的另外一曲【青哥兒】中也可看見：

> 休央及偷香偷香韓壽，怕驚回兩行兩行紅袖，感謝多情賢太守，我是箇放浪江海儒流，傲慢宰相王侯，既然賓主相酬，閑敘筆硯交游，對酒綢繆，交錯觥籌，銀甲輕搊，金縷低謳，則爲他倚著雲兜，我控著驊騮，又不是司馬江州，商婦蘭舟，烟水悠悠，楓葉颷颷，不爭我聽撥琵琶楚江頭，愁淚濕了青衫袖。（二下，頁2052）

較宮廷本少了「爲你嬌羞，似有冤讎」、「沙渚汀洲，宿鷺眠鷗，話不相投，心去難留」六句，而較過渡曲選少了「紅蓼汀洲，白鷺沙鷗，話不相投」三句，多了「交錯觥籌，銀甲輕搊，金縷低謳」、「又不是司馬江州」四句。可見，《元曲選》對於繁多的曲牌，雖然以刪爲主，但其所刪減的句數，在各個階段的版本中，未必最多，有時臧懋循會斟酌於各本之間， 使曲文在句數不至於太多的情況下，保留原本的佳句。

其實，最容易見出《元曲選》對於原著毫不珍惜的刪改，應是在於多數劇本皆喜用以增句的【混江龍】曲中。如《死生交范張雞黍》第一折仙呂【混江龍】，《元曲選》作：

> 自天地人三皇興運，至軒轅才得垂裳端冕御乾坤，總年數三百二十七萬，稱尊號一百八十餘君，總不如唐虞氏把七政搜羅成曆象，夏后氏把百川平定粒蒸民，成湯氏東征西怨，文武氏革舊維新，周公禮百王兼備，孔子道千古獨尊，孟子時空將性善說諄諄，怎知道歷齊梁無個能相信，到嬴秦儒風已滅，從此後聖學湮淪。（三上，頁2431）

在上述兩個階段中，皆曾經針對此曲加以討論，除了《雍熙樂府》將本格的最末二句刪減之外，對於原作之三十四個增句，不論宮廷本或過渡曲本，都是完全保留的。但《元曲選》卻於此大刀闊斧，用力剗除，將原本二十二個四字增句，及十二個三字增句，減到只剩「成湯氏東征西怨，文武氏革舊維新，周公禮百王兼備，孔子道千古獨尊」四個四字增句，並將前後曲文大事調整，試圖以區區十四個句子，含括原來的四十四個句子。雖然保留了「三皇」與黃帝「軒轅氏」之稱，但卻將其事跡完全抹除，連帶堯舜禹等朝之功臣事跡也一概不提，僅敘述成湯、文武、周公、孔子、孟子等具代表性的聖賢的功業，雖然文義上仍可謂完整，但卻完全不惜前人心血，刪卻不少排比的佳句，未

免太狠。

又如《㑇梅香翰林風月》第一折仙呂【混江龍】，息機子本曲文作：

> 孔安國學闡中庸語孟，馬融註春秋咸祖左丘明，傳周易關西夫子，
> 治尚書魯國伏生，校禮記舛訛揚子雲，作毛詩箋註鄭康成，聖道與
> 陰陽消長，大成燦日月光明，立萬代帝王規矩，爲億兆士庶權衡，
> 中庸行大道發揚中正，論語紀善言問答分明，孟子揆萬類包羅天地，
> 春秋貫一理褒貶公卿，周易講繫辭天心昭鑒。尚書訓典謨王道興行，
> 禮記明人倫高低貴賤，毛詩頌國風雅頌歌聲，咱父祖乃文林華胄，
> 況外戚是儒業簪纓，哀先相國及乎絕嗣，使小姐振乎家聲，又何須
> 懸頭刺股，積雪囊螢，又不要齊家治國，立身揚名，但只要理窮物
> 格，意正心誠，動天機，合天理，識天時，曉天意，順天心知天命，
> 寸陰是競，萬理咸明。（《全元雜劇》，二編一，頁6）

全曲共增加二十二個四字句，四個三字句，過渡曲本除了調整部分文字外，對於增句，完全予以保留。但《元曲選》卻大大的刪減了「聖道與陰陽消長，大成燦日月光明，立萬代帝王規矩，爲億兆士庶權衡」、「孟子揆萬類包羅天地，春秋貫一理褒貶公卿，周易講繫辭天心昭鑒。尚書訓典謨王道興行，禮記明人倫高低貴賤，毛詩頌國風雅頌歌聲」、「理窮物格，意正心誠」三段文字，共十二個四字增句。（三下，頁2901）僅保留經書作者，及中庸論語的內容大意闡述外，其它如孟子、春秋、周易、尚書、禮記、毛詩等皆予以刪減，並以順天合理等詞意，含括「理窮物格，意正心誠」之意，不作深入辨析。

由於此曲原本即有冗長之嫌，且出於婢女樊素之口，顯得過於陳腐而不肖人物形象，故刪減其字句原無不可，過渡曲本蓋因其詞句暢達而不忍刪，而臧懋循則對於【混江龍】曲之冗長增句從不吝惜，每遇此曲增句過多時，大都力主刪減，且減句幅度之大，往往令人咋舌。這一點，我們從其對上列《杜牧之詩酒揚州夢》、《死生交范張雞黍》及《㑇梅香翰林風月》三個【混江龍】的處理，便已可見一斑。

其實【混江龍】一曲，不論在元雜劇或是明清傳奇中，都可算是比較特殊的曲牌，由於其增句之不受限制，往往使其成爲文人逞才抒憤的最佳勝場，鄭騫曾道：

> 元雜劇作家每好藉混江龍增句以誇示學問才氣，與中人身份口氣是
> 否相合，並不計及。此風以後期爲盛，凡混江龍曲增句數量多者，

多爲後期作品。(〈元雜劇異本比較〉第三組，頁 39)

這種風氣，一直延伸到明清傳奇，都是如此，甚至猶有過之，如湯顯祖作《牡丹亭》，其第二十三齣「冥判」之【混江龍】便一增而至四十句，全曲長至六百五十八字，更是空前之作，而此曲亦曾爲臧懋循改訂《還魂記》時所刪節，將增句刪去二十四句，共三百五十二字，達全部曲長的一半之多，並批註曰：

此曲在北調元無定句，然太長則厭人，故爲刪其煩冗者。〔註12〕

故此可見，臧懋循對於北曲【混江龍】增句太多，實感厭煩，提筆刪減，是經常有的作法。

所以，如果我們擴大比較範圍，將所有《元曲選》中，與他本重複的【混江龍】曲一一加以對照，便可更清楚臧懋循對元雜劇【混江龍】增句之處理態度，也可以從此見出他對於元雜劇增句使用的基本看法。以下我們便由其所減增句之由多至少，一一分析《元曲選》中的【混江龍】增句之使用。因爲以下【混江龍】曲，皆出現於各劇第一折仙呂宮中，故不再另行註明折次及宮調。

1、《劉晨阮肇誤入桃源》

宮廷本【混江龍】曲文爲：

> 山間林下，伴藥爐經卷老生涯，眼不見車塵馬足，夢不到蟻陣蜂衙，閑來時靜掃白雲尋瑞草，悶來時自鉏明月種梅花，不慣去上書北闕，待漏東華，棘闈射策，薇省宣麻，捐軀爲國，戮力忘家，怕斬身鋼劍，碎腦金瓜，羨歸湖范蠡，噀酒欒巴，嘆鵾鵬掩翅，狼虎磨牙，荒荒秦宮走鹿，淒淒漢苑啼鴉，鳴呼越邦勾踐，哀哉吳國夫差，自吊屈原湘水，每懷賈誼長沙，延殘喘車服不馭，養終年斧鉞無加，晒庭柯乃瞻衡宇，狎麋鹿而友魚蝦，攜閑客登山採藥，呼村童汲水烹茶，驚戰討，駭征伐，逃塵冗，避紛華，棄富貴，就貧乏，學聖賢洗滌了是非心，共漁樵講論會興亡話，羨殺那知禍福塞翁失馬，堪笑他問公私晉惠聞蛙。(以古名家本爲例，《古本戲曲叢刊》第四集 4，頁 2)

用的是【混江龍】十句新格，從「不慣去上書北闕」到「就貧乏」共用了二十四個四字增句，六個三字增句，而《元曲選》刪去「棘闈射策，薇省宣麻，捐軀爲國，戮力忘家」、「荒荒秦宮走鹿，淒淒漢苑啼鴉，鳴呼越邦勾踐，哀哉吳

〔註12〕臧懋循批改《臨川四夢》，《還魂記》，明刊本，第十五折「冥判」，頁 46。

國夫差」、「延殘喘車服不馭，養終年斧鉞無加，畇庭柯乃瞻衡宇，狎麋鹿而友魚蝦」（四上，頁 3417）十二個四字增句，並更改文字，移動次序。

2、《迷青瑣倩女離魂》

宮廷本【混江龍】曲文為：

> 斷人腸正是這暮秋天道，儘收拾心事上眉梢，鏡臺兒何曾覽照，綉針兒不待拈著，常恨夜坐窗前燭影昏，一任晚妝樓上月兒高，這鴛幃幼女，共蝸舍書生，本是夫妻義分，卻做兄妹排行，煞尊堂間阻，俺情義難絕，他偷傳錦字，我暗寄香囊，都則是家前院後，又不隔地北天南，空誤了數番密約，虛過了幾度黃昏，無緣配合，有分熬煎，情默默難解自無聊，冷清清難問他孤另，病厭厭贏得傷懷抱，瘦岩岩則怕娘知道，觀之遠天寬地窄，染之重夢斷魂勞。（以古名家本為例，《全元雜劇》，二編一，頁 3）

用的也是【混江龍】的十句新格，從「鴛幃幼女」至「有分熬煎」共增十四個四字句，但其於第八句下增兩個七字句，則為元劇中僅見之例，故臧懋循《元曲選》中將「冷清清難問他孤另，病厭厭贏得傷懷抱」兩句刪去，並將「瘦岩岩」改成「病厭厭」，恢復成增句後用兩個七字句、兩個四字句的慣例，且刪去「本是夫妻義分，卻做兄妹排行」、「他偷傳錦字，我暗寄香囊，都則是家前院後，又不隔地北天南」（二下，頁 1858）六個四字增句，使全部增句僅餘八句。

3、《東堂老勸破家子弟》

息機子本【混江龍】曲文為：

> 我勸唦人便休生奸狡，我則怕到頭來無福也怎生消，爺受了些憂愁思慮，兒每日家則是鼓吹笙簫，貪財漢命窮呵君子拙，如今那看錢奴家富小兒驕，想仁兄從朝至暮，徹夜連宵，使心用倖，犯法違條，把那親爺來不識，朋友每絕交，做爺的他盡心兒積儹，做兒的無明夜的貪饕，或是為官宦，顯英豪，做商賈，接兒曹，學耕地，廣鋤鉋，斷河泊，截漁樵，鑿山洞去，取煤窯，為經商占了那十萬處利名場，也則是剛得了半霎兒邯鄲道，都是些喧詹燕雀，巢葦鷦鷯。（《全元雜劇》，二編三，頁 9）

用【混江龍】十句新格，從「想仁兄從朝至暮」至「取煤窯」，共增加了八個四字句，十個三字句。《元曲選》則除了改編文字外，還將「想仁兄從朝至暮，

徹夜連宵，使心用倖，犯法違條，把那親爺來不識，朋友每絕交，做爺的他盡心兒積儹，做兒的無明夜的貪饕」八個四字增句，全數刪去，又刪減了「為官宦，顯英豪」（一下，頁692）二個三字增句，僅餘八個三字增句。

4、《破幽夢孤雁漢宮秋》

宮廷本【混江龍】曲文為：

> 料必他珠簾不掛，望昭陽一步一天涯，疑了些無風竹影，恨了些有月窗紗，他每見宮里君王乘玉輦，恰便似天上張騫泛浮槎，猛聽的仙音院裏，絃管聲中，琵琶一曲，哀怨千般，你且輕推轂，慢轉迴廊，報教怨女，迎接鸞輿，雖則密傳聖旨，休得驚諕佳人，則怕他乍蒙恩把不定心兒怕，驚起宮槐宿鳥，庭樹棲鴉。（以古名家本為例，《全元雜劇》，初編四，頁4）

用的是【混江龍】九句舊格，並增入「猛聽的仙音院裏，絃管聲中，琵琶一曲，哀怨千般，你且輕推轂，慢轉迴廊，報教怨女，迎接鸞輿，雖則密傳聖旨，休得驚諕佳人」十個四字句，《元曲選》則將此十句改為「是誰人偷彈一曲，寫出嗟呀，莫便要忙傳聖旨，報與他家」（一上，頁175）四句，減去了六個增句。

5、《隨何賺風魔蒯通》

脈望館鈔校內府本【混江龍】曲文為：

> 想張良未遇，則是個預知秦世避人夫，我立起炎劉社稷，我做了大漢司徒，我想今日當權朝野重，索強如少年逃難下邳初，高皇把元戎拜起，韓信將兵士長驅，刮劃著黃公略法，醞釀著呂望韜書，遣彭越南征北討，使英東蕩西除，垓下散八千子弟，眼前無一個軍卒，假若有千般英勇，怎生出這十面埋伏，劉沛公先登北闕，楚重瞳恥向東吳，長安中扶立的掌山河，烏江邊自刎天之數，一人有慶，因此上四海無虞。（《全元雜劇》，三編四，頁3）

用的是【混江龍】十句新格，從「高皇把元戎拜起」至「楚重瞳恥向東吳」，共增加十二個四字句，《元曲選》稍改文字，並刪去「高皇把元戎拜起，韓信將兵士長驅」、「劉沛公先登北闕，楚重瞳恥向東吳」四增句，並用末句之意改「長安中扶立的掌山河」句為「逼得他無顏敢再向東吳」（一上，頁345），依然用十句新格，只是增句減為八句。

6、《宜秋山趙禮讓肥》

宮廷本【混江龍】曲文為：

待著些粗糲，眼睜睜俺子母兒各天涯，想起來我心如刀割，題起來我淚似懸麻，餓殺人也無米無柴腹內饑，痛殺人也好兒好女眼前花，見如今人稠物穰，似蟻陣蜂衙，老贏轉乎溝壑，壯士流散天涯，恢恢天網，漫漫黃沙，我一身餓死，四海無家，嗚呼兄長事無成，可端的哀哉老母年高大，壓的我這雙肩苦痛，走的我這兩腿酸麻。（以息機子本為例，《全元雜劇》，二編五，頁 1）

用的是【混江龍】十句新格，從「見如今人稠物穰」至「四海無家」共增八個四字句，《元曲選》則刪去「見如今人稠物穰，似蟻陣蜂衙，老贏轉乎溝壑，壯士流散天涯」（三上，頁 2516）四句，其它文字則幾乎沒有改動。

7、《溫太真玉鏡台》

宮廷本【混江龍】曲文為：

食前方丈，望塵遮拜路途傍，出則高牙大纛，入則峻宇雕牆，萬里雷霆驅號令，一天星斗煥文章，武夫前喝，從者塞途，無欲不得，無求不成，喜則鵷鸞並進，怒則虎豹平驅，生前不懼獬豸冠，死後圖畫麒麟像，分茅列土，拜將封王。（以古名家本為例，《全元雜劇》，初編一，頁 2）

用的是【混江龍】十句新格，共增「武夫前喝，從者塞途，無欲不得，無求不成，喜則鵷鸞並進，怒則虎豹平驅」六個四字句，《元曲選》將前四字刪改為「威儀赫奕，徒御軒昂」（一上，頁 381）二句，總共減少二個增句。

8、《崔府君斷冤家債主》

脈望館鈔校本【混江龍】曲文為：

俺大哥一家無外，幹家活計覓錢財，積壘下前廳後閣，更趲下萬貫資財，俺大哥爺娘行能行孝，道也是我前世裏積陰功苦修來，大的兒甘心守分，量力求財，為人本分，不染塵埃，衣不裁綾羅段疋，食不揀好歹安排，爺娘行千般孝順，親眷行萬事和諧，若說著這箇禽獸，如他怎又地栽排，每日向花門柳戶，舞榭歌臺，不開眉眼，酒肉擁頦，但行處著人罵惹人嫌，可是他將家私便由他使由他賣，這的是破家五鬼，不弱如橫禍非災。（《全元雜劇》，初編六，無頁數）

用的是【混江龍】十句新格，從「大的兒甘心守分」至「酒肉擁頦」共增十四個四字句，《元曲選》除了稍改文字外，並刪減「甘心守分，量力求財」（三下，頁 2859）二句。

9、《荊楚臣重對玉梳》

宮廷本【混江龍】曲文爲：

> 倚仗著高談闊論，全用些野狐涎撲子弟打郎君，散春情柳眉星眼，
> 取和氣皓齒朱唇，和他笑一笑敢忽的軟了四肢，將他靠一靠管烘的
> 走了三魂，爲俺呵搬的那讀書的慵觀經史，作商的懶去營生，開張
> 的無心守分，學業的不待攻勤，爲吏的焉尊法度，做官的豈顧前程，
> 生著那義和的兄弟廝爭斗，孝順的兒子學生分，俺是敗人家油鬏髻
> 太歲，送人命粉臉腦凶神。（以脈望館藏古名家本爲例，《古本戲曲
> 叢刊》第四集3，第三十四冊，頁2）

用的是【混江龍】十句新格，從「爲俺呵搬的那讀書的慵觀經史」至「做官的豈顧前程」，共增六個四字句，而《元曲選》除調整少數文字外，僅刪去「開張的無心守分，學業的不待攻勤」（四上，頁3555）二句，僅用四個四字增句。

以上九個劇本中的【混江龍】，《元曲選》相對於宮廷演出本而言，均用減句，減少原來所增句數，從十二句到二句不等。觀其減字句內容，多爲原劇排比以抒懷之句，就文義而言，並沒有任何進展，故每遇此等字句，臧懋循便保留部分足以代表的字句，其餘則予以刪減。

如《劉晨阮肇誤入桃源》之保留「上書北闕，待漏東華」，刪去「棘闈射策，薇省宣麻」；保留「斬身鋼劍，碎腦金瓜」，刪去「捐軀爲國，戮力忘家」；保留「羨歸湖范蠡，噀酒欒巴，嘆鵾鵬掩翅，狼虎磨牙」、「自吊屈原湘水，每懷賈誼長沙」，而刪去「荒荒秦宮走鹿，淒淒漢苑啼鴉，嗚呼越邦勾踐，哀哉吳國夫差」；保留「攜閑客登山採藥，呼村童汲水烹茶，驚戰討，駭征伐，逃塵冗，避紛華，棄富貴，就貧乏」，而刪去「延殘喘車服不馭，養終年斧鉞無加，眄庭柯乃瞻衡宇，狎麋鹿而友魚蝦」。整體而言，意義上幾乎無所減損，字句也得到了精簡的效果，但在對於主人翁不欲問世之悠閒意境的表現上，則遠遠不如原作。

其它如《迷青瑣倩女離魂》之保留「情默默難解自無聊，病厭厭則怕娘知道」而刪去「冷清清難問他孤另，病厭厭贏得傷懷抱」；《崔府君斷冤家債主》之保留「爲人本分，不染塵埃」，刪去「甘心守分，量力求財」；《荊楚臣重對玉梳》之保留「那讀書的慵觀經史，作商的懶去營生」、「爲吏的焉尊法度，做官的豈顧前程」，而刪去「開張的無心守分，學業的不待攻勤」二句，都是同樣的作法。而《宜秋山趙禮讓肥》之「見如今人稠物穰，似蟻陣蜂衙，

老羸轉乎溝壑，壯士流散天涯」四句文義自相矛盾，故刪之僅保留「我一身餓死，四海無家」約略取代後二句之意，處理方法亦類似。

有時臧懋循爲了減少增句，在無法單純取部分代全部的情況下，也會將曲文拆解重作，企圖以較少的字句包容原來繁冗的曲文，如《破幽夢孤雁漢宮秋》將「猛聽的仙音院裏，絃管聲中，琵琶一曲，哀怨千般，你且輕推轂，慢轉迴廊，報教怨女，迎接鸞輿，雖則密傳聖旨，休得驚諕佳人」十個四字句，濃縮爲「是誰人偷彈一曲，寫出嗟呀，莫便要忙傳聖旨，報與他家」四句，如此一來，雖然達到了精簡字句的效果，但也丟失了原來酣暢的詞句，令人頗感惋惜。但偶而臧懋循能代以不凡詞句，如《溫太眞玉鏡台》中以「威儀赫奕，徒御軒昂」二句，含括原來「武夫前喝，從者塞途，無欲不得，無求不成」四句之意，文辭頗能融入原曲之中，則又另當別論。

對於《元曲選》這種大力刪減增句的作法，孟稱舜多半採取反對的態度，如針對《劉晨阮肇誤入桃源》的【混江龍】刪改，他道：

> 俯仰今古說來直恁爽快，吳興本于此等處大率多刪去，今悉改從舊。
> （《續修四庫全書》1763 冊，頁 451）

針對《破幽夢孤雁漢宮秋》【混江龍】的刪改道：

> 混江龍如仙音院裡以下可隨意增加，別出一韻，吳興本率多刪改，
> 反不若原辭迢遞，今改仍舊。（《續修四庫全書》，1763 冊，頁 593）

針對《迷青瑣倩女離魂》的刪改道：

> 絮絮叨叨，說盡兒女情腸，吳興本于此枝刪去將半，殊覺寂寂矣。（《續
> 修四庫全書》，1763 冊，頁 226）

認爲這些反覆敘說的部分，正是原辭「爽快」、「迢遞」之處，《元曲選》之刪改，則往往使曲文「殊覺寂寂」，故在孟稱舜的改訂本中，大多選擇保留原來文辭。此蓋其改訂《古今名劇合選》時，與臧懋循基本態度不同之處，他認爲：

> 原本固自佳，不若仍之，存黿羊之舊，吾意古本非甚訛謬，不宜輕
> 改，改本有勝前者，始不妨稍從之耳。（《續修四庫全書》，1763 冊，
> 頁 599）

可見在原辭固佳的情況下，孟稱舜是不輕易修改原辭的，所以包括《死生交范張雞黍》、《㑳梅香騙翰林風月》、《杜牧之詩酒揚州夢》，亦皆採用宮廷本的曲文，而不從《元曲選》刪改，甚至稱讚《㑳梅香騙翰林風月》的【混江龍】

道：「女子口中一篇板腐，固好！」（《續修四庫全書》，1763 冊，頁 242）可見其改訂之態度，是傾向於保留原辭的。

但《古今名劇合選》中，亦可見其採用《元曲選》之【混江龍】辭句，如《溫太眞玉鏡台》、《東堂老勸破家子弟》二劇。其中《溫太眞玉鏡台》一劇之【混江龍】，由於臧懋循修改不多，且所改辭句不俗，故孟稱舜從之當可理解。而《東堂老破家子弟》之【混江龍】曲，《元曲選》之刪改，明顯沒去許多佳句，《酹江集》選擇從之，當另有因。綜觀孟稱舜選本《東堂老》一劇，所用辭句大多依從《元曲選》，就連宮廷本沒有的曲牌，如第三折的【叫聲】、第四折的【喬牌兒】等曲，也依《元曲選》寫入，而且在二本曲文差異處，亦無說明，不似其它選本，故鄙意以爲，孟本此劇，可能是在不見宮廷本的情況之下，依《元曲選》而錄，故其【混江龍】曲，當然比照《元曲選》收入，而不似他劇有所揀擇。

另外，值得補充說明的是，臧懋循對【混江龍】的使用，其實並非只主張少用增句，有時他也會視情況予以增句。如《龐涓夜走馬陵道》脈望館鈔校本【混江龍】曲文爲：

> 非爲梁棟，列雄兵圍遶數千重，也不因長槍闊劍，短箭輕弓，捽碎玉籠飛彩鳳，頓開金鎖走蛟龍，也不用鳴鑼擊鼓，插箭彎弓，門旗開處骨刺刺，影搖千丈龍蛇動，我則見昏昏殺霧，起一陣慘慘威風。
> （《全元雜劇》，三編三，無頁數）

用的是【混江龍】十句新格，只增加「也不用鳴鑼擊鼓，插箭彎弓」兩個四字句，《元曲選》則改作之處頗多，其曲文爲：

> 今日個君王選用，做個四門團練副元戎，在教場中擺開陣勢，顯耀神通，準備玉籠擒彩鳳，安排金鎖困蛟龍，暗伏著死生開杜，明列著水火雷風。馬一似蒼虯惡兒，人一似黑煞天蓬，也不用提刀仗劍，也不用插箭彎弓，單聽俺中軍帳畫面鼓冬冬，和著那忽剌剌雜彩旗搖動，早則見罩四野征雲慘慘，下一天殺氣濛濛。（二下，頁 1935）

亦用【混江龍】十句新格，增加了「暗伏著死生開杜，明列著水火雷風。馬一似蒼虯惡兒，人一似黑煞天蓬，也不用提刀仗劍，也不用插箭彎弓」六個四字句。整段曲文看來，《元曲選》幾乎等於重作，而二者比較，臧懋循所改，實較酣暢。

另有兩劇之【混江龍】曲，非關增句，乃因新舊格之不同，相對而言，《元

曲選》句數亦有所增添。如息機子本《錦雲堂暗定連環記》【混江龍】曲文爲：
（臧多一句，用十句新格）

> 則爲俺漢朝宇宙，教我兩條眉鎖廟堂愁，恰便似花開值雨，不見箇
> 葉落歸秋，不爭似飛絮飄堤取次看，枉變做浮萍流水恁時休，我請
> 了這皇家貴爵難消受，若一朝施謀定國，博的箇萬古名留。（《全元
> 雜劇》，三編二，頁2）

用的是【混江龍】九句舊格，沒有增句，而《元曲選》曲文則頗有差別，其
作：

> 則爲這漢家宇宙，好著俺兩條眉鎖廟廊愁，恰便似花開值雨，怎的
> 箇葉落歸秋，俺只問駕鸞班中怎容的諸盜賊，麒麟閣上是畫的甚公
> 侯，做官時都氣勃勃待超前，立功處早退怯怯甘居後，若得他一人
> 定國，也不枉萬代名留。（四下，頁3887）

除了前四句大體保留原來文字外，其餘句子幾乎全部改作，用的是【混江龍】
十句新格。《張天師斷風花雪月》一劇，也是同樣的情況，脈望館鈔校本之【混
江龍】曲爲：

> 俺可便疾忙行動，怕的是五雲樓畔日華東，俺如今降臨凡世，私下
> 天宮，這其間風透繡簾穿戶牖，更那堪月移花影上簾櫳，量著那使
> 數的成何用，又無甚金童玉女，止不過明月清風。（《全元雜劇》，初
> 編九，無頁數）

用的是【混江龍】九句舊格，沒有增句，而《元曲選》則將後三句改爲「俺
本是冰魂素魄不尋常，要什麼金童玉女相隨從，又沒甚幽期密約，止不過明
月清風。」（一下，頁599）從原來的三句，增爲四句，成了末尾「七‧七：四‧
四：」的十句新格。

　　觀察《元曲選》在【混江龍】一曲使用增句的情況，可以發現，雖然臧
懋循認爲【混江龍】的曲文「太長則厭人」，經常「刪其煩冗」，但他偶而在
原句不太長的情況下，也會主動增改，使其辭意暢達。而且在《元曲選》【混
江龍】一曲的運用上，大約是偏好於使用十句新格的，這一點我們在比較其
選本《趙氏孤兒冤報冤》一劇之【混江龍】與元刊本的內容後，亦可發現此
一差別。

　　由此可見，臧懋循對【混江龍】一曲的改編，「曲文不過長」、「偏用十句
新格」等形式意義，重於曲文的內容。雖然如此，臧懋循的改編，仍然是比

較用心的，在符合他形式意義的要求下，他所改動的曲文，非僅簡單的刪減而已，有時爲補刪減後造成的關漏，他也會動筆修補，相較於宮廷本與過渡曲本而言，臧懋循的改編顯得用心許多。

如將整個觀察的範圍擴大，則可見臧懋循對於【混江龍】之外可增減曲牌的增句使用上，亦是依循同樣原則進行修改的。

基本上《元曲選》的改編是以減少增句爲主的，如《馬丹陽三度任風子》第二折正宮【煞尾】從元刊本的四十八句、脈望館內世合一本的三十五句，到《元曲選》的二十四句，刪減幅度之大可比於【混江龍】；惟有在原本增句不多的情況下或新舊格分別處，才會對於原曲辭句，加以增改，前者如《破幽夢孤雁漢宮秋》第二折南呂【賀新郎】、《同樂院燕青博魚》第二折仙呂【後庭花】，後者如《臨江驛瀟湘夜雨》第二折南呂【黃鍾煞】及第四折中呂【鮑老兒】，所增句數亦不如減句之多。故雖然《元曲選》中亦多處可見其較近眞本、宮廷本、過渡曲本多出曲文之處，但大體而言，其增句幅度均不大，《元曲選》的可增減句數改編，仍然是以刪減爲主。

第二節　曲牌之句式使用

在元雜劇中，除了以上可增減句數的曲牌外，多數的曲牌皆有其固定句數，而且每一句的字數，及其運用單式或雙式作曲，都有固定的方法，此稱爲「句式」。但是在實際的運用上，不一定每個作家都會按照固定的句式填曲，在確實的比對各種曲牌的句式使用情況之後，發現超出規範慣例之外的曲子，仍然不少。對於這種偶一出現的曲例，鄭騫在編纂《北曲新譜》時，偶而也納入其例，視之爲增句或減句體，但處理方式上較爲謹愼，態度則趨向於存疑。

其實依照元雜劇的創作情況而言，一兩個句字之脫離正常軌道，在演唱的運用上，並非全然不可以接受的。有時歌者可以透過其演唱技巧，稍微運轉唱腔，即可得到巧妙的掩飾，如果轉換的好，或許還可以形成慣例，成爲另外一種增句或減句格。但這究竟是爲難歌者的作法，亦非所有歌者皆有此運轉能力，所以按照固定格式填曲，依然是大多數劇作家樂於遵循的原則。

以下筆者便暫借鄭騫根據元代及明初多數北曲格式所整理而成的《北曲新譜》一書，以其句式慣例來檢驗各階段版本的曲牌句式，主要目的並不在於苛求其句式使用之合律，而是欲藉此了解各階段版本之句式使用概況，並

從中觀察各階段改編者及時人對於慣用句式的接受情形。

一、宮廷本之句式使用

以下便依宮廷本與近眞本曲文句式相異處，一一分析說明。

1、《楚昭王疏者下船》第三折中呂【石榴花】、【滿庭芳】

【石榴花】元刊本作：

> 見雲濤煙浪接天隅，這的是雲夢山洞庭湖，那廝大驚小怪老村夫，
> 叫苦，諕的我魄散魂無，他道的身安疏的交命卒，四口兒都是那個
> 疏，自猶豫，怎割情腸難分手足。（《校訂元刊雜劇三十種》，頁 79）

按中呂【石榴花】本格應爲「九句：七：五：七：四：四：七：七乙：七：五
：」其中第四、五句可併爲七乙一句，第六句偶有作五字者。（《北曲新譜》，
頁 145）以此格式觀元刊本此曲，除「他道」下少「親」字，已爲鄭騫校正外，
其它不合格律者仍有：第二句應作五字句，而元刊本之「這的是雲夢山洞庭
湖」，「這的是」三字是襯字，其它六字應屬六乙句；第四句「叫苦」一句則
應爲四字句，元刊本只作二字；而「自猶豫」三字亦應作七字句，元刊只作
三字。其中不合格式之處頗多，故脈望館鈔校內府本另作：

> 見雲濤風浪接天隅，這的是海闊洞庭湖，這廝可便大驚小怪老村夫，
> 他可便叫苦，諕的我魄散魂無，他道是不著親的當身故，俺四口兒
> 那一個是疏，則俺這一家老小牽腸肚，則憑你個老叟是護身符。（《全
> 元雜劇》初編六，頁 18）

意義相近，而格式錯誤之處，皆作了不同的處理，使其更合於規範。

另外，同劇同折中【滿庭芳】一曲亦有不合格式處，元刊本的曲文爲：

> 哀哉子母，古今希有，前後俱無，孝子是眞賢婦，往祭了群魚，兒
> 呵，你捨命投江救主，妻呵，你抵多少出嫁從夫，知名目，瞽叟堂
> 中生舜主，堯王殿下長丹朱。（《校訂元刊雜劇三十種》，頁 80）

根據《北曲新譜》，則【滿庭芳】本格應爲「十句：四：四‧四：七：四：六
：六：三：四：五：」，其中第六、七兩句作七乙者較多。（《北曲新譜》，頁
151）第四句本格爲七字句，元刊本卻作「孝子是眞賢婦」，句式不合，且語
意不明，恐有脫誤，應從內府本之「恩親孝子賢達婦」，語意明暢且能合於句
式。而其末二句「瞽叟堂中生舜主，堯王殿下長丹朱」，則似對句，爲「五：
五：」句式，與本格不合，故內府本改爲「這的是皇天喪楚，您今日隨水底慢嗟

吁」，較合於句式。

2、《好酒趙元遇上皇》第四折雙調【折桂令】

【折桂令】元刊本曲文作：

> 不做官我怕的是鬧吵吵虎窟龍潭。元來這龍有風雲，虎有山岩。子
> 怕虎鬨龍爭，惹起奸讒。朝冶里誰人似俺，懵懂愚痴憨，語語喃喃，
> 淨淨儍儍，早難宰相王侯，倒不如李四張三。(《校訂元刊雜劇三十
> 種》，頁 70)

雙調【折桂令】的格式較爲複雜，本格即有十一句與十句兩種，十一句的格
式爲「七乙：四·四：四。四。四：七乙：七乙：四：四·四：」，十句的格
式即將十一句式的第五、六兩個四字句，合併爲七乙一句，其餘均與上述格式
相同。而兩種格式的末句之後，均可增四字句，句數多少不拘，增句每句
協韻，惟倒數第二句以不協韻爲宜。(《北曲新譜》，頁 288)

上列元刊本的【折桂令】一曲，從第二句「元來這龍有風雲」到第五句
「惹起奸讒」，共有四個四字句，較原來少一句，也未有合併爲七乙句的現
象，似乎不合本格，且「懵懂愚痴憨」一句，應用七乙句式，而元刊本用五
字句，亦與原本不合，故不如較于小穀本之改爲：

> 我怕的是鬧垓垓虎窟龍潭。元來這龍有風雲，虎有山岩，玉殿金階，
> 龍爭虎鬨，惹起奸讒。朝野里誰人似俺，衡臂薰愚濁痴憨，語語喃
> 喃，淨淨巉巉，早難宰相王侯，倒不如李四張三。

在第三句後增入「玉殿金階」一個四字句，又將「懵懂愚痴憨」一句改爲「衡
臂薰愚濁痴憨」之七乙句，如此則元刊本的不合格律處，均得到修正。

3、《關大王單刀會》第一折仙呂【寄生草】

元刊本【寄生草】曲文爲：

> 幸然天無禍，是咱這人自招，全不肯施仁發政行王道。你小可如多
> 謀足智雄曹操，豈不知南陽諸葛應難料。(《校訂元刊雜劇三十種》，
> 頁 2)

仙呂【寄生草】本格爲「七句：三·三：七：七：七：七：七：」，但首兩句
照本格作三字者較少，多變爲六乙或五字。全曲共分三段，首兩句一聯，第
三、四、五句鼎足對，第六、七句一聯，以整齊勻稱爲主，全作散句不用對
仗者居少數。(《北曲新譜》，頁 84)

上列元刊本僅有「三·三：七：七：七：」五句，顯然較本格少了第六、

七兩個七字句，而脈望館鈔校內府本則有「你則待千軍萬馬惡相持，全不想生靈百萬遭殘暴。」（《全元雜劇》初編一，頁 5）兩句，較合於【寄生草】本格，故鄭騫《校訂元刊雜劇三十種》中，亦依律按內府本補入。

4、《泰華山陳搏高臥》第一折仙呂【天下樂】、第四折雙調【收江南】

元刊本【天下樂】原文作：

> 憑著八字從頭斷您一生，叮嚀，不交差半星，論旺氣相死囚憑五行。
>
> 雖然是子丑寅卯，甲乙丙丁，也堪交高士聽。（《校訂元刊雜劇三十種》，頁 101）

仙呂【天下樂】的本格是「七句：七：二‧三：七：三‧三：五：」，其中第二句不協韻者較少，第二句亦可與第三句聯爲一句。（《北曲新譜》，頁 82）故元刊本之「雖然是子丑寅卯，甲乙丙丁」兩句，似爲兩個四字句，不如宮廷本之改作「似這般暗奪鬼神機，豫知天地情」兩句，較符合【天下樂】第五、六句「三‧三：」的句式。

而【收江南】一曲，元刊本作：

> 硬闞我金殿鎖駕鴦，高燒銀燭照紅粧，出家兒心地本清涼，纏煞我也，便是一千年不見也不思量。（《校訂元刊雜劇三十種》，頁 109）

雙調【收江南】本格爲「五句：七：七：七：五乙：七：」，而李玉《北詞廣正譜》所列第二格王子一〈鳳台無伴〉套減去第四句，鄭騫以爲：「此章前後四個七字句平仄相同，轉折頓挫全仗第四句，萬無減去之理，遍覽元明作品，亦從未見減去之實例。」又道：「陳搏高臥（元刊）第四句不協韻，但只四字，竟似夾白，僅見。」（《北曲新譜》，頁 317）故宮廷本在「纏煞我也」後加入「您般鬧攘」四字，則整句可爲「纏煞我也您般鬧攘」，可爲第四句之五字句，平仄亦合乎第四句「十十　，ㄥ　：」之格律。

5、《張鼎智勘魔合羅》第四折正宮【滾繡球】

元刊本【滾繡球】曲文作：

> 你曲彎彎畫翠眉，覓綽綽染絳衣，黃烘烘鳳冠霞帔，覷形容仙女合宜，直到七月七，乞巧的，便顯神通百事依隨，比似十指玉箏穿針線，你敢啓一點朱唇說是非，交萬代人知。（《校訂元刊雜劇三十種》，頁 235）

正宮【滾繡球】本格爲「十一句：三‧三：七乙：七乙：三‧三：七乙：七乙：七‧七：四：」，第三、七兩句的上三字可省，第九、十兩句須相對。（《北

曲新譜》，頁25）若依此格式，則元刊本「七月七，乞巧的」下少一個七乙句（或四字句），而古名家本補入「都將你慶歡享祭」一句，合乎【滾繡球】本格。

6、《諸葛亮博望燒屯》第二折南呂【梁州】

元刊本【梁州】一曲作：

> 投至坐這中軍帳七重禁圍，虧殺您臥龍崗三顧茅廬，覷寰中草寇如
> 無物，運乾坤手段，安社稷拳術，憑著我這一條妙計，三卷天書，
> 顯神機單注著東吳，仗風獨霸西蜀，則仗著主公前關將張飛，那裡
> 怕他曹操下張遼許褚，更共那孫權行魯肅周瑜，我則道有何事報覆，
> 元來是夏侯敦瞎漢驅軍伍，覷貧道似泥土，叵耐無徒領士卒，怎敢
> 單搊這耕夫。（《校訂元刊雜劇三十種》，頁401）

南呂【梁州】亦作【梁州第七】，其本格為「十八句：七乙・七乙：七：四・四：四・四：七乙：七乙：七乙。七乙・七乙：二・二：七：五：七・四：」，《北曲新譜》另收【梁州第七】三種格式，但因為舊格，有些則仍有疑問，且非此處所用，故暫不羅列。（《北曲新譜》，頁120）依律第九句應作七乙句，而元刊本則作「仗風獨霸西蜀」，不合本格，原句可能脫誤，鄭騫曾依文義補入一字，而成「仗威風獨霸西蜀」（《校訂元刊雜劇三十種》，頁411），脈望館鈔校內府本則改為「論人和可住西蜀」，雖然較合乎本格的七乙句式，但不如「仗威風獨霸西蜀」句，與上一句「顯神機單注著東吳」文義對稱之巧妙。

7、《醉思鄉王粲登樓》第二折正宮【倘秀才】第一支、【滾繡球】第三支

古名家本第一支【倘秀才】曲文作：

> 大王如今那有錢的布衣人平登省臺，如今他可也不論文章只論財，
> 赤緊的難尋東道主，久困在書齋，非王粲巧言令色。（《全元雜劇》，
> 二編一，頁12）

不符合【倘秀才】「六句：七乙：七乙：七：三・三：二：」（末句依本格作兩字者較少，多變為四字）的本格（《北曲新譜》，頁25），而何煌以李開先鈔本校對此劇，於第一句下補入「真乃是挾太山以超北海」一句，文義較通暢，古名家本應為脫誤。另外，古名家本第三支【滾繡球】曲文作：

> 我不讓姜太公伐無道一戰功，我不讓孫武子減灶法下營寨，我不讓
> 周亞夫領雄師過雁門紫塞，我不讓藺相如澠池會上那氣概，我不讓

管夷吾霸諸侯那手策，我不讓燕樂毅仗雙鋒走上將臺，我不讓齊孫
臏捉龐涓，則去那馬陵道上兀的便誅了讒佞，我不讓韓元帥困霸王
在九里山前大會垓胸捲江淮。（《全元雜劇》，二編一，頁 15）

正宮【滾繡球】本格「十一句：三·三：七乙：七乙：三·三：七乙：七乙：
七·七：四：」，第三、七兩句的上三字可省，一、二、三、四與五、六、七、
八句分爲兩段，句法需對。（《北曲新譜》，頁 25）古名家此曲明顯少了兩個七
乙句，何煌以李鈔本校對後於第四句處補入「不讓齊田單縱火牛即墨城開」，第
七句處補入「不讓班定遠久鎮在玉門關外」兩句，方才合乎【滾繡球】本格，
古名家本應爲脫誤。

　　經過以上分析比較後，我們可以發現，宮廷本與元刊本句式不同之處，
除了有些明顯爲近眞本的疏漏外，大部分的改編，還是宮廷本依照曲牌慣用
的格式對原來版本作出的修訂。這種現象可能代表著，明代宮廷演出本的編
修，一方面因爲有特定的機構從事，故不似近眞本刊刻之粗糙，在文句疏漏
的情況上，宮廷本大抵上是優於元代版本的。另一面則是因爲宮廷本乃提供
演員上台演出之用，所以在一些不合於演唱的字句上，也比較有機會得到突
顯，故大體而言，在句式的錯誤上，宮廷本多半皆能爲近眞本提供修正的機
會。而其大致按照明初以前的句式慣例修改近眞本曲文，亦代表著明代宮廷
的演出，對於元雜劇曲牌的唱法，有趨於固定的傾向。

　　另外，宮廷本與近眞本還有一些曲牌句式的差異，來自於它們在某些曲
牌句式的前後挪用上，在此順便一提。如《張鼎智勘魔合羅》第二折黃鍾【醉
花陰】與【喜遷鶯】、【刮地風】與【四門子】、《相國寺公孫汗衫記》第二折
越調【鬥鵪鶉】與【紫花兒序】。

　　元刊本《張鼎智勘魔合羅》【醉花陰】與【喜遷鶯】原作：

　　【黃鐘醉花陰】滿腹內陰陰似刀攪，唏唏的錐鑽額角，忽忽的耳如燒，
　　撒撒增寒，撲撲心頭跳。

　　【喜遷鶯】那些兒最難熬，一陣頭疼似擘碎腦，卻待交誰人醫療，奈
　　無人家野外荒郊，想著那怕歹人到，不由咱常懷著逢賊盜，的薛薛
　　心驚膽戰，普速速肉跳身搖。（《校訂元刊雜劇三十種》，頁 229）

黃鍾【醉花陰】之本格爲「七句：七：六：五：四·五：五：七：」，【喜遷
鶯】本格則爲「八句：四：七乙：二：四·七：三：四·四：」，其第二句有
作六乙句者，第三句有作四字句，也有作三字句者，第六句有作四字句者。（《北

曲新譜》，頁 1～2）另外，鄭騫又註明：「醉花陰、喜遷鶯兩章例須連用，右列格式，大成（即《九宮大成》）謂之近體。有時將醉花陰末兩句移冠喜遷鶯之首，成為醉花陰五句，喜遷鶯十句。此種作法，大成謂之古體。」又謂：「古近之分亦只在此兩句之誰屬，句法平仄並無差別。……如欲試為古體，自無不可，但兩章必須一致，不可一古一近以致句數參差。」（《北曲新譜》，頁 1～2）可見此二句，可在【醉花陰】及【喜遷鶯】間互相挪用，但仍須按照一定格律，而且挪用之後，句數的增減亦須互相配合，不可一曲增句而另一曲不減句，或者是一曲未增句而另一曲卻減句，照成句數互相參差，不符總數的情況。

故古名家本將原來【喜遷鶯】的最末二句，稍加修改為「那的是最難熬，一陣頭疼劈破了。」置於【醉花陰】後，而【喜遷鶯】則減去頭二句，其它字句稍改為：

> 交誰人醫療，奈無人曠野外荒郊，量度又怕有強人來到，不由人心中添懊惱，不由我心內焦，迭屑屑魂消膽落，撲速速肉韻身搖。（《全元雜劇》初編九，頁 10）

所增入「不由我心內焦」一句，正好彌補原本之缺，合乎格律。如果按照《九宮大成》的說法，則元刊本此處用的是古格，而宮廷本用的則是近體。

同劇同折的【刮地風】與【四門子】二曲，也有類似的作法，元刊本二曲曲文是：

> 【刮地風】眼盼盼的妻兒音杳，急煎煎心癢難揉，慢騰騰行山靈神廟，舉目凝眺，猶子未，下澀道，恰到簷稍，我則道十分，緊閉著，不插拴牢。

> 【四門子】靠著時啞的門開了，仰刺叉吃一交，可知道嚴霜偏殺枯根草，阿要，又跌著我殘病腰，一陣家疼，一會家焦，莫不錢財物業沒下稍，一會家疼，一會家焦，則把靈神禱告。（《校訂元刊雜劇三十種》，頁 230）

【刮地風】除了第一句似七乙句式外，其餘大都遵照「十二句：七：四：七：四：（✽）四·四：三·三·四：三·三·四：」（《北曲新譜》，頁 4）的本格創作，而【四門子】一曲也大抵與其「十句：七：六乙：七：六乙：三·三：七：三·三：七乙：」（《北曲新譜》，頁 6）的本格相合。而古名家本除將【刮地風】第一句改為「盼望妻兒音信杳」，較合本格之七字句外，另外還

將【四門子】前二句稍改為「靠著時呀的門開了，滴留撲仰刺又喫一交。」（《全元雜劇》初編九，頁 10）句式不變，並移置於【刮地風】末二句。這種作法，頗似鄭騫所歸納「兩章首尾有時移用」的三種方法之一：「以四門子首兩句移屬刮地風」（《北曲新譜》，頁 7），與谷子敬〈殢酒簪花〉套的作法一致，可能也是屬於元雜劇後期的作法。

　　另外，元刊本《相國寺公孫汗衫記》之【鬥鵪鶉】與【紫花兒序】原作：

　　　　【越調鬥鵪鶉】我有眼如盲，有口似瘂，您綠鬢朱顏，我蒼鬂□髮，不爭背母拋耶，卻須違條礙法，他不怕天折罰，您閒遙遙喝婢奴，穩拍拍騎鞍壓馬。

　　　　【紫花兒序】沒些事人離財散，好可闌水遠山遙，平白的海角天涯，你將著那□□的行貨，你□著個年小的渾家，還有些爭差，您這雙沒主易的爺娘是怕也不怕，您暢好心粗膽大。俺這般拽巷羅街，都因他棄□□家。（《校訂元刊雜劇三十種》，頁 199）

《北曲新譜》中所列越調【鬥鵪鶉】的本格為「十句：四·四：四·四：四·四：三·三：四·四：」，並註明：「可在末句後照紫花兒序首三句格式增三句。」（《北曲新譜》，頁 249）而【紫花兒序】的本格則為「十句：四·四·四：四·四：二：七：四：四·四：」（《北曲新譜》，頁 249），但未言明前三句應依【鬥鵪鶉】之增句而減少，似乎與前述二例曲牌的句式相互挪用的情形不同。但脈望館鈔校內府本的作法仍是將原本【紫花兒序】前三句，稍加修改為「無此事人離也那財散，好沒生的便水遠山長，平白地海角天涯。」（《全元雜劇》初編五，頁 19）置於【鬥鵪鶉】曲後，增於【鬥鵪鶉】末句之後，【紫花兒序】首三句則因此減除，並未另作新句，以補挪用之缺，故其作法仍與前述二例相同，而不單純為【鬥鵪鶉】一曲之增句。

　　綜觀以上三例，均發生於套式規律中，慣於聯用的曲段上。在元雜劇黃鍾宮的聯套法則中，通常是【醉花陰】、【喜遷鶯】、【出隊子】、【刮地風】、【四門子】、【古水仙子】六曲連用，但在實際運用上，偶有前後截斷的例子，[註13] 但【醉花陰】與【喜遷鶯】、【刮地風】與【四門子】則未見分開使用的套式。而越調【鬥鵪鶉】接用【紫花兒序】的聯套法則，在劇套中則從

〔註13〕鄭騫著，《北曲套式彙錄詳解》，台北：藝文印書館，1973 年，頁 4。上下截斷的特例為楊顯之《瀟湘雨》第三折，【出隊子】與【刮地風】中，加用【么篇】與中呂【山坡羊】二曲。

無例外。

故而筆者以為，這種曲段中前後句式相互挪用的現象，與上一章我們曾經討論之脫落曲牌名的情況一般，是二個曲牌久經聯用，所產生之二而一，一而二的現象延伸，就演唱上而言，並沒有很大的差別。而《九宮大成》所謂「古格」與「近體」，則可能因為這種不經意挪移的現象，慢慢為後人所接受，最後形成另外一種習慣的填曲方式，如鄭德輝的《迷青瑣倩女離魂》、楊顯之的《臨江驛瀟湘夜雨》、賈仲明的《蕭淑蘭情寄菩薩蠻》等劇的宮廷本的【醉花陰】與【喜遷鶯】二曲，皆採用挪用後的新格。只是在宮廷本的階段中，未完全依此新格而改的作品，仍然不乏其例，如尚仲賢的《尉遲恭單鞭奪槊》、陳以仁的《雁門關存孝打虎》二劇，皆仍為古格，可見所謂「古格」、「近體」的使用，在宮廷本階段，仍是具有彈性的。

二、過渡曲本之句式使用

以下我們同樣先透過過渡曲本與近真本的比較，找尋其與原本在句式使用上的差異，並對照以其與宮廷本的句式差異，試圖分析過渡曲本在此一階段中，在句式的使用上，是否有其特殊意義。

1、《蕭何月夜追韓信》第二折雙調【駐馬聽】

元刊本【駐馬聽】曲文為：

> 回首青山，拍拍離愁滿戰鞍，舉頭新雁，呀呀哀怨伴天寒，指望學龍投大海駕天關，剗地似君騎羸馬連雲棧，且相逢覷英雄如匹似閑，堪恨無端四海蒼生眼。（《校訂元刊雜劇三十種》，頁 368）

按北曲雙調【駐馬聽】句式多半作「八句：四：七：四：七：七：七：三：七：」（《北曲新譜》，頁 282）但也有少數散套第七句作四字，與南曲的作法相同，元刊本此曲第七句「且相逢覷英雄如匹似閑」，「且相逢覷英雄」可視為襯字，如再細分，則「且相逢」可視為襯字，「覷英雄」則為增字，用六個增襯字，雖然稍嫌囉嗦，但無礙本格，仍在可允許的範圍之內。最重要的是「如匹似閑」四個字，似作四字雙式，與北曲慣用的三字單式，句式不合，反倒合於南曲的用法。此處鄭騫校訂本將其字句依《詞林摘豔》、《雍熙樂府》等選曲本，改為「如等閑」三字，不但句式上合乎北曲慣例，意義上也較為顯豁。但如此一改，則可能沒去明初以前所使用句式之另一格的重要例証。

2、《尉遲恭三奪槊》第二折南呂【梁州】

元刊本【梁州】曲文為：

> 這些時但做夢早和敵軍對壘，才合眼早不剌剌地戰馬相交，則聽的
> 韻悠悠的耳畔吹寒角，一回價不縶縶的催軍鼓擂，響當當的助戰鑼
> 敲，稀撒撒地簾篩日，滴溜溜的繡幡翻風，只疑是古剌剌雜綵旗搖，
> 那的是急煎煎心癢難揉，往常則許咱遇水疊橋，除了咱逢山開道，
> 嗨，如今央別人跨海征遼，壯懷怎消，近新來病體兒直然覺，我自
> 暗約也枉了醫療，被這秋氣重金瘡越發作，好交我痛苦難消。（《校
> 訂元刊雜劇三十種》，頁147）

此處元刊本雙調【梁州】乃按其本格：「十八句：七乙・七乙：七：四・四：
四・四：七乙：七乙：七乙。七乙・七乙：二・二：七：五：七・四：」（《北
曲新譜》，頁120）創作，除第六句「稀撒撒地簾篩日」，「簾」可能少一「朱」
字，仍應為四字句外，其餘大都能符合本格句式。而《雍熙樂府》所錄本劇
之【梁州】一曲，除了改動部分字句外，還刪減了「則聽的韻悠悠的耳畔吹
寒角，一回價不縶縶的催軍鼓擂，響當當的助戰鑼敲」（卷九，頁3）三句，
將原本第三句的七字句，及第四、第五兩句的四字句，一併刪去，使原曲較
本格少了三句，這種句式，並不見於諸譜中，可能是為《雍熙樂府》之疏漏，
不合於句式。

3、《醉思鄉王粲登樓》第一折仙呂【六么序】、【么】、【尾聲】

李鈔本【六么序】曲文為：

> 投奔望你為東道，倚靠你如泰山，似驚鳥月冷枝寒，鏡裡空看，冠
> 上空彈，前程事非易非難，想蟄龍奮起非為晚，待春雷震破天關，
> 有一日應飛熊得志扶炎漢，離了桑樞甕牖，平步上玉砌雕欄。（《校
> 訂元刊雜劇三十種》，頁447）

仙呂【六么序】本格為「十一句：三・三：七乙：四：四：七乙：七：七乙：
七：四・四：」，第三句上三字可省略（《北曲新譜》，頁95），李鈔本所錄合
乎格式。而《雍熙樂府》第三句改作「似金烏玉兔冷枝寒」（卷五，頁79），
其中如以「似」字為襯字，則「金烏玉兔冷枝寒」是為七字單式，與本格應
作七乙雙式的格式有別。

而李鈔本【（六么序）么】曲文作：

> 得見天顏，列在朝班，書嚇南蠻，威攝諸藩，內併奸讒，外振邊關，

整頓江山，平治塵寰，紫綬烏靴象簡，不教人下眼看，□□身閑，塵土衣單，也須有個天數循環，輪還我不平奮氣空長嘆，充塞乎天地之間，那漫漫長夜何時旦，看斬蛟龍北海，射虎南山。（《校訂元刊雜劇三十種》，頁 447）

合乎《北曲新譜》所錄【六么序】么篇換頭「十句：二：二：四：四：（＊）七乙：七：七乙：七：四。四。」（《北曲新譜》，頁96），其第四句下「內併奸讒，外振邊關，整頓江山，平治塵寰，紫綬烏靴象簡，不教人下眼看，□□身閑，塵土衣單」，則為其本格外的增句。《雍熙樂府》所錄曲文大致相同，但將「輪還我不平奮氣空長嘆，充塞乎天地之間」兩個七字句與七乙句改為「不平氣空長嘆，塞乎天地間」（卷五，頁 79），變成六乙與五字句，其中「充塞乎天地之間」還從雙式變為單式，不合乎句式。

另外，李鈔本【尾聲】作：

待翰林謁荊州，展羽翼騰霄漢，子今夜夢先到襄江峴山，楚天闊寧如蜀道難，得了白金駿馬雕鞍，我若是到荊樊則願的人馬平安，穩情取崢嶸□眼，□你波放魚子產，是看取屠龍王粲，有一日錦衣含笑入長安。（《校訂元刊雜劇三十種》，頁 448）

大致合乎仙呂【賺煞】「十句：三‧三：七乙：七：七乙：七乙：七：四：四：七：」（《北曲新譜》，頁 114）的本格，僅第七句「穩情取崢嶸□眼」似有變七字句為七乙句之疑慮，而此處《雍熙樂府》改為「取崢嶸現你眼」則為六乙句，勉強合乎原本之單式句，但字數上則不符本格。而《雍熙樂府》此曲與近真本最大的差異乃在於其將原本之「子今夜夢先到襄江峴山，楚天闊寧如蜀道難」（卷五，頁 80）兩句刪去，使全曲較本格減少兩句。

　　以上五曲乃檢閱過渡曲本與近真本的差異中，句式上有所變化的曲文，由於可供比較的劇套不多，故發現的曲文亦相當有限。但整體上我們仍然大致可見，過渡曲本對於句式的使用，似乎不如近真本近乎慣用格律，這一點與我們在比較宮廷本與近真本差異時，有相當大的不同。過渡曲本並沒有因為時代的演進，將曲文格式慢慢的歸趨統一，反而有較近真本違乎慣例的地方。這是一種刊刻的疏漏，還是過渡曲本所錄元雜劇另有所本，抑或這些曲文有可能即為此一階段唱法有所調整的証據？究竟何者為是，僅憑過渡曲本與近真本的比較，恐怕失之偏頗。以下我們便再經由過渡曲本與宮廷演出本的句式比較，試圖找尋進一步的線索。

4、《杜牧之詩酒揚州夢》第一折仙呂【賺煞】

古名家本【賺煞】曲文爲：

> 比及客散錦堂中，准備人約黃昏後，他不比尋常間墻花路柳，我怎
> 肯甘心便素休，強風情酒病花愁，你的話釣詩鈎，我醉則醉常在心
> 頭，掃愁帚爭如奉箕手，折末你鬢角邊霜華漸稠，衫袖上酒痕依舊，
> 我正是風流到老也風流。(《全元雜劇》，二編二，頁 7)

合乎仙呂【賺煞】「十句：三‧三：七乙：七：七乙：七乙：七：四：四：七
：」的本格，按例其中第六句可分爲兩句，上句三字，下句四字(《北曲新譜》，
頁 114)，《雍熙樂府》除改動少數文字外，還減去「你的話釣詩鈎，我醉則醉常
在心頭」第六句攤破之三字句和四字句，也等於少【賺煞】本格之第六句，
鄭騫云：

> 此章作者極多，明人偶有減去第四句者、減第六句者、及減四、六
> 兩句者，俱屬少見，不必從。(《北曲新譜》，頁 114)

而《雍熙樂府》此例，即屬這等少見的例子之一。

5、《呂洞賓三度城南柳》第一折仙呂【金盞兒】

宮廷本【金盞兒】曲文爲：

> 又不比公子換金魚，解瓊琚，俺道人有甚麼隨身物，止不過墨籃琴
> 譜藥葫蘆，則你那尊中無綠蟻，皆因我囊里缺青蚨，不許俺神仙留
> 劍飲，偏容他學士典琴沽。(以脈望館就于小穀校古名家本爲例，《古
> 本戲曲叢刊》第四集 3，第三十四冊，頁 3)

仙呂【金盞兒】本格應爲「八句：三：三：七：七：(△)五‧五：五‧五：」，
第四句偶有不藏韻者(《北曲新譜》，頁 100)，《雍熙樂府》除了改編少數文字
外，並減去「則你那尊中無綠蟻」一句，使全曲少了第五句的五字一句。

6、《迷青瑣倩女離魂》第二折越調【收尾】

宮廷本【收尾】曲文爲：

> 你果然將赴長安路途登，我敢把走蜀郡車兒駕，則願你文苑客當時
> 奮發，則我這臨邛市沽酒卓文君，情願扶侍濯錦江題橋的漢司馬。(以
> 古名家曲文爲例，《全元雜劇》，二編一，頁 12)

越調【收尾】本格爲「四句：七：六：五‧五：」，其中第二句以變「七乙句」
者居多(《北曲新譜》，頁 276)，宮廷本此處似乎多出一句，故過渡曲本將第
一、二句合併爲「果然他上長安登途路把車兒駕」(卷十三，頁 4)一句，較合

乎句式。

7、《蘇子瞻風雪貶黃州》第一折仙呂【賺煞】

脈望館鈔校于小穀本【賺煞】曲文爲：

> 則爲不入虎狼群，躲離鯨鯢浪，直貶過淘淘大江，大信行人不斷腸，
> 赤緊的接天隅烟水茫茫，助淒涼衰草斜陽，休想我築起高臺望故鄉，
> 這里有當途虎狼，那里有拍天風浪，我要過水雲鄉，則是跳出是非
> 場。（《全元雜劇》，初編十，頁7）

按仙呂【賺煞】本格，是爲十句式，末句應作七字句，但于小穀本此曲共作
十一句，多出一句，《雍熙樂府》將其末二句「我要過水雲鄉，則是跳出是非
場」，改併爲「趁祥烟飛過水雲鄉」一句，合乎句式。

8、《呂翁三化邯鄲夢》第三折南呂【賀新郎】

脈望館鈔校于小穀本【賀新郎】曲文爲：

> 覷著惡很很公吏後追隨，冒雪湯風，叫天吼地，眞乃是武陵溪畔曾
> 相識，暗想起其中就理，但開口天知地知，幾曾見披著枷離月窟，
> 纏著鎖下雲梯，你那般惡風光全不如登科日。（《全元雜劇》，外編
> 八，頁18）

南呂【賀新郎】本格爲「十一句：七。四。四。七：七乙：七乙：五·五：七
：五。五：」，末二句亦可改爲「七。七：」（《北曲新譜》，頁127）的句式。
而于小穀本此處僅用九句，少末尾二「五。五：」或「七。七：」句，應依
《雍熙樂府》增入「猶思量靜鞭三下響，不隄防平地一聲雷」（卷九，頁59），
較合乎【賀新郎】本格。

另有《醉思鄉王粲登樓》第一折仙呂宮的【六幺序】、【幺】、【尾聲】三
曲，古名家本曲文雖然與李開先鈔本不盡相同，但兩者在句式的運用上，除
了將李鈔本【幺】中的六乙增句「紫綬烏靴象簡」，改爲「紫綬金帶，烏靴象
簡」兩個四字增句外，其它則大致無別，故相較於《雍熙樂府》，也是比較合
乎格律的作法。

所以，不論是相較於近眞本或宮廷本，過渡曲本不合乎句式的比例，都
是比較高的。這不禁令人感到困惑，難道過渡曲本對於曲文句式格律的要求
不高，抑或是另有原因？

《盛世新聲》的編者曾自序日：

> 予嘗留意詞曲，間有文鄙句俗，甚傷風雅，使人厭觀而惡聽。予於

暇日逐一檢閱，刪繁去冗，存其膾炙人口者四百餘章，小令五百餘
闋，題曰《盛世新聲》，命工鋟梓，以廣其傳。庶使人歌而善反和之
際，無聲律之病焉。〔註14〕

自信其所選內容，是可以「使人歌而善反和之際，無聲律之病」的文詞，雖
然期望與現實之間，偶而會有落差，但其以「聲律」為收編的重點，是顯然
可見的。而且其後尚有張祿者，針對其內容，作了「去其失格，增其未備，
訛者正之，勝者補之」〔註15〕的修正，編成《詞林摘豔》一書，其「聲律」
應該是可以符合時人要求的。

而《雍熙樂府》編者亦曰：

夫樂府之名，起於漢，是後代有作體製漸嚴，至於今日獨益精，斯
乃文詞之最工聲律之大備也。有十七宮調曰仙呂調、……皆因天地
自然之音定腔命名，各從其屬，一句之內不可亂下一字，一調之中
不可混施一曲，自非高才博學，妙解音律者，不能按腔填詞，使情
明語暢，穩諧樂府，何者？蓋前人閱歷既多，腔譜已定，聲分平仄，
字別陰陽，至精至備，不可易，故於措詞之間，其字其音，一有出
入，即非家法弗愜人心。〔註16〕

可見編者對於曲文中一字一句之聲律，也有嚴格的要求，自然不是輕忽隨意
之輩。故偶而的缺字訛字，或可理解，但如果是字句中長串的異文，或整句
的脫文或衍文，則恐怕不是疏漏二字可以解釋的。

而且，如果我們仔細觀察以上格律不符的曲牌，便可發現它們多數集中
在【仙呂宮】中。這便不得不使我們懷疑，明中葉清唱的劇套，仍然是以舞
台搬演的方式傳唱著嗎？會不會在某些宮調或曲牌中，已經起變化了呢？故
筆者大膽假設，這些造成句式不符一般格律的異文，排除掉部分刊刻可能的
錯訛之外，其它則不論其根源於那種版本，或是直接來自時人的唱詞，大部
分仍然是可以演唱的。只是演唱的旋律已經稍有變化，不再是舞台上演出元
雜劇的那種唱法了。

〔註14〕《盛世新聲・引》，北京：文學古籍刊行社，1955 年，據明正德十二年刊本影
　　　　印。

〔註15〕劉楫《詞林摘豔・序》，收錄於《續修四庫全書》1740 冊，上海：上海古籍出
　　　　版社，2002 年，頁 1。

〔註16〕《雍熙樂府・序》，收錄於《續修四庫全書》1740 冊，上海：上海古籍出版社，
　　　　2002 年，頁 1。

在前面的章節中，筆者曾經提起，過渡曲本極有可能是時人唱絃索北曲所依據的曲選，而這些絃索北曲的唱法，和舞台上演出的元雜劇，實際上已有分別。最明顯的說法是沈寵綏的《度曲須知》，他道：

> 至如「絃索」曲者，俗固呼爲「北調」，然腔嫌孃娜，字涉土音，則名北而不眞北也，年來業經釐剔，顧亦以字清腔逕之故，漸近水磨，轉無北氣，則字北而曲豈盡北哉。〔註17〕

又道：

> 夫然，則北劇遺音，有未盡消亡者，疑尚留於優者之口，蓋南詞中每帶北調一折，如「林沖投泊」、「蕭相追賢」、「蚪髯下海」、「子胥自刎」之類，其詞皆北，當時新聲初改，古格猶存，南曲則演南腔，北曲固仍北調，口口相傳，燈燈遞續，勝國元聲，依然嫡派。〔註18〕

可見曲壇上唱「絃索」的北曲，和舞台上演出的北劇，內容上還是有所差別的，其所舉舞台上的北劇雖然已是傳奇中的北劇，但仍以爲其「古格猶存」、「依然嫡派」，不同於「絃索」之北曲，更何況是元代或明初宮廷搬演的雜劇，內容與「絃索」之不同，應該是可想而知的。

但關於過渡曲本是否眞的是時人唱絃索的選本，抑或其中亦僅有部分曲套可以唱絃索？這些問題都仍然有待釐清。畢竟在我們查閱整本《盛世新聲》、《詞林摘豔》及《雍熙樂府》之後，發現有問題的曲文，其格律的使用，在整本曲選中，並未取得一致的格律標準，某些不合格律的曲文，仍然只是偶發現象。但誠如何良俊所言：

> 鄭德輝雜劇，《太和正音譜》所載十八本，然入弦索惟《㑳梅香》、《倩女離魂》、《王粲登樓》三本。〔註19〕

鄭德輝所作十八本雜劇能入絃索者僅有三本，而且還不是每一折都可以用絃索演唱，如其後點出的《㑳梅香》第三折越調，便「不入絃索」。〔註20〕其後，沈德符亦道：

> 況北詞亦有不叶弦索者，如鄭德輝、王實甫間亦不免，今人一例通

〔註17〕沈寵綏著，《度曲須知》，收錄於《中國古典戲曲論著集成》五，北京：中國戲劇出版社，1959 年，上卷「曲運衰隆」，頁 198。
〔註18〕同前註，頁 199。
〔註19〕何良俊著，《曲論》，收錄於《中國古典戲曲論著集成》四，北京：中國戲劇出版社，1959 年，頁 6。
〔註20〕同註 19，頁 8。

　　　　用，遂入笑海。〔註21〕

此皆表明，元雜劇不能完全入於絃索。所以，選曲本所選的曲套，或許也因直接選入元人作品，而無法全部符合絃索演唱的需要，故造成其間曲律無法統一的現象。

　　另外，如上一節曾經論及的，在慣於聯用的曲套上，過渡曲本也有將曲文前後挪用的現象。最明顯的，仍在黃鍾宮【醉花陰】與【喜遷鶯】兩曲之中，如元刊本《漢高祖濯足氣英布》第四折：

　　　　【醉花陰】楚漢爭鋒競寰宇，楚項籍難贏敢輸。此一陣不尋俗，英布誰如據，慷慨堪推舉。

　　　　【喜遷鶯】多應敢會兵書，沒半霎兒熬番了楚項羽。他那壁古刺刺門旗開處，楚重瞳在陣面上高呼，無徒，殺人可恕，情理難容，相欺負，廝恥辱，他道我看伊不輕，我負你何辜。（《校訂元刊雜劇三十種》，頁164）

過渡曲本亦將其【喜遷鶯】之後二句改為「善韜略曉兵書，無半霎兒熬番了楚項羽」（以《雍熙樂府》曲文為例，卷一，頁331），置於【醉花陰】後，用的也是《九宮大成》所謂的「近體」。而其後所選錄的《迷青瑣倩女離魂》第四折，亦同於宮廷本，用的是【醉花陰】七句，【喜遷鶯】八句的格式。

　　綜觀選曲本所選錄的黃鍾套中，【醉花陰】與【喜遷鶯】連用的曲文，大部分皆作此格式，甚至在二曲不連用的散套中，其【醉花陰】與【喜遷鶯】的曲文，也不時可見其分別用七句式及八句式的格律。可見這種格式，已經慢慢成為各自單獨曲牌的固定格式，而不單純是連用挪移的現象。這也再次證明，單一曲牌的格式，由於各種不同的因素，是有可能隨著時代而推移的。

三、文人改編本的句式使用

　　上述二小節筆者已將近真本與宮廷本、近真本與過渡曲本、宮廷本與過渡曲本重複的曲牌，加以比對，並指出其異文與格式之間的關係。以下筆者便將《元曲選》與上列格式不同之曲文重複的部分，也一一加以比對，並以表格簡列之，以便觀察《元曲選》之句式問題：

〔註21〕沈德符《顧曲雜言》，收錄於《中國古典戲曲論著集成》四，北京：中國戲劇出版社，1959年，頁205。

【表 4-1】《元曲選》與近真本、宮廷本重複曲牌句式異同

曲 牌 名	近 真 本	宮 廷 本	元 曲 選
《楚昭王疎者下船》第三折中呂【石榴花】	1、這的是雲夢山洞庭湖（五字句） 2、叫苦（四字句） 3、自猶豫（七字句）	1、這的是海闊洞庭湖 2、他可便叫苦 3、則俺這一家老小牽腸肚	1、這的是海闊洞庭湖 2、那里便叫苦 3、則被這一家老小同奔赴
《楚昭王疎者下船》第三折中呂【滿庭芳】	1、孝子是眞賢婦（七字句） 2、瞽叟堂中生舜主，堯王殿下長丹朱（四、五字句）	1、恩親孝子賢達婦 2、這的是皇天喪楚，您今日隨水底慢嗟吁	1、又不是進膠舟那日昭王渡 2、總只是皇天喪楚，教你去龍頜下探明珠
《泰華山陳摶高臥》第一折仙呂【天下樂】	1、雖然是子丑寅卯，甲乙丙丁（三、三字句）	1、似這般暗奪鬼神機，豫知天地情	1、似這般暗奪鬼神機，豫知天地情
《泰華山陳摶高臥》第四折雙調【收江南】	1、纏煞我也（五字句）	1、纏煞我也您般鬧攘	1、怎禁得直恁般鬧攘
《張鼎智勘魔合羅》第四折正宮【滾繡球】	1、少第七句七乙句（或四字句）	1、都將你慶歡享祭	1、將你做一家兒燕喜
《醉思鄉王粲登樓》第二折正宮【倘秀才】第一支	1、眞乃是挾太山以超北海（七乙句）	1、無此句	1、那無錢人有名的終淹草萊
《醉思鄉王粲登樓》第二折正宮【滾繡球】第三支	1、不讓齊田單縱火牛即墨城開（七乙句） 2、不讓班定遠久鎮在玉門關外（七乙句）	1、無此句 2、無此句	1、我不讓馬服君仗霜鋒點將登台 2、我不讓霍嫖姚領雄兵橫行邊塞

【表 4-2】《元曲選》與近真本、過渡曲本重複曲牌句式異同

曲 牌 名	近 真 本	過 渡 曲 本	元 曲 選
《醉思鄉王粲登樓》第一折仙呂【六么序】	1、似驚烏月冷枝寒（七乙句）	1、似金烏玉兔冷枝寒	1、衡地似驚弓鳥葉冷枝寒
《醉思鄉王粲登樓》第一折仙呂【（六么序）么】	1、輪還我不平奮氣空長嘆，充塞乎天地之間（七、七乙句）	1、不平氣空長嘆，塞乎天地間	1、只落的不平氣都付與臨風嘆，恨塞滿天地之間
《醉思鄉王粲登樓》第一折仙呂【尾聲】	1、穩情取崢嶸□眼（七字句） 2、子今夜夢先到襄江峴山，楚天闊寧如蜀道難（七乙、七字句）	1、取崢嶸現你眼 2、無此二句	1、穩情取崢嶸見您的眼 2、夢先到襄江峴山，楚天闊爭如蜀道難

【表4-3】《元曲選》與宮廷本、過渡曲本重複曲牌句式異同

曲 牌 名	宮 廷 本	過 渡 曲 本	元 曲 選
《杜牧之詩酒揚州夢》第一折仙呂【賺煞】	1、你的話釣詩鉤，我醉則醉常在心頭（七乙句攤破之三、四句）	1、無此二句	1、這的是釣詩鉤，我醉則醉常在心頭
《呂洞賓三度城南柳》第一折仙呂【金盞兒】	1、則你那尊中無綠蟻（五字句）	1、無此句	1、則你那尊中無綠蟻
《迷青瑣倩女離魂》第二折越調【收尾】	1、你果然將赴長安路途登，我敢把走蜀郡車兒駕	1、果然他上長安登途路把車兒駕	1、各刺刺向長安道上把車兒駕
《迷青瑣倩女離魂》第四折黃鍾【寨兒令】	少第二句（二字句）少第七句（五字句）	也那縈縈自悔傲自由性	1、（可憐我伶仃，）也那伶仃 2、自悔傲自由性
《迷青瑣倩女離魂》第四折黃鍾【神仗兒】	1、少第一、二句（四、四字句）	1、俺娘他毒害的有名，全沒那母子面情	1、俺娘他毒害的有名，全無那子母面情
《醉思鄉王粲登樓》第一折仙呂【六么序】	1、剗地似驚弓鳥葉冷枝寒（七乙句）	1、似金烏玉兔冷枝寒	1、剗地似驚弓鳥葉冷枝寒
《醉思鄉王粲登樓》第一折仙呂（六么序）么】	1、不平氣堵空長嘆，恨塞乎天地之間（七、七乙句）	1、不平氣空長嘆，塞乎天地間	1、只落的不平氣都付與臨風嘆，恨塞滿天地之間
《醉思鄉王粲登樓》第一折仙呂【尾聲】	1、穩情取崢嶸見您的眼（七字句） 2、夢先到襄陽峴山，楚天闊爭如蜀道難（七乙、七字句）	1、取崢嶸現你眼 2、無此二句	1、穩情取崢嶸見您的眼 2、夢先到襄江峴山，楚天闊爭如蜀道難

　　由上列三個表格我們約略可見，《元曲選》在曲文的選擇上，雖然偏向不一，有時候也會自己另作改編，但句式大多接近於統一格式的一方，甚至在三種版本俱與慣用格式不合的情況下，《元曲選》亦堅持修改，成為唯一合乎慣例的版本。如《死生交范張雞黍》第二折借用的仙呂【遊四門】，元刊本曲文為：

　　　疎剌剌慘人風過冷颼颼，支生生的頭髮似人揪，靜悄悄芳魂迴野申時候，昏慘慘落日墜城頭，殘雪又收，寒雁下汀洲，景物正幽，村落帶林丘。（《校訂元刊雜劇三十種》，頁326）

息機子本作：

> 疎剌剌慘人風過冷颶颶，頭髮似人揪，靜悄悄荒林曠野申時候，昏慘慘落日墜城頭，殘雪又收，寒雁下汀洲，景物正幽，村落帶林丘。（《全元雜劇》，二編二，頁 24）

過渡曲本作：

> 疎剌剌慘人風過冷颶颶，支生生頭髮似人揪，靜悄悄荒郊野外申時候，昏慘慘落日壓城頭，慘霧又收，寒雁又下汀洲，景物正幽，村落帶林丘。（以《雍熙樂府》爲例，卷十四，頁 8）

仙呂【遊四門】的格式本爲「六句：七：五：七：五：一・五：」，鄭騫《北曲新譜》按元刊本此句格式，增列「增句」一格，即以本格照第五、第六句再作一遍（《北曲新譜》，頁 89），實際上此爲極少見之例。故《元曲選》將後四句改爲作「早亂紛紛，寒雁下汀洲」（三上，頁 2461）二句，依然按照慣例而作。由此可見，《元曲選》有可能是從元至明之所有元雜劇選本中，最講究格式統一的版本。

　　爲了印証這個想法是否正確，以下我們便針對與《元曲選》重複最多的宮廷本，加以比對，列舉二者間在統一格式的取抉上的不同之處。由於例子繁多，以下我們便分三類舉例說明：

（一）改正句數不合者

1、《破幽夢孤雁漢宮秋》第二折南呂【三煞】

宮廷本【三煞】曲文爲：

> 我則恨那忘恩咬主賊禽獸，把恁怎不畫在凌烟閣上頭，紫臺行吏知咱是君臣，那一件不依卿所奏，爭忍教第一夜夢迤逗，從今後不見長安望北斗，生扭做織女牽牛。（以古名家本爲例，《全元雜劇》，初編四，頁 11）

南呂【煞】曲本格爲「八句：七：七：七：四・六：五：七：四：」（《北曲新譜》，頁 136），宮廷本少一句，《元曲選》將第三句改作「紫台行都是俺手里的眾公侯，有那粧兒不共卿謀」（一上，頁 186）兩句，合乎南呂【煞】本格。

2、《玉清庵錯送鴛鴦被》第三折越調【小桃紅】

宮廷本【小桃紅】曲文爲：

> 則俺祖宗家世有聲名，三輩兒爲恭政，賤妾尊君洛陽令，俺父親爲朝中大人每保奏到尚書省，官封左丞，因覷著老病，因此上告致仕

去朝京。（以脈望館藏古名家本爲例，《全元雜劇》，三編一，頁 17）

越調【小桃紅】本格爲「八句：七：五：七：三：七：四·四·五：」（《北曲新譜》，253），故宮廷本缺第四句三字一句，故改其第三句爲「俺家君一生正直無邪佞」，下增「惹人僧」（一上，頁 330）三字，使其字義格式均能符合此處需要。

3、《李亞仙花酒曲江池》第一折仙呂【天下樂】

顧曲齋本【天下樂】曲文爲：

> 三月清明豔麗天，繞著這古墓前，你看那香車寶馬选萬千，行行里看一會景致，行行里聽一會管弦。妹子你覷波早離了酒席兒偌近遠。
>
> （《全元雜劇》，初編九，頁 2）

仙呂【天下樂】本格爲「七句：七：二·三：七：三·三：五：」（《北曲新譜》，頁 82），顧曲齋本少第二之二字一句，故《元曲選》增入「咱和你鬭也波鬭」（一下，頁 821），其餘字句無甚改動。

4、《包龍圖智賺合同文字》第二折正宮【滾繡球】第二支

息機子本【滾繡球】曲文爲：

> 想當日盤纏無一文，遺留托二親，命絕祿盡，謝父親將您孩兒擡舉成人，離潞州出馬村，將骨殖埋殯，認了伯父伯娘呵你孩兒便索回程，先盡了二十年孝子平生願，可回來報答你十五載爺娘養育恩，豈避辛勤。（《全元雜劇》，三編二，頁 7）

正宮【滾繡球】本格爲「十一句：三·三：七乙：七乙：三·三：七乙：七乙：七·七：四：」，其中第三、第七兩句上三字可省（《北曲新譜》，24），故息機子本此處僅少第六之三字句，《元曲選》除將其第三、第七句從四字句改爲七乙句外，還增入「早來到東京義定門」（二上，頁 1172），使其完全合乎格式。

5、《呂洞賓三醉岳陽樓》第二折南呂【二煞】

古名家本【二煞】曲义爲：

> 爭如我蓋間茅屋深依澗，披片麻衣靜坐菴，人我場中，茶博士多經淘渲，那條款再休犯，世事繞分兩鬢斑，尋取簡出聖超凡。（《全元雜劇》，初編五，頁 16）

南呂【煞】本格爲「八句：七：七：七：四·六：五：七：四：」（《北曲新譜》，136），古名家本少第三之七字一句，故《元曲選》此曲除改末三句無關

格式外，另於「披片麻衣坐法壇」後，加入「倒也躲是非忘寵辱無牽絆」（二下，頁1660），合乎本格。

6、《黑旋風雙獻功》第三折雙調【新水令】、【喜江南】

脈望館鈔校本【新水令】曲文爲：

> 我可便爲俺哥哥打扮的醜容儀，你可便怎知道我是那宋公明的兄弟，我可也不許著外人知，將我這飯罐兒忙提，山兒也可用著你那賊見識入牢內。（《全元雜劇》，初編七，頁11）

雙調【新水令】本格爲「六句：七：七乙：五・五：四：五：」（《北曲新譜》，頁279），脈望館鈔校本缺第三之五字一句，《元曲選》補入「也自有咱心上事」（二下，頁1832），合乎本格。另外同劇同折【喜江南】一曲，原只有「你說波俺哥哥又不是打家截道的殺人賊」一句，非但格式不完整，文義亦顯突兀，文字明顯有所脫誤，而《元曲選》同曲曲文作：

> 呀，俺哥哥又不是把家截道的殺人賊。倒賠了個如花似玉的好嬌妻，送與你這倚仗挾勢白衙內，到今朝這日，才得我非親是親的送那碗飯兒吃。（二下，頁1836）

方合乎雙調【喜江南】「五句：七：七：七：五乙：七：」（《北曲新譜》，頁317）的本格，文義亦顯完整。

7、《宜秋山趙禮讓肥》第三折越調【紫花兒序】

宮廷本【紫花兒序】曲文爲：

> 哀告來天高地厚，我可什麼樂道安貧，怎遭這場橫禍非災，則你那睡魂不醒，怪眼難開，哀哉，長的是那擎天柱，空舉成慣世才，剗的將我似牛羊看待，我又不曾樂極悲生，兀的是我苦盡甘來。（以息機子本爲例，《全元雜劇》，二編五，頁13）

越調【紫花兒序】本格爲「十句：四・四・四：四・四：二：七：四：四・四：」（《北曲新譜》，250），其第七句應爲七字句，而宮廷本攤成「長的是那擎天柱，空舉成慣世才」兩句，故《元曲選》改爲「只我這七尺長軀本貫世才」一句（三上，頁2531），合於【紫花兒序】本格。

其它如《江州司馬青衫淚》第二折正宮【三煞】、《四丞相高會麗春堂》第二折中呂【石榴花】、《包龍圖智勘後庭花》第四折正宮【滾繡球】、《尉遲恭單鞭奪槊》第一折仙呂【後庭花】、《劉晨阮肇誤入桃源》第二折正宮【二煞】、《大婦小婦還牢末》第四折中呂【朝天子】、《李雲英風送梧桐葉》第二

折【煞尾】、第三折中呂【石榴花】、第四折雙調【川撥棹】、【鴛鴦煞】等曲牌，多不勝舉，此等曲中，宮廷本皆有不依慣例而增減句子的現象，而亦皆為臧懋循所改訂。

（二）改正字數不合者

1、《楊氏女殺狗勸夫》第一折仙呂【油葫蘆】、【柳葉兒】

脈望館鈔校本【油葫蘆】曲文為：

> 孫二喬才則是村，你將我罵斷根，我自敦自迭自賴自傷身，見如今爹爹妳妳都亡盡，從今後哥哥嫂嫂休生忿，為甚自罵我你錯怨了人，既是哥哥與兄弟無親分，卻怎生等我上新墳。（《全元雜劇》，三編二，無頁數）

仙呂【油葫蘆】本格為「九句：七。六乙。七。七。七。三‧三。七。五。」（《北曲新譜》，頁81），其第三句應為七字句，而脈鈔本卻作九字句，故《元曲選》改為「則著我自敦自遜自傷神」（一上，429），較合乎本格句式。

另外，同折【柳葉兒】一曲，脈鈔本作：

> 孫蟲兒無分，見一個旋風兒繞定墳，來時節旋的慢去時節旋的緊，小的兒逼著貧困，大的兒有金銀，爹爹妳妳恁做一個鬼魂兒愛富嫌貧。（《全元雜劇》，三編二，無頁數）

【柳葉兒】本格為「六句：七乙。七乙。七。三‧三。七乙。」（《北曲新譜》，頁93），其中第一、二句應作七乙句，脈鈔本顯然有違句式，《元曲選》改作「難道我孫蟲兒與他來不親不近，見一陣旋風兒繞定荒墳」（一上，431）二句，合乎慣例。

2、《尉遲恭單鞭奪槊》第二折正宮【端正好】

宮廷本【端正好】曲文為：

> 是他新，喒頭舊，親不擇骨肉，賞不避仇讎，你道那尉遲恭，又往他那沙沱走，喒可也慢慢的相窮究。（以脈望館鈔校本為例，《全元雜劇》，初編十，頁6）

正宮【端正好】本格為「五句：三‧三。七乙。七。五。」（《北曲新譜》，頁23），其第三句應作七乙句，而宮廷本乃作「親不擇骨肉」的五乙句，故《元曲選》改為「沒揣的結下冤仇」（三下，頁2975），合乎此處的七乙句式。

3、《李雲英風送梧桐葉》第二折正宮【滾繡球】第二支

宮廷本【滾繡球】曲文爲：

> 捲三層壁上茅，蕩三軍塞邊土，冷颼颼烟籠霧，送簫聲響徹雲衢，
> 破黃金菊蕊開，墜胭脂楓葉舞，向深山落花滿路，去時節長則是向
> 東南巽位藏伏，入羅幃冷清清，勾引動懷怨閨中女，渡關河寒凜凜，
> 偞落殺思歸塞上夫，驚起老樹啼鳥。（以古名家本爲例，《古本戲曲
> 叢刊》第四集 3，第三十一冊，頁 8）

正宮【滾繡球】本格爲「十一句：三・三：七乙：七乙：三・三：七乙：七
乙：七・七：四：」（《北曲新譜》，頁 24），其第三句應作七乙句，或省去上
三字的四字句，但宮廷本的「冷颼颼烟籠霧」不論以何字爲襯，都難合於原
本句式，故《元曲選》改爲「颼颼颼吹散了一天烟霧」（三下，頁 3091），前
後字句亦稍作調整，合於此曲本格。

4、《逞風流王煥百花亭》第三折商調【金菊香】

脈望館鈔校本【金菊香】曲文爲：

> 憑著我驅兵領將萬人敵，穩情取一舉成名天下知，青雲步武發志
> 氣，喒福齊夫妻今日賣查梨，喒正是夫唱婦當隨。（《全元雜劇》，
> 三編五，無頁數）

商調【金菊香】本格爲 1「五句：七：七：七：四：五：」（《北曲新譜》，頁
221），脈鈔本第四句不合於本格之四字句，故《元曲選》調整前後曲文，將
後三句改作「俺怎肯做男兒有身空車尺，任他人奪去嬌妻，將比翼兩分飛。」（四
上，頁 3624）使其合乎本格句式。

（三）改正誤白爲曲者

在宮廷本中，除了有不依句數、字數等格式慣例而作的曲文外，還有一
些應是抄錄或刊刻的失誤，即將賓白誤爲曲文，應爲小字而誤抄或誤刻爲大
字者。而且這種錯誤通常普遍發生在各個宮廷演出本體系的版本中，往往同
一劇目之同一曲牌，如果同時存在幾個版本，則錯誤也同時存在其中，可見
這種錯誤是存在於原始版本之中，且顯示其它版本在抄錄刊刻時，亦甚少作
校正工作，故而導致這樣的結果。以下我們便列舉數例爲証：

1、《李亞仙花酒曲江池》第二折南呂【黃鍾煞】、第三折中呂【十二月】

顧曲齋本【黃鍾煞】曲文爲：

則是箇悶番子弟粗桑棍，繫著條舞旋旋的裙兒不是裙兒，則是箇纏
殺郎君濕布褌，無郎君又是恨，有郎君分外村，娘慈悲女孝順，你
不仁我生悆，到家裏決撒噴，你看我尋箇自盡覓箇自刎，官司知決
然問，問一番拷一頓，官人行怎親近，令史每無投奔，我著你哭啼
啼，帶著鎖披著枷，恁時分，你爲甚麼來送了這孤寒的老身，我看
你孟撒了撩丁到折了本。（《全元雜劇》，初編九，頁 9）

南呂【黃鍾煞】詞式雖較複雜，但仍有其基本格式，即以隔尾首二句「七：七
：」作起，接著中間三字句多少不拘，但須雙數，即三字句下又可增四字若
干，亦須雙數，最後以黃鍾尾末兩句「七乙：七：」（《北曲新譜》，頁 138～
139）作結。顧曲齋本此處多出「繫著這條舞旋旋的裙兒也不是裙兒」、「你爲
甚麼來送了這孤寒的老身」兩句，只有「你爲甚麼」做小字，其它皆以大字
刻印，似爲曲文，應從《元曲選》作小字賓白（一下，頁 832），方合乎【黃
鍾煞】格式。

　　而第三折中呂【十二月】，顧曲齋曲文作：

遍乾坤冬寒暮景，寰宇內糝玉篩瓊，長街上寒風凜例，頭直上冷氣
嚴侵，好淒涼人也，又不曾虧負了蕭娘性命，雖同姓你又不同名。（《全
元雜劇》，初編九，頁 10）

中呂【十二月】本格爲「六句：四：四：四‧四：四：四：」，各四字，平分
三段（《北曲新譜》，頁 163），故「好淒涼人也」明顯爲多出的曲文，《元曲選》
加上「帶云」做小字（一下，頁 832），方爲是。

2、《朱太守風雪漁樵記》第二折正宮【二煞】

　　息機子本【二煞】曲文爲：

你知道那歲寒然後知松柏，你如今看我似那糞土之牆如那朽木材，
不是我虀塩你箇糟糠，你待著我暗放烹宰，憑著我這滿腹內的詩書，
男子漢當懷，有一日官居在八位，運至三臺，日轉千階，我在那三
簷的這傘底，頭直上扡一輪皂蓋，前曲列兩行朱衣，那其間誰敢道
我負薪來。（《全元雜劇》，三編二，頁 15）

正宮【煞】曲本格爲「十一句：七：七：四‧四‧四‧四：四‧四‧四：四
（五）‧五：」（《北曲新譜》，頁 67），多出二句，其中「三簷的這傘底」、「前
面列兩行朱衣」，《元曲選》以其不合律故逕行刪去（三上，頁 2221），雖然合
乎本格，但也失去酣暢之致。筆者以爲，如能將多出之句做小字帶白，則格

律文義兼到。

3、《宜秋山趙禮讓肥》第三折越調【尾聲】

宮廷本【尾聲】曲文作：

> 穩情取馬步禁軍都元帥，骨剌剌兩面門旗展開，寫著道是風高放火，月黑殺人，圖財致命，你死我活，將你九江四海是非心，到換做腰懸金印，身掛虎符，名標青史，圖像麒麟，我將你萬古千年，將你那姓名來改。（以息機子本爲例，《全元雜劇》，二編五，頁 15）

越調【收尾】本格作「四句：七。六。五・五。」（《北曲新譜》，頁 276），宮廷本此處明顯多出許多句，其中「寫著道是風高放火，月黑殺人，圖財致命，你死我活」、「到換做腰懸金印，身掛虎符，名標青史，圖像麒麟」等句，《元曲選》均做小字，標註「帶云」（三上，頁 2534），不做曲文正字，合乎【收尾】格式。

4、《杜蕊娘智賞金線池》第一折仙呂【金盞兒】

宮廷本【金盞兒】曲文爲：

> 老實淳，性兒村，提起那人情來往伴粧鈍，有幾箇打趸客旅輩，他可早耳朵閉眼睛昏，前門裡統鏝客，後門裡一箇使錢勤，揉開汪淚眼，打拍老精神。（以古名家本爲例，《全元雜劇》，初編一，頁 5）

仙呂【金盞兒】本格爲「八句：三。三。七。七。（△）五・五。五・五。」，第四句偶有不藏韻者（《北曲新譜》，頁 100），宮廷本顯然多出一句，故《元曲選》以「有幾箇打趸客旅輩」爲小字帶白，方合乎本格。

　　以上三類，皆爲《元曲選》按照各曲牌之慣用格式，改正宮廷本中不符本格之處，例証繁多，難以勝舉。當然，《元曲選》中也有一些曲牌，將原本合於本格的曲文，改成了不合慣例，但這種例子畢竟是少數，視爲《元曲選》之偶然疏失，不爲過矣。但其中《呂洞賓度鐵柺李岳》一劇，第三折【古調太清歌】元刊本曲文作：

> 則他那退豬湯，不熱似俺那研濃墨，則他那殺豬刀，不快似俺那圓尖筆，殺生害命爲活計，作業無知，是覓了幾文錢，拗是爲非，俺也曾磣可可活吃民心髓，抵多少豬肚豬皮，你倚仗秤大小瞞心昧己，我倚仗著膿血債覓衣食，你瞞人怎抵俺傷人義，這的是東行不知西行利。（《校訂元刊雜劇三十種》，頁 267）

【太清歌】本格「九句：七。四。五・四。七。七乙。七乙（五）。五。」

（《北曲新譜》，頁 321），按例曲前應用【小煞】「七。七。」，曲後亦應用【小煞】「七。七。」句，而《元曲選》改本去後小煞二句，鄭騫以爲：

> 元曲選本鐵枴李無後小煞，乃不明曲律者之所刪改，不足爲憑，元刊本明明前後有小煞也。（《北曲新譜》，頁 323）

又批評曰：

> 元刊你瞞人以下兩句，名爲「小煞」是太清歌必有者，臧選逕行刪去，尤與格律大相背謬。此眞葉懷庭譏臧晉叔所謂「文律曲律皆非所知」。（〈元雜劇異本比較〉，第三組，頁 21）

可見臧懋循所改【太清歌】不合元人慣用格式，故爲鄭騫所批評。但【太清歌】不用後小煞的作法，不一定爲臧懋循所竄，且看現存元雜劇中另一用到【太清歌】的劇目《江州司馬青衫淚》，其宮廷本曲文作：

> 莫不是片帆飽得西風力，怎能勾謝安攜出東山妓，此行不爲鱸魚膾，成就了佳期，無個外人知，大膽姜維，何疑，那廝正販茶上偃仰和衣睡，黑婁婁地鼾息如雷，比及楊柳岸秋風喚起，人已過畫橋西。（以脈望館藏古名家本爲例，《全元雜劇》，初編四，頁 20）

此曲便不用後小煞二句，《元曲選》此劇依此而改，亦無後小煞二句（三上，頁 2291），可見這種作法早出現在《元曲選》之前，不知從何而始，臧懋循可能是在不見元刊本，及當時元曲唱法逐漸消失的情況下，依照當時慣例修改或沿襲前人作品。

　　由此可見，臧懋循之重訂元雜劇，有其標準依規，這一點我們在上面幾個章節中，從他對曲牌名稱、套式、增減句式等改訂諸例，已約略可見，而此處對句式的修改，又再一次証明《元曲選》有逐漸走向統一規整的趨勢。但這種走向是否必要，則便是另一個層面的問題了。

　　鄭騫在比較元雜劇異本時，曾多次針對臧懋循修改舊本句式，提出不同的意見，如針對其改《李亞仙花酒曲江池》第一折仙呂【天下樂】道：

> 臧選「咱和你翩也波翩」，顧曲齋無此句，不合律，但臧選所添此句，頗爲拙笨稚弱，似不如仍其舊，視爲偶然減句可也。（〈元雜劇異本比較〉，第三組，頁 4）

針對《宜秋山趙禮讓肥》第三折越調【紫花兒序】之改作，道：

> 此句應作七字，息機子破爲兩五字句（長的便似擎天柱，空學成貫世才），乃北曲中常見作法，文氣亦較酣暢，臧選改作七字（只我這

七尺身軀本貫世才），轉覺笨滯。（〈元雜劇異本比較〉，第四組，頁
19）

針對《尉遲恭單鞭奪槊》第一折仙呂【後庭花】道：

此處例用四字、六乙各一句，六乙即本格之末一句也，此下可再增
六乙若干句，或即疊用末句。四字句與六乙句之間則未有增句者。
古名家及脈望本曲增唐朝世界一句，乃僅見之例。臧選改云……雖
合於常用格律而文氣遠不如原作酣暢。此等偶然變例，元曲中每有
之，臧改亦太拘矣。（〈元雜劇異本比較〉，第五組，頁33）

針對《劉晨阮肇誤入桃源》四36第二折正宮【二煞】道：

原作較本格少一句，臧添足之（即似鶯鶯句）固爲合律，但原作所
用三事俱是先秦兩漢古典，屬入鶯鶯張生，似嫌不類，此句實不如
不添，作偶然減句格看可也。（〈元雜劇異本比較〉，第四組，頁37）

針對《逞風流王煥百花亭》五39第三折【金菊香】第三支道：

此三句（即後三句）當爲七△四△七△（應是五△）句法，脈望次
句不合律，故臧選改之。但改筆語氣太庸弱，反不如原文，偶然失
律，原無不可，不必強改也。（〈元雜劇異本比較〉，第五組，頁41）

可見鄭騫認爲，所謂元曲的句式，偶而可以具有彈性，不必爲符合句式，而
將原來的佳句，改爲拙劣，故每在《元曲選》改筆不佳時，便出現此等評論。

如再進一步觀察在臧懋循之後選編元雜劇的孟稱舜，他的《古今名劇合
選》中，所選用的曲文，往往介於宮廷本與《元曲選》之間，而其選用字句
的標準，亦通常是依二者文字及劇中情節人物需要，甚少言及曲律。唯一的
一則關於曲律批評，是在《破幽夢孤雁漢宮秋》第二折【鬥蝦蟆】曲之上，
他道：

此枝與後【三煞】皆依吳興本，以原詞考之，於譜稍未諧，餘間有
異同，皆不及標出。（《續修四庫全書》1763冊，頁596）

觀【鬥蝦蟆】與【三煞】曲文，其中【鬥蝦蟆】曲宮廷本較《元曲選》少了
第三句格律爲「十仄平平」（《北曲新譜》，頁128）的四字句，雖然我們也可
以將「山前戰鬥」一句視爲正格而不是增句，但如此一來便會有四聲格律的
問題，終不如晉叔之「屬俺炎劉」合律；而另外一曲【三煞】，宮廷本則少了
第四句之四字一句，《元曲選》作「有那樁兒不共卿謀」，較宮廷本合律，此二
曲《醉江集》皆選擇依從臧本所錄。但另外也有一些曲文，如上列的《死生

交范張雞黍》第三折仙呂【遊四門】及《劉晨阮肇誤入桃源》第二折正宮【二煞】，孟稱舜亦不如《元曲選》之依趨於統一的格式而改，而依然延用舊本。故而以此觀之，《元曲選》對於統一句式之使用，仍爲眾多元雜劇選本中最爲突出的。

葉堂曾經批評臧懋循「文律曲律皆非所知」〔註22〕，可能即是認爲晉叔不通曲律，僅一味按照固定格式改訂原文，而不知活用曲律的變通原則，故往往爲了符合多數慣例而修改原文，使元雜劇的音樂顯得僵化，曲文原味亦減卻不少，這或許便是《元曲選》之改編最爲人所詬病之處吧！但他在元雜劇音樂逐漸消失的晚明時期，及時保留了元人雜劇最普遍的格律範式，使後人得以從中了解元雜劇音樂之大要，亦有其不可抹滅的貢獻。

第三節　襯增字之使用

所謂「襯字」，即在不礙節拍的情形下，於本格正字之外，所添出的若干字，此等字面，通常用於轉折、連續、形容、輔助之用，由於只作陪襯、襯托之用，故稱「襯字」，亦即周德清所謂的「襯垫字」〔註23〕。

至於襯字的使用，王驥德曾曰：「古詩餘無襯字，有之，自南北二曲始。」〔註24〕其實，早在漢代李延年的〈李夫人歌〉「寧不知傾城與傾國」句的「寧不知」，及李白的〈將進酒〉「君不見黃河之水天上來」句的「君不見」中，便已可見端倪。而襯字在詞中的使用，更是不乏其例，如李璟的〈攤破浣溪沙〉、柳永的〈八聲甘州〉等。但眞正在中國文學中，大量使用襯字，並以之爲該文學重要組成部分者，則非等到曲的出現不可。

曲中襯字使用的目的，概如凌濛初所云：「蓋曲限於調而文義有不屬不暢者，不得不用一二字襯字。」〔註25〕或王季烈所謂：「曲之有襯字，既使文義條鬯，且令歌時有疏密清新之致。」〔註26〕所以，襯字能令「文義通暢」或

〔註22〕葉堂《納書楹曲譜》，正集卷二，收錄於《續修四庫全書》1756 冊，上海：上海古籍出版社，2002 年，頁 284。

〔註23〕周德清《中原音韻》〈作詞十法〉，收錄於《中國古典戲曲論著集成》一，北京：中國戲劇出版社，1959 年，頁 234。

〔註24〕王驥德《曲律》卷二〈論襯字第十九〉，收錄於《中國古典戲曲論著集成》四，北京：中國戲劇出版社，1959 年，頁 125。

〔註25〕凌濛初《南音三籟》〈凡例〉，收錄於《善本戲曲叢刊》，台北：台灣學生書局，1984 年，頁 9。

〔註26〕王季烈《螾廬曲談》卷二〈論作曲〉，第五章「論詞藻四聲及襯字」，台北：

「歌唱疏密有致」，成為作家作曲時，喜歡套用的最主要原因。尤其當這些曲文使用在舞台的呈現之上，成為故事進行與歌舞表演的一部分時，襯字之兩大作用，則更顯得重要，所以在元雜劇的曲文中，襯字更是不可少的一部分，其使用情況也較一般小令、散套更為普遍。

　　雖然襯字在元雜劇曲文中，佔有一定的重要地位，但自古以來，對於元曲襯字的討論，仍然十分紛亂，毫無定法。如周德清《中原音韻》謂：

> 套數中可摘爲樂府者能幾？每調多則無十二三句，每句七字而止，
> 卻用襯字加倍，則刺眼矣。〔註27〕

王驥德《曲律》曰：

> 北曲配絃索，雖繁聲稍多，不妨引帶。〔註28〕

吳梅《顧曲麈談》謂：

> 惟北詞調促而辭繁，下詞至難穩愜。且襯字無定法，板式無定律，
> 初學塡詞，幾於無從下手。〔註29〕

許之衡《曲律易知》則道：

> 惟北曲，襯字多少不拘。〔註30〕

周德清認爲元曲襯字「刺眼」，反對多用，王驥德則以爲北曲襯字「不妨引帶」，吳梅認爲北詞「襯字無定法」，許之衡亦以爲北曲「襯字多少不拘」。這些說法，可說是令人如入五里霧中，對於北曲襯字，究竟是否可以多用，以及如何使用，找不到一個可供遵循的法則。

　　雖然從前人的說法中，我們找不到可以依從的作法，但多數論者仍然對襯字的使用，有大原則上的共識。如王驥德《曲律》曰：

> 細調板緩，多用二三字尚不妨，緊調板急，若用多字，便躲閃不迭。
>
> 〔註31〕

凌濛初《南音三籟》曰：

> 曲每誤於襯字。……大抵虛字耳，如：「這、那、怎、著、的、個」
> 之類，不知者以爲句當如此，遂有用實字者，唱者不能搶過，而腔

　　　　台灣商務印書館，1971年，頁45。
〔註27〕 同註23，頁234。
〔註28〕 同註24。
〔註29〕 吳梅《顧曲麈談》第一章第四節〈論北曲作法〉，台北：廣文書局，1977年，頁77。
〔註30〕 同註1，頁185。
〔註31〕 同註24，頁125。

戾矣。〔註32〕

吳梅《顧曲麈談》曰：

> 板之疏密處既可檢得，而於填詞用襯字時，何處可增，何處可減，
> 亦可以自行去取。〔註33〕

王季烈《螾廬曲談》曰：

> 必須加於板式繁密之處，且須加於句首或句之中間；至句末三字之
> 內，與板式疏落之處，決不可加襯字。又襯字每處至多不過三字，
> 且宜用虛字，不宜用實字。〔註34〕

以上說法，大多從板式著眼，認爲北曲雖然可以多加襯字，但須不妨正字，
故多加於板密之處，且以虛字爲宜。

這是多數人對於襯字使用的基本看法，而許之衡則在這個基礎上，另外
提出北曲與南曲的一項重大差別。他認爲於「板密」處加「虛字」僅是南曲
的思維，若論北曲應是：

> 襯字多少不拘，雖虛實字並用亦無妨。……北曲無一定之板，襯字
> 上亦可加板故也。〔註35〕

他認爲由於北曲可在襯字上增板，故使用實字亦無妨。此一說法得到鄭騫的
認同，而將這種可以使用於襯字上的實字，稱曰「增字」，其意即爲「依照句
字彈性之幅度而增加之襯字」。鄭騫認爲：

> 亦可謂增字爲襯字之一種，予之所以創立此一名詞，不過爲敘述便
> 利而已。惟其與句子彈性之幅度相合，故可與正字分庭抗禮，同占
> 句中主要地位，不似純粹襯字之僅居次要。此其所以似襯似正，難
> 於分析也。〔註36〕

以此將正字之外所增之虛字與實字，分爲襯字與增字，如此一來，不但便於
分析北曲曲文的句式，也更符合北曲曲文創作之實際。

在筆者比較各階段元雜劇版本的差異性之後，發現明人改編諸本對於元
雜劇襯字中的虛字與實字，處理的方式略有不同，在改編者的心目中甚或整
個明代曲壇上，幾乎是將襯字中的虛字與實字視爲兩種不同的元素。故筆者

〔註32〕同註25。
〔註33〕同註29，頁78。
〔註34〕同註26。
〔註35〕同註30。
〔註36〕鄭騫《龍淵述學》〈論北曲之襯字與增字〉，台北：大安書局，1992年，頁136。

本文擬將元雜劇的襯字，分爲襯字與增字，以便說明。

目前可見的元雜劇版本，刊刻的版面皆不統一，對於曲牌之正字與襯字、增字的標示方法，並沒有固定的格式，大致上可分爲兩種方式：一是全用大字，不分別正字與襯字、增字，一是增、正字用大字，襯字用小字。

以第二章列舉的十六種元雜劇版本而言，其分別正襯的情況如下：

（一）近真本

1、《元刊雜劇三十種》

大部分的劇本不分正襯，字體一律等同，但也有少數的劇本偶而以大小字分別正襯，卻又無法徹底執行，弄得字體忽大忽小，而對於字的正襯，卻完全無法提供參考價值。如《相國寺公孫汗衫記》、《看錢奴買冤家債主》、《尉遲恭三奪槊》等，皆有此種情況。

2、《太和正音譜》

由於其刊刻性質原屬曲牌文字譜，故皆能分別正襯，正字用大字，襯字用小字。

3、《李開先鈔本元雜劇》

由於無法得見原本，只能從何煌校訂脈望館藏古名家本《醉思鄉王粲登樓》一劇，得見其刊本內容大要，故對於其刊刻版面，目前無從得知。

4、《詞謔》

不分正襯，均以大字表示。

（二）宮廷演出本

1、《脈望館鈔本古今雜劇》

其中屬元人作品部分，均不分正襯，但屬明人作品部分，如朱權的《獨步大羅天》、朱有燉的《惠禪師三度小桃紅》、《福祿壽仙官慶會》、桑紹良的《獨樂園司馬入相傳奇》等，便皆以大小字分明正、增字與襯字。

2、《改定元賢傳奇》、《元人雜劇選》、《古名家雜劇》、《陽春奏》、《古雜劇》、《元明雜劇》等。

增、正字用大字表示，襯字則以小字表示。

以上宮廷演出本，除了手抄本《脈望館古今雜劇》外，其它刻本元雜劇，大多能標明正襯，是比較清楚的版本。但如果仔細比較便可發現，這些版本

所標示的襯字內容，仍有不少差參不齊的地方。大抵而言，多數版本對於句首的襯字，皆較能用心標註，但對於句中襯字的分別，則標得意興闌珊，時有時無。所以這些版本雖然提供我們了解明人對於襯字用法的大致情況，但若要以之為分別正襯的標準，則仍嫌不足，須謹慎引用。

（三）過渡曲本

包括《盛世新聲》、《詞林摘豔》、《雍熙樂府》等版本，皆不分正襯，一律以大字表示。

（四）文人改編本

包括《元曲選》、《古今名劇合選》二本，皆不分正襯，一律以大字表示。

由於上述諸本對於正襯字的分別，紛歧且錯誤繁多，難以引為依據。故筆者本文凡須分別正襯之處，皆謹依鄭騫與曾師永義所歸納古人作襯增字的原則〔註37〕，對於諸本之襯增字稍加分別，予以標註。以下便依各階段使用襯增字的情況，加以比較並分析之：

一、宮廷本之襯增字使用

（一）襯字之歧異

此處之「襯字」即依上文之定義，為曲牌中每句規定字數之外的虛字。

以下儘量挑出兩階段版本之重複劇目中，正增字大致相同而襯字相異的曲文，以突顯其襯字使用上的歧異。為免表格內文之混亂，故將襯字的歧異分為襯字之增減及其用辭的異同兩者，分別比較如下：〔註38〕

〔註37〕 鄭騫著〈論北曲之襯字與增字〉一文中，曾論襯字及增字使用之原則各十二條（同註36，頁133～135、137～138）。曾師永義著〈舊詩的體製規律及其原理〉一文中，則依音節縫隙的大小等第分別可加入襯字的多少，《詩歌與戲曲》，頁54～55。（台北：聯經出版社，1988年）對於我們今日分別北曲之正、增字及襯字，有相當大的幫助。

〔註38〕 共九個劇目，由於《醉思鄉王粲登樓》一劇原本已不存，而校對者對於襯字之差異並不見得留心，恐有仍與原本有不小的出入，故暫時略而不談。

【表 4-4】宮廷本與近真本襯字之增減比較〔註39〕

劇　　目	曲　　　　　　文
楚昭王疎者下船（脈望館鈔校內府本）	一【(寄生草)么】(卿呵) 你常想歸來的急、我專等你那錦衣繡襖軍十萬。【金盞兒】你道是一個月借軍還、我道俺三十日卻的身安、兩情間則要你借秦兵登舊路、我為甚早交賢士離楚國、子怕那猛將過昭關。 二【鬥鵪鶉】一個個惡噷噷、(早是) 狀貌威嚴、(可更) 精神抖擻。【紫花兒序】將他那乾坤忠孝、更那堪蓋世界英雄。 三【石榴花】這廝可便大驚小怪老村夫。 四【新水令】聽得道借軍來他可便領兵先退、這兩個名姓天知、真乃是忠孝兩完備。【駐馬聽】怎知你哭秦亭七日的英雄淚、(子) 不見俺同胞共乳的親兄弟。【沈醉東風】既為兄弟情、我又恐是南柯夢裡。
看錢奴買冤家債主（脈望館藏息機子本）	一【天下樂】則他這油鍋內見錢也去撾，富了他這三五人。【六么序】他每打扮的似宰相人家、你看他聳定肩胛、那廝他貧兒乍富把征跨、他在那馬兒上紐捏的身子兒乍、則他那鞍橋是棗木、更和這鐙跳著鐍花。【賺煞尾】我則是借與你那錢龍兒入家、他那里告增加禍福無差。 二【端正好】赤緊的路難通、我可也家何在、休道是乾坤老山也頭白。【滾繡球】恰便似玉琢成六街三陌、便有那孟浩然驢背上也凍下來、則俺這三口兒凍餓在長街。【倘秀才】如今那有錢的學不的哥哥那四海。【塞鴻秋】他不學那龐居士豫放來生債，他搯破我三思臺，可是他便顛破我天靈蓋，快離了他這晉石崇金谷園門外。 三【集賢賓】我可便區區的步行離了汴梁、正值著春和三月天、更和這仙關五雲鄉。【高過浪來里】他則是欺負我無人將我侍養、想著俺受苦的糟糠、我可甚麼養小防備老、想著俺忤逆的兒郎、他成人也不認的爺娘、有一日便激惱了穹蒼。 四【紫花序】一個那盜跖延年、一個那伯道無兒。【鬼三台】恨不的把窮民 (來) 臕死、(若是算) 他與人結交時、則他那冤家債主是俺廝、更壓著那郭巨埋兒。【調笑令】這的是正名師、呀這銀子俺祖上流傳了三輩兒。
好酒趙元遇上皇（脈望館鈔校于小穀本）	一【油葫蘆】連連的使腳壯、他惡哏哏都扯破我衣裳。【天下樂】捨棄了今番做了一場。【那吒令】我本待不去來、怎當他相領相將。【金盞兒】你交我住村舍 (里) 伴芒郎、每日價風吹日炙將田構。 二【梁州】更那堪天寒日短、(我) 抬起頭似出窟頑蛇，縮著肩 (恰便) 似水淹老鼠，弓著腰 (恰便以) 人樣蝦蛆。【紅芍藥】更那堪司公府尹胡突。 三【堯民歌】恰便似藍采和舞不的看花回。【二煞】不如那百盞充席。 四【得勝令】你往日忒餘濫。

〔註39〕 此表以宮廷本曲文為主，正增字用大字、襯字用小字，網底文字為宮廷本所增襯字、括弧則為近真本原有而為宮廷本所減。(所列舉之曲文並不一定連續)

關大王單刀會（脈望館鈔校本）	一【油葫蘆】你道他弟兄每雖多軍將少、那一個股肱臣諸葛施韜略，_{虧殺}那苦肉計黃蓋添糧草、【天下樂】你道是銅雀春深鎖二喬、你則待要行霸道、你休欺負關雲長年紀老。
	二【滾繡球】有一個黃漢升猛似彪、有一個趙子龍膽大如斗、有一個馬孟起他是個殺人的領袖、有一個莽張飛虎牢關力戰了十八路諸侯、他在那當陽坡有如雷吼。
	三【粉蝶兒】那時節天下荒荒。【醉春風】一個短劍下一身亡、（想）祖宗傳授與兒孫。【堯民歌】卻又早鼎分三足漢家邦。【石榴花】上寫著道魯肅請雲長、（這的每）安排著筵宴不尋常。【（上小樓）么】你道是先下手強、我須索緊緊的防、都是些狐朋狗黨、小可如（我）千里獨行五關斬將。【剔銀燈】我是三國英雄漢雲長、端的是豪氣有三千丈。
	四【攪箏琶】卻怎生鬧吵吵軍兵列、（上來的）休把我當攔者。
西華山陳摶高臥（脈望館藏古名家本）	一【天下樂】憑著八字從頭斷（您）一生、（也）堪交高士聽。【後庭花】（早子）東方日已明。【金盞兒】（折末）江山埋旺氣。【醉中天】（有）一品大臣名。【賺煞】何須把（這）山野陳摶拜請、（也）不索重酬勞賣卦的先生。
	二【一枝花】（本待交）六合入并吞。【梁州】更和那鬧攘攘的黃閣上為官的貴人。【牧羊關】我恰才遊天闕謁帝閽、（猛）驚得我跨黃鶴飛下天門、（你揮的）玉塵特持、（打的）金鐘煞緊、驚的那夢莊周蝶飛去。【哭皇天】穿著這紫羅袍（便）似酒布袋、（早是）疏慵愚鈍、（更）寡陋孤聞。
	三【滾繡球】（昱這）玉階前風擺龍蛇影。【倘秀才】我但睡呵十萬根更籌轉刻。【滾繡球】貧道呵愛穿的部落衣、愛喫的是藜藿食、（子）有句話對聖主先題、貧道呵（子得）心閑身外全無事。
	四【雁兒落】子是你沒眼的天將傍。【水仙子】不爭你拽雙環呀地（把）門關上。【離亭宴帶歇指煞】本不是個貪名利（的）世間人、則一個樂琴書（的）林下客、絕寵辱（的）山中相。
相國寺公孫汗衫記（脈望館鈔校內府本）	一【點絳唇】便有那孟浩然可便騎驢穩。【混江龍】您言道是多至我言春、可怎生梨花片片、端的是龍袖里嬌民。【油葫蘆】我（子）見他百結衣衫不掛身、（呵呵呵怎）直恁般家道窘、有一日他那срок來也可便腰掛黃金印、喒人番手是雨合手是雲、有那等讀書的萬卷那多才俊。【天下樂】我與你這一件衣服舊換做新、我與你做盤也波纏、你著他速離了俺門。【後庭花】你道他兀那山邊相有餞紋。
	二【越調鬥鵪鶉】氣的我有眼如盲、您兩個綠鬢朱顏、你做的個違條也那犯法。【小桃紅】更做道好兒好女都是這眼前花。【鬼三台】我這裡便聽言罷，他說些無情的話。【調笑令】就著這血糊刷、哎兒也可不道世上則有蓮子花、將衫兒半壁（向）匣蓋上搭，哎兒也便（是）你哭啼啼掩布拖麻。【禿三台】我則見焰騰騰若高下、列兩行鉤鐮和這麻搭、則聽的巡院家高聲叫那巷長。

	三【醉春風】(您是)救苦的觀自在、誰肯與我半抄兒粗米一根兒柴，哎街坊每恁常好是歹。【朝天子】哎約可則俺兩口兒老邁肯分的便正該，哎天那天那正遇著這命運拙合受飢寒債、我如今無鋪(也末)無蓋教我冷難捱、到晚來可便不敢翻身我便拳成一塊。【四邊靜】哎約正值著這多寒天色、眼見的凍死尸骸。 四【雙調新水令】您奪的是輕裘肥馬他這不公錢、打聽俺那兒死活、不想經過你山前。【小將軍】可則閃的俺這兩口兒可也難過遣。
張鼎智勘魔合羅（脈望館藏古名家本）	楔子【賞花時】則為你叔嫂從來情性乖、你可便省煩惱莫傷懷。【么】則俺這男子為人須掙揣。 一【天下樂】好著我難行也是我窮對付、走的我腳怎舒，好著我眼巴巴無是處。【金盞兒】淋的來不尋俗、猛聽的早眉舒、那里這等不朗朗搖動蛇皮鼓、壓鬢的骨頭梳、他有乞巧的泥媳婦、消夜的悶葫蘆。 二【醉花陰】撒撒的增寒、一陣頭疼(似)擘碎腦。【出隊子】(一會家)撒撒增寒似水澆。【刮地風】原來是不插拴牢。【寨兒令】我嚥下去有似熱油澆、烘烘的燒五臟、火火的燎三焦、兄弟也這的敢不是風寒藥。【神仗兒】(卻似)煙生七竅。 三【集賢賓】我這里因僉押離了司房、更和這忤逆男隨波逐浪、我喏喏(的)報攛箱。【金菊香】我則見濕浸浸血污了舊衣裳、多應是磣可可的身軀新棒瘡、更那堪死囚枷壓伏的駝了脊梁。【浪來里】這的是沿河道便蓋橋、這的是隨州城新置倉、這的是王首和那陳立賴人田莊、這的是張千毆打李萬傷。 四【紅繡鞋】聽了你一篇話、全無有半星實。【(白鶴子)么】那廝身材是長共短、肌骨兒瘦和肥、他可是面皮黑面皮黃、他可是有髭鬚無髭鬚。【么】莫不是買油面為節食，莫不是裁段疋做秋衣。【快活三】魔合羅是你塑的、這高山(須)是你名諱、今日個併賊拿敗更推誰、你劃地硬抵著頭皮對。【蔓青菜】你說道是新刷卷的張司吏、一徑的將你緊勾追、你將他拖向囚牢內。
諸葛亮博望燒屯（脈望館鈔校內府本）	一【混江龍】我出茅廬指點世人迷、我恰纔袖中發課、你去那門外觀窺。【油葫蘆】我可便喜登呂望釣魚磯、我則待日高三丈蒙頭睡。【天下樂】我可便其也波實其實可便無甚智、我可便濟不得饑、便請下這臥龍崗做甚的。【金盞兒】紅馥馥面皮有似胭脂般赤、他若是死後做神祇。 二【一枝花】我則見遮天雜綵旗、張翼德銀蟒可兀的點鋼毒。【梁州】我可便覷寰中草寇如無物、憑著我運乾坤手段、更和那三卷的這天書、憑著這諸葛亮關羽張飛。【賀新郎】你著那張將軍不索階前怒、(則)這的是黃公三略法、更壓著那呂望六韜書。 三【新水令】則有個莽張飛他可便不伏諸亮、我可便懶下臥龍崗。【風入松】恰便似鬧垓垓(的)虎蕩群羊。 四【粉蝶兒】他可便超群出眾、一個個都見了頭功。

| 死生交范張雞黍（脈望館藏息機子本） | 一【天下樂】我想今人、怪不著赤緊的翰林院那夥老子每錢上緊。【鵲踏枝】我堪恨那火老喬民、本待要借路兒苟圖一個出身、他每都見如今都齊了行不用別人。【寄生草】(把)麒麟閣頂殺後門。【(寄生草)么】生下來便落在爺羹娘飯長生(的)運、正行著子承父業(的)財帛運。【金盞兒】想二載隔音塵、想兄弟的情分痛關親、當初若不因雞黍約、(今朝)誰識俺這志誠人。【醉扶歸】您孩兒不(曾)錯了半個時辰。
二【隔尾】但得本錢不折、本待要求善價而沽諸赤緊的行貨兒背時也。【牧羊關】赤緊的生不遇天時爾、伊尹起(呵)萬姓(俱)安居、巢由隱(呵)一身自潔、光武量把唐虞比、子陵傲端的是古今絕。【烏夜啼】(咱兩箇)再相逢(似)水底撈明月、把嗜這弟兄情一筆勾絕、你可便必喋喋。
三【集賢賓】爲你呵整整的三晝夜水米不曾到口。【村里迓鼓】兄弟你在九泉孤塚、可惜了好人不長壽、據著你平生正直無私曲、想著你腹中大才、兄弟也一會家神恍惚提心在口。【元和令】(你看)樹掛盡汝陽城外柳、(和這)青山一帶盡白頭。【上馬嬌】便有那力萬牛。【醋葫蘆】(兄弟呵)到春來怎聽那杜鵑啼山月曉、到夏來怎禁那亂蟬聲暮雨愁、到秋來怎聽那寒蛩夜語泣清秋、到冬來你看那寒鴉噪萬點都在那老樹頭。
四【醉春風】(我與你)壘高塚臥麒麟、我將恁時改葬。【石榴花】我這裡曲躬躬叉手問行藏。【上小樓】(我)又不是孝廉方正、怎消一方之地。【堯民歌】真個是治國擎天相。 |

【表4-5】宮廷本與近真本襯字用辭之異同比較〔註40〕

劇　　目	曲　　　　　文
楚昭王疏者下船	一【尾聲】我則怕(休)別時容易見時難。 二【調笑令】他呀他可甚(可敢)一日無常萬事休。 三【小上樓】我著你(我交你)名標萬古、那裡也(那裡有)相隨百步。 四【駐馬聽】雖然他(想)過昭關八面虎狼威。
看錢奴買冤家債主	一【點絳唇】將(和我這)神鬼都瞞謊。【油葫蘆】則他那(一個)注生的分數不爭差。【那吒令】你(這等人)前世裡造下。【寄生草】則您那(乾把些)淚珠兒滴盡空消洒。【么】那肯道(那裏肯)攀鞍下馬、雖是他(他須是)家業消乏、你也索將(也合當)禮數還他、則你那(他子好)酸寒乞臉。【賺煞尾】他那里(你待)告增加、則他這(大剛是)乾坤不放一時花。 二【滾繡球】我可甚(這早晚)十謁朱門九不開。【滾繡球】這雪恰便似(外頭見)千團柳絮隨風舞、可又早(我這裡早)兩朵桃花上臉來。【倘秀才】這廝他便受(更他也)用不到千年五載、你則待(恨不得)加一價放解。【逍遙樂】好著我(交我)情慘傷、又見那(又見這)交椅上頂戴著親娘。【高過浪來里】我看來和他都一般家(也似你這般)血氣方剛、想著俺(想我這)受苦的糟糠、有一日便(直待)激惱了(著)穹蒼。

〔註40〕此表以宮廷本曲文爲主，正增字用大字、襯字用小字，括弧內是近眞本襯字。

	四【紫花序】一個那（怎生）顏回短命、人都道（誰不道）靈神有驗、見如今（便道）東嶽新添一個速報司。【小桃紅】你問我（劃地問我）姓甚名誰那裡人氏、我豈不（你直待）聞鐘始覺山藏寺、我常記的你個（專記著）恩人名字。【鬼三台】可甚麼（也）久而敬之、合日個（我那）兔毛大伯有錢使。【調笑令】我待和（元來是）這廝、廝撏的（提拿去）見官司、早難道（又難同）抵觸爺娘是。
好酒趙元遇上皇	一【那吒令】他每都（你）來相訪。【金盞兒】常言道（那兩件敢休交）野花攢地出。 二【菩薩梁州】我雖是（我須是）鰥寡孤獨。 三【耍孩兒】便（著）蕭曹律令不曾習。【二煞】管甚（問甚）三推六問。 四【得勝令】早難道（早則）蜻蜓把太山撼。
關大王單刀會	一【點絳唇】惹起那（當日）五處兵刀。【油葫蘆】則他那（肯分的）周瑜蔣幹是布衣交【那吒令】他可便（敢）亂下風雹。【鵲踏枝】他去那（向）百萬軍中、他可便（他每都）喜孜孜的笑里藏刀。 二【滾綉球】我待要（我如今）聚村叟、端的是（為的）傲殺人間萬戶侯。【倘秀才】你與我（你子索）躬著身將他來問侯。【滾繡球】那一伙（這一伙）怎肯干休。 三【粉蝶兒】他兩個（這兩個）一時開創。【堯民歌】卻正是（恰便似）後浪崔前浪。【石榴花】那里有（休想）鳳凰杯滿捧瓊花釀、他（決然）安排著巴豆砒霜。【鬥鵪鶉】也不是（那里是）待客筵席、若說那（他每）重意誠心更休想、我則索（我與你）親身便往。 四【駐馬聽】不覺的（不著）灰飛煙滅。【得勝令】今日（俺這）故友每才相見、休著俺（休交俺）弟兄每相間別。【攪箏琶】我和你（咱）慢慢的相別。
西華山陳摶高臥	一【後庭花】這命幹是（你命幹是）丙丁戊己庚。【後庭花】貧道索是（貧道煞是）失祗迎。 二【梁州】饒了個（饒恰）算命的開國功臣。【隔尾】俺子待（俺子是）下棋白日閑消困。【哭皇天】穿著這（穿著底）紫羅袍似酒布袋。 三【倘秀才】俺那里（俺這）草舍花欄藥畦。 四【新水令】怎那（您）滿朝朱紫者。【雁兒落】那是這（那里是）有官的我算著。
相國寺公孫汗衫記	一【混江龍】正遇著（雖是）孟冬時分。【油葫蘆】我為甚（交）連珠兒熱酒飲了三巡、想當初（那）蘇秦未遇遭貧困、因此上他（少是末）一世兒敢不如人。【天下樂】我與你做（與了）盤也波纏、也則是（俺與你）一時間週急添你些氣分。 二【鬥鵪鶉】你做的個（卻須）違條也那犯法、每日家（您）閑邀邀喝婢呼奴。【小桃紅】這的是（兀的是）那一個袁天罡算來的這卦。【鬼三台】你怎生全不怕那（惹的）聰明人便笑話。【收尾】俺本是這（元是個）臥牛城裏富豪民。

	三【耍孩兒】你說道是（你子道）馬行街公婆每都老邁、則要你（若是您）一言說透千年事、便俺（強如俺）十謁朱門九不開、也是他（您）福消災至、咱正是（俺）苦盡甘來。
	四【新水令】俺如今便（我又）赤手空拳。【德勝令】元來這（元來是）和尚每都會通傳、則俺這（也是俺）心堅心堅石也穿。
張鼎智勘魔合羅	一【油葫蘆】恰便似（早似）畫出瀟湘水墨圖。【後庭花】俺家里有（安著）一遭新板闥。
	二【出隊子】我這般（怎這般）無顛無倒。【四門子】這的是（可知道）嚴霜偏殺枯根草、我將這（則把）靈神禱告。【寨兒令】也不（不是）昨宵。【神仗兒】他把我（可早）丕的來藥倒。
	三【逍遙樂】我則（我恰子）抬頭觀望。【金菊香】多應是（多管）磣可可的身軀新棒瘡。【浪來里】又不是（又沒甚）公事忙。
	四【紅繡鞋】你恰纔（你卻才）支吾到數次十迴、又（你管）惹場六問共三推。【（白鶴子）么】兀的不（敢）熬煎的我鬢斑白。【倘秀才】怎無那（沒）半點兒慈悲面皮。【剔銀燈】則你那（子那）建中湯我想也堪醫治。
諸葛亮博望燒屯	一【天下樂】我則是（貧道）除睡人間總不知。【醉中天】你道我（直恁般）無道理無廉恥、你將這（早把一對）環眼睜圓瞅定誰。
	二【梁州】我今日（投至）坐中軍帳七重的這圍子、不辜負你那（虧殺您）臥龍崗三謁茅廬、怕甚麼（那裏怕）曹孟德張遼的這許褚。【賀新郎】都看他（都交）火陣內喪了殘軀。
	三【新水令】則有個（只除是）莽張飛他可便不伏諸亮。【風入松】更那堪（天生的）狀貌堂堂。【雁兒落】眼見的（你早則）鞭敲金鐙響。
	四【粉蝶兒】自從和（今番和）曹操爭鋒。【迎仙客】不知你（這幾年你是）事江東、原來你便（是）居在那漢中。
死生交范張雞黍	一【鵲踏枝】用這等（因這火）小猢猻、但學得些（見念的幾句）妝點皮膚。【寄生草】便有那（你便是）漢相如獻賦難求進、便有那（便是）司馬遷也撞不開這昭文館內虎牢關。【金盞兒】我恨不的（我怕不待）趁天風飛出山陽郡、我待來（我大來）升堂重拜母。
	二【牧羊關】當日那（今日箇）東都門逢萌冠不掛。【哭皇天】既然你（你既是）肯相探多承謝。【三煞】當日那（凜凜的）英魂神道剛明猛烈。
	三【逍遙樂】更那堪（那堪更）樹梟陰風不住吼。【金菊香】誰想你（兄弟）一日無常萬事休。【上馬嬌】你如今（休道）人一州。【勝葫蘆】這的是（便道）誰親誰舊。【醋葫蘆】我這裡（好生的）謝相識親眷省僝僽。
	四【石榴花】我則見（兀良見）蕩晨光一道驛塵黃。【鬥鵪鶉】人都道我（等我）暮景桑榆、可正是（我當初）樂極悲生。【上小樓】我又無有（我便有）尹鐸才也怎生保障。

　　在比對兩階段不同版本的元雜劇曲文之後，發現襯字的使用，幾乎是所有劇本文字中差異最大者，有些曲文甚至到了有襯字便有歧異的地步。就連

本文中歸爲同一類的宮廷諸本，彼此之間在襯字的使用上，都不一定能夠完全一致。〔註41〕

在兩階段襯字的增減與用辭異同的比較中可以看出，宮廷本曲文的襯字大致較近眞本增加，其增出的情況約可分析如下：

1、襯字基數的轉變

宮廷本較近眞本增出的字辭，在字數上似乎有以一字與三字爲基數的傾向。如一字的有：「這、那、你、我、他、咱、俺、恁」等代詞；「是、的、著、在」等介詞；「上、下、裏、間、外」等方位詞；「兒、個、每、些」等詞尾。這些字辭在宮廷本所增加的襯字中，如單獨使用，除「這、那、你、我……」等代詞偶用於句首之外，其餘大部分使用於句中的位子。而它們的出現與否，通常對文義不會造成任何影響，僅在語氣上形成一種委婉或停頓的效果。朱熹曾論詞的起源曰：

> 古樂府只是詩，中間添卻許多泛聲。後人怕失了那些泛聲，逐一添
> 個實字，遂成長短句，今曲子便是。〔註42〕

而這些在曲子中不時出現可有可無之襯字，與唐宋人爲怕失卻泛聲所填的實字，或可互相比擬，亦與王季烈所謂伶人「以字代腔、便於記憶」〔註43〕之意頗爲吻合。

而另一類宮廷本經常增用的襯字，則是以三字爲基數，如：「更那堪、恰便似、赤緊的、便有那、端的是、卻怎生、兀的不、可兀的、這的是」等字辭。相較而言，近眞本以二字爲基數的襯辭便較爲普遍，如：「則索、若是、早是、可更、折末、也末、則道、爲甚、子怕、怎知、你道、這是、驚的、都是、劃地」等，此類二字襯辭有時也被保留於宮廷本之中，如：「則索、若是、早是、可更、折末（宮廷本有時也用『者末、遮末』）、也末（宮廷本較常用『也波、也那』）」，但更常見的是，改編者在原有的二字之上，加入上一類以一字爲基數的字辭，而成爲宮廷本中慣用的三字襯辭，如：「則道（俺）、（我）爲甚、子怕（那）、怎知（你）、你道（是）、這（的）是、驚的（那）、

〔註41〕 雖然如此，但由於各宮廷本之間的差異仍不如與其它階段版本之大，且其使用襯字的形式特色仍然頗爲一致，故此處化繁爲簡，不另作單一版本的個別比較，說明時僅以一本爲例，以免分散比對的焦點。

〔註42〕 朱熹《朱子語類》，卷一百四十，收錄於《景印文淵閣四庫全書》702 冊，台北：台灣商務出版社，1983 年，頁 813。

〔註43〕 王季烈《孤本元明雜劇・序》，台南：平平出版社，1974 年，頁 2。

都是（些）、（你）劃地、端的（是）」等。

　　這一類以三字為基數的襯辭則通常使用於句首，成為本句與上一句之間可活動的關節，在辭義上可輔成一種委婉轉折的效果，使文句更形順暢，但有時則顯得可有可無，甚至是累贅。筆者以為，這一類三字襯字的大量形成，在音樂上的意義應該還是大於文辭上的意義，它除了可能與「以字代腔、使於記憶」的伶人習性有關之外，更可能代表的是明人唱元雜劇的音樂旋律，已較元代習慣唱法略有轉變。在明代可能已經形成一種（或數種）慣用於三字連唱的旋律，使伶人在運腔轉調之間，歌唱起來更形順暢也更加好聽，偶而點綴於音節之間，頗能得到觀眾的肯定。久而久之，這種三字連唱的襯字，成為元雜劇原有固定的旋律之外，令人期待的音符。

2、襯上加襯的情況

　　另外，觀察近真本與宮廷本襯字的差異，還可發現近真本的襯字較少有超過三個字者，偶然得見，亦多為帶有「吾兄呵、爹爹、兄弟、天那、魔合羅呵、呆丑生、啊、呀、嗨」等感嘆呼告之辭的字串，但此類字辭是否全屬曲文中的襯字，則尚待釐清，有時它僅是曲文中的「帶云」，由於其通常混入曲文，久之便不得分辨，而誤為襯字了。若將此等字辭略去，則近真本超過三字以上的襯字委實不多。

　　相對於近真本，宮廷本超過三字以上的襯字，則多出不少。其間當然不乏上述所謂加入感嘆呼告之辭的襯字，如「呀這銀子俺、貧道呵愛穿的、哎街坊每恁常好是、哎兒也可不道、哎約可則俺兩口兒、哎天那天那正遇著這、哎約正值著這」等，但其中減去感嘆呼告之辭後，仍有不少襯辭是在四字以上。

　　除此這等辭句之外，宮廷本中超過三字的襯辭，更是繁多，如四字者有：「我可甚麼、你則待要、你做的個、本不是個、我這裡便、誰肯與我、那里這等、你說道是」；五字者有：「我專等你那、我為甚早交、他惡狠狠都、有一日他那、你道他兒那」；六字以上者有：「兩情間則要你、怪不著赤緊的、更和那鬧攘攘的」。其中四字者多半是以上述之一字與三字為基數的襯字組合，亦有少數是兩組二字襯辭的組合；五字者則多半是將原有的二字襯辭加上明代慣用的三字襯辭，或三字加上兩個一字襯辭；六字者則通常是兩個基數為三的襯辭相加使用；七字則是兩個三字襯辭加上一個一字襯辭。其間組合上述一字、二字或三字等慣用襯辭之痕跡甚為明顯。這類襯字實質的表意

作用並不大，有時甚至因爲其多加上的襯辭，而顯得文義不通。這種襯辭應即後人所謂「襯上加襯」，其內容亦多數如王季烈所批評爲「疊床架屋不可通之襯字」〔註 44〕。可見不僅是《脈望館鈔本元雜劇》如此，明代刻本中也存在著不少此類現象。

這種「襯上加襯」的情況，雖然不及上述以一字、二字及三字爲基數的襯辭來得多，但亦不時穿插於宮廷改本元雜劇中出現。筆者以爲，這一類襯辭的出現，與伶人追求音樂變化，以展現其個人歌唱技巧及身段表演的心理，更是息息相關。由於它不像三字襯辭一般幾乎已經形成一種歌唱規律，多變的文字節奏，搭配演員本身的歌唱技巧，即可能幻化出嬝娜曲折的音樂旋律，使其身段表演得到更大的揮灑空間，以博得觀眾的喝采。這種技巧已經超越歌者「以字代腔、便於記憶」的範疇，而進入一種追求個人創意的境界，故每位表演者均可能在「細調緩板」、「板式繁密」等音樂迴旋空間大的地方，多加襯字，以突出其個人歌唱及身段技巧。這或許便可以解釋爲什麼我們在比較各本襯字異同時，此類襯字總是字數不齊，參差繁雜的現象了。

（二）增字的歧異

此處之「增字」即依上文之定義，爲曲牌中每句規定字數之外，必要不可少的實字。以下即針對宮廷本與近眞本中的增字，比較其使用文字的異同：

【表 4-6】近眞本與宮廷本之增字比較〔註 45〕

劇　　目	曲　　　　　文
楚昭王疎者下船	一【金盞兒】你道是一個月借軍還、我道俺三十日卻的身安。【尾聲】你去後我夜憂到明，明憂到晚。 四【駐馬聽】雖然他過昭關八面虎狼威，怎知你哭秦亭七日的英雄淚。
看錢奴買冤家債主	一【六么序】斗筲器難容物、昧己心（毯子心）怎捉拿。【賺煞尾】則你這成家人未安身、那破家鬼（破家人）先生下。 二【滾繡球】似這雪呵便有那韓退之馬鞍心你著他冷怎當、便有那孟浩然驢背上也凍下來、似這雪呵便有那剡溪中禁回他子猷訪戴。【塞鴻秋】我更怕他漢孔融北海樽席待、休想他這范堯夫肯付舟中麥、他不學那龐居士豫放來生債、快離了他這晉石崇金谷園門外。 三【梧葉兒】摑不住（摑不迭）腮邊淚、揉不著（撓不著）心上癢，割不斷我業情腸。【後庭花】你不肯多三月開暖堂、你不肯夏三月捨義漿。

〔註44〕同前註，頁 1。原本指《脈望館鈔本元雜劇》而言。

〔註45〕此表以宮廷本曲文爲主，網底爲其使用增字部分，括弧內文字爲近眞本異於宮廷本之增字，無括弧即表示其增字與宮廷本相同。

好酒趙元遇上皇	一【金盞兒】你交我住村舍（村舍里）伴芒郎、養皮袋住村坊。 二【梁州】假若韓退之藍關外不前駿馬、孟浩然灞陵橋也不肯騎驢。 三【二煞】飲酒如李太白、糊突如包待制。 四【雁兒落】姜太公顛倒敢、魯義姑心中鑒。
關大王單刀會	一【鵲踏枝】他誅文丑騁粗躁、刺顏良顯英豪。 二【滾繡球】有一個黃漢升猛似彪、有一個趙子龍膽大如斗。 三【醉春風】獻帝又無靠依、董卓又不仁不義、呂布又一沖一撞。
西華山陳摶高臥	一【金盞兒】投至我石枕上夢魂清、布袍底白雲生。 三【滾繡球】俺便是片閑雲自在飛、心情與世違。【叨叨令】議公事枉淘了元陽氣、理朝綱怕攪了安眠睡。 四【太平令】見如今山鬼吹燈顯像、野猿掄筆題墻。
相國寺公孫汗衫記	二【收尾】俺本是這臥牛城裏富豪民、喒少不得悲天院里凍餓殺。 三【普天樂】餓紋在俺口角頭、食神在這天涯外。【浪里來煞】那劉玉娘罪責虛、蕭令吏（張司吏）口諍強。
張鼎智勘魔合羅	三【浪來里】這的是沿河道便蓋橋、這的是隨州城新置倉。
諸葛亮博望燒屯	二【一枝花】關雲長青龍偃月刀、張翼德銀蟒可兀的點鋼毒。
死生交范張雞黍	一【油葫蘆】說信實（乂）孔孟書、談性命（乂）齊魯論。【那吒令】國子監助教的尚書他故人，祕書監裏著作的參政是他丈人，翰林院應舉的是左丞相的舍人，春秋不知怎的發、周禮（正閏）不知如何道。【寄生草】將鳳凰池攔了前路、麒麟閣（麒麟殿）頂殺後門、便有那漢相如獻賦難求進、賈長沙上書誰偢問、董仲舒對策無公論、便有那司馬遷也撞不開這昭文館內虎牢關、便是公孫弘也打不破編修院里長蛇陣。【（寄生草）么】口邊厢奶腥也猶未落，頂門上胎髮也尚自存。【金盞兒】想二載隔音塵、千里共消魂。 二【牧羊關】光武量把唐虞比、子陵傲端的是古今絕。【牧羊關】滄海上孫叔敖乾受苦十年、囹圄內管夷吾枉餓做兩截。 三【梧葉兒】舉孝廉爲三聘、論文才（論人才）第一流。【後庭花】播聲名洪宇宙、吐虹霓貫斗牛、臥白雲上嶺頭、釣西風渭水秋、笑嚴光傲許由。

由以上比較可見，宮廷本與近眞本在增字的使用上，歧異並不大，相較於其襯字歧異的情形，二者之間有著極大的分別。而其中少數相異的增字，在使用的字數上，也幾近於相同。以上表而言，僅有《死生交范張雞黍》第一折【油葫蘆】所增之「說信實」及「談性命」六字，爲近眞本所無。可見這種增加板拍以歌實字的唱法，在某些劇目的某個曲牌中，已形成固定的音節，而爲後人所沿用，其地位與曲文中的正字，幾無差異。

　　如更進一步觀察上表中宮廷本所異於近眞本的增字，其改編原因大致不出下列幾點：（1）改質樸爲典正：如宮廷本《看錢奴買冤家債主》第一折【六么序】中，將「毬子心」改爲「昧己心」，其用字雖較近眞本典正，卻不如其生動質樸；（2）避免重字：如《看錢奴買冤家債主》同折之【賺煞尾】中，將「破家人」改爲「破家鬼」，則爲避免與上句「成家人」之重字；（3）喜用對仗：如《好酒趙元遇上皇》第一折【金盞兒】中，將「村舍里」改爲「住村舍」，正可與下文之「養皮袋」形成對仗；而《死生交范張雞黍》第一折【那吒令】將「正閏」改「周禮」，以經典對經典，亦是對仗較爲工整的作法。這種刻意追求典正、避免重字，及喜用對仗的作法，皆爲明本與元本不同的修辭特色，在下文曲牌正字的比較中，將更形明顯。

　　經過上列比對之後，發現元雜劇中對於增字的使用，實與正字無別，劇作家多將增字當成各曲牌在固定的字數之外，在不違背各句單式與雙式的句式原則下，可以增加字數以便於表情達意的一種彈性作法。故此等文字，應是皆由劇作家寫定，於曲文之中與正字有著文義上的因果關係，不容演唱者隨意更改，與襯字之動輒相異的情況，實有極大的差別。所以，改編者對於曲文中的增字，亦皆視其文辭內容或修辭的需要，而予以合理的修訂。

　　由於增字的格律，尚未形成規律，其爲格律而修改增字的情況，並不明顯，此處暫不討論。

二、過渡曲本之襯增字使用

（一）襯字的歧異

　　以下亦仿【表4-4】與【表4-5】作法，先列出過渡曲本與近眞本襯字使用之歧異：

【表4-7】過渡曲本與近真本襯字之增減比較

劇　　目	曲　　　　　文
嚴子陵垂釣七里灘（雍熙樂府）	二【鬥鵪鶉】到晚來宿半間茅苫屋、想從前錯怨了天官。【紫花兒序】您道我不達一箇時務、我是一個避世嚴陵、怎禁那四蹄玉兔。【金蕉葉】十倍兒不知一箇禍福。【調笑令】巴的到日暮、釣的這錦鱗（來）滿向籃中貯。【鬼三台】你可便休停住、休著俺這閑人每受苦。【禿厮兒】不戀您玉帶上掛金魚、儘都是囂虛。【聖藥王】他也不是你的護身符。【麻郎兒】（俺兩個）常遶定南陽酒壚。【么】我是箇酒徒醉餘睡足。

蕭何月夜追韓信（雍熙樂府）	二【駐馬聽】(且相逢) 覷英雄如等閑。【雁兒落】丞相道 (將) 咱 (來) 不住 (的) 趕、韓信我子索把程途盼、爲甚麼恰相逢便噤聲。【得勝令】說著那漢天子休心困、我則怕釣西風渭水寒。【掛玉鉤】我怎肯道一事無成兩鬢斑、你著我輔佐江山、保奏得 (我甚) 掛印登壇。【七弟兄】兀良 (我子) 見沙鷗驚起蘆花岸、忒楞楞的飛過蓼花灘、(可便) 似禹門浪汲桃花泛。【梅花酒】呀雖然是暮景殘、俺在紅塵中受塗炭、您在綠波中覓衣飯、(俺) 不能夠紫羅襴、(你) 空執著釣魚竿。【收江南】(也是) 算來名利不如閑。
尉遲恭三奪槊（雍熙樂府）	二【一枝花】不能勾惡狠狠沙場上戰討。【牧羊關】(當日) 我和那胡敬德 (兩個) 初相見、(正) 在美良川俺兩個廝撞著、(我) 得空便 (也) 難躲閃。【隔尾】卻便似一條銀蟒除了鱗角、恰便是半截烏龍去了牙爪。
漢高祖濯足氣英布（雍熙樂府）	四【喜遷鶯】(他那壁) 骨剌剌門旗開處、楚重瞳 (在) 陣面上高呼、你兩箇廝耻辱、他道是負你何辜。【出隊子】呀呀呀我則見不剌剌的核心 (裏) 驟戰駒。【刮地風】則聽的喊震天隅、一箇使火尖鎗。
張鼎智勘魔合羅（雍熙樂府）	二【醉花陰】撒撒的增寒、撲撲的心頭跳、一會家頭疼恰便似擘碎腦。【出隊子】(越) 將人來廝折薄、(一會家) 撒撒的增寒如水澆。 【刮地風】我這裏舉目觀瞧、卻原來不曾拴牢。【寨兒令】忽忽的燒五臟、火火的燎三焦、兄弟也這的敢不是風寒藥。【神仗兒】我可便嚥的嚥了、(可早) 丕的藥倒、(卻似) 煙生七竅。【掛金索】我則道調理的風寒、誰想你暗 (裏) 藏著毒藥、你將我致了命圖了財、(我正是) 養著你個家生哨、全不怕後代人知。
死生交范張雞黍（一雍熙樂府二、三盛世新聲）	・【鵲踏枝】本了要借路兒苟圖一個出身。【寄生草】(把) 麒麟閣頂殺後門、恰便似司馬撞不開昭文館內虎牢關、(便是) 公孫弘打不破編修院里長蛇陣。【(寄生草)么】生下來便落在爺羹娘飯長生 (的) 運、正行著子承父業 (的) 財帛運。【金盞兒】(我大來) 升堂重拜母。 二【牧羊關】光武量是把唐虞比、子陵傲端的是古今絕。【牧羊關】滄海上孫叔敖十受苦了十年。【哭皇天】止望同心報國。【三煞】凜凜的英魂神道般剛明猛烈。【二煞】別請一箇有政事豪傑。(《盛》、《詞》) 三【集賢賓】兄弟也爲你呵整整的三晝夜水米不曾到口。【金菊香】兄弟也誰想你一日無常萬事休。【梧葉兒】兄弟也恁哥哥可便這煩惱。【掛金索】痛殺殺的難禁受。【村里迓鼓】兄弟你那九泉孤塚、可惜了好人不長壽、找一會家身恍惚提心在口。【上馬嬌】休道是人一州、便做道力萬牛。【青歌兒】你是箇一介寒儒過如箇萬戶侯。【醋葫蘆】母親也你將那伴魂旛疾便回、嬭子兒共姪兒休落後。【醋葫蘆】(兄弟呵) 到春來怎聽那杜鵑啼山月曉、到夏來 (你怎禁) 亂蟬聲暮雨愁、到秋來怎禁那寒蛩夜語泣清秋、到冬來 (你聽那) 寒鴉噪萬點都在那老樹頭。

【表4-8】過渡曲本與近真本襯字用辭之異同比較

劇　目	曲　　　　文
嚴子陵垂釣七里灘	二【越調鬥鵪鶉】我和這（我把這）簑笠做交遊、卻也有（甚也有）安排我處。【調笑令】這的是（正是）收綸罷釣魚父、看了些（那的是）江上晚來堪畫處。【鬼三台】枉惹的半霎兒（我）訛言訛語、手執著（我手執的是）斑竹綸竿。【禿廝兒】俺這裏無（不如俺無）憂愁新酒活魚。【聖藥王】這的是（不用）一封天子詔賢書。
蕭何月夜追韓信	二【沈醉東風】當日箇（前番）離了項羽、今日可敢（今日又）別炎漢、對著這（就）月朗回頭把劍彈、百般的（百忙裏）搵不住（我）英雄淚眼。【得勝令】這箇（量著）楚重瞳怎掛眼。【掛玉鈎】你莫不（你端的）爲馬來將人盼、有甚麼（卻有甚）別公幹。【收江南】呀這的是（怎知）煙波名利大家難。
尉遲恭三奪槊	二【南呂一枝花】那的是我（那些兒俺）心內憔。【牧羊關】我和他（咱兩個）比試一個好弱低高。【隔尾】休道是（休道十分的）正著、但些兒（則若輕輕的）抹著。
漢高祖濯足氣英布	四【醉花陰】一箇道（他道我）看你非輕。【出隊子】俺這裏（咱這壁）先逢英布。【刮地風】鼕鼕（鼕鼕不待的）三聲索戰鼓、骨刺刺（火火古刺刺）兩面旗舒、登時間（脫脫僕刺刺）二馬相交處、一箇使火尖鎗他是那（的）楚項羽、忽的早（是他）正刺胸匍。【四門子】則聽的（呵）連天喊舉。
張鼎智勘魔合羅	二【喜遷鶯】我待著（卻待交）誰人醫療。【出隊子】害的我（怎這般）無顛無倒。【刮地風】好著我（急煎煎）心癢難揉、我這裏（猶子）末下澀道。【四門子】正是（可知道）嚴霜偏打枯根草。【節節高】做的個（這廝好）損人安己。
死生交范張雞黍	一【寄生草么】少不的（不妨來少）一朝馬死黃金盡。【金盞兒】我子待（我怕不待）趁天風飛入山陽郡。 二【三煞】我更問（我便問）是邪非邪。 三【逍遙樂】更那堪（那堪更）樹梟陰風不住吼。【金菊香】兄弟也誰想你（兄弟）一日無常萬事休。【梧葉兒】兄弟你不（我只道你）拜相決封侯。【村里迓鼓】據著你（想你）平生正直。【上馬嬌】兄弟那（人道你）英魂耿耿將咱候、將你那（你將）靈聖暫時休。【勝葫蘆】都做了（都火做）野草閑花滿地愁、將這（休休枉把）一二千人休落後、這的是（便道）誰親誰舊。【青歌兒】雖不曾（你）功名功名成就。【醋葫蘆】到家中你與我（好生的）謝相識親友省僝僽。【高過浪裏來】更那堪（早是這）朔風草木偃。

　　由於現存兩階段重複的曲套不多，所見者亦有限。但從【表4-7】與【表4-8】的比較中亦約略可見，過渡曲本在襯字的使用上，與近真本歧異仍大。不過這並不表示在兩者有所差異的襯字上，過渡曲本選擇了與宮廷本同樣的字辭，這種情況由下表的比較便可窺見一二：

【表4-9】過渡曲本與近真本、宮廷本使用襯字的歧異〔註46〕

襯　字　之　增　減	襯　字　之　異　同
《死生交范張雞黍》	《死生交范張雞黍》
一【天下樂】我想今人、怪不著赤緊的翰林院那夥老子每錢上緊。【鵲踏枝】我堪恨那火（恨那個）老喬民、本待要（本子要）借路兒苟圖一個出身、他每見如今都齊了行不用別人。【寄生草】（把）麒麟閣頂殺後門、（便是）公孫弘打不破編修院里長蛇陣。【寄生草】么 生下來便落在那爺羹娘飯長生（的）運、正行著子承父業（的）財帛運。【金盞兒】想二載隔音塵、想兄弟的情分痛關親、當初若（當時）不因雞黍約、今朝 誰識俺這志誠人。【醉扶歸】您孩兒不曾 錯了半個時辰。	一【鵲踏枝】用這等 因這火 小猢猻、但學得此 見念的幾句 妝點皮膚。【寄生草】便有那（你便是）漢相如獻賦難求進、便有那（便是）（恰便是）司馬遷也撞不開這昭文館內虎牢關。【寄生草】么 少不的（不妨來少）一朝馬死黃金盡。【金盞兒】我恨不的（我怕不待）（我子待）趁天風飛出山陽郡、我大來（我待來）（メ）升堂重拜母。
《死生交范張雞黍》	《死生交范張雞黍》
二【隔尾】但得本錢不折、本待要（我怕不待）求善價而沽諸赤緊的（這）行貨兒背時也。【牧羊關】赤緊的生不遇天時爾、伊尹起（呵）萬姓（圓）安居、巢由隱（呵）一身自潔、光武量把（是把）唐虞比、子陵傲端的是古今絕。【牧羊關】滄海上孫叔敖乾受苦（了）十年。【哭皇天】止望同心報國。【三煞】當日那英魂神道（般）剛明猛烈、【烏夜啼】（咱兩箇）再相逢（似）水底撈明月、把嚓這弟兄情一筆勾絕、你可便不必喋喋。	二【牧羊關】當日那 今日箇 東都門逢萌冠不掛。【哭皇天】既然你（你既是）肯相探多承謝。【三煞】當日那 凜凜的 英魂神道剛明猛烈、我問甚麼（我便問）（我更問）是邪非邪。【二煞】請相公別尋箇有（別請箇有）（別請一箇有）政事豪傑。
《死生交范張雞黍》	《死生交范張雞黍》
三【集賢賓】為你呵（兄弟也為你呵）整整的三晝夜水米不曾到口。【梧葉兒】兄弟也（兄弟也恁哥哥可便）這煩惱。【村里迓鼓】兄弟你在（兄弟你那）九泉孤塚、可惜了好人不長壽、據著你平生正直無私曲、想著你腹中大才、兄弟一會家（我一會家）神恍惚提心在口。【元和令】（你看）樹掛盡汝陽城外柳、（和這）（則這）青山一帶盡白頭。【上馬嬌】便有那（便做道）力萬牛。【青歌兒】（你是箇）一介寒儒過如箇萬戶	三【逍遙樂】更那堪（那堪更）樹梟陰風不住吼。【金菊香】誰想你（兄弟）（兄弟也誰想你）一日無常萬事休。【上馬嬌】你如今（休道）（休道是）人一州。【勝葫蘆】這的是（便道）誰親誰舊。【醋葫蘆】我這裡（好生的）（到家中你與我）謝相識親眷省僝僽。

〔註46〕此表以三本重複的四個曲套為例加以比較。其中「襯字之增減」以宮廷本文字為底本，網底部分為近真本無而宮廷本所增，括弧內新細明體字為近真本有而宮廷本所減，畫框者表示過渡曲本有此襯字，括弧內標楷體字表過渡曲本襯字與兩本皆異者，無畫框亦無標楷體字則表示過渡曲本中無此襯字；而「襯字之異同」亦以宮廷本為底本，括弧內新細明體字為近真本與宮廷本相異之襯字，括弧內標楷體字為過渡曲本相異二者之襯字，畫框者為過渡曲本同於近真本或宮廷本之襯字。

侯。【醋葫蘆】母親也你將那（母親你）伴魂旛疾便回、嬭子兒共姪兒休落後。【醋葫蘆】（兄弟呵）到春來怎聽那杜鵑啼山月曉、到夏來怎禁那亂蟬聲暮雨愁、到秋來怎聽那（怎禁那）寒蛩夜語泣清秋、到多來你看那寒鴉噪萬點都在那老樹頭。	
《張鼎智勘魔合羅》 二【醉花陰】撒撒的增寒、撲撲（的）心頭跳、一陣（一會家）頭疼（似）（恰便似）擘碎腦。【出隊子】越將人（來）廝折薄、（一會家）撒撒增寒似水澆。【刮地風】（我這裏）舉目觀瞧、原來是（卻原來）不插拴牢。【寨兒令】我嚥下去有似熱油澆、烘烘的燒五臟、火火的燎三焦、兄弟也這的敢不是風寒藥。【神仗兒】我（我可便）嗝的嚥了、（他把我）不的藥倒、（卻似）煙生七竅。【掛金索】我則道調理（的）風寒、誰想你暗（裏）藏（著）毒藥、他如今（到如今他）（你將我）致（了）命圖（了）財、（我正是）（我正是自）養著（你個）家生哨、（全不怕）後代人知。	《張鼎智勘魔合羅》 二【喜遷鶯】卻待交（我待著）誰人醫療。【出隊子】我這般（怎這般）（害的我）無顛無倒。【刮地風】急煎煎（好著我）心癢難揉、我與你（猶子）（我這裏）恰下澀道。【四門子】這的是（可知道）（正是）嚴霜偏打枯根草。【節節高】這廝好（做的個）損人安己。

可見元雜劇襯字的歧異性，普遍存在於明初中期的各個版本之中，包括宮廷本與過渡曲本諸種。這個現象可能說明了元人在撰寫劇本時，對於襯字的使用本就較為簡略，留有不少可資演員自我發揮的空間；而伶人在歌唱時，為便於記憶，亦只取正字背誦，襯字部分僅稍加留心，取其概念，演出時即使忘記原詞，隨意套用當時慣用的襯辭，亦不致過於背離原意。久而久之，便形成了各本襯字的歧異現象。

不過，儘管同屬明代改本，過渡曲本所使用的襯字並不如宮廷本之多，這可能與兩種版本使用的場合時機不同有關。但相較於近真本而言，出現於明代的過渡曲本，在劇壇氣氛的渲染下，其襯字的使用仍較為增多，而其使用襯字的趨向，基本上亦與宮廷本頗為類似。

在使用襯字的基數上，過渡曲本與宮廷本同樣以一與三字為多，偶而穿插二字襯辭。但其「襯上加襯」的情況，則不如宮廷本明顯。在【表 4-7】、【表 4-8】僅有數套曲文的比較中，過渡曲本使用四字以上襯字的情況，並不如宮廷本之較近真本明顯增多。這可能是由於宮廷本乃用在舞台上的表演，曲折多變的音樂旋律不僅利於歌唱技巧的表現，且有助於舞台身段的表現，故而「襯上加襯」，層出不窮。而過渡曲本則少了這層表演上的需求，雖然受時代背景的影響，亦難免疊用之習，但相對於宮廷本而言，則多不及其繁複。

（二）增字的歧異

以下亦仿【表4-6】的作法，列出近眞本與過渡曲本使用襯字的異同：

【表4-10】近眞本與過渡曲本之增字比較

劇　　目	曲　　　　　文
嚴子陵垂釣七里灘	二【鬥鵪鶉】白日坐一榻（坐一襟）芳草茵、到晚來宿半間茅苫屋。
蕭何月夜追韓信	二【新水令】坐下馬空踏遍山水雄、背上劍枉射得斗牛寒。【七弟兄】腳踏著跳板、手執著竹竿。【梅花酒】明滴溜銀蟾出海山、光燦爛玉兔照天關。
死生交范張雞黍	一【那吒令】國子監助教的尙書做主人，祕書監著作的參政是丈人，翰林院應舉的左丞家舍人，知他看春秋怎的發，正閏如何論，制誥敕怎生般行文。【寄生草】將鳳凰池攔了前路、麒麟閣（麒麟殿）頂殺後門。你便是漢相如獻賦難求進，賈長沙上書誰侲問，董仲舒對策無公論，恰便似司馬撞不開昭文館內虎牢關，公孫弘打不破編修院里長蛇陣。【（寄生草）么】口邊頭奶腥也不曾落，頂門上胎髮依舊存。【金盞兒】二載隔音塵、千里共消魂。 二【牧羊關】光武量是把唐虞比、子陵傲端的是古今絕。【牧羊關】滄海上孫叔敖乾受苦十年、囹圄內管夷吾枉餓做兩截。 三【梧葉兒】舉孝廉爲三聘、論文才（論人才）第一流。【後庭花】播聲名洪宇宙、吐虹霓貫斗牛、臥白雲上嶺頭、釣西風渭水秋、笑嚴光傲許由。

　　過渡曲本的增字使用，基本上亦與近眞本大致相同，由僅存的幾個重複曲套觀之，其改訂情況，甚至較宮廷本更少。如宮廷本在《死生交范張雞黍》第一折【油葫蘆】中加上「說信實、談性命」六個增字，過渡曲本則維持原貌；第三折【那吒令】中，宮廷本將「正閏」改爲「周禮」，過渡曲本亦未隨之起舞。

　　所以，比較過渡曲本與近眞本重複的曲套，其改易近眞本增字者，比例上實在不如宮廷本之多。而少數改編的文字中，如《死生交范張雞黍》中改「麒麟殿」爲「麒麟閣」、改「論人才」爲「論义才」，則與宮廷本相同。如再進一步比較過渡曲本與宮廷本彼此間使用增字的歧異，內容亦十分相近。

　　雖然目前可見資料有限，但從過渡曲本與近眞本、宮廷本的交互比對中仍然可以大約看出，過渡曲本的增字使用原則上較忠於原著，而少數的修改則有與宮廷本相近的傾向。可見，明人修辭的特色，應該也在過渡曲本的增字改編上，有著或大或小的影響。

三、文人改編本之襯增字使用

（一）襯字的歧異

到了明代晚期，元雜劇逐漸失去舞台的生命力，其所剩餘的價值，大多在於文學上與資料上的意義。故而臧懋循與孟稱舜在編選《元曲選》及《古今名劇合選》之時，所見到的是內容趨於固定的劇本與曲本，而非活躍於舞台上的演出。根據現存的文獻顯示，他們二人可能都無緣見到元代所刊行的雜劇劇本，所以宮廷本與過渡曲本成為他們閱讀、欣賞，進而編選元人雜劇的最重要資料。

由於重複劇套繁多，不便一一列舉，以下便藉由《破幽夢孤雁漢宮秋》一劇，進一步觀察《元曲選》在襯字上的選擇與改訂情況〔註47〕：

1、襯字之增減

第三折：【駐馬聽】（便做道）小家兒出外也搖裝。【步步嬌】俺咫尺如天樣。
　　　　【殿前歡】（我則）怕（被）西風吹散舊時香。【雁兒落】那里取保親
　　　　的是李左車。【得勝令】枉養著那邊庭上鐵衣郎。【喜江南】美人圖
　　　　今夜掛（在）昭陽。

第四折：【粉蝶兒】不知（你）（知他）宿誰家一靈真性。【醉春風】（再）添黃
　　　　篆餅、（我將你來）（我可也）一般恭敬。【剔銀燈】（怎生）呼喚俺（那）
　　　　王昭君名姓、（覷絕罷）卻元來是畫來的丹青。【蔓菁菜】（怎生）白
　　　　日里無承應。【上小樓】又添（上）箇冤家纏定。【（上小樓）么】（二
　　　　來是）覓李陵、（不爭便）對著銀臺。

2、襯字之異同

第三折：【新水令】我則索（今日箇）看昭君畫圖模樣。【駐馬聽】你每
　　　　（偏你便怎）不斷腸。【步步嬌】且恁把（你將那）一曲陽關休
　　　　輕放、本意待（兒）尊前捱些時光。【落梅風】可憐俺（早是俺）

〔註47〕使用體例同於【表4～9】。其中「襯字之增減」以宮廷本文字為底本，網底部分為過渡曲本無而宮廷本所增，括弧內新細明體字為過渡曲本有而宮廷本所無，畫框者表示《元曲選》有此襯字，括弧內標楷體字表《元曲選》襯字與兩本皆異者，無畫框亦無標楷體字則表示《元曲選》無此襯字；而「襯字之異同」亦以宮廷本為底本，括弧內新細明體字為過渡曲本與宮廷本相異之襯字，括弧內標楷體字為《元曲選》相異於二者之文字，畫框者為《元曲選》同於過渡曲本或宮廷本之襯字。（此處之比較，宮廷本以《脈望館校古名家本》、過渡曲本以《盛世新聲》為底本。）

別離重、你好是（只恁般）回去的忙、寡人（一片）心先到他李陵臺上。【殿前歡】則什麼（怕不待要）（則什麼留下）舞霓裳、看今日（今日看）昭君出塞。【雁兒落】我做了（做了箇）別虞姬楚霸王、全不見（那里也）守玉關征西將。【得勝令】他去也不沙（那里也）架海紫金梁、你也要（您則待）左右人扶待、你但聽著（你但題起）刀鎗、卻早（撲撲的）小鹿兒心頭撞、你可做的（您可甚）男兒當自強。【七弟兄】為甚（請你箇）（說什麼）大王。【喜江南】便是我（我可甚）高燒銀燭照紅粧。

第四折：【蔓菁菜】卻原來（則聽的）長門兩三聲、怎知道（可不道）更有一箇人孤另。【上小樓】可不（你莫不）差訛了四時節令。（上小樓）么）你卻是（一來是）（你卻待）尋子卿、不見這箇（不見你箇）潑毛團也（道是）耳根清淨。【滿庭芳】大古似（不比那）林鶯嚦嚦。【十二月】你（則你這）宰相每也難聽、不比那（又不是）錦樹鳩鳴。

　　由以上比較我們約略可見，《元曲選》在襯字的選擇上，幾乎不是同於宮廷本，便是同於過渡曲本。有時它選擇與宮廷本一樣較過渡曲本增多或減少，有時則選擇與過渡曲本一樣較宮廷本增多或減少；有時它選擇與宮廷本一樣用異於過渡曲本的襯字，有時則選擇與過渡曲本一樣用異於宮廷本的襯字。但完全異於二者的，就整個劇本的襯字使用而言，比例上可謂少矣，與宮廷本及過渡曲本動不動便相異於它本的情況，實已大相逕庭。

　　以下筆者儘量整理《元曲選》同時重複於宮廷本及過渡曲本的曲套中，正增字不變而僅襯字異於二本的句子，以便研究者觀察其襯字歧異的情況：

【表 4-11】《元曲選》與宮廷本、過渡曲本使用襯字的歧異〔註48〕

劇　　目	曲　　　　　文
迷青瑣倩女離魂	三【醉春風】（也只爲）這症候因他上得。 四【醉花陰】（廿）歲月淹留帝京、（只聽的）花外杜鵑聲催起歸程【喜遷鶯】（兀的不）引了人魂靈。【出水仙子】母親將（將將將）（生將）水面上鴛鴦。
邯鄲道省悟黃粱夢	三【歸塞北】既不是卻怎生（既不沙可怎生）就地捲風濤。【雁過南樓】（說道）（那）喫飯處霎時間行道。【六國朝】呀呀那一箇把（那一箇早把）（呀那一箇又把）牙關緊噤了。【玉翼蟬煞】（飲的是）（吃的是）仙酒仙桃。

杜牧之詩酒揚州夢	一【(寄生草)么】少不的 先索費 翰林風月三千首。【青歌兒】休 央及煞 (呀央及煞) 偷香偷香韓壽。
鐵枴李度金童玉女	一【青歌兒】兀的不強似你 (兀的強如你) (煞強似) 白雲洞。
	二【四塊玉】(我) 催駿 把絲鞭褢。【感皇恩】覷了他 (看了這) (怎如我那) 花柔柳嫩、端的 (端的是) 玉軟香嬌。【採茶歌】(可不) 閃的俺玉人何處教吹簫。【竹枝歌】看了這 (你則看他) 江梅風韻海棠嬌。
	三【(河西後庭花)么】行動似 (行動也似) (行呵似) 新雁雲邊落、說話似 (說話呵恰便似) (話呵似) 鸚鵡枝上語、他醉呵 (醉呵似) 晚風前垂柳翠扶疏、出浴似 (浴呵似) 海棠擎露。【梧葉兒】兩隻手 (俺將他) 緊揪捽、(咱) 向明鏡也似官府告去。【賀聖朝】(且) 躲避在林莽。【牡丹春】(你可也) 回首認當初。
呂洞賓三度城南柳	一【混江龍】則我這 (落的個) 詩懷浩蕩。【天下樂】(我) 笑三 (也波) 閭楚大夫。
玉簫女兩世姻緣	二【金菊香】我怕不 (怕不待) 幾番 (待) 落筆強施逞、(和我這) 眼皮眉黛不分明。
唐明皇秋夜梧桐雨	二【紅芍藥】(拼著個醉醺醺) 直吃的夜靜更闌。【剔銀燈】快過來 (過來波) (那些個) 齊管仲鄭子產、(敢待做) 假忠孝龍逢比干。
	四【呆骨朵】把朵 (可惜也把一枝) (把一朵) 海棠花零落了。【芙蓉花】(常言道) (卻不道) 口是心苗。
㑳梅香騙翰林風月	一【混江龍】又不要 (那里也) 齊家治國。【油葫蘆】則他 (則他那) 匆匆節序又清明。【哪吒令】(端的個) 樂事的這難併。
	二【歸塞北】見甚影象 (便待) 把香燒。
死生交范張雞黍	一【金盞兒】(今朝) (今日個) 誰識俺這志誠人。一【(寄生草)么】(也) 少不的一朝馬死黃金盡。【金盞兒】我恨不的 (我怕不待) (我子待) 趁天風飛出山陽郡、我大來 (我特來) 升堂重拜母。
	二【隔尾】本待要 (我怕不待) 求善價而沽諸赤緊的 (這) (爭奈這) 行貨兒 背時也。【牧羊關】當日那 (今日箇) (想當日那) 東都門逢萌冠不掛。
	三【梧葉兒】兄弟也 (兄弟也恁哥哥可便) (好教我) 這煩惱。【村里迓鼓】兄弟你在 (兄弟你那) (兄弟也不爭你在) 九泉孤塚、想著你 (可惜你) 腹中大才。【青歌兒】(你是箇) (覷的個) 一介寒儒過如箇萬戶侯。
張鼎智勘魔合羅	二【醉花陰】一陣 (一會家) (只一陣) 頭疼 (恰便似) (險些就) 擘碎腦。【喜遷鶯】卻待交 (我待著) (教) 誰人醫療。【出隊子】我這般 (害的我) (似這般) 無顛無倒。
四丞相歌舞麗春堂	三【鬥鵪鶉】閑時 (閑來時) (長則是) 琴一張。【紫花兒序】我如今 (似這等) 樂以清閑。
	四【喬木查】(這些時) 怎不淒涼。
李太白匹配金錢記	一【油葫蘆】比及那 (眼見的) (則見的) 翠盤香冷霓裳罷。

　　由整個《元曲選》襯字同時異於宮廷本與過渡曲本者觀之，其大致情況與《破幽夢孤雁漢宮秋》一劇相同，在所有使用襯字的比例上而言，都算是比較少的。在【表 4-11】中少數的差異中可見，《元曲選》襯字的使用與宮廷本及過渡曲本相互參差，有時較爲增多，有時較爲減少；有時將多字改爲三字，有時也將三字改爲多字；並且可能隨時增入或減少一字之襯辭。此皆顯示《元曲選》在襯字使用上，其襯字基數與襯上加襯的情況，與明代諸本頗爲一致，並無此多彼少的傾向。這種情形在孟稱舜所選編的《古今名劇合選》中，更是明顯。在孟本同時與宮廷本、《元曲選》重複的劇目中，其襯字的使用幾乎不出於二本之範疇，又較《元曲選》更爲整齊。

　　可見襯字的使用，在此期已由變動趨於穩定，與諸本歧異的情況也不如明代前中期之大。這種情況的發生，應是由於元雜劇的演出已經不再活躍，襯字不再是藝人隨口取擇的用語，而是一種固定於書面之文字。此一時期，編選者所面臨的問題，是在於其對所見資料的主觀選擇與改訂，而非實際演出的客觀記錄與重現。

　　就元雜劇之襯字而言，客觀的記錄與重現，可能因各種表演場合及歌者心情、記憶等因素，呈現出多變的結果，故其差異較大；主觀的選擇與改訂，則視其選擇之多寡及實際內容之需要，進行內容的修訂，對於不具重要實質意義的襯字而言，並無頻頻動筆修飾的必要，故其變化轉趨於小。所以，在晚明元雜劇的文人改編本時期，在襯字上所呈現與諸本歧異的情況，頂多與曲文中的正增字相仿，並不如前兩個階段變動之大了。

（二）增字的歧異

　　增字的歧異在此一階段中，亦顯得微小而無足以論。如以《元曲選》同時與宮廷本及過渡曲本重複，且增字頗多之《死生交范張雞黍》第一、二、三折爲例，其增字使用差別情況如下〔註49〕：

第一折：【那吒令】春秋不知怎的發、周禮（正閏）不知如何道。【寄生草】
　　　　將鳳凰池攔了前路、麒麟閣貞殺後門、便有那漢相如獻賦難求進、
　　　　賈長沙上書誰僽問、董仲舒對策無公論、便有那司馬遷（公孫弘）

〔註49〕以宮廷本文字爲主，使用網底者爲增字，括弧內新細明體字者爲過渡曲本異於宮廷本增字，括弧內標楷體字爲《元曲選》同時異於二者之增字，畫框者爲《元曲選》同於宮廷本或過渡曲本之增字，如網底字後未另外標註，則爲三者均同之增字。

也撞不開這昭文館內虎牢關、便是公孫弘（司馬遷）也打不破編修
院里長蛇陣。【（寄生草）么】口邊廂奶腥也猶未落，頂門上胎髮也
尚自存。【金盞兒】想二載隔音塵、千里共消魂。

第二折：【牧羊關】光武量把唐虞比、子陵傲端的是古今絕。【牧羊關】滄
海上孫叔敖乾受苦十年、囹圄內管夷吾枉餓做兩截。

第三折：【梧葉兒】舉孝廉爲三聘、論文才第一流。【後庭花】播聲名洪
宇宙、吐虹霓貫斗牛、臥白雲上嶺頭、釣西風渭水秋、笑嚴光傲
許由。

由上可見，《元曲選》中多數之增字，皆與宮廷本及過渡曲本相同，而在
極少數的宮廷本與過渡曲本差異增字中（【那吒令】的「周禮」與「正閏」），
《元曲選》亦選擇對仗較工整的字句而錄。在以上比較中，《元曲選》眞正動
筆修改的增字，僅止於第一折【寄生草】中將「司馬遷」與「公孫弘」兩個
人名互換而已。細究其改編內涵，則「昭文館」的職務乃「掌詳正圖籍，教
授生徒，參議制度禮儀，監修國史。」〔註50〕自然以曾爲丞相之職的「公孫
弘」當之較爲合適；而「編修院」即指「翰林院」，職掌「編修國史」〔註51〕
之事，由司馬遷當之則恰如其分。故臧懋循此處所改，是爲符合歷史典故的
修正。

除此之外，在其它曲文的增字比較中，還可以觀察到《元曲選》有少數
的增字改編是隨著正字的因果關係，而有所調整的。如《鐵枴李度金童玉女》
第二折【玄鶴鳴】之「驂白鹿騎黃鶴」一句，宮廷本與過渡曲本原作「騎白
鹿跨黃（過：玄）鶴」，按照此曲格律，則其中「驂」與「騎」字應爲增字。
《元曲選》概以爲本句中「跨黃鶴」不如「騎黃鶴」切實，故而改之，連帶
將增字「騎」改爲「驂」，以避免重字。

故可知，《元曲選》的增字改編，除了與宮廷本、過渡曲本有著相同的修
辭特色外，另外還突顯了臧懋循對增字內容正確性的要求，及避用「重字」
等特色。這些對用字修辭的要求，均同於其對曲文正字之修辭要求，可見臧
懋循是將曲文中的增字與正字一體觀之，並無分別。

而另一文人改編本——孟稱舜之《古今名劇合選》，其增字使用情況，亦
是不與宮廷本相同，便與《元曲選》相同，幾乎無出其外者。又由於其本身

〔註50〕 王學奇主編《元曲選校注》三上，《死生交范張雞黍》第一折第 50 條註解，
　　　　石家庄：河北教育出版社，1994 年，頁 2443。
〔註51〕 同前註，第 53 條註解，頁 2443。

改編正字之處極少，增字相異者也就更顯得稀罕了。而其中可以反應之前階段的差別，亦十分有限，故此處暫且置而不論，以免失之偏頗。

綜言之，此一階段的增字使用情況，並無有大的變異，可與宮廷本、過渡曲本合而論之，皆屬作者或改編者在正字之外，用以補充或調整曲文內容的彈性作法。而其改編方式，則爲明人在修辭觀念上的反映與延伸。

第五章 明本元雜劇之音律與文辭改編

在明代戲曲批評中最常被提出來討論的，即曲文之「音律」與「修辭」。而明代曲壇上的兩大論爭：「沈湯之爭」及「文采與本色之爭」，即針對以上兩大論題而發。

其中「沈湯之爭」，起於湯顯祖不滿其《牡丹亭》遭沈璟等吳門曲派之人竄改一事。沈璟曾經站在「合腔依律」的觀點提出：

> 寧協律而不工，讀之不成句，而謳之始叶，是爲曲中之巧。[註1]
>
> 縱使詞出繡腸，歌稱繞樑，倘不諧音律，也難褒獎。耳邊廂，訛音
> 俗調，羞問短和長。[註2]

說明吳門曲派重視的是「歌唱」的問題，而不是「閱讀」的問題，所以縱使「詞出繡腸」，若不諧音律，也是不值得稱賞的。相反的，爲了達到「唱曲」能合乎音樂旋律的目的，即便因此使文字讀起來不成句，也在所不惜。而沈璟動手竄改湯顯祖的《牡丹亭》，正是其發揮此論的實際作法。

這種作法，立刻引起湯顯祖強烈的反駁，對於吳門的人爲了曲律隨意改竄其《牡丹亭》的文字，完全無法苟同，認爲吳門所改已經悖離了他的曲意，致使《牡丹亭》變得面目全非了。故而指示伶人羅章二道：

> 《牡丹亭記》要依我原本。其呂家改的，切不可從。雖是增減一二

〔註1〕 語見王驥德《曲律》，〈雜劇第三十九下〉，收錄於《中國古典戲曲論著集成》
　　　 四，北京：中國戲劇出版社，1959年，頁165。
〔註2〕 沈璟【二郎神】套曲【（金衣公子）前腔】，收錄於徐朔方輯校《沈璟集》，上
　　　 海：上海古籍出版社，1991年，頁850。

字，以便俗唱，卻與我原作的意趣大不同了。〔註3〕

在他的觀念裏：

> 凡文以意、趣、神、色爲主，四者到時，或有麗辭俊音可用，爾時
> 能一一顧九宮四聲否？如必按字模聲，即有滯曳迸拽之苦，恐不能
> 成句矣！〔註4〕

強調曲文的「意、趣、神、色」，重於九宮四聲等曲律問題，爲了保全他爲文的本意，即使拗折嗓子，也是值得的。這種想法與沈璟完全站在對立的角度，曲律與曲意，一時之間，似乎完全對立了起來。

但其實沈湯二人，對於曲律與文辭的立場，並非如表面上看到的絕對及水火不容。沈璟曾在〈致郁藍生書〉中自稱：

> 音律精嚴，才情秀爽，眞不佞所心服而不能及者，……不佞老筆俗
> 腸，鉎鉎守律，謬辱嘉獎，愧與感并。〔註5〕

而湯顯祖也曾道：

> 填詞平仄斷句皆定數，而詞人語意所到，時有參差。古詩亦有此聲，
> 而詞中尤多。即辭詞中字之多少，句之短長，更換不一，豈專侍歌
> 者上下縱橫取協耶！〔註6〕

對於曲律與文辭，二人都有基本的要求，其針鋒相對之所論，只是顯示在二者不能得兼之時，各自不得已的抉擇罷了。而對其各自的抉擇，王驥德作了客觀的評論，他道：

> 臨川之於吳江，故自冰炭。吳江守法，斤斤三尺，不欲令一字乖律，
> 而毫鋒殊拙；臨川尚趣，直是橫行，組織之工，幾與天孫爭巧，而
> 詰屈聱牙，多令歌者咋舌。〔註7〕

故沈璟等重曲律之詞，目的雖在登場，但一登場卻：「如老教師登場，板眼場步，略無破綻，然不能使人喝采。」〔註8〕而臨川重意趣之詞，文字雖然精彩，

〔註3〕 湯顯祖〈與宜伶羅章二〉，收錄於洪北江主編《湯顯祖集》，台北：洪氏出版社，1975年，頁1426。

〔註4〕 同前註，湯顯祖〈答呂姜山〉，頁1337。

〔註5〕 同註2，沈璟〈致鬱藍生書〉，頁899。

〔註6〕 趙崇祚著，湯顯祖批評，《花間集》，卷三評顧瓊【酒泉子】，明萬曆庚申（1620）刊本。

〔註7〕 同註1，頁165。

〔註8〕 同註1，頁159。

卻：「當置法字無論，盡是案頭異書。」〔註9〕故呂天成進一步提出「合之雙美論」：

> 二公譬如狂狷，天壤間應有此兩項人物，不有光祿（沈璟），詞硎不新；不有奉常，詞髓孰抉？倘能守詞隱先生之矩矱，而運以清遠道人之才情，豈非合之雙美乎？〔註10〕

認為真正好的曲文創作，應該是兼有沈湯之長，不能偏廢一方的。而馮夢龍亦有：「詞家三法：即曰調、曰韻、曰詞。」〔註11〕同時重視曲律與文辭的說法。故明代後期的曲家，如大致吳梅所論：吳炳、孟稱舜是「以臨川之筆，協吳江之律」，呂天成、卜人荒、王驥德、范文若是「以寧庵之律，學若士之詞」，馮夢龍、史槃、徐復祚、沈嵊等是「協律修辭，並臻美善」的。〔註12〕可見多數的曲家，大都傾向於認同曲律與文辭應相輔相成，在創作中缺一不可。只是所謂音律有人工音律與自然音律之別，而個人的音樂與文學修養又不盡相同，以致所創作與修編的曲文，也有不同面貌的呈現。

這種觀點不僅適用於明傳奇的創作與批評，也相當程度的反應在明人改編的元雜劇劇本之上。究竟其實際情況如何，以下我們便藉著近真本到宮廷本、過渡曲本，再到《元曲選》、《古今名劇合選》等文人改編本的改編過程，試著探索明人對元雜劇的音律與文辭的看法。

上兩章筆者曾經討論的曲牌套式與句數句式的問題，其實也與改編者對曲律與文辭的看法，多所關聯，尤其是曲文的「句式」與格律、「襯增字」與修辭，更是息息相關。但由於本論文的結構，對於明人改編曲文的問題，採取由篇入句，再由句入字之層層深入的作法，故將可能影響句法的「句式」與「襯增字」放在上一個章節作討論，此章則僅針對與單一字句相關的文辭及音律的問題，進一步作討論。

關於「音律」，俞為民曾在〈古代曲論中的音律論〉一文提出：戲曲音律論包括兩大要素，即「聲律」和「韻律」，其中「聲律」即指包括平仄、陰陽配搭之法；「韻律」即謂「押韻之法」。〔註13〕而明人所論曲律，亦多半著重

〔註9〕同註1，頁165。
〔註10〕呂天成《曲品》，收錄於《中國古典戲曲論著集成》六，北京：中國戲劇出版社，1959年，頁213。
〔註11〕馮夢龍《太霞新奏》〈發凡〉，福州：海峽文藝出版社，1986年，頁1。
〔註12〕吳梅《中國戲曲概論》，北京：中國人民大學出版社，2004年，頁169。
〔註13〕俞為民〈古代曲論中的音律論〉，《中華戲曲》第二十五輯（北京：文化藝術

於此二者，故此處即依俞氏所論，將元雜劇曲文的音律問題，劃分爲「聲調格律」及「用韻」二者，再加上曲文的修辭問題，將本章依「明本元雜劇曲文之聲調格律」、「明本元雜劇曲文之用韻」及「明本元雜劇曲文之用字修辭」三個不同層次分別探討。

第一節　曲文之聲調格律

　　戲曲是一種音樂文學，故所塡文字聲調必須合於音樂旋律，否則唱起來便可能會有「拗嗓」的問題，如勉強順著音樂旋律使文字聲調發生變化，則會有「字義不明」的問題，此二者皆非音樂文學之所宜。所以，最理想的狀況，便是使文字聲調合於音樂旋律，歌者唱之順暢，觀眾聽之了然。

　　故中國音樂文學，向來講究「字眞」，即所謂「曲辭的字面要唱得準，不讓四聲陰陽走了樣」〔註14〕。明代魏良輔《曲律》道：

> 五音以四聲爲主，四聲不得其宜，則五音廢矣。平上去入，逐一考
> 究，務得中正，如或苟且舛誤，聲調自乖，雖具繞梁，終不足取。
> 〔註15〕

清代沈乘麐《韻學驪珠・弁辭》道：

> 清謳擅妙，必先較正音聲；高唱爭奇，首在分清字韻。〔註16〕

清代徐大椿《樂府傳聲》亦謂：

> 曲不合調，則使唱者依調則非其字，依字則非其調，勢必改讀字音，
> 遷就其聲以合調，則調雖是而字面不眞。〔註17〕

都是強調「文字聲調」與「音樂旋律」相互諧調的重要性。

　　以中國音樂文學的創作歷程而言，欲達到「文字聲調」與「音樂旋律」互相配合的效果，大多是「依腔塡字」，僅有少數音樂造詣較高的作家，能「以腔就字」，另創動人的音樂旋律。所以說到曲文的創作，論者亦多半由「以字

出版社，2001 年），頁 34～62。

〔註14〕曾聰達《北曲譜法——音調與字調》，台北：文史哲出版社，1979 年，頁 1。

〔註15〕魏良輔《曲律》，收錄於《中國古典戲曲論著集成》五，北京：中國戲劇出版社，1959 年，頁 5。

〔註16〕沈乘麐《韻學驪珠》〈弁辭〉，收錄於《續修四庫全書》1747 冊，上海：上海古籍出版社，2002 年，頁 380。

〔註17〕徐大椿《樂府傳聲》，「一字高低不一」，收錄於《中國古典戲曲論著集成》七，北京：中國戲劇出版社，1959 年，頁 179。

就腔」談起，如周德清所謂：

> 「作樂府，切忌有傷於音律」。……大抵先要明腔，後要識譜，審其
> 音而作之，庶無劣調之失。〔註18〕

沈寵綏則曰：

> 若乃古之絃索，則但以曲配絃，絕不以絃和曲。凡種種牌名，皆從
> 未有曲文之先，預定工尺之譜。……每一牌名，製曲不知凡幾，而
> 曲文雖有不一，手中彈法，自來無兩。〔註19〕

說明曲牌的音樂固定，唯有作家「明腔」、「識譜」，「審其音」而作，才能夠
創作出與音樂相配搭的好曲文。

　　關於北曲的「文字聲調」問題，周德清曾有：

> 平聲：有陰，有陽；入聲作平聲俱屬陽。上聲：無陽，無陰；入聲
> 作上聲亦然。去聲：無陰，無陰；入聲作去聲亦然。〔註20〕

之說，即說明在北曲中平聲分陰、陽，入聲派入平、上、去三聲，其所謂四
聲，是指「陰平、陽平、上、去」四聲，而非詩、詞、南曲之「平、上、去、
入」四聲。故在元雜劇中所講究的音樂問題，主要在於劇作家在填寫曲文之
時，其使用文字之「陰平、陽平、上、去」四聲，是否能符合音樂的旋律，
使劇本一旦搬上舞台演唱時，能達到字音與字義相得益彰的效果。故周德清
另於「陰陽」條下註明：

> 用陰字法：【點絳唇】首句韻腳必用陰字，試以「天地玄黃」爲句歌
> 之，則歌「黃」字爲「荒」字，非也；若以「宇宙洪荒」爲句，協
> 矣。蓋「荒」字屬陰，「黃」字屬陽也。

> 用陽字法：【寄生草】末句七字內，第五字必用陽字，以「歸來飽飯
> 黃昏後」爲句，歌之協矣；若以「昏黃後」歌之，則歌「昏」字爲
> 「渾」字，非也。蓋「黃」字屬陽，「昏」字屬陰也。〔註21〕

又於「末句」條曰：

> 夫平仄者，平者平聲，仄者上、去聲也。後云「上」者，必要上；

〔註18〕周德清《中原音韻》，收錄於《中國古典戲曲論著集成》一，北京：中國戲劇
　　　　出版社，1959年，頁231。
〔註19〕沈寵綏《度曲須知》，「絃律存亡」，收錄於《中國古典戲曲論著集成》五，北
　　　　京：中國戲劇出版社，1959年，頁240。
〔註20〕同註18，一、「作詞十法」，「知韻」條，頁232。
〔註21〕同註18，一、「作詞十法」，「陰陽」條，頁235。

「去」者，必要去；「去上上」者，必要去上；「仄仄」者，上去、

去上皆可──上上、去去，若得迴避尤妙；若是造句且熟，亦無害。

〔註22〕

其所舉之例，雖然僅有少數特定曲牌之首句或末句的聲調問題，但其中顯示了，北曲的聲調，平聲中分陰、陽，仄聲中分上、去，依著音樂的曲調，填入適當聲調的曲文，對歌唱而言是重要的，否則便容易產生將此字作彼字的誤解。但也有一種情況可以例外，即造語嫻熟的句子，可以不在此限之中，因爲聽者既已熟悉此等字詞之運用，即使音調稍稍偏離，也能了然其義。

可惜周德清並未留下詳細的北曲四聲譜，其所歸納之末句聲調中，平聲亦未分陰陽，僅在「定格」曲例中，對於少數平聲之陰陽，有所評論。到了明代，朱權的《太和正音譜》更是只注平聲，不分陰陽，甚至連周德清《中原音韻》舉例必用陰平之字，《太和正音譜》所用曲例亦爲陽平字。對此李惠綿認爲：

《太和正音譜》的格律中，只注明平聲，或許是以爲分陰陽對曲譜

格律沒有意義，因而取消。〔註23〕

其說甚是，這一點只要看《洪武正韻》，平聲不分陰陽的情況，便可知其大略。此後之重要北曲文字譜，如《北詞廣正譜》、《九宮大成》、《北詞簡譜》、《北曲新譜》，則皆未見平聲分陰陽者。所以雖然周德清對於平聲分陰陽之法，言之鑿鑿，但從明代以至今日，欲加以分辨，恐怕已經是難上加難。故以下聲調格律的辨別，僅以王驥德所謂：

宜平不得用仄，宜仄不得用平，宜上不得用去，宜去不得用上，宜

上去不得用去上，宜去上不得用上去。〔註24〕

以平、上、去三聲分明的填曲法，對於各階段改編之元雜劇曲文進行檢視，暫且不論北曲之陰平聲與陽平聲的分別。

一、宮廷本曲文之聲調格律

在宮廷本與近眞本的比較中，筆者發現，二者曲文有時出入不大，但細校其音律，卻有著格律運用之差異。這可能關係著原作者與改編者對於曲文

────────

〔註22〕 同註18，一、「作詞十法」，「末句」條，頁237。
〔註23〕 李惠綿〈明代戲曲文律論之開展演變〉，《臺大中文學報》，2004年6月第二十期，頁135～194。
〔註24〕 同註1，〈論平仄第五〉，頁106。

聲調格律不同的看法，或不同時代字音的差異，故此提出加以討論。

（一）改正格律者

1、《楚昭王疏者下船》第三折般涉調【二煞】

元刊本曲文為：

> 弟兄每有限身，別□先限苦，兩下裡欲去回頭覷，睜著眼刀刃心頭攬，倒不如咬著牙讎人劍卜誅。哭一聲行一步，弟兄性氣吁昏日月，子母眼淚灑滿江湖。（《校訂元刊雜劇三十種》，頁80）

其第五句格律為「十仄平平仄仄平」（《北曲新譜》，頁207），元刊本作「倒不如咬著牙讎人劍卜誅」，「牙」字應仄而作平，宮廷本改為「倒不如捨了命低頭劍下誅」格律為是。但原本「睜著眼」，與「咬著牙」的對稱效果，也因此不見，似乎得不償失。筆者以為，「咬著牙」文句通俗，應該不會因為音調稍變而誤解其義，並非必要改者。

2、《好酒趙元遇上皇》第一折仙呂【那吒令】、第二折南呂【紅芍藥】、第四折雙調【收江南】

元刊本曲文為：

> 【那吒令】前日，是瞎王五上梁，昨日，是村李胡賽羊，今日，是酒劉洪貴降。待不去來，你來相訪，相領相將。（《校訂元刊雜劇三十種》，頁64）
>
> ……
>
> 【紅芍藥】丈人丈母狠心毒，司公做官胡突，果然這美女戾其夫，他可待似水如魚。好模樣，歹做處，不睹事，要休書。倚官強拆散俺妻夫，真乃是馬牛襟裾。（《校訂元刊雜劇三十種》，頁67）
>
> ……
>
> 【收江南】我汴梁城則做酒都監，自斟自舞自清淡，沒煩沒惱口勞嗑。是非處沒俺，這玉堂食怎如甕頭渰。（《校訂元刊雜劇三十種》，頁70）

其中【那吒令】第二句格律為「十平仄十」（《北曲新譜》，頁83），元刊本「五」字應平而為上，宮廷本改為「三」，音律較符合本格，但「王五」本是慣用的市井小民通稱，改為「王三」反而不順；【紅芍藥】第二句格律為「十仄平平」，元刊本「司公做官胡突」，「官」字應仄而作平，不合格律，宮廷本改為「司公

府尹胡突」，合乎本格，但原作欲是突顯「做官糊突」這件事，宮廷本改爲「府尹」二字，其義與「司公」重複，僅在責備此人糊突，而未點出其行官吏之事，卻未盡官吏之責的事實，意義上較原本差一截。

另外，【收江南】第二、三句格律本爲「十平十仄仄平平，十平十仄仄平平」（《北曲新譜》，頁 316），元刊本第二句的「淡」字應平而作去，第三句的「嚂」字應平而作上，皆不合格律，宮廷本將二字改爲「談」與「藍」，其餘無甚改動。但「清淡」改爲「清談」，意義上似乎並不相同，「清談」二字在趙元身上亦不符合其形象；而「口勞嚂」應指隨意動動唇舌，無傷大雅，但「口勞藍」的意思則費猜。筆者以爲，此二字也有可能是因爲音樂旋律改變了語言聲調，久而久之，便爲後人所誤記，不見得是伶工有意修改。

3、《看錢奴買冤家債主》第二折正宮【滾繡球】

元刊本曲文爲：

> 似銀沙漫了山海，瓊瑤砌世界，玉琢成九街千陌，粉粧成十二樓臺，似這雪韓退之馬鞍心冷怎當，孟浩然驢背上凍下來，剡溪中禁回了子猷訪戴，三口兒敢凍倒在長街，把不住兩條精腿千般戰，這早晚十竭朱門九不開，凍餓難捱。（《校訂元刊雜劇三十種》，頁 88）

其首句格律應爲「十仄　」（《北曲新譜》，頁 24），元刊本作「似銀沙漫了山海」，其「山」字應仄而作平，不合格律，宮廷本改爲「似銀花慘霧篩」，「霧」字合乎本格，「慘霧」作「上去」聲，亦甚起調，但意義則不如元刊本之自然。

4、《西華山陳摶高臥》第二折南呂【哭皇天】

元刊本曲文爲：

> 酒醉漢朝觀，睡魔王怎做宰臣，穿著底紫羅袍便似酒布袋，秉著白象笏似睡鯤鈍，若做官後每日家行眠立眊，休休，枉笑煞凌煙閣上人，早是疎慵愚鈍，更孤陋寡聞。（《校訂元刊雜劇三十種》，頁 105）

其末句格律爲「平平去平」（《北曲新譜》，頁 125），元刊本「更孤陋寡聞」，「陋」字應平而作去，「寡」字應去而作上，皆不合格律，但「孤陋寡聞」一詞本爲熟語，不致因爲音律稍變而不解其義，宮廷本爲合乎格律而將之改爲「寡陋孤聞」，反倒不通順。

5、《相國寺公孫汗衫記》第三折中呂【四邊靜】

元刊本曲文爲：

冬寒天色，冷落窰中只沒根柴，凍死尸骸，無人瞅睬，誰肯著掀土
埋，少不的撇在荒郊外。（《校訂元刊雜劇三十種》，頁 203）

其第二句格律爲「十仄平平十仄平」（《北曲新譜》，頁 150），元刊本「冷落窰
中只沒根柴」中「根」字應仄而爲平，不合格律，故宮廷本改爲「米」，合乎
此句格律。但此句原本是強調窮到連「一根柴」都沒有，所以「凍死」在窰
中，無人瞅睬，「根柴」與「凍死」前後呼應，如改爲「米柴」雖也合乎現實，
但卻非此處所欲傳達的意思。

6、《死生交范張雞黍》楔子仙呂【（賞花時）么】、第一折仙呂【那吒令】、第三折仙呂【元和令】

元刊本曲文爲：

【么】後歲今朝來探汝，三升白頭堂上母，何必要讓雲腴，若但蒙殺
雞爲黍，豈避千里遠宿途。（《校訂元刊雜劇三十種》，頁 319）

……

【那吒令】如今國子監助教的，尚書做主人，祕書監著作的，參政是
丈人，翰林院應奉的，左丞家舍人，知他看春秋怎的發，正閏如何
論，制誥敕怎生般行文。（《校訂元刊雜劇三十種》，頁 320）

……

【元和令】怪幾日前長星落大如斗，流光射夜如晝，元來是喪賢人地
慘共天愁，你看樹掛盡汝陽城外柳，和這青□一夜也白頭，滿城人
雨淚流。（《校訂元刊雜劇三十種》，頁 326）

楔子仙呂【（賞花時）么】之末句格律爲「十仄仄平平」（《北曲新譜》，頁 76），
元刊本「豈避千里遠宿途」句「宿」字應平而爲仄，不合格律，宮廷本改爲「窮」
字，合乎本格。但「宿途」有一種連續幾天趕路的意思，「窮途」二字則失去
此層意義。

第一折【那吒令】第五、六句格律爲「仄　・十平仄十」（《北曲新譜》，
頁 83），元刊本「翰林院應奉的，左丞家舍人」中，「奉」字應　而爲去，不合
格律，宮廷本改作「舉」字，合乎本格。但「應舉」乃參加科舉考試，應非
此處之意，「應奉」之「接受奉詔」，方爲翰林院的職責所在。

而第三折【元和令】首句格律則爲「十平十仄　」（《北曲新譜》，頁 87），
元刊本「怪幾日前長星落大如斗」句「如」字應仄而爲平，不合格律，宮廷本
改爲「似」字，字義不變，且能符合【元和令】本格。

7、《楚昭王疎者下船》第四折雙調【沈醉東風】

元刊本曲文爲：

> 自間別伯夷叔齊，央及淚眼愁眉，弟兄情，講甚君臣禮，下金階再
> 觀天日，惶恐慌張爲甚的，又怕是南柯夢裡。（《校訂元刊雜劇三十
> 種》，頁80）

其第六句格律爲「十仄平平仄仄平」（《北曲新譜》，頁284），元刊本「惶恐慌
張爲甚的」之「的」字應平而作上，宮廷本改爲「今日相逢有限期」，格律較
合，其前一句也一併改爲「當日在小舟中十步難移」，以今昔對比，如夢似幻，
最後道出「我又恐是南柯夢裏」，意思頗爲吻合。

8、《看錢奴買冤家債主》第一折仙呂【鵲踏枝】、第三折商調【集賢賓】、第四折越調【鬼三台】

元刊本曲文爲：

> 【鵲踏枝】你虧心也子由他，造惡也儘交他，謾不過湛湛青天，離不
> 了漫漫黃沙，上聖試鑒察，枉將他救拔，管他甚富那貧那。（《校訂
> 元刊雜劇三十種》，頁86）
>
> ……
>
> 【集賢賓】區區步行離了汴梁，過了些山隱隱水茫茫，盼了些州城縣
> 鎮，經了些道店村坊，望見那東岱嶽萬年巔峰，不見泰安州四堵城
> 墙，這安仁殿蓋的來接上蒼，映祥煙紫霧紅光，神州三月天，仙闕
> 五雲鄉。（《校訂元刊雜劇三十種》，頁92）
>
> ……
>
> 【鬼三台】說著那龐居士，做了些虧心事，恨不的把窮民來揹死，若
> 是算他與人結交時，也久而敬之，冤家債主元來是，我那兔毛大伯
> 有鈔使，全壓著郭巨埋兒，也強如明達賣子。（《校訂元刊雜劇三十
> 種》，頁96）

其中【鵲踏枝】末句格律爲「十十十，十仄平平」（《北曲新譜》，頁84），元
刊本後四字用「富那貧那」，雖然「那」字可平可仄，但同一個句子意義相同
之字，聲調卻忽平忽仄，終是不宜，故宮廷本改爲「富貴貧乏」，完全合乎本
句格律，且連用同義複詞，唱起來語音上也清楚許多。

而【集賢賓】第五句格律爲「十十十，十仄平平」（《北曲新譜》，頁217），
元刊本「望見那東岱嶽萬年巔峰」一句中之「年」字應仄而作平，不合格律，

故宮廷本改爲「丈」字，不但合乎此處格律，且以「萬丈」形容一眼望見東岱嶽的直接感受，亦甚爲恰當。

【鬼三台】第七句格律爲「十平仄十　ㄙ　」（《北曲新譜》，頁 263），元刊本的「來是」二字應「ㄙ　」而作「平去」，故宮廷本將句子改爲「則他那冤家債主是俺廝」，合乎格律，意義亦頗爲清晰。

9、《好酒趙元遇上皇》第二折中呂【迎仙客】、第四折雙調【新水令】

元刊本的曲文爲：

> 【折桂令】排著從人，排著公吏，這無常暗來人不知。又不會，插翅飛。止不住淚若芭堆，嗨！這的是自尋的沒頭罪。（《校訂元刊雜劇三十種》，頁 68）

> ……

> 【新水令】要甚末兩行祇從鬧交泰，怎如馬頭前酒瓶十檐，這紗幞頭眞紫襴，怎如白儸帶舊紬衫。又不會闊論高談，休想做官攬。（《校訂元刊雜劇三十種》，頁 70）

其中【折桂令】第四、五句格律爲「仄平平・十去　。」（《北曲新譜》，頁 145），元刊本「又不會，插翅飛」，「會」字應平而爲仄，不合格律，宮廷本將「又不會」三字作襯字，增改爲「我又不會脫身術，又不會插翅飛」，「術」字在元代中原音中屬「入作平聲」，故能合乎此處格律，且用「脫身術」與「插翅飛」兩相對的詞句，更能強調主人翁「在劫難逃」的苦境。故宮廷本所增「又不會脫身術」一句，不論格律文義皆較原本爲佳，但此亦可能是元刊本脫落，並非原作如此。

而【新水令】末句格律爲「十仄ㄙ平去」（《北曲新譜》，頁 279），元刊本「攬」字應去而作上，格律不合，宮廷本改爲「濫」字，合乎本格，且意義亦明，似可從之。

10、《西華山陳搏高臥》第二折南呂第一支【牧羊關】、第三折正宮【二煞】

元刊本曲文爲：

> 【牧羊關】我恰遊仙關，謁帝閽，猛驚得我跨黃鶴飛下天門，你揮的玉麈特遲，打的金鐘鳴緊，又不是紙窗明覺曉，布被暖知春，驚的夢莊州蝶飛去，尚古自炊黃糧鍋未滾。（《校訂元刊雜劇三十種》，頁 104）

……

【二煞】難蟲得失何須計，朋晏逍遙各自知，看蟻陣蜂衙，虎爭龍鬥，燕去鶴來，兔走烏飛，浮生似透窗飛鳥，光陰似過隙白駒，世人似舞瓮醯雞，一階半職，何足算不堪提。（《校訂元刊雜劇三十種》，頁108）

【牧羊關】第五句格律爲「平平去　」（《北曲新譜》，頁124），元刊本「金鐘鳴緊」一句，「鳴」字應去而作平，不合格律，宮廷本改爲「煞」字，不僅合乎本格，且意義上亦可與上句之「玉塵特遲」相對，所改甚佳。另外，【二煞】第五句格律爲「十仄平平」或「十平十仄」（《北曲新譜》，頁67），元刊本「燕去鶴來」句格律應屬前者，但「鶴」字應平而作去，故宮廷本改爲「鴻」字，合於本格，且「鴻」、「燕」相對，意義上亦較「鶴」字爲佳。

（二）不符北曲格律者

1、《看錢奴買冤家債主》第一折仙呂【油葫蘆】第七句

元刊本曲文爲：

一個胡臉兒閻王不是要，一個捏胎鬼依正法，一個注生的分數不爭差，這等人，向公侯伯子難安插，去驢騾馬象剛生下，又不曾油鼎內叉，劍樹上踏，據他那阿鼻罪過天來大，得個人身也不虧他。（《校訂元刊雜劇三十種》，頁85）

其第七句格律爲「十仄平」（《北曲新譜》，頁81），元刊本之「踏」字，雖然今讀作去聲，但《中原音韻》將之歸於「家麻」韻中的「入作平聲」，故合乎北曲格律。宮廷本將此句改爲「劍樹上殺」，「殺」字在北音中則爲「入作上聲」字，所改反而錯誤。蓋此句之「踏」與「殺」字，在明代同屬入聲字，如依沈璟論曲的說法「倘平音窘處，須巧將入韻埋藏」〔註25〕，這種「以入代平」唱法，可能不知不覺中也被伶人拿來運用了。所以對明人而言，改「踏」爲「殺」，不盡然是爲格律而改，可能改編者不喜原作者用詞，覺得既是「劍樹」，則應用「殺」字，較符合一般大眾的通俗想法，也是伶工可能會有的作法。

〔註25〕同註2，【二郎神】套曲中【（二郎神）前腔換頭】一曲謂：「倘平音窘處，須巧將入韻埋藏。這是詞隱先生獨祕方，與自古詞人不爽。」雖然沈璟聲稱「入代平聲」的作法，是個人的獨祕，但以此推想，這種方法在明代曲唱上應該是可行，懂得音律的沈璟才會如此說，明代伶工雖然不見得有深厚的理論背景，但只要音韻上可通，此法也可能不知不覺中被拿來運用了。

2、《好酒趙元遇上皇》第一折仙呂【柳葉兒】

元刊本曲文爲：

> 赤緊的司公他廝向，走將來雪加霜，幽幽地諕的、諕的魂飄蕩，何
> 處呈詞狀？若寫呵免災殃，呵！不寫後又待何妨。（《校訂元刊雜劇
> 三十種》，頁 65）

第三句格律爲「平平仄仄平平去」（《北曲新譜》，頁 93），元刊本「幽幽地諕
的諕的魂飄蕩」音律合乎本格，而宮廷本卻改爲「諕的我悠悠的魂飄盪」，格律
反倒不合。蓋改者以爲「悠悠」者應是「魂魄」才是，原本意義似乎不明，
故而改之。

3、《關大王單刀會》第四折雙調【攬箏琶】

元刊本曲文爲：

> 鬧吵吵軍兵列，上來的休庶擋莫攔截。我都交這劍下爲江，目前見
> 血，你奸似趙盾，我飽如靈輒，使不著你片口張舌，往念的你文竭。
> 來來來好生的送我到船上者，咱慢慢的相別。（《校訂元刊雜劇三十
> 種》，頁 9）

第四句格律爲「十平ム　」（《北曲新譜》，頁 294），元刊本格律無誤，但宮廷
本卻改之爲「目前流血」，不但「流」字聲調不合乎本格，意義亦甚爲平凡。
宮廷木此處連同上一句一併改爲「劍下身亡」，其意蓋以爲原來「劍下爲江，
目前見血」句不甚易解，故改之欲使其語意明白。但原本「爲江」句有「血
流成河」之意，故接「目前見血」一氣呵成，甚爲合理，鄭騫以爲：「改爲身
亡，字面太老實。」且「見血二字去上連用，甚爲發調，改爲流血聲響頓啞。」
（〈元雜劇異本比較〉第一組，頁 4）宮廷本改編者不明其佳處，所改實音義
兩失。

4、《張鼎智勘魔合羅》第二折黃鍾【水仙子】、第四折中呂【叫聲】

元刊本曲文爲：

> 【水仙子】呀呀呀，我這里正覷著，海海海，諕得我魂魄飄，扯扯扯，
> 將紙錢忙遮，來來來，把泥神緊靠，悄悄悄，他偏掩映著，他他他
> 走將來展腳舒腰，我我我，再疑曉仔細觀相貌，是是是，我兄弟間
> 別身安樂，休休休，免拜波李文鐸。（《校訂元刊雜劇三十種》，頁
> 230）
> ……

【叫聲】虎狼似惡公人，撲魯推擁廳前跪，我則見暗著氣吞著聲把頭低。（《校訂元刊雜劇三十種》，頁 234）

第二折押「蕭豪」韻，元刊本末句「鐸」在《中原音韻》中同屬「蕭豪」與「歌戈」韻，當其屬「蕭豪」韻時，乃「入聲作平聲」，可以合乎此處用韻。宮廷本改「李文鐸」爲「李文道」，「道」字亦屬「蕭豪」韻，但爲「去聲」，反而不符合此處用「平聲」韻的格律，宮廷本所改不確。鄭騫以爲：「改者爲南人，讀『鐸』不協韻，讀『道』始協。」（〈元雜劇異本比較〉第三組，頁26）宮廷本之改「鐸」爲「道」乃南北口音不同所致。

【叫聲】末句格律爲「十仄平平仄十平」或「十平十仄仄平平」（《北曲新譜》，頁 144），元刊本「我則見暗著氣吞著聲把頭低」格律應屬前者，而宮廷本「低」字改作「底」，變平爲上，不符本格，且意義上亦應以「低」字爲是。筆者以爲「低」、「底」形音相近，可能爲伶工所誤記，並非專意而改。

5、《相國寺公孫汗衫記》第三折中呂【醉春風】、第四折雙調【小將軍】
元刊本曲文爲：

【醉春風】濟困的眾街坊，您是救苦的觀自在，誰肯與半抄粗米一根柴，街坊每歹，沒個把俺來著個甚買，但得半片兒羊皮，一頭薰薦，俺便是得生天界。（《校訂元刊雜劇三十種》，頁 202）

……

【小將軍】都因他歹業冤，折倒了俺好家緣，火燒了宅院典賣了莊田，俺兩口兒難過遣。（《校訂元刊雜劇三十種》，頁 206）

【醉春風】首句格律是爲「十仄仄平平」（《北曲新譜》，頁 143），【小將軍】第三句格律爲「仄平十十平平仄」或「仄平十十仄平平」（《北曲新譜》，頁318），元刊本所錄皆合乎格律，但宮廷本卻將【醉春風】首句改作「捨貧咱波眾街坊」，「貧」字是爲「陽平」聲，不合乎此字仄聲的格律要求，且其意義亦不比原句好，綜觀此折前後，亦非有重字之慮者；另外又將【小將軍】第三句改爲「典賣了莊田火燒了宅院」，前後文字對調，意義不變，卻破壞了格律。此二處皆不知其所改爲何，這種情況或許只能解釋爲伶工粗疏之處，應非刻意修改。

宮廷本改動原著之處，變更其用字格律者甚多，此處尚不及於詳錄，整體而言，其改正聲調格律之處，遠遠超出不符於北曲格律之處。其中原因除了由於宮廷本是經過專門機構修編，較能改正近眞本疏漏之弊外，筆者以爲，

最重要的可能還是在於宮廷本多半是爲搬上舞台而準備的劇本，故其所修改之曲文，仍多能慮及「避免歌者拗嗓」一事，對於影響演員運轉歌喉的聲調格律，予以較多的照應。但曲文修改的優劣，則限於個人才情，有些尚能改好，有些則不免點金成鐵之失。改編結果如屬後者，誠然不無遺憾，但爲格律而折損曲意，卻不一定爲宮廷伶工所不慮，只是個人眼光所及，無法盡善。這一點我們從以上例証中，宮廷本亦有爲文義而誤其格律之處，便可窺見一二。不過這當然也有可能是不同改編者，不同的觀念所致，不一定能以偏蓋全。總之，從宮廷本爲文字聲調格律修改原作曲文之處隨處可見，舞台上演唱的音律，實爲宮廷本改編的重要因素。

二、過渡曲本曲文之聲調格律

過渡曲本之改動文字之處，如同宮廷本一般，有不少是專爲聲調格律而修改者，但其中也不少地方反將他本正確的格律改而不符元雜劇音律。以下將之分別與近眞本及宮廷本作對照，試觀察過渡曲本使用文字格律的大致情況：

（一）與近真本聲調格律之異同

1、改正格律者

（1）《嚴子陵垂釣七里灘》第二折越調【禿廝兒】

元刊本曲文爲：

> 您那有榮辱襴袍靴笏，不如俺無拘束新酒活魚，青山綠水開圖畫，
>
> 玉帶上掛金魚，都是囂虛。（《校訂元刊雜劇三十種》，頁 340）

其第二句格律爲「十平十仄平平」（《北曲新譜》，頁 254），元刊本「不如俺無拘束新酒活魚」之「束」字應平而爲上，不合格律，《盛世新聲》與《詞林摘豔》改「拘束」爲「憂愁」（《雍熙樂府》不變原句），「愁」字爲平聲，合乎本格。而以「有榮辱」對「無憂愁」，亦甚工整。

（2）《蕭何月夜追韓信》第二折雙調【新水令】、【川撥棹】、【收江南】

元刊本曲文爲：

> 【新水令】恨天涯流落客孤寒，嘆英雄半世取幻，坐下馬枉踏遍山水
>
> 雄，背上劍枉射得斗牛寒，恨塞於天地之間，雲遮斷玉砌雕欄，接
>
> 不住浩然氣透霄漢。（《校訂元刊雜劇三十種》，頁 368）

……

【川撥棹】半夜裏恰回還，抵多少夕陽歸去晚，烟烟彎彎，珂珮珊珊，冷清清夜靜水寒，可正是漁人江上晚。（《校訂元刊雜劇三十種》，頁370）

……

【收江南】怎知煙波名利大家難，抵多少五更朝人馬嘶寒，對一天星斗跨雕鞍，不由我倦憚，也是算來名利不如閑。（《校訂元刊雜劇三十種》，頁370）

【新水令】第二句格律為「仄平平仄平　去」（《北曲新譜》，頁279），元刊本「嘆英雄半世取幻」句之「世」字應平而為去，不合格律，過渡曲本改為「生」字，意義相去不遠，且較合乎格律；【川撥棹】第三句格律為「十仄平平」，元刊本「烟烟彎彎」句之「烟」字應仄而為平，不合格律，過渡曲本改為「澗水潺潺」，不但合乎本格，且與下句之「珂珮珊珊」相對，頗為恰當。

而【收江南】之第二句是為「十平十仄仄平平」（《北曲新譜》，頁316）的七字句，元刊本「抵多少五更朝人馬嘶寒」句，不但「人」字應仄而為平，其句式亦為七乙句，不合乎本格，過渡曲本改作「抵多少五更朝外馬嘶寒」，只更換一「外」字，同時解決了聲調格律與句式的問題，所改甚妙。

（3）《漢高皇濯足氣英布》第四折黃鍾【喜遷鶯】、【刮地風】

元刊本曲文為：

【喜遷鶯】多應敢會兵書，沒半霎兒熬番了楚霸主。他那壁古剌剌門旗開處，楚重瞳在陣面上高呼，無徒，殺人可恕，情理難容相欺負，廝恥辱，他道我看伊不輕，我負你何辜。（《校訂元刊雜劇三十種》，頁164）

……

【刮地風】蘀蘀不待的三聲凱戰鼓，火火古剌剌兩面旗舒，脫脫僕剌剌二馬相交處，喊震天隅，我子見一來一去，不當不覩，兩足馬，兩個人，有如星注，使火尖鎗的楚項羽，是他便剌胸蔔。（《校訂元刊雜劇三十種》，頁165）

【喜遷鶯】第七句格律為「十仄平平仄仄平」（《北曲新譜》，頁1），元刊本「情理難容相欺負」句，「欺負」二字應仄平而為平去，不合格律，過渡曲本改為「情理難容這匹夫」，「匹夫」二字合乎本格，且在文字的運用上，不但適當

反應出英布此時的氣勢，又可免去「負」字與末句犯複的弊病，較原句爲佳；【刮地風】第六句格律應爲「十仄平平」（《北曲新譜》，頁 4），元刊本「不當不覰」句之「覰」字應平而爲上，不合格律，過渡曲本改爲「不見贏輸」，合乎本格，且意義上亦較原本顯豁。

（4）《死生交范張雞黍》第一折仙呂【那吒令】、第三折仙呂【元和令】改正曲文之聲調格律處與宮廷本同。（請參見頁 218 第 6 條）

2、不符北曲格律者

（1）《嚴子陵垂釣七里灘》第二折越調【（麻郎兒）么】

元刊本曲文爲：

> 俺是酒徒醉餘睡處，又無甚花氈繡褥，我布袍袖將他蓋覆，常與我
> 席頭兒奪樹。（《校訂元刊雜劇三十種》，頁 340）

其第三句格律爲「十十十十平仄　」（《北曲新譜》，頁 255），元刊本「我布袍袖將他蓋覆」句，其「覆」字北音可作上聲，合乎本格，而過渡曲本改爲「布袍袖把咱來遮護」，「遮護」二字應仄　而作平去，不合格律。

（2）《蕭何月夜追韓信》第二折雙調【駐馬聽】

元刊本曲文爲：

> 回首青山，拍拍離愁滿戰鞍，舉頭新雁，呀呀哀怨伴天寒，指望學
> 龍投大海駕天關，劃地似君騎羸馬連雲棧，且相逢覷英雄如匹似閑，
> 堪恨無端四海蒼生眼。（《校訂元刊雜劇三十種》，頁 368）

其末句格律爲「十平十仄平平厶」（《北曲新譜》，頁 281），元刊本「堪恨無端四海蒼生眼」句，合乎本格，過渡曲本改爲「赤緊的世上多少蒼生眼」，「上」字應平而爲去，不合格律。

（3）《漢高皇濯足氣英布》第四折黃鍾【出隊子】

元刊本曲文爲：

> 咱這壁先鋒前部，會支分能對付，床床床響颮颮陣上發金鏃，沙沙
> 沙齊臻臻坡前排士卒，呀我則見僕剌剌的垓心裏驟戰駒。（《校訂元
> 刊雜劇三十種》，頁 164）

其第四句格律爲「十仄平平　厶　」（《北曲新譜》，頁 3），元刊本「沙沙沙齊臻臻坡前排士卒」句，「臻」字應仄而爲平，不合格律，但過渡曲本所改「火火火齊臻臻軍前列著士卒」，並未改動「臻」字，反將「排」字改爲「列」，違乎本格，且「排」與「列」字意義相近，不知因何而改。

（4）《死生交范張雞黍》第三折商調【逍遙樂】

元刊本曲文爲：

> 【逍遙樂】打的這匹馬不剌剌的風圈兒馳驟，百般的抹不過山腰，□不到那地頭，知他那里也故塚松楸，仰天號叫破我咽喉，那堪更樹杪頭陰風不住吼，荒村雪霽雲收，猛聽的哭聲咽喉，纔望見幡影悠悠，眼見的滯魄夷猶。（《校訂元刊雜劇三十種》，頁 325）

其第六句格律爲「十仄十平十厶　」（《北曲新譜》，頁 218），元刊本「那堪更樹杪頭陰風不住吼」一句，合乎格律，《雍熙樂府》改此句爲「更那堪樹稍頭冷風不住吼」，其「稍」字此處同於「梢」，是爲平聲，不合本句仄聲的要求，「樹杪」與「樹梢」意義相同，實可不必改。

（5）《醉思鄉王粲登樓》第一折仙呂【油葫蘆】

李鈔本曲文爲：

> 你休笑我書生膽氣寒，看承我如等閑，子爲散裘常怯曉霜寒，有人也作兒曹看，恨無端一郡蒼生眼，我量寬如東大海，志高如西華山，只爲五行差幹運難迭辨，不能得隨聖主展江山。（《校訂元刊雜劇三十種》，頁 446）

其第四句格律爲「十平十仄平平厶」（《北曲新譜》，頁 81），李鈔本「有人也做兒曹看」一句，合乎本格，《雍熙樂府》改作「他把我做兒曹看」，「把」字應平而爲上，不合此處格律。

（6）《張鼎智勘魔合羅》第二折黃鍾【水仙子】

改動曲文之有違聲調格律處與宮廷本同。（請參見頁 222 第 4 條）

（二）與宮廷本聲調格律之異同

1、合乎北曲格律者

（1）《破幽夢孤雁漢宮秋》第三折雙調【七弟兄】、第四折中呂【滿庭芳】

脈望館校古名家本曲文爲：

> 爲甚大王，不當叫王嬙，怎當他臨去也回頭望，那堪那散風雪旌節影悠揚，動關山鼓角聲悲愴。（《全元雜劇》初編四，頁 14）

其第四句格律爲「十平十仄仄平平」（《北曲新譜》，頁 311），古名家本「那堪那散風雪旌節影悠揚」一句，「雪」字應平而爲上，不合格律，而顧曲齋本此處則與《盛世新聲》、《詞林摘豔》同作「我可甚風流旌節韻悠揚」，《雍熙樂府》則作爲「我可甚風雲旌節韻悠揚」，不論是「流」或「雲」字皆爲平聲，合乎此

處格律。但如以文辭而論，古名家本之「散風雪旌節影悠揚」與下句「動關山鼓角聲悲愴」相對，較它本爲佳。

（2）《杜牧之詩酒揚州夢》第一折仙呂【天下樂】

宮廷本曲文爲：

> 端的是一醉能消萬古愁，醒來時三杯，扶起頭，我向那紅裙隊裏奪了一籌，看花呵致成証候，飲酒呵灌的醉休，我則待勝簪花常帶酒。
>
> （古名家本，《全元雜劇》二編二，頁 4）

其第四句格律爲「十平仄平平　厶　」（《北曲新譜》，頁 82），宮廷本「我向那紅裙隊裏奪了一籌」句中「裏」字應平而爲上，不合格律，《雍熙樂府》則作「我待紅裙會中奪一籌」，合乎本格。

（3）《鐵柺李度金童玉女》第三折商調【賢聖吉】

宮廷本曲文爲：

> 縷金鞰玉兔鶻，七寶嵌紫珊瑚，墨定髭鬚，打著鬖鬙，皂紗巾珠瓈簌，錦襖子金較鉻，花難比玉不如，卷雲靴跟抹綠，銀盆面膩粉團酥。（《古本戲曲叢刊》三，第 34 冊，頁 10）

其末二句格律爲「平平十，十仄十：十十平，仄仄平平：」（《北曲新譜》，頁225），宮廷本「卷」字應平而爲上，「面」字應平而爲去，皆不符合此曲格律，過渡曲本則作「雲根靴懸抹綠，面銀盆膩粉團酥」，合乎本格。

（4）《玉簫女兩世姻緣》第三折越調【金蕉葉】、【小桃紅】

宮廷本曲文爲：

> 【金蕉葉】則見那宮燭明燒銀蠟，我這裡纖手高擎玉斝，見他那舉止處堂堂俊雅，我在空便裡孜孜覷罷。
>
> ……
>
> 【小桃紅】玉簫吹徹碧桃花，端的是一刻千金價，他背影里斜將眼稍抹，諕的我臉烘霞，俺主人酒盃嫌殺春風四，玉簫年十八，未曾招嫁，俺主人培養出牡丹芽。（顧曲齋本，《全元雜劇》二編二，頁 14）

【金蕉葉】首句與末句格律分別爲：「十仄平平厶　」、「十仄平平厶平」（《北曲新譜》，頁 251），宮廷本「則見那宮燭明燒銀蠟」、「我在空便裡孜孜覷罷」句之「銀」字應厶而爲平、「罷」字應平而爲去，皆不合乎格律。《盛世新聲》、《詞林摘豔》皆作「我則見銀燭明燒絳蠟」、「我去那灯影兒下（《雍》作「空便處」）孜孜的覷咱」，意義相近，音律則合乎本格。

【小桃紅】第六句格律爲「十平厶　」(《北曲新譜》，頁253)，宮廷本「玉簫年十八」，「十」字應厶而爲平，不合格律，過渡曲本則作「二八」，合乎本格。且原本「十八」乃一實數，易與劇情陷入矛盾，因爲第三折韋皋一出場便自云：「自離了玉簫大姐，到的京都，……至于今日早已十有八年。」而第二折【高過隨調煞】則有玉簫唱：「到如今五載不回程。」(顧曲齋本，《全元雜劇》二編二，頁11)可見玉簫並非韋秀才一離開便死去，故第二世的玉簫女也不可能有十八歲之長，若以「二八」泛指年輕，尚可符合劇情，如云「十八」則有明顯之矛盾。

(5)《四丞相歌舞麗春堂》第三折越調【調笑令】

宮廷本曲文爲：

【調笑令】我向這淺處扭下身軀，呀慢慢的將釣兒我便垂將下去，
銀絲界破波文綠，可怎生浮蟉兒不動纖須，我這裏回頭猛然覷豔姝，
可知道落雁沈魚。(脈望館藏古名家本，《全元雜劇》初編四，頁11)

其第五句格律爲「十十仄平　厶　」(《北曲新譜》，頁252)，宮廷本「我這裏回頭猛然覷豔姝」一句，「覷」字應　而爲去，不合格律，過渡曲本作「我這裏回頭猛然觀了豔姝」，合乎本句格律，且「覷」字與「觀」字意義相近，故應以「觀」字爲佳。

2、不符北曲格律者

(1)《破幽夢孤雁漢宮秋》第四折正宮【白鶴子】、中呂【滿庭芳】

宮廷本曲文爲：

【白鶴子】多管是春秋高筋力短，莫不是食水少骨毛輕，待去後愁江
南網羅寬，待向前怕北塞雕弓硬。

……

【滿庭芳】又不是這心中愛聽，大古似林鶯嚦嚦，山溜零零，山長水
遠天如鏡，我則怕誤了你途程，見被你冷落了瀟湘暮景，誰望道人
過留名，更那堪瑤階夜永，嫌殺月兒明。(《全元雜劇》初編四，頁
17)

【白鶴子】第二句格律爲「十仄仄平平」或「仄仄平平仄」(《北曲新譜》，頁32)，宮廷本「莫不是食水少骨毛輕」一句用的是第一式，《雍熙樂府》改作「莫不是食水少毛骨輕」，「毛骨」二字應仄平而爲平上，不合本句格律，且「毛骨」、「骨毛」意思相同，沒有對調的必要。

　　而【滿庭芳】一曲，《雍熙樂府》與《盛世新聲》、《詞林摘豔》二本曲文有些許出入，它不但未如後二本更正宮廷本格律誤謬處，反將其原本正確的格律改錯。其第一句格律本爲「平平仄　」（《北曲新譜》，頁152），宮廷本「又不是這心中愛聽」一句，符合本格，《盛世新聲》、《詞林摘豔》二本作「好著這心中倦聽」，文義、格律亦皆可通，獨《雍熙樂府》作「莫不是自愛自聽」，「自愛」二字應平平而爲去去，與此句格律不符。

　　（2）《邯鄲道省悟黃粱夢》第三折大石調【六國朝】

　　宮廷本曲文爲：

　　　　風吹羊角，雪剪鵝毛，飛六出海山白，凍一壺天地老，舉目觀琳瑯，
　　　　巧筆難描，仰面瞻天表，青山似粉掃，幽窗下寒敲竹葉，前村裏冷
　　　　壓梅稍，撩亂野雲低，微茫江樹杳。（脈望館校古名家本，《全元雜
　　　　劇》初編五，頁16）

其末句格律爲「十平平去上」（《北曲新譜》，頁174），宮廷本「微茫江樹杳」一句，合乎本格。過渡曲本此句作「遙觀雪片小」，「雪」字應平而爲上，不合乎格律，且文辭意境亦不如宮廷本好。

　　（3）《玉簫女兩世姻緣》第二折仙呂【後庭花】

　　宮廷本曲文爲：

　　　　想著他和薔薇花露清，點胭脂紅蠟冷，整花朵心偏耐，畫蛾眉手慣
　　　　經，梳洗罷將玉肩憑，恰似對鴛鴦交頸，到如今玉肌骨減了九停，
　　　　粉香消沒了半星，無心戀秋水明甚情將雲鬢整，骨巖巖瘦不勝，悶
　　　　懨懨扮不成。（《全元雜劇》二編二，頁9）

其第五句格律爲「仄平平」（《北曲新譜》，貞90），宮廷本「梳洗罷將玉肩憑」一句，合乎格律，《盛世新聲》、《詞林摘豔》所錄則爲「梳洗處將俺這玉肩來並」，「並」字應平而爲去，格律不符。「憑」與「並」意義相近，皆有「依傍」之意，此處應用「憑」字即可。

　　（4）《㑳梅香翰林風月》第二折大石調【歸塞北】

　　宮廷本曲文爲：

　　　　則你那年紀小，有路到青霄，有一日名掛在白玉樓前龍虎榜，愁甚
　　　　麼碧桃花下鳳鸞交，早掙個束帶立於朝。（脈望館校息機子本，《全
　　　　元雜劇》二編一，頁16）

其第二句格律爲「十仄仄平平」（《北曲新譜》，頁176），宮廷本「有路到青霄」

一句,合乎本格。過渡曲本此句作「有誰到青霄」,「誰」字應仄而爲平,不合格律。唐人有「竹路上青霄」、「院逼青霄路」、「遍識青霄路上人」,〔註26〕《西廂記》中亦有「青霄有路終須到,金榜無名誓不歸」〔註27〕之句,可見「青霄路」是文人習用之句,本意爲通上雲霄之路,亦常被引用爲仕進之路,此曲所用意在後者。故筆者以爲,宮廷本「有路到青霄」用辭精確,又能合乎格律,過渡曲本所錄則不如。

(5)《四丞相歌舞麗春堂》第三折越調【鬥鵪鶉】

宮廷本曲文爲:

操一曲流水高山,悅我錦心繡腹,我潛入水國魚邦,跳出龍潭虎窟,

披著箬笠簑衣,低防著斜風細雨,閑時琴一張,酒一壺,自飲自斟,

自歌自舞。(《全元雜劇》初編四,頁 11)

其末句格律爲「十平厶 」(《北曲新譜》,頁 249),宮庭本「自歌自舞」一句,合乎本格,過渡曲本作「獨言獨語」,「獨」字應厶而爲平,則不合格律。於文辭運用上「自飲自斟,自歌自舞」,反覆跌宕,給人一種自得其樂的感覺,改爲「獨言獨語」反而失去優點。

從以上過渡曲本與近眞本、宮廷本的曲文比較中可見,過渡曲本所錄異文,雖然有不少較前二階段版本符合北曲聲調格律之處,但其中相異而不符合北曲聲調格律的曲文,比例卻也不低。況且有些曲文就文義修辭而言,根本沒有改動的必要,爲何編者必欲修改而使其不合乎格律?其中原因委實令人難解。當然,面對過渡曲本與宮廷本的曲文差異時,我們不一定有確切的証據說明過渡曲本必爲改編本,但過渡曲本出現在宮廷本之後,且其編者看過宮廷本的可能性頗大,爲何在文義差別不大的情況下,仍然選擇收錄或自行改編不符合北曲慣用聲調的曲文,這當中便有其不容推卸的責任了。

如以過渡曲本之編者對於自身收編曲文的要求而言,如《盛世新聲》之「庶使人歌而善反和之際,無聲律之病焉。」〔註28〕《詞林摘豔》對《盛世新聲》:「去其失格,增其未備,訛者正之,勝者補之」〔註29〕的修正,及《雍

〔註26〕 分別出自王訓的〈雜曲歌辭〉、王灣的〈麗正殿賜宴同勒天前煙年四韻應制〉、張祐〈偶作〉。

〔註27〕 出自《西廂記》第四本第三折。

〔註28〕 《盛世新聲·引》,北京:文學古籍刊行社,1955 年,據明正德十二年刊本影印。

〔註29〕 劉楫《詞林摘豔·序》,收錄於《續修四庫全書》1740 冊,上海:上海古籍出

熙樂府》編者所謂：「一句之內不可亂下一字，……聲分平仄，字別陰陽，至
精至備，不可易，故於措詞之間，其字其音，一有出入，即非家法弗愜人心。」
〔註30〕可見過渡曲本的編者，對於曲文的平仄、陰陽等聲調格律，皆十分在
意留心。所以，如果欲將上述頻頻失律的情況完全歸納爲過渡曲本的疏漏，
實令人難以相信。

　　就改編動機而論，若其所改，乃從文義或修辭的觀點出發而不得不然，
則尚可理解，畢竟曲文如許之衡所言：「平仄四聲，固應遵譜，有時平仄錯叶，
尚可通融。」但如其所改，與文義修辭無關，卻改而使之「平仄錯叶」，則令
人費解。所以筆者以爲，這些聲調錯叶的曲文，也許如其使用句式不合慣例
之情況一般，仍然得從明人唱「絃索」中音樂旋律的變化及南北音調的差異
來看。如沈寵綏所謂：

> 至如「絃索」曲者，俗固呼爲「北調」，然腔嫌嫋娜，字涉土音，則
> 名北而不眞北也，年來業經釐別，顧亦以字清腔逕之故，漸近水磨，
> 轉無北氣，則字北而曲豈盡北哉。〔註31〕

宮廷本之編選，由於距離元代仍近，其演唱內容多半按照元人所傳，所以音
樂旋律及南北音的變化問題不大，我們所看到的宮廷本，大多數曲文的聲調
格律仍然維持元雜劇的樣貌。但到了過渡曲本編選的時代，時已至明代中晚
期，曲壇上早已南音漸盛而北音漸衰了，在這種情況下，欲維持原汁原味的
北曲，委實不容易。故而北曲旋律稍有變化，及字音中雜有南人土音，對時
人而言，應該是習以爲常的，這也是每一個劇種在面臨時代推移時會遇到，
就如同當今的崑劇與京劇的發音問題，也是經常被提起討論的。這應該也是
我們在比較過渡曲本的聲調格律時，會發現其中有比例不低的曲文，無法符
合北曲格律的原因所在。〔註32〕

　　雖然如此，但由於過渡曲本的大部分曲文，依舊是前有所承，且其所收
錄的曲文，並不一定皆能以明代絃索北曲的唱法歌之，有些仍需依照所流傳

　　　　版社，2002 年，頁 1。
〔註30〕《雍熙樂府‧序》，收錄於《續修四庫全書》1740 冊，上海：上海古籍出版社，
　　　　2002 年，頁 1。
〔註31〕同註 19，上卷「曲運衰隆」，頁 198。
〔註32〕由於文獻上所保留各地語音變化的線索，並未有具系統性與權威性的記錄，
　　　　此處僅就所觀察到的現象，作一陳述與可能的推斷，以供參考，關於更深入
　　　　的語音証據探索，則留待專業的學者逐一究明。

下來的元曲音樂歌唱，所以大部分曲文仍能符合北曲聲調格律，只有在某些小地方，可能已隨著地方腔調或音樂旋律的轉變被記錄下來，故曲文聲調格律顯得不同。

三、文人改編本曲文之聲調格律

以下先將之前討論過近眞本與宮廷本、近眞本與過渡曲本、宮廷本與過渡曲本聲調格律異同的曲文，與《元曲選》作一簡單的比較，表列如下：

【表 5-1】《元曲選》與近真本、宮廷本曲文聲調格律之異同

曲 牌 名	近 真 本	宮 廷 本	元 曲 選
《楚昭王疎者下船》第三折般涉調【二煞】	倒不如咬著牙齜人劍下誅	倒不如捨了命低頭劍下誅	倒不如悄促促低著頭在劍下誅
《楚昭王疎者下船》第四折雙調【沈醉東風】	惶恐慌張爲甚的	今日相逢有限期	今日相逢有限期
《看錢奴買冤家債主》第一折仙呂【油葫蘆】	劍樹上踏	劍樹上殺	劍樹上殺
《看錢奴買冤家債主》第一折仙呂【鵲踏枝】	管他甚富那貧那	富貴貧乏	俺可便管他甚貧富窮達
《看錢奴買冤家債主》第二折正宮【滾繡球】	似銀沙漫了山海	似銀花慘霧篩	是誰人碾瓊瑤往下篩
《看錢奴買冤家債主》第三折商調【集賢賓】	望見那東岱嶽萬年巔峰	遙望見東岱嶽萬丈巔峰	望見那東岱嶽萬丈巔峰
《看錢奴買冤家債主》第四折越調【鬼三台】	冤家債主元來是	則他那冤家債主是俺廝	空掌著精金響鈔百萬資
《西華山陳摶高臥》第二折南呂【哭皇天】	更孤陋寡聞	寡陋孤聞	孤陋寡聞
《西華山陳摶高臥》第二折南呂第一支【牧羊關】	金鐘鳴緊	金鐘煞緊	金鐘煞緊
《西華山陳摶高臥》第三折正宮【二煞】	燕去鶴來	燕去鴻來	燕去鴻來
《相國寺公孫汗衫記》第三折中呂【四邊靜】	冷落窰中只沒根柴	又無些米柴	又無些米柴
《相國寺公孫汗衫記》第三折中呂【醉春風】	濟困的眾街坊	捨貧咱波眾街坊	那捨貧的波眾檀樾
《相國寺公孫汗衫記》第四折雙調【小將軍】	火燒了宅院典賣了莊田	典賣了莊田火燒了宅院	典賣了莊田火燒了俺宅院

《死生交范張雞黍》楔子仙呂【（賞花時）么】末句格律爲「十仄仄平平」	豈避千里遠宿途	豈避千里遠窮途	豈避千里遠程途
《死生交范張雞黍》第一折仙呂【那吒令】	翰林院應奉的，左丞家舍人	翰林院應舉的是左丞相舍人	翰林院應舉的是左丞相的舍人
《死生交范張雞黍》第三折商調【元和令】	怪幾日前長星落大如斗	數日前落長星大似斗	數日前落長星大似斗
《張鼎智勘魔合羅》第二折黃鍾【水仙子】「蕭豪」	免拜波李文鐸	免拜波李文道	免拜波李文道
《張鼎智勘魔合羅》第四折中呂【叫聲】	我則見喑著氣吞著聲把頭低	我則見喑著氣吞著聲把頭底	我則見喑著氣吞著聲把頭低

【表5-2】《元曲選》與近真本、過渡曲本曲文聲調格律之異同

曲　牌　名	近　真　本	過　渡　曲　本	元　曲　選
《漢高皇濯足氣英布》第四折黃鍾【醉花陰】	情理難容相欺負	情理難容這匹夫	情理難容這匹夫
《漢高皇濯足氣英布》第四折黃鍾【刮地風】	不當不覰	不見贏輸	不見贏輸
《漢高皇濯足氣英布》第四折黃鍾【出隊子】	沙沙沙齊臻臻坡前排士卒	火火火齊臻臻軍前列著士卒	火火火齊臻臻軍前列著士卒
《死生交范張雞黍》第一折仙呂【那吒令】	翰林院應奉的，左丞家舍人	翰林院應舉的左丞家舍人	翰林院應舉的是左丞相的舍人
《死生交范張雞黍》第三折仙呂【元和令】	怪幾日前長星落大如斗	數日前落長星大似斗	數日前落長星大似斗
《死生交范張雞黍》第三折商調【逍遙樂】	那堪更樹杪頭陰風不住吼	那堪樹稍頭冷風不住吼	更那堪樹梢頭冷風不住吼
《醉思鄉王粲登樓》第一折仙呂【油葫蘆】	有人也做兒曹看	他把我做兒曹看	端的可便有人把我做兒曹看
《張鼎智勘魔合羅》第二折黃鍾【水仙子】「蕭豪」	免拜波李文鐸	拜咱波李文道	免拜波李文道

【表5-3】《元曲選》與宮廷本、過渡曲本曲文聲調格律之異同

曲　牌　名	宮　廷　本	過　渡　曲　本	元　曲　選
《破幽夢孤雁漢宮秋》第三折雙調【七弟兄】	那堪那散風雪旌節影悠揚	我可甚風流旌節韻悠揚（《盛》、《詞》） 我可甚風雲旌節韻悠揚（《雍》）	那堪這散風雪旌節影悠揚。

《破幽夢孤雁漢宮秋》第四折中呂【滿庭芳】	又不是這心中愛聽	莫不是自愛自聽	又不是心中愛聽
《破幽夢孤雁漢宮秋》第四折正宮【白鶴子】	莫不是食水少骨毛輕	莫不是食水少毛骨輕	莫不是食水少毛骨輕
《杜牧之詩酒揚州夢》第一折仙呂【天下樂】	我向那紅裙隊裏奪了一籌	我待紅裙會中奪一籌	我向那紅裙隊裏奪了一籌
《鐵柺李度金童玉女》第三折商調【賢聖吉】	卷雲靴跟抹綠，銀盆面膩粉團酥	雲根靴懸抹綠，面銀盆膩粉團酥	卷雲靴跟抹綠，銀盆面膩粉團酥
《玉簫女兩世姻緣》第二折仙呂【後庭花】	梳洗罷將玉肩憑	梳洗處將俺這玉肩來並	梳洗罷將玉肩憑
《玉簫女兩世姻緣》第三折越調【金蕉葉】	則見那宮燭明燒銀蠟、我在空便裡孜孜覷罷	我則見銀燭明燒絳蠟、我去那灯影兒下孜孜的覷咱	我則見銀燭明燒絳蠟、我在空便裡孜孜覷罷
《玉簫女兩世姻緣》第三折越調【小桃紅】	玉簫年十八	玉簫年當二八	俺新年十八
《四丞相歌舞麗春堂》第三折越調【鬥鵪鶉】	自歌自舞	獨言獨語	自歌自舞
《四丞相歌舞麗春堂》第三折越調【調笑令】	我這裏回頭猛然覷豔姝	我這裏回頭猛然觀了豔姝	我這裏回頭猛然覷豔姝
《邯鄲道省悟黃粱夢》第三折大石調【六國朝】	微茫江樹杳	遙觀雪片小	微茫江樹杳
《㑳梅香翰林風月》第二折大石調【歸塞北】	有路到青霄	有誰到青霄	有路到青霄

※灰底者表不合乎格律。

　　由以上三個表格的比較中可見，臧懋循對於曲文的聲調格律，似乎並不如他對套式、句式、甚至下一節即將討論的韻字一般有嚴格的標準。從《元曲選》與近眞本、宮廷本比較的表格中可見，其曲文通常接近於宮廷本，而當中便有不少是宮廷本聲調格律不符曲牌本格者；同樣的，若將近眞本、過渡曲本聲調格律相違的曲文拿來與《元曲選》作比較，也可以發現《元曲選》曲文仍然接近於過渡曲本，儘管過渡曲本的曲文不合乎該曲牌的聲調格律；甚至在於宮廷本、過渡曲本這兩個可能同時爲臧懋循所見之版本的曲文聲調相異處，亦可見其捨棄聲調格律較正確的版本，而選用另一種版本的字句者。

　　除此之外，透過《元曲選》與宮廷本、過渡曲本重複的劇套中，宮廷本與過渡曲本相近而《元曲選》獨異的曲文，比較其聲調格律，則可以更明顯的呈現出來：

1、《破幽夢孤雁漢宮秋》第四折中呂【堯民歌】

宮廷本的曲文爲：

> 呀呀的飛過蓼花燈，孤雁兒不離了帝王城，畫簷間鐵馬響玎玎，寶
> 殿上君王冷清清，寒更寒更瀟瀟落葉聲，燭暗長門靜。（脈望館校古
> 名家本，《全元雜劇》初編四，頁 18）

其第四句格律應爲「仄仄平平仄平平」（《北曲新譜》，頁 163），宮廷本「寶殿
上君王冷清清」一句，合乎格律，過渡曲本此句亦同於宮廷本。而《元曲選》
將此句改作「寶殿中御榻冷清清」，其「御榻」二字應平平而爲仄仄，不合乎
本格。

2、《迷青瑣倩女離魂》第四折黃鍾【尾聲】、雙調【水仙子】

宮廷本曲文爲：

> 【尾聲】陌地心回猛然省，兀良草店上一盞孤燈，早子照不見伴人清
> 瘦影。（脈望館校古名家本，《全元雜劇》二編一，頁 21）
>
> ……
>
> 【水仙子】想當日暫停征棹飲離尊，子恐怕千里關山勞夢頻，沒揣的
> 靈犀一點成秦晉，便一似生簡身外身，一般般兩簡佳人，那一簡跟
> 他取應，這一簡淹煎病損，母親，則這是倩女離魂。（頁 22）

黃鍾【尾聲】首句格律應爲「十仄平下仄平上」（《北曲新譜》，頁 20），宮廷
本「陌地心回猛然省」，合乎格律，過渡曲本則作「驀地心回猛然省（《雍》
作『醒』）」，亦皆合乎本格，唯《元曲選》將全句改作「猛地回身來合併」，
其「來」字應仄而爲平，「併」字應上而爲去，將不合此曲格律。

　　【水仙子】第三句格律應爲「十平十仄平平去」（《北曲新譜》，頁 301），
宮廷本「沒揣的靈犀一點成秦晉」一句，合乎本格，過渡曲本則未錄此曲。《元
曲選》此句作「沒揣的靈犀一點潛相引」，「引」字應去而爲上，不合乎格律。

3、《鐵柺李度金童玉女》第二折南呂【一枝花】、【玄鶴鳴】

宮廷本曲文爲：

> 【一枝花】花谿音樂喧，竹塢人家小，香車遊上苑，寶馬滿東郊，綠
> 映紅翡翠鮫綃，一處處流水啼青鳥，一程程春風醉碧桃，垂揚院賣
> 花人一聲聲叫過紅樓，杏花村題詩客，一簡簡醉眠芳草。（脈望館就
> 于小榖校古名家本，《古本戲曲叢刊》三，第三十四冊，頁 6）
>
> ……

【玄鶴鳴】遵經道達玄妙，參祖師習道學，駕青牛乘赤鯉，騎白鹿跨黃鶴，怎如俺駿馬雕鞍最好，俺春風桃李，夏月葵榴秋天金菊冬雪江梅，一年中景物饒，料你那茅菴草舍爭似俺蘭堂畫閣，我平生不識邯鄲道。（頁 7）

【一枝花】第四句格律應為「十仄平平」（《北曲新譜》，頁 119），宮廷本「綠映紅翡翠鮫綃」一句，合乎本格，過渡曲本所錄亦同，而《元曲選》則改作「雜雜嘈嘈」，「雜」字應仄而為平，不合乎格律。

　　【玄鶴鳴】第二句格律應為「十平十仄　」（《北曲新譜》，頁 125），宮廷本「參祖師習道學」一句，合乎本格，過渡曲本文字亦同，而《元曲選》改作「參祖師習鴻寶」，「鴻」字應仄而為平，不合乎格律。

　　4、《玉簫女兩世姻緣》第二折第一支商調【金菊香】

　　宮廷本曲文為：

　　　想著他錦心繡腹那些才能，雪月風花教人怎不動情，即席間小曲兒編捏成，端的是剪雪裁冰，惺惺自古惜惺惺。（顧曲齋本，《全元雜劇》二編二，頁 9）

其第三句格律應為「十平仄平　　」（《北曲新譜》，頁 221），宮廷本「即席間小曲兒編捏成」一句，合乎本格，過渡曲本「即」字作「酒」，格律亦同樣無誤，唯《元曲選》改此句作「信口裏小曲編捏成」，「口」字應平而為上，不合乎格律。

　　5、《死生交范張雞黍》第三折仙呂【村里迓鼓】

　　元刊本曲文為：

　　　九原孤塚，可惜好人不長壽，你平生正直無私曲，心無塵垢，想你腹中大才，胸中清氣，都變做江山之秀，悶的我急急如漏網魚，呀呀如失群雁，忙忙如喪家狗，神恍惚提心在口。（《校訂元刊雜劇三十種》，頁 326）

其第三句格律應為「平平仄十十十」，末句格律則為「十十十，平平去　」（《北曲新譜》，頁 85），元刊本「你平生正直無私曲」、「神恍惚提心在口」，皆合乎本格，宮廷本此二句作「據著你平生正直無私屈」、「我一會家神恍惚提心在口」，《盛世新聲》、《詞林摘豔》與宮廷本同，《雍熙樂府》則作「兄弟平生正直無私曲」、「不由我身恍惚提心在口」，諸本格律基本上皆無誤，唯《元曲選》改作「想著那世人幾個能全德」、「不由人不痛心疾首」，其「世」與「痛」字應

平而爲仄、「疾」字應去而爲平，不合乎格律。

6、《四丞相高會麗春堂》第三折越調【小桃紅】

宮廷本曲文爲：

> 【小桃紅】則這水聲山色兩相宜，閒看雲來去，則我怨結愁腸對誰
> 訴，自躊躇，將這一般兒煩惱收拾聚，感時懷古，舊榮新辱，可便
> 都裝入酒葫蘆。（脈望館藏古名家本，《全元雜劇》初編四，頁 11）

【小桃紅】第五句格律應爲「十平十仄平平去」（《北曲新譜》，頁 253），宮廷本「將這一般兒煩惱收拾聚」一句，合乎本格，過渡曲本作「將幾般兒煩惱收拾聚」，亦同樣合乎格律，唯《元曲選》改作「想這場煩惱都也由咱取」，「取」字應去而爲平，不合乎格律。

以上均爲《元曲選》曲文與宮廷本、過渡曲本相異，而其聲調格律出乎曲牌本格者。如再加上上列三個表格中《元曲選》不合聲調格律的曲文，則在所有重複劇套的曲牌中，《元曲選》不合於格律的比例，實高出其餘三個階段的版本許多。

這種種情形，可能反應出的現象是：時至晚明，北曲音樂已非當時習於南戲的曲壇人士所熟知，且北劇的音樂旋律至此已有所改變，南北字音亦有差異，再堅持元人創作時所採用的聲調格律，似乎意義並不大。這種轉變，我們從過渡曲本的曲文聲調格律的比較，已見端倪，至臧懋循編輯《元曲選》的晚明時代，元雜劇的演唱意義更是不如其形式意義及文學意義來的重大。故此，曲牌的套式、句式及韻律，在《元曲選》中尚且能得到形式上的保存，而對北曲聲調格律的堅持，可能則隨著南北腔調、音樂旋律的改變，及元雜劇舞台的沒落，顯得難以爲繼了。由此可見，元雜劇演變至此，曲文的聲調格律已非臧懋循的改編重點，他可以爲文義或修辭技巧等種種因素，捨棄對聲調格律的堅持。

另外，出版於《元曲選》之後的《古今名劇合選》，對於曲文的聲調格律，亦有趨於忽略的現象，但其不合聲調格律的比例仍不如《元曲選》之高，此乃由於孟稱舜在文字的選擇上，有「古本非甚訛謬，不宜輕改，改本有勝前者，始不妨稍從之耳。」（《續修四庫全書》1763 冊，頁 599）的考量，故其文字選擇通常介於二者之間，而當他的選擇偏向於宮廷本時，則不符格律的情況較少；而選擇偏向於《元曲選》時，則聲調格律不符本格者較多。如以上列諸表中比較宮廷本與《元曲選》之曲文而言，則其字句同於宮廷本者，

聲調格律均合於曲牌本格，同於《元曲選》而聲調格律錯誤者則有：《破幽夢孤雁漢宮秋》第四折中呂【滿庭芳】之「還說甚過留聲」、《破幽夢孤雁漢宮秋》第四折中呂【堯民歌】之「寶殿中（孟本作『上』）御榻冷清清」、《死生交范張雞黍》第三折仙呂【村里迓鼓】之「想著那世人幾個能全德」、《四丞相高會麗春堂》第三折越調【小桃紅】之「想這場煩惱都也由咱取」等句。

　　孟稱舜曾於《古今名劇合選・自序》中說道：「予此選去取頗嚴，然以辭足達情者爲最，而諧律者次之。」（《續修四庫全書》1763 冊，頁 211）由此可見，孟稱舜雖然重視曲律，但編選此輯仍然以辭意爲上，對於聲調格律的要求，大概也不比臧懋循講究，所差別者，僅在於二人對文辭優劣的判斷及對於原作的尊重程度而已。

第二節　曲文之用韻

　　元曲與唐詩、宋詞同屬韻文，但其用韻系統，卻與之迥然不同。由於唐詩、宋詞向來多爲文人士大夫階層所把持，並未深入民間，故其用韻不免與民間口語有所距離。而元曲則接近民間，以其爲主體所演出的戲曲，更是名符其實的民間文學，所以劇中常將民間通用口語，反應於曲文之中，其用韻自然不離民間口音。

　　而當時最能反應這種口音的韻書，即爲元代周德清的《中原音韻》。周德清整理《中原音韻》一書，所根據者乃當時北方官話的實際口語，和當時人所創作的曲文用韻，即其自序所謂「韻共守自然之音，字能通天下之語」〔註33〕，完全擺脫了舊時韻書的桎梏，使其成爲往後數百年中國曲壇上最重要的一部韻書。

　　此書之出，不免遭受批評，如明代王驥德即評曰：

　　德清淺士，韻中略疏數語，輒已文理不通，其所謂韻，不過雜採元前賢詞曲，掇拾成篇，非眞有晰於五聲七音之旨，辨於諸子百氏之奧也。又周江右人，率多土音，去中原甚遠，未必字字訂過，是欲憑影響之見，以著爲不刊之典，安保其無離而不叶於正者哉！〔註34〕

謂周書仍有所偏，不能眞正成爲用韻範本。清代的馮班《鈍吟雜錄》亦評曰：

　　周德清中原音韻所據者，止是當時語音。自云：「嘗於都會之所，聞

〔註33〕同註18，〈自序〉，頁 175。
〔註34〕同註 1，「論韻第七」，頁 111。

> 人間通濟之語也。」自沈謝至元時已數百年，語音譌變，豈可以今
> 時俗間語，追定古人聲律耶？〔註35〕

雖則如此，但自《中原音韻》出，遂成作北曲者的用韻範本的事實，就連曾
反對他的王驥德也不得不承認：

> 元人譜曲，用韻始嚴。德清生最晚，始輯爲此韻，作北曲者守之，
> 兢兢無敢出入。〔註36〕

可見《中原音韻》對元末以後，作北曲者之用韻，有著至關重要的指導性。

其實不僅是北曲，就連南曲的創作，也難脫《中原音韻》的影響。魏良
輔曾有「南曲不可雜北腔，北曲不可雜南字。」〔註37〕之語，故不少人主張
北曲應遵《中原音韻》，而南曲則應遵《洪武正韻》，但誠如沈璟所言：

> 國家《洪武正韻》，惟進御者規其結構，絕不爲填詞而作。〔註38〕

《洪武正韻》並不爲詞曲的創作而編，欲遵之以創作南曲，實有其困難性。
而南曲的用韻，實際上仍是借押北韻的：

> 《洪武韻》雖合南音，而中間音路未清，比之周韻，尤特甚焉。且
> 其他別無南韻可遵，是以作南詞者，從來俱借押北韻。〔註39〕

沈寵綏之言，一語道破作南曲者所面臨的困境。此亦李漁所謂：

> 詞曲韻書，止靠中原音韻一種，此係北韻，非南韻也。十年之前，武
> 林陳次升先生欲補此缺陷，作南詞音韻一書，工垂成而復輟。〔註40〕

可見南曲借用北韻，實乃不得已也，但這也顯示出，他們對於《中原音韻》
依賴之大。《中原音韻》對整個曲韻的影響，是含括整個南北曲的。

雖然現實情況如此，但欲使南人完全遵用北韻，仍是不容易的事。如同
王驥德曰：

> 吳人無閉口字，每以侵爲親，以監而奸，以廉爲連，至十九韻中，
> 遂缺其三。〔註41〕

〔註35〕 馮班《鈍吟雜錄》卷三，收錄於《四庫全書珍本》191 冊，台北：台灣商務書
　　　　局，1980 年，頁 12。
〔註36〕 同註 1，「論韻第七」，頁 110。
〔註37〕 同註 15，頁 7。
〔註38〕 沈寵綏轉引沈璟語。同註 19，「宗韻商疑」，頁 235。
〔註39〕 同前註。
〔註40〕 李漁《閒情偶寄》，卷二〈音律第三〉「魚模當分」，收錄於《中國古典戲曲論
　　　　著集成》七，北京：中國戲劇出版社，1959 年，頁 40。
〔註41〕 同註 1，〈論閉口字第八〉，頁 113。

其所言即爲明人經常將「侵尋」與「眞文」、「監咸」與「寒山」、「廉纖」與「先天」等韻混用的現象。南北口音原本不同，就連王驥德本人，也會在南曲的傳奇創作當中，發生「齊微之於支思，先天之於寒山、桓歡，沿習已久，聊復通用；庚青之於眞文，廉纖之於先天，借一二字偶用。」〔註42〕的情況。而臧懋循之批評湯顯祖「用歌戈韻，每以家麻雜之。」〔註43〕「此寒山韻也，臨川雜用先天，今悉竄定，然猶有借桓歡字者。」〔註44〕「寒山桓歡猶可強合，而以古詩韻竄入先天音調，猶爲不協。」〔註45〕亦皆以《中原音韻》爲準則所觀察到的缺失，但其中也透露出晉叔雖亟亟欲改正臨川之失，卻也偶爾難免將「寒山」、「桓歡」等韻混用的現象。今人許之衡亦以其所觀察言道：

> 明人曲，魚模支思齊微不分，庚青眞文尋侵亦多不分，寒山桓歡先
> 天廉纖亦屢混用。〔註46〕

可見南人欲完全遵乎北韻，實有其困難性。所以多數人在實際面對作品時，不僅能對南曲網開一面，就連對於南人所唱的北曲，亦能寬容以待，如沈寵綏所云：

> 《中原韻》字音，間有難從者。如我之叶五、兒之叶時、他止叶拖
> 等類，不敢照韻音切。此則勢應通俗，未可膠瑟，而固以遵韻爲辭
> 者。〔註47〕

這也是我們在面對明本元雜劇時，可以切入的角度，如此方能更準確的看待南人所改訂的北曲。以下我們便暫且以《中原音韻》爲準則，檢視明代各階段版本，在改訂元雜劇時，對於曲韻的運用概況。

一、宮廷本之用韻概況

（一）用韻與不用韻

此處所欲討論之「用韻」與否的問題，包括曲文韻腳是否合乎格律，及改編者對於可押可不押之韻字抉擇二者。

〔註42〕徐復祚《曲論》，錄屠隆評王驥德《題紅記》之語，收錄於《中國古典戲曲論著集成》四，北京：中國戲劇出版社，1959年，頁238。
〔註43〕湯顯祖著，臧懋循改訂：《南柯記》，明刊本，卷上，第七折「情著」，頁20。
〔註44〕同前註，卷下，第二十八折「臥轍」，頁25。
〔註45〕湯顯祖著，臧懋循改訂：《紫釵記》，明刊本，卷上，第四折「出鎮」，頁10。
〔註46〕許之衡《曲律易知》〈論聲韻襯字〉，台北：郁氏印獎會，1979年，頁182。
〔註47〕沈寵綏《絃索辨訛》，收錄於《中國古典戲曲論著集成》五，北京：中國戲劇出版社，1959年，〈凡例〉，頁24。

　　就詩、詞、曲等韻文而言，「韻腳」乃構成其文章韻律的重要因素之一。但有時迫於文句的修辭，無法找到適合的韻字，便容易產生出韻的現象。而這種出韻的現象，到了元明之創作及改編北曲，便不只是單純的修辭問題，有時更是中原音與方言、北方口音與南方口音的差別，其間複雜的成因，或可在明人改編的元雜劇中，略見一二。另外，對於元明兩代人使用韻字疏密的概念問題，亦可藉此一併觀察。以下便先由宮廷本與近真本的比較，討論明前期伶工之用韻情形。

1、《楚昭王疏者下船》第一折仙呂【鵲踏枝】

元刊本曲文為：

　　秦姬輦怎敢為頭，百里奚不敢邀攔，扯住秦皇，直交他送出潼關，交十二國諸侯每□眼，說的四百員文武如顏。(《校訂元刊雜劇三十種》，頁 76)

此套押「寒山」韻，按律【鵲踏枝】第一句應用韻(《北曲新譜》，頁 84)，元刊本第一句韻腳「頭」字，在《中原音韻》中係屬「尤侯」韻，不合格律，宮廷本改為「秦姬輦怎敢遮攔」，「攔」字用韻正確。連帶其下一句為不與改訂後的曲文重韻，也改為「百里奚不敢輕看」。

2、《好酒趙元遇上皇》第三折中呂【十二月】、【堯民歌】

元刊本曲文為：

　　【十二月】納我在交椅上坐地，拿著手腳身起，地鋪著繡褥，香噴金猊。喚大夫是甚脈息，我這病眼難醫。

　　【堯民歌】幾曾見卑田院土地拜鍾馗？判官當廳問牙推？這神針法灸那般族，似藍采和舞不的看花回，冷笑微微吾皇敕賜與，判斷開封取。(《校訂元刊雜劇三十種》，頁 69)

此套押「齊微」韻，按律【十二月】六句中，除第三句可押可不押外，其餘均須用韻，【堯民歌】則六句皆須用韻，且第五句應句中藏韻。(《北曲新譜》，頁 163) 元刊本【十二月】除第二句韻腳「起」字應平而用上外，其餘均合於用韻格律；而其【堯民歌】一曲則第三句的「族」、第五句的「與」和第六句的「取」字，皆用「魚模」韻。宮廷本【十二月】則改聲調格律不合的「起」字為「軀」字，但如此一改，雖合乎用平聲的格律，卻變成了「魚模」韻；而【堯民歌】一曲則改第五句的「與」字為「的」、第六句的「取」字為「位」，皆合乎「齊微」之韻，但第三句的「族」字則未改，仍屬「魚模」

韻。

總合觀之，此二本皆有「齊微」、「魚模」通押的毛病。宮廷本看似欲改正元刊本二韻通押的毛病，但自己卻也不免其弊。

3、《西華山陳摶高臥》第一折仙呂【醉中天】

元刊本曲文為：

> 我等您呵似投吳文整，尋你呵似覓呂先生，交我空踏子斷麻鞋神倦疲，您君臣每元來在這搭兒相隨定，這五代史里胡廝殺不曾住程，休則管埋名隱姓，卻交誰救那苦憐憐天下生靈。（《校訂元刊雜劇三十種》，頁102）

此套押「庚青」韻，按律【醉中天】全曲皆須用韻（《北曲新譜》，頁99），元刊本第三句韻用「疲」字，屬「齊微」韻，不合格律。宮廷本將此句改為「交我空踏斷草鞋雙帶鞓」，「鞓」字韻屬「庚青」，合乎格律。但如此一來則將踏斷「麻鞋」改為踏斷「草鞋之鞋帶」，且抹去「神倦疲」一層意思，失卻原本人物表情。

4、《相國寺公孫汗衫記》第二折越調【鬼三台】、第四折雙調【太平令】

元刊本曲文為：

> 【鬼三台】聽言罷，無憑話，惹的聰明人笑話，那沒子嗣，沒根芽，燒大駝細馬，將金紙銀錢香火加，便賢孫老子兒女多，早難道神不容奸，天能鑒察。（《校訂元刊雜劇三十種》，頁200）
>
> ……
>
> 【太平令】俺向馬行街開著個門面，這五兩銀權作齋錢，你將那梁武懺多談幾卷，消災咒盛看與幾遍，你便，可憐，老夫的命寒，你將俺張孝友孩兒來追薦。（《校訂元刊雜劇三十種》，頁206）

第二折應押「家麻」韻，按律【鬼三台】第七、八句皆應用韻（《北曲新譜》，頁262），元刊本第七句「加」字韻屬「家麻」，合乎格律，而第八句的「多」字韻屬「歌戈」，不合格律，宮廷本將兩句一併改為「將金紙銀錢向火家，更有那孝子賢孫兒女每打」，第七句用韻雖無誤，但意義難明，不如原本為佳；而第八句改用「打」字，較原本合乎格律，但意義亦如不原本明朗，因韻而失其義。

而第四折應押「先天」韻，按律【太平令】第五、六、七句應作「二：二

。二。」（《北曲新譜》，頁 303）的格式，元刊本「你便，可憐，老夫的命蹇」，合乎本格，宮廷本改爲「我告師父，可憐，老漢的命蹇」，「父」字則屬「魚模」韻，不合乎韻律，如斷爲「我告師父可憐，老漢，的命蹇」，「漢」字屬「寒山」韻，即爲明人「先天」、「寒山」混押之一例，亦不符北曲韻律。

5、《張鼎智勘魔合羅》第一折仙呂【天下樂】、【醉中天】、第三折商調【金菊香】、第四折中呂【醉春風】等

元刊本曲文爲：

> 【天下樂】百忙的麻鞋斷了蕊，難行窮對付，扯的蒲包上頃麻且拴個住，淋的我頭怎抬腳怎舒，眼巴巴沒是處。（《校訂元刊雜劇三十種》，頁 228）
>
> ……
>
> 【醉中天】拼供床撐門戶，荒野草長街隅，我捻土焚香畫地爐，拜罷也頻頻煞，謝靈神祐護，金鞭指路，交無災殃疾到鄉閭。（《校訂元刊雜劇三十種》，頁 228）

此套用「魚模」韻，按律【天下樂】第一句須用韻（《北曲新譜》，頁 82），元刊本「蕊」字韻屬「齊微」，不合格律，宮廷本改爲「乳」字，合乎格律，「乳」字在此解釋作「草鞋上穿繩子的耳」，與「耳」字乃古雙聲字，故此借用。〔註48〕而同折【醉中天】全曲七句按律皆須用韻，元刊本第四句用「煞」字，韻屬「皆來」，不合格律，故宮廷本後三字改爲「忙瞻顧」，「顧」字屬「魚模」韻，合乎格律，原本「頻頻煞」意頗難解，可能使指拜拜或謝神的動作，宮廷本改作「忙瞻顧」，顯出其尋路的焦急模樣，但置於「拜罷」與「謝靈神祐護」之間，給人一種意不甚誠的感受。

第三折商調【金菊香】元刊本曲文爲：

> 這是打家賊，看完藏，這是犯界私鹽寫下莕，這公事正與咱一地方，這是恰下符文，這是官差納送遠倉糧。（《校訂元刊雜劇三十種》，頁 232）

此套押「江陽」韻，按律【金菊香】第五句須用平聲韻（《北曲新譜》，頁 221）。元刊本第五句「文」字，雖用平聲字，但韻屬「眞文」，不合本格，宮廷本改此句爲「這個是新下到的符樣」，「樣」字屬「江陽」去聲韻，雖不合聲調律，但韻腳且合，二者各有缺失。

〔註48〕《元曲選校註》四上，《張孔目智勘魔合羅》第一折註解第18，頁 3470。

第四折中呂【醉春風】元刊本曲文爲：

> 不強如你教幼女演裁剒，佳人學繡剌，要分付不明白冤屈重刑名，
> 魔合羅呵，全在你你，出脫婦人啣冤，我敢交大人享祭，強如著小
> 童博覻。（《校訂元刊雜劇三十種》，頁 233）

此套押「齊微」韻，元刊本【醉春風】末句「覻」字出韻，宮廷本改作「戲」
字，合於格律。

綜觀此折，用韻錯誤之處頗多，二本皆是。如元刊本【醉春風】第二句
「佳人學繡剌」（「支思」韻）出韻，宮廷本仍舊；【滾繡球】第四句元刊本作
「覷形容仙女合宜」（「齊微」韻），宮廷本改爲「顏貌如仙子容像」（「江陽」
韻），反而不合律；【剔銀燈】末二句元刊本作「實道與（「魚模」韻），見有
人當官告者。（「車遮」韻）」，二句皆出韻，宮廷本改爲「親身的問他便實（「齊
微」韻），你道是見有人當官將你告以（「齊微」韻）。」合乎格律。

6、《諸葛亮博望燒屯》第四折中呂【醉春風】

元刊本曲文爲：

> 當日周天子夢非熊，今日主人公請臥龍，爲甚兩三番不肯出茅蘆，
> 委實俺倦冗冗，向這三國當權，一人前爲帥，不如半坡裏養種。（《校
> 訂元刊雜劇三十種》，頁 406）

此套押「東鍾」韻，元刊本【醉春風】全曲用韻無誤，宮廷本卻將最後一句
改爲「則不如我在那半坡裏養性」，「性」字乃屬「庚青」韻，反而不合乎此
套韻律。其意蓋欲強調諸葛亮隱居修行的本質，但鄭騫以爲如此一改：「文義
既牽強，又出韻。」（〈元雜劇異本比較〉第五組，頁 59）頗有弄巧成拙之嫌。

7、《死生交范張雞黍》第二折南呂【哭皇天】、第四折中呂【鬥鵪鶉】

元刊本曲文爲：

> 【哭皇天】你既是肯相探多承謝，便回程因甚的，把房門忙閉上，將
> 衣袖緊揪者，兄弟呵，想咱同堂學業同舍攻書，同心報國，同志待
> 和你同朝帝闕，誰想你四旬也不到，一事無成，拋離了老母，撇調
> 下妻男，又顧這舊哥哥死去也，這回相見，今番永別。（《校訂元刊
> 雜劇三十種》，頁 324）

> ……

> 【鬥鵪鶉】等我暮景桑榆，合有些崢嶸氣象，我當初樂極悲生，今日
> 泰來否往，量築了五六板兒墳垣，早奏與帝王，又不是傅說墻，用

微臣作楫爲霖，枉誤陛下眠思夢想。(《校訂元刊雜劇三十種》，頁
328)

第二折應押「車遮」韻，按律【哭皇天】第二句須用韻(《北曲新譜》，頁
125)，元刊本「的」字韻屬「齊微」，不合格律，宮廷本改爲「便回程因甚
也」，「也」字合乎「車遮」韻，全句意義不變。但此處鄭騫提出元刊本作「的」
字，可能是因爲在北方音中，「的」字有「跌」的讀音，「跌」字則屬「車遮」
韻，故有此作法(〈元雜劇異本比較〉第三組，頁 32)，此說甚合情理，可
引爲參証。

第四折應押「江陽」韻，按律【鬥鵪鶉】第五句須用韻(《北曲新譜》，
頁 147)，元刊本用「垣」字，韻屬「先天」，不合格律，宮廷本改作「墻」字，
意義不變，亦合乎格律，雖與下「傅說墻」重韻，但相較之下，仍是比較好
的作法。

（二）改重韻或犯重韻

對於韻腳的用字犯重一事，在詩詞中，十分忌諱，尤其是近體詩，如果
短短的四句或八句之間，便有二個韻腳犯重，恐怕令人不無辭窮之感，此乃
文人雅士之所不願見者，故皆儘量加以避免。而元曲乃一民間氣息濃厚的文
學，一向講究自然，對於韻腳用字是否犯重，並不刻意迴避，尤其在長套之
中，更不會在意同套曲文韻腳的重複，如明人王驥德「論曲禁」中便有「重
韻：一字二三押，長套及戲曲不拘」〔註 49〕的說法。但在實際的運用上，可
觀察到某些明本的元雜劇，其所改韻字，確實與「重韻」的問題有明顯的關
連，有時也會爲了文義或出韻等問題，而不得已選用「重韻」之字。以下分
別列出，以便觀察。

1、《好酒趙元遇上皇》第一折仙呂【天下樂】

元刊本曲文爲：

> 捨棄了今番做一場，打罵恁孩兒，有甚勾當？又不曾游手好閒廝定
> 當。動不動要手摸，是不是取招狀，欺負煞受飢寒窮射糧。(《校訂
> 元刊雜劇三十種》，頁 63)

此套押「江陽」韻，按律【天下樂】第三句與第四句皆應用韻(《北曲新譜》，
頁 82)，元刊本二句皆用「當」字，有犯重韻之慮，宮廷本將「廝定當」三字

〔註49〕同註1，〈論曲禁第二十三〉，頁 129。

改作「惹下禍殃」，避免了重韻的問題，但意義上則與原本稍別。元刊本「廝定當」三字，有誇耀自己行爲妥當，有正面積極的意義，宮廷本改「惹下禍殃」，只強調不曾惹禍，意則趨向於負面消極。

2、《張鼎智勘魔合羅》第四折中呂【快活三】

元刊本曲文爲：

> 魔合羅你做的，高山須是你名諱，併賊拿敗更推誰，劃地硬抵著頭
> 皮諱。（《校訂元刊雜劇三十種》，頁 236）

按律【快活三】全曲均須用韻（《北曲新譜》，頁 149），元刊本第二句與第四句同用「諱」字，犯重韻。但原本末句有刻意隱瞞事實之意，強調的是張鼎主觀的認爲高山有所心虛，宮廷本改作「你劃地硬抵著頭皮對」，雖然重韻的問題解決了，但也失去了詞義底下那一層值得玩味的意思。

3、《看錢奴買冤家債主》第二折正宮【塞鴻秋】

元刊本曲文：

> 疾忙把公孫弘東閣門桯陌，休等他漢孔融北海樽席待，你依著范堯
> 夫肯付舟中麥，他不學龐居士放取來生債，搯破三思臺，險顛破天
> 靈蓋，早離了晉石崇金谷園門外。（《校訂元刊雜劇三十種》，頁 90）

此套押的是「皆來」韻，元刊本用韻無誤，但宮廷本卻將第一句改爲「快離了他這公孫弘東閣門桯外」，「外」字亦屬「皆來」韻，原無不可，但如此一來便與末句「早離了晉石崇金谷園門外」，不但曲韻犯重，意思也犯重。原本「陌」字同「驀」，有「跨越、越過」的意思，首句之意爲「疾忙跨越公孫弘東閣的門檻」，有慌張逃離的意思，「陌」字用的極好，宮廷本可能因其不如「外」字之通俗而改，所改意義與音律均不佳。

4、《好酒趙元遇上皇》第二折南呂【牧羊關】

元刊本曲文爲：

> 見酒後忙參拜，飲酒後再取覆，共這酒故人今日完聚。酒呵！則道
> 永不相逢，不想今番一處。爲酒上遭風雪，爲酒上踐程途。這酒浸
> 頭和你重相遇，哎！酒爹爹安樂否？（《校訂元刊雜劇三十種》，頁
> 66）

此套押「魚模」韻，按律【牧羊關】第三句與第五句均須用韻（《北曲新譜》，頁 124），元刊本用「聚」與「處」字，合乎格律。宮廷本則將第五句改爲

「不想今番重聚」，原本「一處」與「聚」意義相同，宮廷本所強調者在於「重」字而已。但筆者以為，其後既已有「這酒浸頭和你重相遇」之語，如此再三重覆，實嫌囉嗦，應保留原句為好。

5、《關大王單刀會》第四折雙調【攪箏琶】

元刊本曲文為：

> 鬧吵吵軍兵列，上來的休庶擋莫攔截。我都交這劍下為江，目前見血，你奸似趙遁，我飽如靈輒，使不著你片口張舌，往念的你文竭。來來來好生的送我到船上者，咱慢慢的相別。（《校訂元刊雜劇三十種》，頁9）

此套押「車遮」韻，元刊本用韻無誤，但宮廷本將「你奸似趙遁，我飽如靈輒」二句改為，「便有那張儀口，蒯通舌」，用典較元刊本為佳，但如此一來「舌」字便與下一句重複，故一併改為「休那里躲閃藏遮」，可避免重韻的問題。

6、《死生交范張雞黍》第二折南呂【二煞】、第三折商調【逍遙樂】

元刊本曲文為：

> 【二煞】怕少盤纏立文書過隔壁問鄰家借，怕無布絹將見錢上長街向鋪戶賒，乘騎鞍馬問相公賒，千里途程至少呵來回三月，他既值凶禍我問甚勳業，長史功曹這箇名關別請個有政事豪傑。（《校訂元刊雜劇三十種》，頁324）
>
> ……
>
> 【逍遙樂】打的這匹馬不剌剌的風圍兒馳驟，百般的抹不過山腰，□不到那地頭，知他那里也故塚松楸，仰天號叫破我咽喉，那堪更樹杪頭陰風不住吼，荒村雪霽雲收，猛聽的哭聲咽喉，纔望見幡影悠悠，眼見的滯魄夷猶。（《校訂元刊雜劇三十種》，頁325）

第二折押「車遮」韻，按律【二煞】曲元刊本用韻無誤，但宮廷本卻將第三句的「賒」字改為「借」，與第一句造成了重複的現象。而原本一「借」、一「賒」、一「賒」，三個動詞照成對比的交果，修辭運用甚是巧妙，宮廷本所改反露許多缺點。

第三折應押「尤侯」韻，按律【逍遙樂】末三句句式為「四・四・四：」，倒數第二和第三句可以用韻，也可以不用韻（《北曲新譜》，頁218）。元刊本所錄兩句皆用韻，但其「猛聽的哭聲咽喉」一句，不但與前「破我咽喉」之句

用字犯複，且不合乎本句「十平十仄」的格律，故宮廷本改爲「哭聲哽咽」，則採不用韻格式，較能符合此處平仄。至於「幡影悠悠」之句，宮廷本改爲「旛影飄揚」，亦有用韻疏密之別，二者同樣合律。

7、《醉思鄉王粲登樓》第一折仙呂【天下樂】

李鈔本曲文爲：

> 因此上時復挑燈把劍看，那的每酸寒，怎挂眼，都待要論黃數黑在筆硯間，他教童蒙數子頑，我輔皇朝萬姓安，枉將人一例看。（《校訂元刊雜劇三十種》，頁 446）

此套押「寒山」韻，李鈔本用韻無誤，但第一句與最後一句的「看」字重複，宮廷本改作「時復挑燈劍彈」，避免的重韻的問題。但鄭騫認爲「看」字屬陰平，「彈」字屬陽平，而此處用陰平的聲調較響，重韻乃非必要迴避者，故應保留原字爲宜。（〈元雜劇異本比較〉第三組，頁 35）

綜上而論，宮廷本在曲文的用韻問題上，有時會因爲語音的轉變，而對曲文內容有所修正；有時則因韻而失其義，或因義而失其韻；對於「重韻」之避用與否，亦呈現同樣的矛盾。可見，合韻的堅持與避免重韻的觀念，雖然存在於改編者心中，有不少曲文的改編確實與韻腳不無關聯，但由於改編並非出自一時一人一地，個人文學修養的差別，便使其改編難以維持一定水平，故而有以上諸多歧異。

二、過渡曲本之用韻概況

（一）與近真本用韻異同

1、用韻與不用韻

（1）《嚴子陵垂釣七里灘》第二折越調【禿廝兒】

元刊本曲文爲：

> 您那有榮辱襴袍靴笏，不如俺無拘束新酒活魚，青山綠水開圖畫，玉帶上，掛金魚，都是囂虛。（《校訂元刊雜劇三十種》，頁 340）

此套押「魚模」韻，按律【禿廝兒】第三句須用韻（《北曲新譜》，頁 253），元刊本「畫」字韻屬「家麻」，且「圖」字應ㄙ而爲平，不合格律。《盛世新聲》與《詞林摘豔》所錄全句改爲「則您那爲官到大心受苦」，合乎本格，但不如原句清新可喜；《雍熙樂府》則直接將「圖畫」二字對調，句子變爲「青

山綠水堪畫圖」，合乎格律，亦不違作者原意。筆者以爲，此處元刊本可能是誤刻，並非原作如此。

（2）《死生交范張雞黍》第一折仙呂【六么序】、第二折南呂【哭皇天】

元刊本曲文爲：

【六么序】子母每輪替換當朝貴，倒班兒居要津，欺瞞煞萬乘之君，官里便如海如春，如日如雲，其力如輪，其志如神，怎識的這火害軍民的聚斂之臣，如今棟樑材平地剛三寸，怎搘撐萬里乾坤，子是裝肥羊法酒人皮囤，一個個智無四兩，肉重千斤。（《校訂元刊雜劇三十種》，頁321）

……

【哭皇天】你既是肯相探多承謝，便回程因甚的，把房門忙閉上，將衣袖緊揪者，兄弟呵，想咱同堂學業同舍攻書，同心報國，同志待和你同朝帝闕，誰想你四旬也不到，一事無成，拋離了老母，撇調下妻男，又顧這舊哥哥死去也，這回相見，今番永別。（《校訂元刊雜劇三十種》，頁324）

此套押「眞文」韻，按律【六么序】倒數第三句須用韻（《北曲新譜》，頁96），元刊本「子是裝肥羊法酒人皮囤」句用韻無誤，《雍熙樂府》卻將「囤」字改爲「國」，不但意思不通，且「國」字韻屬「齊微」，亦不合乎格律，此處明顯爲《雍熙樂府》所誤刻。而第二折押「車遮」韻，【哭皇天】第二句「的」字，乃屬「齊微」韻，不合於此處「車遮」之用韻，故改爲「也」字，與宮廷本所改皆相同。（請參見頁242第7條）

（3）《醉思鄉王粲登樓》第一折仙呂【混江龍】、【油葫蘆】、【醉扶歸】

李鈔本曲文爲：

【混江龍】我與人秋毫無犯，只爲這氣昂昂誤的我鬢斑斑，久居在簞瓢陋巷，風雪柴關，飯甑有塵蛛網亂，地爐無火酒瓶干，剗地向天涯流落，海角飄零，中年已過，百事無成，挺不過傷官破祖窮愁限，在人閭閻之下，眉睫之間。（《校訂元刊雜劇三十種》，頁445）

【油葫蘆】你休笑我書生膽氣寒，看承我如等閒，子爲散袋常怯曉霜寒，有人也做兒曹看，恨無端一郡蒼生眼，我量寬如東大海，志高如西華山，只爲五行差幹運難迭辨，不能得隨聖主展江山。（《校訂元刊雜劇三十種》，頁446）

......

【醉扶歸】論文呵筆掃烟雲散，論武呵劍射斗牛寒，掃蕩妖氛不足難，折末待掌帥府居文翰，不消我羽扇綸巾坐間，敢破虜軍十萬。（《校訂元刊雜劇三十種》，頁 448）

此套押「寒山」韻，【混江龍】曲之「剗地向天涯流落，海角飄零，中年已過，百事無成」等句，皆爲增句，按律【混江龍】之增句以「每兩句一協韻，且與本曲同韻爲原則。」但也有全不用韻及全用韻者（《北曲新譜》，頁 81）。李鈔本此處即採全不用韻的格式，宮廷本亦同之，《雍熙樂府》則將「海角飄零」改爲「海角孤單」、「百事無成」改爲「百無一全」，蓋欲合於每兩句一協韻的格律，但其所改之「單」字韻屬「寒山」，合乎格律，而「全」字爲「先天」韻，則不合北曲用韻習慣，此亦明人「寒山」、「先天」兩韻雜用所致。

但觀李鈔本之【油葫蘆】一曲第八句「只爲五行差斡難迭辨」，「辨」字亦用「先天」韻，同樣不合於此套之用「寒山」韻，故《雍熙樂府》改爲「辦」字，方合於格律。而李鈔本此處作「辨」字，不但用韻錯誤，且意義亦不如「辦」字精確。筆者以爲，此處可能因「形近」而誤，錯誤的情形可能發生於李開先，也可能發生於何煌，更可能是在元代刊刻的時候便已發生。總之，這種因字形相近而誤刻或誤抄的現象，極爲平常，不見得是原作用韻的錯誤。

另外，按律【醉扶歸】一曲，倒數第二句須用韻（《北曲新譜》，頁 98），李鈔本「不消我羽扇綸巾坐間」一句，「間」字韻屬「寒山」，合於本格，《雍熙樂府》卻改之爲「談」，「談」字屬「監咸」韻，反倒不符格律。「坐間」一詞乃元人所常用，而明人則不慣於此稱，故每每有所更改，此乃劇壇上常有的現象，但如因之而失於韻律，則得不償失矣。而《雍熙樂府》之改「間」爲「談」，實亦南人易將「監咸」、「寒山」等韻混押的現象反映。

2、改重韻或犯重韻

（1）《尉遲恭三奪槊》第二折南呂【牧羊關】

元刊本曲文爲：

當日我和胡敬德兩個初相見，正在美良川廝撞著，咱兩個比並一個好弱低高，他滴溜著虎眼鞭颩，我吉丁地著睜罗簡架卻，我得空便也難相從，我見破綻也怎擔饒，我不付能辛辛地兩揀才颩重，他搜搜地三鞭卻還報了。（《校訂元刊雜劇三十種》，頁 148）

此套押「蕭豪」韻，元刊本此曲用韻無誤，唯末句用「了」字，與前曲【隔

尾】本句「刮馬似三十年過去了」重複。《雍熙樂府》雖然將【牧羊關】前【隔尾】刪除，卻將下一曲【隔尾】末句改爲「便就是鐵臂銅頭也震碎了」，同樣與【牧羊關】之間有重韻的問題，故《雍熙樂府》將【牧羊關】末句改爲「他可便騰騰復三鞭還的巧」，「巧」字與「了」同屬「蕭豪」上聲，應即爲避免重韻而改。

（2）《死生交范張雞黍》第三折商調【逍遙樂】

此曲《盛世新聲》、《詞林摘豔》與《雍熙樂府》三本與宮廷本用韻情況相同，皆採用迴避重韻而不押韻的格律。（請參見頁 244 第 6 條）

（3）《醉思鄉王粲登樓》第一折仙呂【天下樂】

此曲《雍熙樂府》與宮廷本相同，皆將首句之「看」字改作「彈」，迴避重韻的問題。（請參見頁 244 第 7 條）

（二）與宮廷本用韻異同

1、用韻與不用韻

（1）《迷青瑣倩女離魂》第三折般涉調【四煞】（應爲【耍孩兒】，見第三章）、第四折黃鍾【掛金索】

宮廷本曲文爲：

> 【耍孩兒】都做了一春魚雁無消息，不付能一紙音書盼得，我則道春心滿紙墨淋漓，原來比休書多了箇封皮，氣的我痛如淚血流難盡，爭些魂逐東風吹不回，秀才每一箇箇貧而乍富，一箇箇飽病難醫。（脈望館校古名家本，《全元雜劇》二編一，頁 17）
>
> ……
>
> 【掛金索】陌入門庭，則交我立不穩行不正，望見首飾粧奩，志不寧心不定，見幾箇年少婭嬛，口不住手不停，擁著箇半死佳人，喚不醒呼不應。（《全元雜劇》二編一，頁 21）

第三折押「齊微」韻，按律【耍孩兒】第二句應用韻（《北曲新譜》，頁 206），宮廷本「不付能一紙音書盼得」一句，「得」字韻屬「齊微」，合於本格。《詞林摘豔》此句錄爲「盼不到音書一紙」，「紙」字韻屬「支思」，不合於此處用韻，以文義而論，則二本相近，故應以宮廷本爲佳。

又，第四折押「庚青」韻，按律【掛金索】首句可以押韻也可以不押韻（《北曲新譜》，頁 220），宮廷本「陌入門庭」句用的是押韻的格式，《詞林摘豔》此句作「驀入閨門」，用的則是不押韻的格式，二者皆合於格律。但如細

究文義，「門庭」一般慣用於指稱大門，而倩女所入的之門，乃一眼便可望見「首飾粧奩」及「半死佳人」的地方，故應是「閨門」方才合理。另外，此句《雍熙樂府》作「邁入門桯」，亦屬押韻的格式，而「門桯」泛指門檻，較不具地點的爭議，可以適用。

（2）《杜牧之詩酒揚州夢》第一折仙呂【天下樂】

宮廷本曲文為：

> 端的是一醉能消萬古愁，醒來時三杯，扶起頭，我向那紅裙隊裏奪了一籌，看花呵致成証候，飲酒呵灌的醉休，我則待勝簪花常帶酒。
>
> （古名家本，《全元雜劇》二編二，頁 422）

此套押「尤侯」韻，按律【天下樂】第二句可以押韻也可以不押韻（《北曲新譜》，頁 82），宮廷本之古名家本與元賢本皆作「醒來時三杯」，「杯」字韻屬「齊微」，不符合此折用韻，用的是不押韻的格式。而經楊升菴改訂的繼志齋本此句則作「三甌」，《雍熙樂府》亦從之，「甌」字與「杯」字意義可通，而其韻則屬「尤侯」，用的是押韻的格式，但與下曲【那吒令】之「捧瓊漿玉甌」則可能有犯重韻的問題。

（3）《玉簫女兩世姻緣》第二折商調【梧葉兒】、第三折越調【禿廝兒】（應為【聖藥王】）

宮廷本曲文為：

> 【梧葉兒】火燎也似身軀熱，錐鑽也似額角疼，即漸里瘦了身形，茶飯不待喫，睡臥不寧，若將這脈來憑，多管是廢寢忘餐病症。（顧曲齋本，《全元雜劇》二編二，頁 9）
>
> ……
>
> 【禿廝兒】怎救答，怎按納，公孫弘東閣鬧喧譁，散了玳瑁筵，漾了鸚鵡斝，踢番銀燭絳紗籠，翻扯三尺劍離匣。（《全元雜劇》二編二，頁 15）

此劇第二折押「庚青」韻，按律【梧葉兒】第四句可以押韻（《北曲新譜》，頁 224），也可以不押韻，宮廷本「茶飯不待喫」一句，「喫」字韻屬「齊微」，不符合此折用韻，故此處用的是不押韻的格式。而《盛世新聲》與《詞林摘豔》所錄為「這兩日茶飯不應」，「應」字韻屬「庚青」，所用為押韻的格式。

另外，此劇第三折應押「家麻」韻，按律【聖藥王】第六句須用韻（《北曲新譜》，頁 254），宮廷本「踢番銀燭絳紗籠」一句，「籠」字韻屬「東鍾」，

不符合此曲格律。過渡曲本則將「紗籠」作「籠紗」,「紗」字則符合「家麻」之韻,可見宮廷本是爲誤刻之本,而且包括改定元賢本、古名家本、顧曲齋本、息機子本在內的所有宮廷本皆誤,甚至連接近元刊本的《詞謔》所錄亦作「紗籠」,可見此誤由來已久,也可能是作者本人的疏忽,過渡曲本則於此改正。

（4）《唐明皇秋夜梧桐雨》第二折中呂【迎仙客】、【紅繡鞋】

宮廷本曲文爲:

【迎仙客】香噴噴味正甘,嬌滴滴色初綻,只疑是九重天謫來人世間,取時難,得後慳,可惜不近長安,因此上教驛使把紅塵踐。
……

【紅繡鞋】則不向金盤中好看,也宜將翠袖擎看,絳紗囊光罩水晶寒,爲甚教寡人醒醉眼,妃子暈嬌顏,物稀也人見罕。（脈望館校古名家本,《全元雜劇》初編二,頁11）

此套押「寒山」韻,按律【迎仙客】末句須押韻（《北曲新譜》,頁 145）,宮廷本「因此上教驛使把紅塵踐」句之「踐」字,韻屬「先天」,不合乎格律。《盛世新聲》與《詞林摘豔》此字作「泛」,《雍熙樂府》則作「販」,二者皆合乎「寒山」之韻,「泛」字同於「犯」,有「侵犯、干擾」之意,於此可通,但「販」字則並非此句之意,可能爲音近而誤。

而【紅繡球】第三句按律亦須押韻（《北曲新譜》,頁 152）,宮廷本「絳紗囊光罩水晶寒」句之「寒」字,韻屬「寒山」,合於本格,而《盛世新聲》、《詞林摘豔》卻作「絳紗囊籠罩定水晶丸」,「丸」字韻屬「桓歡」,不合此處格律,論其意蓋欲將晶瑩剔透的荔枝比作「水晶丸」也。另外,此曲第四句按律可押韻也可不押,宮廷本（除脈望館本之外）「爲甚教寡人醒醉眼」句之「眼」字,韻屬「寒山」,用的是押韻的格式,過渡曲本皆作「爲甚不生在北地」,下句《盛世新聲》、《詞林摘豔》接「偏怎生長在南藩」,《雍熙樂府》接「怎生長在南蠻」,其第四句韻腳「地」字屬「齊微」韻,用的是不押韻的格式,而「藩」、「蠻」俱押「寒山」韻,合乎格律,趙琦美校古名家本亦將上句改爲「爲甚不生北地」,下句則作「卻長在江南」,「南」字韻屬「監咸」,則有混押之失。以文義而言,過渡曲本二句,意義曉暢,宮廷本則顯得做作。鄭騫以爲:「摘雍不僅爲舊本,且較古名家諸本切實。」（〈元雜劇異本比較〉第二組,頁 111）《詞林摘豔》、《雍熙樂府》等文辭質樸,確實較宮廷本所錄

接近元人風格。

2、改重韻或犯重韻

（1）《唐明皇秋夜梧桐雨》第二折中呂【紅繡鞋】

宮廷本曲文為：

> 則不向金盤中好看，也宜將翠袖擎看，絳紗囊光罩水晶寒，為甚教
> 寡人醒醉眼，妃子暈嬌顏，物稀也人見罕。（《全元雜劇》初編二，
> 頁11）

此套押「寒山」韻，按律【紅繡球】首句須用韻（《北曲新譜》，頁 152），宮
廷本「則不向金盤中好看」句之「看」字，韻屬「寒山」，合乎格律，但與第
二句則有重韻的現象，《盛世新聲》與《詞林摘豔》末二字作「托看」，原則
上韻腳仍然不變，而《雍熙樂府》則改作「托獻」，「獻」字韻屬「先天」，不
合於此處用韻，為改重韻而出韻，其失更甚。

（2）《四丞相歌舞麗春堂》第四折雙調【五供養】

宮廷本曲文為：

> 我覷了這窮客程，舊行裝，我可甚麼衣錦還鄉，我恰離了這雲水窟，
> 早來到是非鄉，你與我棄了長竿，卻了短棹，又怕惹起風波千丈，
> 是呵我這里凝眸望，文官武職，一個個壯貌堂堂。（脈望館校古名家
> 本，《全元雜劇》初編四，頁15）

此套押「江陽」韻，按律【五供養】第三與第五句均須押韻（《北曲新譜》，
頁 349），宮廷本此二句同用「鄉」字，皆屬「江陽」之韻，合乎格律，但
二句卻有犯複之慮，《盛世新聲》與《詞林摘豔》第五句作「早來到是非場」，
「場」字亦屬「江陽」韻，意思相近，而可迴避重韻的問題。但另一過渡曲
本《雍熙樂府》此句則改作「早來到帝都鄉」，與宮廷本同樣有重韻的問題，
且「帝都鄉」亦非此處之意，原本「是非鄉」與「又怕惹起風波千丈」句，
前後連貫，改作「帝都鄉」意義雖無不可，卻不如「是非鄉」或「是非場」
傳神。

　　由以上分析可見，過渡曲本的用韻，與宮廷本的狀況頗為類似，同樣有
因語音轉變而改、及與文義相矛盾的合韻、重韻等問題，而用韻的疏密，在
此一比較中，亦稍露端倪，只是各本有其考量因素，仍然呈現不一致的狀態，
此皆由於改編者不定所導致，需待下一階段《元曲選》的出現，才會出現較
為固定的改編方向。

三、文人改編本之用韻概況

　　以下先將之前討論過近眞本與宮廷本、近眞本與過渡曲本、宮廷本與過渡曲本用韻異同的曲文，與《元曲選》作一簡單的比較，表列如下：

【表5-4】《元曲選》與近真本、宮廷本曲文用韻之異同

曲 牌 名	近 真 本	宮 廷 本	元 曲 選
《楚昭王疎者下船》第一折仙呂【鵲踏枝】「寒山」	秦姬輦怎敢爲頭 百里奚不敢邀攔	秦姬輦怎敢遮攔 百里奚不敢輕看（避重）	秦姬輦怎敢遮攔 百里奚只瞪眼偷看
《西華山陳摶高臥》第一折仙呂【醉中天】「庚青」	交我空踏子斷麻鞋神倦疲	交我空踏斷草鞋雙帶輕	教我空踏斷草鞋雙帶輕
《相國寺公孫汗衫記》第二折越調【鬼三台】「家麻」	便賢孫老子兒女多	更有那孝子賢孫兒女每打	更有那孝子賢孫兒女每打
《相國寺公孫汗衫記》第四折雙調【太平令】「先天」	你便，可憐，老夫的命蹇	我告師父，可憐，老漢的命蹇（或「我告師父可憐，老漢，的命蹇」）	告師父也可憐，可憐，我那命蹇
【太平令】「先天」	你便，可憐，老夫的命蹇	我告師父，可憐，老漢的命蹇（或「我告師父可憐，老漢，的命蹇」）	告師父也可憐，可憐，我那命蹇
《看錢奴買冤家債主》第二折正宮【塞鴻秋】「皆來」	疾忙把公孫弘東閣門桯陌	快離了他這公孫弘東閣門桯外 （末句：「早離了晉石崇金谷園門外」）	快離了他這公孫弘東閣門桯外 （末句改：「早跳出了齊孫臏這一座連環寨」）
《張鼎智勘魔合羅》第一折仙呂【天下樂】「魚模」	百忙的麻鞋斷了蕊	百忙里麻鞋斷了乳	百忙里麻鞋兒斷了乳
《張鼎智勘魔合羅》第一折仙呂【醉中天】「魚模」	拜罷也頻頻煞	我拜罷也忙瞻顧	我拜罷也忙瞻顧
《張鼎智勘魔合羅》第三折商調【金菊香】「江陽」	這是恰下符文	這個是新下到的符樣（平仄不對）	這個是新下到的符樣（平仄不對）
《張鼎智勘魔合羅》第四折中呂【醉春風】	我敢交大人享祭，強如著小童博戲	我教人將你享祭，不強如小兒博戲	我教人將你享祭，煞強如小兒博戲

《張鼎智勘魔合羅》第四折中呂【快活三】	剗地硬抵著頭皮諱	剗地硬抵著頭皮對	你剗地硬抵著頭皮兒對
《死生交范張雞黍》第二折南呂【哭皇天】「車遮」	便回程因甚的	便回程因甚也	便回程因甚也
《死生交范張雞黍》第四折中呂【鬥鵪鶉】「江陽」	量築了五六板兒墳垣	疊築了這五六板兒墳墻	疊築了這五六板墳墻
《死生交范張雞黍》第二折南呂【二煞】「車遮」	乘騎鞍馬問相公賒	乘騎的鞍馬相行借	乘騎的鞍馬相公賒
《死生交范張雞黍》第三折商調【逍遙樂】「尤侯」	猛聽的哭聲咽喉，纔望見幡影悠悠	猛聽的哭聲哽咽，遙望見旛影飄揚	猛聽的哭聲哽咽，遙望見旛影飄揚
《醉思鄉王粲登樓》第一折仙呂【天下樂】「寒山」	因此上時復挑燈把劍看	因此上時復挑燈劍彈	因此上時復挑燈劍彈

【表 5-5】《元曲選》與近真本、過渡曲本曲文用韻之異同

曲 牌 名	近 真 本	過 渡 曲 本	元 曲 選
《死生交范張雞黍》第一折仙呂【六么序】「眞文」	子是裝肥羊法酒人皮囤	子是裝肥羊法酒人皮國	都是些裝肥羊法酒人皮囤
《死生交范張雞黍》第二折南呂【哭皇天】「車遮」	便回程因甚的	便回程因甚也	便回程因甚也
《死生交范張雞黍》第三折商調【逍遙樂】	猛聽的哭聲咽喉，纔望見幡影悠悠	哭聲哽咽、旛影飄揚	猛聽的哭聲哽咽，遙望見旛影飄揚
《醉思鄉王粲登樓》第一折仙呂【混江龍】「寒山」	剗地向天涯流落，海角飄零，中年已過，百事無成	剗地向天涯零落，海角孤單，中年已過，百無一全（隔句押）	剗地向天涯流落，海角飄零，中年已過，百事無成
《醉思鄉王粲登樓》第一折仙呂【油葫蘆】「寒山」	只爲五行差斡難迭辦	子因我五行差斡難迭辦	則爲我五行差，沒亂的難迭辦
《醉思鄉王粲登樓》第一折仙呂【醉扶歸】「寒山」	不消我羽扇綸巾坐間	不消我羽扇綸巾坐談	無此曲
《醉思鄉王粲登樓》第一折仙呂【天下樂】	因此上時復挑燈把劍看	因此上時復挑燈把劍彈	因此上時復挑燈把劍彈

【表 5-6】《元曲選》與宮廷本、過渡曲本曲文用韻之異同

曲牌名	宮廷本	過渡曲本	元曲選
《死生交范張雞黍》第一折仙呂【六么序】「眞文」	都是些裝肥羊法酒人皮囤	子是裝肥羊法酒人皮國	都是些裝肥羊法酒人皮囤
《死生交范張雞黍》第二折南呂【二煞】「車遮」	乘騎的鞍馬相行借	乘馬鞍問相公賒	乘騎的鞍馬相公賒
《迷青瑣倩女離魂》第三折般涉調【耍孩兒】「齊微」	不付能一紙音書盼得	盼不到音書一紙	不甫能一紙音書盼得
《迷青瑣倩女離魂》第四折黃鍾【掛金索】「庚青」	陌入門庭	驀入閨門（《詞林摘豔》）邁入門桯（《雍熙樂府》）	驀入門庭
《杜牧之詩酒揚州夢》第一折仙呂【天下樂】「尤侯」	三杯（古名家本、元賢本）三甌（繼志齋本）	三甌	三杯
《玉簫女兩世姻緣》第二折商調【梧葉兒】「庚青」	茶飯不待喫	這兩日茶飯不應	茶飯上不待喫
《玉簫女兩世姻緣》第三折越調【聖藥王】「家麻」	踢番銀燭絳紗籠	踢番了銀燭絳籠紗	陽番銀燭絳籠紗
《唐明皇秋夜梧桐雨》第二折中呂【迎仙客】「寒山」	因此上教驛使把紅塵踐	因此上教驛使把紅塵泛（《雍熙樂府》作「販」）	因此上教驛使把紅塵踐
《唐明皇秋夜梧桐雨》第二折中呂【紅繡鞋】「寒山」	絳紗囊光罩水晶寒　爲甚教寡人醒醉眼	絳紗囊籠罩定水晶丸　爲甚不生在北地	絳紗籠罩水晶寒　爲甚教寡人醒醉眼
《唐明皇秋夜梧桐雨》第二折中呂【紅繡鞋】「寒山」	則不向金盤中好看（下句：也宜將翠袖擎看）	則不向金盤中托獻	則不向金盤中好看（下句改：便宜將玉手擎餐）
《四丞相歌舞麗春堂》第四折雙調【五供養】「江陽」	早來到是非鄉	早來到是非場（《盛》、《詞》）、早來到帝都鄉（《雍》）	早來到是非場

※灰底者不合乎格律，畫框者爲重韻，楷體字者可押韻亦可不押韻而選擇用韻。

　　從上列三個表格中可見，相對於《元曲選》之前出版的三個階段版本而

言，臧懋循在韻字的使用上，幾乎皆能選擇韻律較爲正確的字辭。但如同我們之前曾經討論過者，臧懋循可能並沒有親眼見過元刊本，故而當他所見到的宮廷本或過渡曲本發生押韻的錯誤時，臧懋循便自行改編曲文，以求合於韻律。如在《相國寺公孫汗衫記》第四折雙調【太平令】一曲中，其「告師父也可憐，可憐，我那命蹇」之句，便與元刊本及宮廷本皆有些微的差距，而其用韻則是合律的。可見臧懋循雖然沒有見過原來正確的版本，但卻仍能堅持改用較其所見的宮廷本合於格律的韻腳。

不過有時候臧懋循也難免明人用韻混押的弊病，如《唐明皇秋夜梧桐雨》第二折應用「寒山」韻，而在【迎仙客】一曲中宮廷本作「因此上教驛使把紅塵踐」一句，用的卻是「先天」韻，《元曲選》此處則與宮廷本字句皆同，未曾加以修正。可見臧懋循百密亦有一疏，身處於語音已有變遷的明代，欲完全遵守《中原音韻》的韻律，實有其困難，有時也不免落入自己批評別人的藩籬之中。

在重韻的使用上，《元曲選》亦不如其它三種版本頻繁，幾乎是能避則避，如《看錢奴買冤家債主》第二折正宮【塞鴻秋】一曲，他雖然延用宮廷本的「快離了他這公孫弘東閣門桯外」一句，但卻將宮廷本改編後所重韻的另外一句「早離了晉石崇金谷園門外」，改成了「早跳出了齊孫臏這一座連環寨」，迴避了重韻的問題；《唐明皇秋夜梧桐雨》第二折中呂【紅繡鞋】中，宮廷本有「則不向金盤中好看」一句，與其後「宜將翠袖擎看」有重韻的問題，《雍熙樂府》作「則不向金盤中托獻」，用字、意思雖好，卻有「寒山」、「先天」混押的問題，《元曲選》所訂則上句從宮廷本，下句改爲「便宜將玉手擎餐」，其爲避免與上句重韻而改的用意，十分明顯。可見戲曲雖是起源於民間通俗的文學，一旦流入講究修辭鍊字的文人士大夫之手，也不免改變性格而落入字斟句酌的牢籠中，講究起重韻與否的問題了。這一點不僅在《元曲選》中明顯可見，就連其後之《古今名劇合選》也不例外。

另外，在於可押韻可不押韻的句式上，從上列表格看來，臧懋循似乎沒有特定的偏好。但仔細分析其內容之後，仍可以發現他之所以選擇不用韻，多有其它客觀因素存在，事實上《元曲選》的用韻大都較之前版本爲密。如《死生交范張雞黍》第三折商調【逍遙樂】中元刊本之「猛聽的哭聲咽喉，纔望見幡影悠悠」二句，「喉、悠」二字用韻，但「咽喉」二字卻與前「破我咽喉」之句用字犯重；《死生交范張雞黍》第三折商調【逍遙樂】一曲，《雍

熙樂府》改「剗地向天涯零落，海角孤單，中年已過，百無一全」之句，雖欲用【混江龍】增句中隔句押韻的格式，但卻有「寒山」、「先天」混押的弊病；而《杜牧之詩酒揚州夢》第一折仙呂【天下樂】曲中《雍熙樂府》的「三甌」，與下曲「捧瓊漿玉甌」、《玉簫女兩世姻緣》第二折商調【梧葉兒】曲中「茶飯不應」亦與同折【浪來里】「叫天來不應」一句有重韻的問題。所以在兩權相害取其輕的情況下，臧懋循可能為避開犯重或出韻，不得已選擇不押韻的字辭，其它則仍以押韻為上選。

　　由此可見，臧懋循在用韻的選擇上，將明人用韻的幾點特色更加突顯出來：第一，嚴守韻字之格律；第二，儘量迴避重韻的問題；第三，用韻較之前版本為密。以上三種情形，如再透過進一步觀察《元曲選》與宮廷本、過渡曲本重複的幾個劇套中，宮廷本與過渡曲本皆同而《元曲選》獨異的韻字使用，便可以更清楚看到《元曲選》的用韻特色。

（一）嚴守韻字之格律

1、《迷青瑣倩女離魂》第三折般涉調【哨遍】、第四折黃鍾【刮地風】

宮廷本曲文為：

> 【哨遍】將往事從頭思憶，百年情只落得一口長吁氣，起初把婚聘不曾題，恐少年墮落了詩書，在後園裏，竹邊書舍，眼底陽臺，咫尺巫山翠雨，無奈朝朝日日，他本閒行去，遠近苦央及，辭翰清奇，把巫山錯認做望夫石，我將小簡帖聯做斷腸集。恰湘雨初陰，柰皓月照窗，早行雲易飛。（脈望館校古名家本，《全元雜劇》二編一，頁17）
>
> ……
>
> 【刮地風】這沒撒和的長途有十數程，越恁地骨瘦蹄輕，暮春天景物撩人興，更見景生情，竭的是滿路花生，一攢攢綠楊紅杏，一雙雙紫燕黃鶯，一對蜂，一對蝶，各自相趁，天公知他是怎生，不肯交失了人情。（《全元雜劇》二編一，頁19）

第三折押「支思」韻，按律【哨遍】第四句應押韻（《北曲新譜》，頁201），宮廷本「恐少年墮落了詩書」，「書」字韻屬「魚模」，不合乎格律，而過渡曲本此曲刪去，故無從比對。《元曲選》此句改作「恐少年墮落了春闈」，「闈」字韻屬「支思」，合乎格律。但鄭騫以為：「書字以魚模與支思協韻，琵琶記每有其例，鄭德輝固長住杭州者，是為南韻闌入北曲之例証，經臧氏一改，

此例証幾致淹沒。」（〈元雜劇異本比較〉第三組，頁45）

另外，此劇第四折應押「庚青」韻，按律【刮地風】第九句須押韻（《北曲新譜》，頁4），宮廷本「各自相趁」句中「趁」字屬「眞文」韻，不合乎格律，《雍熙樂府》亦同（《盛世新聲》與《詞林摘豔》作「各自趁」句式亦不合）。《元曲選》改此句爲「各自相並」，「並」字韻屬「庚青」，合於本格。

2、《鐵枴李度金童玉女》第三折商調【望遠行】

宮廷本曲文爲：

> 叵奈這無端的鐵枴使機謀，不知怎生用些道術，將俺同坐香車迷惑來去赴玄都，撧撧撧扯碎俺姻緣薄，忽剌八掘斷俺前程路，空沒亂椎胸跌足，揉腮倦語，將一朵並頭蓮磕可可兩分，生拆散鴛燕孤，吉丁當擇碎連環玉。（脈望館就于小穀校古名家本，《古本戲曲叢刊》三，第三十四冊，頁11）

此套押「魚模」韻，按律【望遠行】第八句應押韻（《北曲新譜》，頁227），宮廷本「將一朵並頭蓮磕可可兩分」，「分」字韻屬「眞文」，不合乎格律，過渡曲本亦同，唯《元曲選》改作「將一朵並頭蓮磕可可分兩處」，「處」字屬「魚模」韻，合乎格律。

3、《呂洞賓三度城南柳》第一折仙呂【後庭花】

宮廷本曲文爲：

> 原來是逞妖嬈嬌豔姝，弄精神老匹夫，玄都觀爲頭樹，彭澤莊第一株，如何見我自著迷，怎生又去迷人害物，索問甚榮與枯，無知的老朽木，返不如花解語。（脈望館就于小穀校古名家本，《古本戲曲叢刊》三，第三十四冊，頁5）

此套押「魚模」韻，按律【後庭花】第五句應押韻（《北曲新譜》，頁90），宮廷本「如何見我自著迷」，「迷」字韻屬「齊微」，不合乎格律，《雍熙樂府》則刪去此曲，無從比對。《元曲選》此句改作「你待何如」，「如」字韻屬「魚模」，合於格律。

（二）迴避重韻的問題

1、《迷青瑣倩女離魂》第四折黃鍾【四門子】

宮廷本曲文爲：

> 中間里列一道紅芳徑，交俺小夫妻並馬行，咱如今富貴還鄉井，方

信道躍門闈晝錦榮，若見俺娘，那一會驚，剛道來的話兒沒面情，門廝當，戶廝應，則怕他言行不清。（脈望館校古名家本，《全元雜劇》二編一，頁20）

其後三句「門廝當，戶廝應，則怕他言行不清」，過渡曲本幾乎全同，但《元曲選》卻作「是這等門廝當，戶廝撐，怎教咱做妹妹哥哥答應」，可能是因爲其末句欲改作「怎教咱做妹妹哥哥答應」，但如此一來則與其前「戶廝應」一句重韻，故連同上句改爲「戶廝撐」，避免重韻的問題。

2、《邯鄲道省悟黃粱夢》第三折大石調【雁過南樓】、第二支【六國朝】

宮廷本曲文爲：

【雁過南樓】我則見凍剝剝一行老小，戰欽欽四體頻搖，這一箇骨聳著肩，那一箇拳連著腳，正楊風叫雪天道，兒扯定老父悲，父對著孩兒道，喫飯處霎時間行道。

【六國朝】早是朔風凜冽途路迢遙，我則見三箇人走將來，一時間撲地倒，我這里用手忙扶策緊撙住頭稍，這一箇軟兀那則身軀倒，那一箇早答剌了手腳，我這里款款把衣襟解放，子見悠悠魄散魂消，我救的這兩箇心坎上恰溫和，呀呀那一箇把牙關緊噤了。（脈望館校古名家本，《全元雜劇》初編五，頁17）

其【雁過南樓】一曲中「正楊風叫雪天道」、「父對著孩兒道」、「喫飯處霎時間行道」三句重韻，而【六國朝】亦有「一時間撲地倒」、「這一箇軟兀那則身軀倒」兩句重韻，過渡曲本曲文則與宮廷本相去無多，重韻的部分皆相同，唯《元曲選》中，將「父對著孩兒道」一句改作「父對著孩兒告」、「這一箇軟兀那則身軀倒」改作「這一箇早直挺了軀殼」，應是爲避免重韻而改。

3、《死生交范張雞黍》第三折商調【金菊香】

元刊本曲文爲：

三生夢斷九泉幽，兄弟一日無常萬事休，莫爲尊堂妻子憂，這幾件我承頭，你身後事不須憂。（《校訂元刊雜劇三十種》，頁325）

其「莫爲尊堂妻子憂」與「你身後事不須憂」二句重韻，宮廷本與過渡曲本亦同元刊本皆重「憂」字，《元曲選》則將「莫爲尊堂妻子憂」一句改爲「莫不爲尊堂妻子留」，以避免重韻的問題。

4、《醉思鄉王粲登樓》第一折仙呂【油葫蘆】

李鈔本曲文為：

> 你休笑我書生膽氣寒，看承我如等閑，子為敝裘常怯曉霜寒，有人也做兒曹看，恨無端一郡蒼生眼，我量寬如東大海，志高如西華山，只為五行差幹運難迭辨，不能得隨聖主展江山。（《校訂元刊雜劇三十種》，頁 446）

其「你休笑我書生膽氣寒」與「子為敝裘常怯曉霜寒」二句重韻，古名家本與《雍熙樂府》曲文皆與李鈔本相近，二句亦皆押「寒」字韻，《元曲選》則將第三句改為「則俺這敝裘常怯曉霜殘」，避免重韻的問題。

5、《玉簫女兩世姻緣》第二折第二支【金菊香】

宮廷本曲文為：

> 我怕不幾番落筆強施逞，爭奈一段傷心畫不成，腮斗上淚痕粉漬定，沒顏色鬢亂釵橫，眼皮眉黛不分明。（顧曲齋本，《全元雜劇》二編二，頁 10）

其「爭奈一段傷心畫不成」一句，與過渡曲本曲文類似，皆押「成」韻，《元曲選》則將「成」改為「能」，可能是忌與上曲【後庭花】末句「悶懨懨扮不成」（過渡曲本作「悶懨懨畫不成」）重複，故而改之。

6、《㑳梅香翰林風月》第一折仙呂【混江龍】

宮廷本曲文為：

> 孔安國學闡中庸語孟，馬融註春秋咸祖左丘明，傳周易關西夫子，治尚書魯國伏生，校禮記舛訛揚子雲，作毛詩箋註鄭康成，聖道與陰陽消長，大成燦日月光明，立萬代帝王規矩，為億兆士庶權衡，中庸行大道發揚中正，論語紀善言問答分明，孟子揆萬類包羅天地，春秋貫一理褒貶公卿，周易講繫辭天心昭鑒。尚書訓典謨王道興行，禮記明人倫高低貴賤，毛詩頌國風雅興歌聲，咱父祖乃文林華冑，況外戚是儒業簪纓，哀先相國及乎絕嗣，使小姐振乎家聲，又何須懸頭刺股，積雪囊螢，又不要齊家治國，立身揚名，但只要理窮物格意正心誠，動天機，達天理，識天時，曉天意，順天心，知天命，寸陰是競，萬里咸明。（脈望館校息機子本，《全元雜劇》二編一，頁 6）

其末句「萬里（應為「理」，宮廷本形近而誤）咸明」，與前面的「左丘明」、

「日月光明」、「問答分明」等重韻，過渡曲本亦同，而《元曲選》則改作「萬理咸精」，同時減去「大成燦日月光明」等增句，其意蓋不欲重韻過甚。

（三）用韻較密

1、《邯鄲道省悟黃粱夢》第三折大石調【六國朝】

宮廷本曲文為：

> 風吹羊角，雪剪鵝毛，飛六出海山白，凍一壺天地老，舉目觀琳瑯，巧筆難描，仰面瞻天表，青山似粉掃，幽窗下寒敲竹葉，前村裏冷壓梅稍，撩亂野雲低，微茫江樹杳。（脈望館校古名家本，《全元雜劇》初編五，頁 16）

此套押「蕭豪」韻，按律【六國朝】第五句可以押韻也可以不押韻（《北曲新譜》，頁 174），宮廷本「舉目觀琳瑯」句，「瑯」字韻屬「江陽」，用的是不押韻的格式，過渡曲本此句亦同於宮廷本，唯《元曲選》改作「便有丹青巧」，「巧」字韻屬「蕭豪」，用的是押韻的格式。

2、《鐵拐李度金童玉女》第一折仙呂【勝葫蘆】、第二折南呂【梁州】

古名家本曲文為：

> 【勝葫蘆】可又早歌盡桃花扇底風，鶯聲嚦嚦畫樓東，人比桃花嬌又紅，釧鳴冰腕，屏開金雀，褥隱綉芙蓉。（脈望館就于小穀校古名家本，《古本戲曲叢刊》三，第三十四冊，頁 4）
>
> ……
>
> 【梁州】新接藍鴨頭綠水，接行雲雁翅紅嬌，酒旗向青杏園林挑，佳人鬥草，公子粧么，遊人鼓吹，仕女秋千，上鵝黃柳曳葉金條，綻嬌紅花簇冰綃，紅香中採嫩蕊粉蝶隊隊身輕，芳塘畔點香芹紫燕翩翩翅遠，翠陰內弄清音流鶯恰恰聲嬌，難挑怎描，綉工心便有那十分巧，刺不成繡不到，畫工手縱然百倍高，畫不出錦重疊掩映週遭。
>
> （《古本戲曲叢刊》三，第二十四冊，頁 5）

第一折押「東鍾」韻，按律【勝葫蘆】第五句可以押韻也可以不押韻（《北曲新譜》，頁 90），古名家本「屏開金雀」一句，「雀」字韻屬「蕭豪」，用的是不押韻的格式，而趙琦美就于小穀本校改此句為「衣飄金縷」，與過渡曲本同，「縷」字屬「魚模」韻，亦用不押韻的格式，唯《元曲選》此句改作「顛鸞倒鳳」，「鳳」字韻屬「東鍾」，用的是押韻的格式。

　　另外，此劇第二折應押「蕭豪」韻，按律【梁州】第六句可以押韻也可以不押，第七句則必須押韻。古名家本「遊人鼓吹，仕女秋千」二句，「吹」字韻屬「齊微」，用的是不押韻的格式，繼志齋本、于小穀本及過渡曲本皆同，唯《元曲選》改「鞦韆料峭」，「峭」字韻屬「蕭豪」，用的是押韻的格式。而第七句除古名家本作「仕女秋千」出韻外，其餘宮廷本及過渡曲本皆作「仕女笙簫」，合乎格律，但《元曲選》則可能因古名家之違律而改爲「鼓吹遊遨」，亦且合於本格。

　　以上諸種作法，除了可以在三本同時重複而《元曲選》異於其它兩種版本的曲文中突顯其用意之外，其它如個別比較《元曲選》與它本相異之處，亦隨處可見此類改編筆法。其間雖然不免出現使用韻証據淹沒的現象，令人遺憾，但臧懋循改編韻字使其符合以上三種標準的用心，仍是值得肯定的。

　　在臧懋循之後的孟稱舜，對於韻字的重視，則又不如臧氏之謹嚴。他在《古今名劇合選》的批語中，從未曾以該字句之用韻與否或是否該用韻等角度，來評斷《元曲選》改編曲文之得失，令人感覺其所謂曲文的優劣，與韻律關係不大。若實際比較其選本中與上述分析曲文重複之字句，亦可發現在宮廷本用韻錯誤而《元曲選》改正的字句中，除在《玉簫女兩世姻緣》第三折越調【聖藥王】一曲中，選擇較正確的「踢番銀燭絳籠紗」一句外，其餘皆依舊本文字，選用韻字錯誤的版本。可見孟稱舜對於曲文之偶而出韻，是可以容許的。可想而知，他更不會像臧懋循一般，在可以押韻也可以不押韻的曲文上，刻意選用押韻的字句。

　　但在面對重複的韻字時，孟稱舜則似乎有傾向於迴避的態度，他在《洞庭湖柳毅傳書》第一折中，便曾對宮廷本「他忔蹟暴那粗疏，鷹指爪蟒身軀，又不比秦弄玉抹著我身軀」之句提出批評道：「比今本用韻犯重，且少倫次，故改從今。」（《續修四庫全書》1763 冊，頁 423）故對《元曲選》之改「他鷹指爪蟒身軀，忔蹟暴太粗疏，但言語便喧呼」，能避免重韻的缺點，又可使文句有條理，表示認同。

　　如以上列諸曲而言，他採用《元曲選》字句而迴避重韻之處有：《死生交范張雞黍》第二折南呂【二煞】之「乘騎的鞍馬相公賒」、《唐明皇秋夜梧桐雨》第二折中呂【紅繡鞋】「便宜將玉手擎餐」、《四丞相歌舞麗春堂》第四折雙調【五供養】之「早來到是非場」、《死生交范張雞黍》第三折商調【金菊香】之「莫不爲尊堂妻子留」、《醉思鄉王粲登樓》第一折仙呂【油葫蘆】之

「則俺這敝裘常怯曉霜殘」等句，而其中他將《元曲選》爲避重韻而改的「便宜將玉手擎餐」一句，改作「也宜將翠袖擎餐」，文字上大部分認同宮廷本之「也宜將翠袖擎看」，唯獨將韻字改爲不重韻的「餐」字，可見其迴避重韻之用心。而這也是元雜劇的文人改編本，與其它版本間的一項重要區別。

第三節　曲文之用字修辭

　　若論及明本元雜劇之用字修辭，則不得不先從明代另一場重要的論爭——「文采與本色」談起。其實「文采與本色之爭」的本質，與「沈湯之爭」是密不可分的。李惠綿便曾經透過對於「明代戲曲文律論」的考察，結論道：

　　　　戲曲語言本色與駢儷之爭的歷史因素、內涵意義，其與文律論息息
　　　　相關，卻又不同層次，可說是母題之下的子題；也釐清湯沈之爭的
　　　　來龍去脈及眞正本質。〔註50〕

故「文采與本色之爭」與「沈湯之爭」，這兩場明代曲壇上最重要的論爭，就主題而言，其實是一而二，二而一的，幾乎曾對沈湯之爭作出批評的曲家，也不免對曲文之文采與本色，略表一己的看法。

　　明代曲家所論之「本色」，除了可以泛指曲文的音律、結構、境界等問題外，〔註51〕最重要的討論，還是集中在曲作的「語言」上，而且當其用以指稱「語言」之時，經常是與「文采」並舉，作針鋒相對的討論。最早用「本色」一詞批評戲曲語言者，便是徐渭。他對邵璨《香囊記》所開啓的駢儷雕琢之風，極其不滿，曾指出：「以時文爲南曲，元末、國初未有也，其弊起於《香囊記》。」〔註52〕在他認爲，《香囊記》的文辭：「如教坊雷大使舞，終非本色。」〔註53〕甚至連一些用字鄙俚的南戲都不如。故而強調，所謂的「本色語」應是：

　　　　語入要緊處，不可著一毫脂粉，越俗、越家常、越警醒，此才是好

〔註50〕 李惠綿〈明代戲曲文律論之開展演變〉，《臺大中文學報》，2004年6月第二十
　　　　期，頁135～194。
〔註51〕 對於戲曲「本色」一詞，通常與「當行」並論，在明代十分熱烈，此處不及
　　　　備載，僅列舉相關大要。至於詳細的討論，可參考李惠綿《戲曲批評概念史
　　　　考論》，第二章「當行本色論」，台北：里仁書局，2002年，頁79～145。
〔註52〕 徐渭《南詞敘錄》，收錄於《中國古典戲曲論著集成》三，北京：中國戲劇出
　　　　版社，1959年，頁243。
〔註53〕 同前註。

水碓，不雜一毫糠衣，眞本色。……凡語入緊要處，略著文采，自

謂動人，不知減卻多少悲歡，此是本色不如者，乃有此病。〔註54〕

從此，「本色」與「文采」（或「文詞」）成爲戲曲批評上，兩個對立的語言。
王驥德即將曲家分爲「本色家」與「文詞家」兩者，曰：

曲之始止本色一家，觀元劇及《琵琶》、《拜月》二記可見。自《香

囊記》以儒門手腳爲之，遂濫觴而有文詞家一體。〔註55〕

與徐渭同樣是認爲《香囊記》是戲曲中「文詞派」的開宗祖師，而其後鄭若
庸的《玉玦記》，則是「益工修詞，質幾盡掩」〔註56〕。其實《香囊》、《玉玦》
等文詞派作品，與《琵琶記》同樣是明代戲曲「文士化」的一種現象，曾師
永義便曾分析道：

蓋戲曲一入文人手中，就會沾染文人作文的氣息，其佳妙者尚能如

《琵琶》琢句工巧、使事俊美；其劣者便如《龍泉》、《五倫》之腐

爛，《玉玦》、《玉合》之晦澀。〔註57〕

可見《琵琶》與《香囊》同爲明代戲曲走向「文士化」的一體兩面，而優劣
之別如此。《琵琶》尚可稱本色，而《香囊》便給人一種矯飾的感覺。

不過關於《琵琶》一劇之是否本色，何良俊則持不同的看法，他認爲：「《琵
琶》專弄學問，其本色語少。」〔註58〕故轉而推崇「彼此問答，皆不須賓白，
而敘說情事，宛轉詳盡，全不費詞」的《拜月亭》，〔註59〕其後王世貞卻不以
爲然而批評《拜月亭》「無詞家大學問，一短也。」〔註60〕二者之論，各有其
擁護者，在當時的曲壇上引起不小的迴響。

但不論如何，所謂「文士化」帶來對於戲曲文辭修飾與學問的重視，都
是使明代戲曲走向一條更爲典雅化的徑路，而使之與元人雜劇的風格漸漸分

〔註54〕 徐渭〈題崑崙奴雜劇後〉，引自陳多、葉長海《中國歷代劇論選注》，長沙：
湖南文藝出版社，1987 年，頁 122。
〔註55〕 同註 1，〈論家數第十四〉，頁 122。
〔註56〕 同前註。
〔註57〕 曾永義《論說戲曲》〈論說「戲曲劇種」〉，台北：聯經出版社，1997 年，頁
257。
〔註58〕 何良俊《曲論》，收錄於《中國古典戲曲論著集成》四，北京：中國戲劇出版
社，1959 年，頁 6。
〔註59〕 同前註，頁 12。
〔註60〕 王世貞《曲藻》，收錄於《中國古典戲曲論著集成》四，北京：中國戲劇出版
社，1959 年，頁 34。

離。明人雖然幾曾呼籲以元人之詞為典範，儘求戲曲文辭的本色，卻怎麼也走不回那條自然樸質的路了，刻意模仿的質樸，則反而給人拙劣的感覺。

其實多數文人，並不是一開始便執意要走向「文飾」一途的。只是中國文人向來皆以詩詞自能，而詩詞曲就創作方法而言，本是一家，故而文人一旦踏入這個領域，便容易不自覺的從事起文辭優美、雅緻及學問上的追求，尤其當他離開舞台越遠，「文詞化」的傾向便越嚴重。

就元雜劇而言，元代文人多數因官場失意，混跡瓦舍勾欄，故其所填之曲，多半能與劇場品質相合，不至於過度文飾而脫離群眾，內容也十分自然生動，貼近人民的生活。但元代後期以後，文人離舞台越來越遠，文辭便越來越趨向於藻麗。直至明初，北曲雜劇的作者，多數為接近權勢中心的文人，其所作的曲文，便與元人所填之詞有了明顯的分別。

除此之外，明代統治者對於戲曲內容的多所干預，與其逐漸發達的商業社會，都對戲曲的內容及遣詞用句，產生了或大或小的影響。戲曲工作者為了生存，便不得不有所禁忌，也不得不與時俱進，尋求一種更適於在那個時空之下搬演或出版的劇本。

這種現象發生在元雜劇的改編之上，便形成了宮廷本、過渡曲本及文人改編本等不同改編者的用字修辭考量。經過明代初期、中期、晚期之不同身分改編者所修訂的元雜劇，在文辭上，已隨著其曲壇氛圍而代代推移，雖然由質樸到藻飾、自然到拘謹的方向不變，但隨著時代的改變，這種改編的路線深化程度亦不相同。以下筆者便藉著各不同階段的曲文比較，分析各本曲文用字修辭的改編特點。

一、宮廷本之用字修辭

（一）情節關目的改編

凡宮廷本中大幅變更近真本曲文之處，幾乎是皆為關目改動而作的修訂。保留在現存可比較的版本中，最明顯的有《楚昭王疎者下船》、《諸葛亮博望燒屯》二劇，以下試分析之。

1、《楚昭王疎者下船》

《楚昭王疎者下船》一劇，可說是現存近真本與宮廷本中，面貌差異最大的一個劇目。故除了前面章節所提到的大量增減曲牌外，對於相同的曲牌，內容上也有相當大的改易，最明顯的有以下二事：

（1）還寶劍事

元刊本與宮廷本第一折仙呂宮所用曲牌，完全相同，但從【點絳唇】到【天下樂】連續四個曲牌，曲文內容差異非常大，可說是全部改寫。元刊本的曲文是為：

【點絳唇】怕楚國難安，子胥質辨直言諫，早背亂言間，讒臣譖忠臣叛。

【混江龍】興亡有恨，二人發願一席間，子胥勝天番地亂，包胥勝國泰民安，若是子胥船臣（下有脫文）多成多敗，非易非難，一龍離水二虎交山，只為君臣爭氣，將相分顏，九間大殿，百尺高竿，我則是側身撒手遭塗炭，怕的城荒國破，常子是膽戰心寒。

【油葫蘆】屈斬了功臣血未乾，天好還，夢中驚覺兩三番，日西沈朝退群臣散，月東生燭滅深宮晚，漸將御酒嘗，恰將御饍餐，夜深沈果臥才合眼，驚恐睡難安。

【天下樂】子見鐵甲將軍夜過關，非干，不奈煩，他將斬父報讎心將天下反，子為咱將少，以此上心膽寒，怎敢將他一例看。（《校訂元刊雜劇三十種》，頁 75）

主要在寫楚王信讒言屈斬忠臣，子胥發誓報讎之事。但宮廷本刻意略過此事不提，進而捏造出吳國寶劍飛入楚國一事，將曲文改作：

【點絳唇】這劍他冰刃霜寒玉華光燦，孜孜看飛來到坐榻之間，端的是豪氣沖霄漢。

【混江龍】這劍難將他輕慢，地之奇休做等閒看，我則見溶溶結秀湛湛生斑，這劍他本在東吳為至寶，今日個飛來南楚定荊蠻，這劍陰陽幹運天地循環，削除殘暴剿捕凶頑。這劍他煉精靈多氣爽，有神威真乃是免憂愁絕驚恐，無危難見如今河清海晏國泰民安。

【油葫蘆】把吳國姬光阻面顏，怕的是伍盟府天下罕，他正是良才奇寶在人間，我則道重修翰墨傳書簡，原來他特持戰策呈公案，你休道是阻著大川隔著大山，便有那雲濤滾滾長江限，假若是無敵手戰應難。

【天下樂】抵多少惡語傷人六月寒，相也波干，我欲待把劍還，一言既出悔後晚，見放著登仕臺空 有這拜將壇，我則怕舉賢才人去懶。（脈望館鈔校內府本，《全元雜劇》初編六，頁 5）

前二曲在讚賞寶劍的美好，後二曲則敘其有歸還寶劍之意。宮廷本捨棄現成的歷史事實，而附會寶劍之虛無傳說，其意令人費猜。可能是因為元刊本所敘「信讒言、殺忠臣，以至忠臣造反」之事，乃君王之大諱，尤其【油葫蘆】一曲，更叫君王群臣坐立難安，不便於宮中搬演，而搬演者更恐怕有觸及禁令的疑慮，故有此一改。

　　（2）去鞭尸事

　　在同樣一種為帝王諱的觀念下，原作中提及伍子胥鞭楚王尸一事，亦連帶隱去。

　　元刊本原敘述伍子胥為報仇而來，「鞭尸」情節乃其雪恨的重點，故而在曲文不時提起。但「鞭帝王之尸」演來終究殘忍，而且重提此事亦觸犯帝王之忌，故宮廷本乾脆一筆抹去，舉凡與「鞭尸」情節有關的曲文，一併加以修改，共計有三處：

　　甲、第二折越調【調笑令】元刊本曲文為：

　　　他每是有些父兄讎，可敢一日無常萬事休，恨心不捨鞭尸首，抵三千個武王伐紂，打的皮開綻碎了骨頭，兀的是和後怎生干休。（《校訂元刊雜劇三十種》，頁77）

不但提到「鞭尸」之事，且「打的皮開綻碎了骨頭」，有強化伍子胥仇恨楚王的效果。而這種效果，在明朝是不需要，也不被容許的，故宮廷本改作：

　　　他每做的呆不周有些父兄讎，呀他可甚一日無常萬事休，恨心不捨相爭鬧，費無忌你索承頭，這一場報冤不罷手，兀的不怎肯干休。（脈望館鈔校內府本，《全元雜劇》初編六，頁14）

刪去「鞭尸」之事，並且巧妙的把伍子胥仇恨的對象，完全轉嫁到費無忌身上。

　　乙、第三折中呂【醉春風】元刊本曲文為：

　　　是你送了正直臣，是你昏俺明聖主，自從盤古到如今數數，不曾見篡君王江山，弒君王性命，揭君王墳墓。（《校訂元刊雜劇三十種》，頁79）

這等篡江山弒君王揭墳墓之事，豈可見容於明代宮廷，故宮廷本改作：

　　　則俺這妻子意關心，弟兄手共足。俺一家四口兒盼程途，端的好苦苦幾時能勾搖展旌旗還歸故里，撫安黎庶。（脈望館鈔校內府本，《全元雜劇》初編六，頁16）

刻意隱去「鞭尸」一事，只敘述楚王逃難的尋常之詞。

　　丙、第四折雙調【駐馬聽】元刊本曲文爲：

　　　子胥無敵，雪恨鞭尸惹是非，包胥有智，借兵救主定華夷，想過昭
　　　關八面虎狼威，怎知哭秦庭七日英雄淚，我身立在寶殿裡，子不見
　　　同胞共乳親兄弟。（《校訂元刊雜劇三十種》，頁 80）

此曲宮廷本改動不多，卻獨挑「鞭尸」二字，改爲「懷讎」，其目的之明顯，
莫此爲是。

　　以上曲文間或大或小的差別，皆爲異曲同工的改編，可見宮廷本對於演
出帝王之事，態度十分謹慎，絕不肯漏出一絲破綻。

　　2、《諸葛亮博望燒屯》

　　《諸葛亮博望燒屯》一劇在元刊本第一折中，劉關張三人三顧茅廬，請
諸葛亮出山相助，但諸葛亮爲劉備相面，見其「可惜剛做得三年皇帝」（《校
訂元刊雜劇三十種》，【後庭花】曲文，頁 400），故而再三推辭，及至見劉子
阿斗，驚道：「這裡卻有四十年天子。」始變計隨劉，有以劉禪方爲眞命天子
之意。

　　這一段情節，在宮廷本遭到刪改，首先刪去【後庭花】等曲，不提劉備、
阿斗各當幾年天子的細節，僅由趙雲口頭道出甘夫人生子事，諸葛亮「觀玄
德公喜氣而生，旺氣而長，我所以下山去也。」（脈望館鈔校內府本，《全元
雜劇》三編一，頁 7）仍以眞命天子劉備。如此一來，雖然不免有落於「關目
局促呆板，敘諸葛出山理由尤爲籠統含胡」（〈元雜劇異本比較〉第五組，頁
56）的缺點，但可免除諸葛亮勢利計較之嫌，且仍以劉備爲眞命天子，都是
比較能符合觀眾對帝王形象之心理期待的安排。

　　但如此更改，則原本末折中呂【十二月】、【堯民歌】的曲文：

　　　【十二月】這個是常山子龍，這個是義子劉封，這個是英雄益德，這
　　　個是義勇關公，哥哥管通，爭奈這劉備孤窮。

　　　【堯民歌】休則怕頓開金鎖走蛟龍，（抱俫兒見科）這的做得俺後代
　　　劉朝主人公，見如今荊州劉表獻了江東，益州劉璋壞了皇宮，崢嶸
　　　崢嶸西川一望中，似人世蓬萊洞。（《校訂元刊雜劇三十種》，頁 408）

便與第一折關目產生矛盾。原本因諸葛亮見劉備只做得三年皇帝，故有「爭
奈這劉備孤窮」之語，而阿斗爲四十年太平天子故云：「這的做得俺後代劉朝
主人公。」這都強烈的呼應了第一折的關目。但宮廷本既已更動了第一折關

目，便不得不連帶此處曲文一併修改，故改其曲文為：

> 【十二月】這個是常山趙雲，這個是義子劉封，這個是燕□翼德，這
> 個是勇烈關公，哎你個能相法哥哥管通，你可也比眾難同。

> 【堯民歌】哎我則怕頓開金鎖走蛟龍，這幾個戰將有威風，您眾將都
> 是廟堂臣凌煙閣，端的是可標名論戰討超也波群崢嶸個個能，則俺
> 這劉玄德堪知重。（脈望館鈔校內府本，《全元雜劇》三編一，頁36）

將重點仍放在劉備身上，如此方能與第一折情節，完全吻合，其關目修改雖
然不見得高明，但其能顧前瞻後，不失為針線緊密的作法。

（二）曲意的改編

另外，宮廷本中有些曲文的修改，無關乎格律與修辭技巧，單純是改編
者對於原作曲意有不同的想法，以致動筆修改。試分析如下：

1、《西華山陳摶高臥》第二折南呂第三支【牧羊關】

《西華山陳摶高臥》一劇第二折乃敘趙匡胤派使臣前往西華山，請陳摶
進朝為官，而陳摶乃清閒道人，無意出山。第二折除前三支曲文為陳摶自敘
其山中歲月之快活外，其餘則為見使臣後相互問答的唱唸。其中第三支【牧
羊關】元刊本作：

> 也不是九轉火里燒丹藥，三足鼎里煉水銀，若會的參同契便是真人，
> 教雖沒千言，道不離一身，你寸心休勞苦，四體省殷勤，散旦是長
> 生法，清閒真道本。（《校訂元刊雜劇三十種》，頁105）

曲文前元刊本僅註「外云了」，而宮廷本同一處則有使臣問：「久聞先生有黃
白住世之術，不知仙教可使凡夫亦得聞乎？」（脈望館藏古名家本，《全元雜
劇》初編四，頁7）可見「外云」之內容乃使臣問神仙之事，所以原本曲文應
該是陳摶回答使者所問之事。但宮廷本卻在賓白處增入末云：「神仙荒唐之
事，若非將軍所宜問也。」因而接唱：

> 則當學一身拜將懸金印，萬里封侯守玉門，你如今際明良千載風雲，
> 怎學的河上仙翁，關門令尹，可不道朝中隨聖主，卻甚的林下訪閒
> 人，既受了雨露九天恩，怎道的雲霞三市隱。（脈望館藏古名家本，
> 《全元雜劇》初編四，頁8）

完全不同於元刊本，從言「仙家修煉」之事，到申明「君臣之義」，內容相差
十萬八千里，不但文字風格不似原來，所言之事亦不肖陳摶形象。鄭騫以為

此乃:「御戲監中人恐上演時觸皇帝忌諱,故改作此段曲白以爲回護。」(〈元雜劇異本比較〉第一組,頁 26)所言甚是。

2、《相國寺公孫汗衫記》第三折中呂【粉蝶兒】

元刊本曲文爲:

> 遠著後巷前街,叫化些餘食剩湯殘菜,受了些霜欺雪壓風篩,我想五臟神一頓飽,多應在九霄雲外,運拙時乖,叫幾聲爺娘佛有誰憐愛。(《校訂元刊雜劇三十種》,頁 202)

宮廷本將「我想五臟神一頓飽,多應在九霄雲外」二句改爲「則我這五臟神無一頓飽呵約,哎則我這魂靈兒在九霄雲外」。原本作者之意,應是說正末想要得到五臟神的一頓飽食,實在渺茫難求,故云「在九霄雲外」,在宮廷本加上了「魂靈兒」三字,求其與「五臟神」之語相對,但卻偏失了原意,如此一來,則成了正末因飢餓而導致頭昏眼花,魂靈飄散,與原本意義頗爲不同。

3、《關大王單刀會》第一折仙呂【賺煞尾】

元刊本曲文爲:

> 送路酒手中擎,送行禮盤中托,沒亂殺侄兒共嫂嫂。曹孟德心多能做小,奇著漢雲長善與人交,万聲叫,得與殺許褚、張遼,那神道須追風騎,輕掄動偃月刀,準備下千般奸狡,臨了也則落的一場談笑,倒賠了一領西川十樣錦征袍!(《校訂元刊雜劇三十種》,頁 3)

宮廷本將末句改爲「他把那刀尖兒斜挑錦征袍」,原本「倒賠了一領西川十樣錦征袍」,把談笑的對象放在曹操身上,笑他百般討好關羽,倒賠了十樣錦征袍,卻仍得不到關羽的眞心投靠。而宮廷本所改,雖然強化了關羽的神氣,卻也使得氣氛頓時一片緊張,與「一場談笑」所欲呈現者不同,且「刀尖兒斜挑錦征袍」之語,又與第三折中呂【鮑老兒】「刀挑了征袍離許昌」文字相近、意義重複,頗有辭窮之感,不如不改爲妙。

4、《諸葛亮博望燒屯》第一折仙呂【點絳唇】

元刊本曲文爲:

> 數下黃極,課傳周易知天理飽養玄機,待龍虎風雲會。(《校訂元刊雜劇三十種》,頁 397)

宮廷本將末句改爲「有那尊道德參玄意」,概以爲諸葛亮隱居隆中,修道參玄,且無用世之意,故作「待龍虎風雲會」並不恰當。但觀此折前後劇情發

展，可知這裏所塑造的諸葛亮，雖然高臥隆中，卻無時不關心天下局勢，等待機會一展長才，故當他看到劉氏有機可掌江山之時，便決定出山相助，鄭騫以爲：「元刊本寫諸葛高臥隆中仍有用世之意，爲全劇伏根，改本大違原意。」（〈元雜劇異本比較〉第五組，頁 57）宮廷本之改作，實未能縱觀全文所致。

　　以上皆宮廷伶工貫串前後曲文，對原作有所誤解，故而作出自以爲是的改編。但有時宮廷本也會順著劇情的發展，作出良好的理解，將原本不合理的曲文，稍作修改，使其順理成章。如《好酒趙元遇上皇》第二折南呂【尾聲】元刊本曲文作：

> 不想今番橫死身亡故，回首遙指雲中雁寄書，兩隻腳不停住。這憂愁這悽戚，這煩惱對誰訴？怎聲揚忒負屈！趙上皇你穩坐皇都，怎知這捱風雪的射糧軍乾受苦。（《校訂元刊雜劇三十種》，頁 67）

原本劇情發展至此，趙元已經相信眼前三位秀才能救自己性命，故不應再道「不想今番橫死身亡故」之語，故宮廷本所改「誰想今番橫死身軀得恩顧」，乃較爲合乎情理。

　　另外，《張鼎智勘魔合羅》第三折商調【尾】，元刊本曲文爲：

> 那劉玉娘罪責虛，張司吏口非強，把銜冤人提出是非鄉，則那離鄉屈死李德昌，命歸在何處，我待交平人無過交盜賊償。（《校訂元刊雜劇三十種》，頁 233）

　　宮廷本將「命歸在何處」改爲「知他來怎生身喪」，因爲張鼎此時，已然看過劉玉娘的供狀，知道李德昌命喪在城南的「五道將軍廟中」，此處又問「則那離鄉屈死李德昌，命歸在何處？」豈不奇怪？顯得前後未能懸接。故宮廷本改爲「知他來怎生身喪」，表明接下來所欲追察的重點，是在於李德昌究竟是怎麼死的，方合乎劇情的進行。

　　由以上比較可見，宮廷本中曲意的改編，有些是因爲元明兩代時空背景不同，觀眾結構有所差異，不得不視實際狀況而有所修訂；但也有一些曲文，則是由於改編者對於情節發展有另外的想法，或是不能理解作者原意，而有所修改。其間有改好者，亦有改差者，水準不一。

（三）用字的斟酌

　　明人對曲文用字的斟酌，包括「重字」的使用與否、文辭之是否正確，及元明兩代習慣用語不同等，因而經常在內容上有所修訂。

1、《看錢奴買冤家債主》第三折【梧葉兒】

元刊本曲文爲：

> 料是前生罪，今世裡當，莫不燒了斷頭香，搵不迭腮邊淚，撬不著
> 心上癢，割不斷業心腸，兒呵！爲你但合眼眠思夢想。（《校訂元刊
> 雜劇三十種》，頁 93）

宮廷本除襯字外，改動不多，但卻將原本「業心腸」改爲「業情腸」，辭句不
見得較原本通暢，卻避免與上句之「心上癢」用字重複，可能爲其修改此字
的主要目的。

2、《西華山陳搏高臥》第二折南呂【一枝花】、【菩薩梁州】、第三折正
   宮第二支【滾繡球】

元刊本【一枝花】曲文爲：

> 我往常讀書求進身，學劍隨時渾，讀書匡社稷，學劍定乾坤，豪氣
> 凌雲，心志如伊尹，本待交六合入并吞，伐天下不義諸侯，救數百
> 載生靈萬民。（《校訂元刊雜劇三十種》，頁 103）

元刊本此曲首四句，各重複了「讀書、學劍」二次，宮廷本將「讀書匡社稷，
學劍定乾坤」二句，改爲「文能匡社稷，武可定乾坤」，避免其用字的重複。
但鄭騫以爲：「讀書、學劍承接上文，故意重複以增厚文氣，此亦修辭常用之
法，改爲文能、武可，意俗筆弱，渾厚之味全失。」（〈元雜劇異本比較〉第
一組，頁 25）但一代有一代不同的修辭觀，宮廷本之改，既可避免重字，且
聲調相諧，文武相對，頗能符合明人對用辭的期待。

另外，【菩薩梁州】一曲的作法亦頗相似。元刊本的曲文原爲：

> 特遣天臣把賢良訪問，當今至尊，重酬勞算卦的山人，過蒙君寵賜
> 大恩，風雲不憶風雷信，琴鶴自有林泉分，想名利有時盡，乞得田
> 園自在身，我怎肯再入紅塵。（《校訂元刊雜劇三十種》，頁 104）

宮廷本改「風雲不憶風雷信」爲「煙霞不憶風雷信」，不僅可以避免「風」字
重複的缺點，且與下句「琴鶴自有林泉分」對仗較爲工整。

但宮廷本之改，有時顯得水準不齊，標準不一，如【滾繡球】一曲，元
刊本原作：

> 不住地使命催，奉御逼，便交早朝入內，俺便似野人般不知個遠近
> 高低，至禁幃，上鳳池，近臨寶砌，列五鸞簾捲班齊，見這玉階前
> 松擺龍蛇影，金殿上風吹日月旗，天仗朝衣。（《校訂元刊雜劇三十

種》，頁 106）

其「玉階前松擺龍蛇影，金殿上風吹日月旗」之句，對仗甚是工穩，意境亦頗爲佳妙，而宮廷本卻將「松擺」改爲「風擺」，不但造成了重字，且使原本美好的對仗關係走了樣，此字之改甚爲不智。

3、《醉思鄉王粲登樓》第一折仙呂【六么序】

李鈔本曲文爲：

> 投奔你爲東道，倚靠你如泰山，似金烏月冷枝寒，鏡里空看，冠上空彈，前程事非易非難，蟄龍奮起非爲晚，待春雷震破天關，有一日應非熊得志扶炎漢，離了桑樞甕牖，平步上玉砌雕鞍。（《校訂元刊雜劇三十種》，頁 447）

其「鏡里空看」、「冠上空彈」之句，重複用了「空」字，而宮廷本將此二句改爲「鏡裡羞看」、「劍匣空彈」，前者應是爲了避免重字而改。

4、《張鼎智勘魔合羅》第三折商調【集賢賓】

元刊本曲文爲：

> 這幾日併迭的有勾當，因僉押離司房，俺倒大來擔公私利害，筆尖上定生死存，更察詳，生分女落盜爲非，不孝男趁波逐浪，官人委付文案掌，有公事豈敢行唐，聽得蕡蕡的聲衙鼓，喏喏的叫攛箱。（《校訂元刊雜劇三十種》，頁 231）

其中「有公事豈敢行唐」句，宮廷本改爲「有公事怎敢荒唐」，鄭騫以爲：「與原意不合，蓋不識行唐二字作何解釋也。」（〈元雜劇異本比較〉第三組，頁 26）並解釋「行唐」本爲「敷衍、遲慢」之意。故此原句意思應爲「有公事在身，不敢敷衍、遲怠」，宮廷本改爲「荒唐」二字，則令人疑惑：「難道無公事便可荒唐？」故改句不但偏離原意，用辭亦不妥當。

5、《西華山陳摶高臥》第二折第一支【隔尾】

元刊本曲文爲：

> 放著這高山流水爲檀信，索甚野草閑花作近鄰，滿地白雲掃不盡，你與我閉上洞門，休放個客人，我待淨倚蒲團自在盹。（《校訂元刊雜劇三十種》，頁 104）

宮廷本改其首句爲「則與這山流水同風韻」，「檀信」二字原指奉佛的善男信女，此處引用頗有生動之致，且 「爲檀信」與「作近鄰」相對甚妙，宮廷本

改作「同風韻」，雖較原本文義淺白，但實不如原作生動活潑，亦失去對仗。
宮廷本此處之改作，亦應是不解「檀信」二字所致。

6、《好酒趙元遇上皇》第三折中呂【醉春風】

元刊本曲文爲：

> 送了我也竹葉似甕頭春，花枝般心愛妻。則爲戀香醪尋著永別杯，
> 待怎生悔？悔悔悔，也是前世前緣，自生自受，怨天怨地！（《校訂
> 元刊雜劇三十種》，頁 68）

宮廷本將「永別杯」改爲「永別離」，「杯」與「離」同爲「齊微」平聲韻，
皆合乎格律，概以爲「別離」之詞較「別杯」通用，故而改之。但「永別杯」
用以象徵犯人臨刑前的酒飯，正合於此處之意，宮廷本改爲「永別離」，則意
義平常，且與上文「香醪」二字失去呼應。故鄭騫評其爲：「妙語變成尋常詞
句。」（〈元雜劇異本比較〉第二組，頁 92）

（四）典故的運用

王驥德曾論曲中之用典道：「曲之佳處，不在用事，亦不在不用事。好用
事，失之堆積；無事可用，失之枯寂。」〔註 61〕認爲典故之使用，當恰到好
處，不要過於堆砌或流於枯寂，而且須引多識故實，引得正確，才是眞正的
「妙手」。宮廷本元雜劇對於典故的使用，針對近眞本的內容並不刻意增加或
刪減，卻由於對典故之認識程度有別，雖然經常能作出正確的改編，但有時
也不免不解原文用典妙處而點金成鐵。

1、《關大王單刀會》第四折雙調【攪箏琶】

元刊本曲文爲：

> 鬧吵吵軍兵列，上來的休庶擋莫攔截。我都交這劍下爲江，目前見
> 血，你奸似趙盾，我飽如靈輒，使不著你片口張舌，往念的你文竭。
> 來來來好生的送我到船上者，咱慢慢的相別。（《校訂元刊雜劇三十
> 種》，頁 9）

宮廷本改「奸似趙盾，我飽如靈輒」二句爲「便有那張儀口，蒯通舌」，用典
較原本爲佳。原來描述關羽赴魯子敬所設之宴，卻知此宴乃爲討荊州而設，
宴無好宴，此曲乃最後在吳兵埋伏之下挾持魯肅離開時所唱，其用趙盾與靈
輒的典故，似乎不類，趙盾與靈輒之間乃施恩者與報恩者的關係，且趙盾本

〔註61〕同註 1，〈論用事第二十一〉，頁 127

為忠臣，其「奸似趙盾」之語，反而給人一種「小人之心」的感覺。故不如宮廷本所改，用張儀、蒯通兩個善於唇舌的古人為例，說明即使魯肅有舌燦蓮花的本事，也動搖不了關羽的決心，用典更為恰當。

2、《西華山陳搏高臥》第三折正宮第五支【倘秀才】

元刊本曲文為：

> 道有個治家治國，俺索學分個為人為己，不患人之不己知，土坑上淡白粥，瓦缽內醋黃虀，採那首陽山蕨薇。（《校訂元刊雜劇三十種》，頁 108）

其末句用伯夷、叔齊「首陽山採蕨」的典故，似乎稍顯不類，因為伯夷、叔齊採蕨的結果是餓死在首陽山上，而陳搏既以為山中生活自在滿足，並無餓死山上的憂慮，用此典故，實不相宜。雖然鄭騫以為：「元人作劇，每借題發揮，以自抒其感情，自述其生活，切合劇情與否，有時並不顧及。」（〈元雜劇異本比較〉第一組，頁 27）東籬此處用「首陽山採蕨」之句，可能是取其字面之意，並暗喻作者自身的遭遇。但這對於講究學問的明人而言，如此錯用典故，終嫌不適，故宮廷本將末句修訂為「是山人樂矣」，並將前二句稍改為「石床綿被煖，瓦缽茱虀肥」，突顯其食宿均安的滿足，如此方能順理成章的將原本的錯誤用典刪去，而云「山人樂矣！」

3、《死生交范張雞黍》第三折第二支【醋葫蘆】（元刊本誤題為【三煞】）

元刊本曲文為：

> 待不去呵逆不過親眷情，待去呵應不過兄弟口，想對牀風雨幾春秋，只落的墳頭上一盃澆奠酒，從今別後，再相逢枕席上黃昏時候五更頭。（《校訂元刊雜劇三十種》，頁 327）

4、《醉思鄉王粲登樓》第一折仙呂【天下樂】、【六么序】

在前面重韻與重字的部分，曾提及宮廷本可能為犯重的問題，改編此二曲之用字。（請參見頁 244 第 7 條、頁 267 第 3 條）其改【天下樂】之「時復挑燈把劍看」為「時復挑燈把劍彈」、【六么序】之「冠上空彈」為「劍匣空彈」，皆應有用馮諼「彈鋏」典故之意。但此折【（寄生草）么】已有「你個田文傲，怎做劍客看，待賢知得伊辭旦，學雞鳴落得人輕慢，無魚贏得自悲嘆，你雖然紫袍金帶祿千鍾，養不的錦衣綉襖軍十萬。」之句，是否須要一再引用同樣的典故，值得懷疑。且「冠上空彈」句，如以漢朝王吉、貢禹的典故觀之，言其「徒然準備做官」之意，似乎更能與上下文義相呼應。

（五）其它修辭技巧

另外，還有一些文學上修辭技巧的運用，如譬喻、對偶、誇飾、呼應……等等，由於元明兩代時代風氣，及個人創作風格不同，曲文也會有不同程度的改易。

1、《楚昭王疏者下船》第二折越調【聖藥王】

元刊本曲文為：

> 他槍似蚪，馬似彪，五六行地下滾死人頭，咱見陣休，一鼓收，片
> 時間血濺了鳳凰樓，休想分破帝王憂。（《校訂元刊雜劇三十種》，頁
> 78）

宮廷本將「五六行」改為「骨磔磔」，從視覺形象上的描繪，改成聽覺聲音上的感受；後二句則改為「片時間疊屍高聳似山丘，恰便似落葉盡歸秋。」用比喻修辭，取代原本直捷的描述。將人死屍疊的情景，比喻成落葉歸秋，欲強調其淒涼的感覺，但「疊屍」與「落葉」卻不甚諧調。兩者相較之下，元刊本的用辭質樸通俗，宮廷本雖然用辭工穩，但顯得不自然。

2、《看錢奴買冤家債主》第一折仙呂【寄生草】、第四折越調第一支 【調笑令】

元刊本【寄生草】曲文為：

> 你爺娘在生時常憂飯，死去後奠甚茶，乾把些淚珠兒滴盡空消洒，
> 塞了些漿水飯那肯停時霎，巴的紙錢灰燒過無牽掛，塞了這百壺漿，
> 濕不遍墓兒前，乾澆了千杯茶，浸不透黃泉下。（《校訂元刊雜劇三
> 十種》，頁 86）

宮廷本將第一句的「常憂飯」改為「耽飢餓」，二語意義相近，但頗有「俗」、「雅」之別。「常憂飯」之語雖然俚俗，卻接近於心理上最直接的感受，而「耽飢餓」終又相隔一層；且「憂飯」與下一句的「奠茶」亦可相對，改則佳處全失。故筆者以為，此處實不應改。

又，元刊本【調笑令】曲文為：

> 元來是這廝，提拿去告官司，你這般毆打親爺甚意思，又難同抵觸
> 爺娘事，老賤人一家無二，我行木驢上剮了這忤逆子，他也不是孝
> 順孩兒。（《校訂元刊雜劇三十種》，頁 96）

宮廷本將「我行木驢上剮了這忤逆子」改作「娘和兒廝見非同造次」，二者相

較，元刊本曲文質樸潑辣，直接表達一個父親面對毆打自己的逆子之憤怒心情，宮廷本則用文雅之辭修飾了這等暴戾，但也使得原本活潑生動的曲情，變得不溫不火，顯得毫無生氣。

3、《西華山陳摶高臥》第四折雙調【離亭宴帶歇指煞】

元刊本曲文為：

> 把投林高鳥西風里放，也強如啣花野鹿深宮里養，大王加官賜賞，交臣頭頂紫金冠，手執碧玉簡，身著白鶴氅，昔年田草庵，今日新方丈除睡外，別無伎倆，本不是個貪名利的世間人，是一個樂琴書的林下客，絕寵辱的山中相，從今後飯餘皮袋飽，茶罷精神爽，高打起南軒吊窗，煙雨里外，雲臺上看仙掌。（《校訂元刊雜劇三十種》，頁110）

其「飯餘皮袋飽，茶罷精神爽」之句，俚俗質樸，頗能顯出陳摶身為一個修道人的真率自然。宮廷本概嫌其過於鄙俚，故改為「推開名利關，摘脫英雄網」，用字雖雅，反陷入原為牢籠鎖綁的困境，精神全失，反不如原句之清爽可喜。

4、《相國寺公孫汗衫記》第二折越調第二支【紫花兒序】

元刊本曲文為：

> 我問甚玉杯茭下下，惹大個東大岳爺爺，他閑管您肚皮里娃娃，卻不種穀得穀，種麻收麻，兀那積善之家，天罔恢恢不道漏了纖搯，這言語有傷風化，我不信你調嘴搖舌，利齒伶牙。（《校訂元刊雜劇三十種》，頁200）

宮廷本改前二句為「且休說陰陽的這造化，許來大個東岳神明」，概嫌其「玉杯茭下下」之意不通，且稱東岳神為「爺爺」亦不甚妥，故而改之。但原本首三句，句法相同，具有「鼎足對」的效果，雖然首句用語甚奇，但此乃元人文字質樸可愛之處，不必計較，稱「東大岳爺爺」，與下句「肚皮裏娃娃」相對更妙，宮廷本之改雖然工穩，卻將原曲優點全拋，得不償失。

5、《張鼎智勘魔合羅》第四折中呂【醉春風】

元刊本曲文為：

> 不強如你教幼女演裁剗，佳人學繡刺，要分付不明白冤屈重刑名，魔合羅呵，全在你你，出脫婦人啣冤，我敢交大人享祭，強如著小童博覷。（《校訂元刊雜劇三十種》，頁235）

宮廷本改末二句爲「我教人將你享祭，不強如小兒博戲」，原本「我敢交大人享祭」顯得張鼎正義凜然，敢藐大人，宮廷本所改則甚是平常，且「大人享祭」與「小童博戲」相對甚巧，宮廷本則失去此對句，從意義和修辭的角度觀察，宮廷本所改皆不如原作。

6、《諸葛亮博望燒屯》第一折仙呂【金盞兒】

元刊本曲文爲：

> 生的高聳聳俊鸑鼻，長挽挽臥蠶眉，紅馥馥雙臉胭脂般赤，黑眞眞三柳美髯垂，內藏著君子氣，外顯著磣人威，這將軍生前爲將相，死後做神祇。（《校訂元刊雜劇三十種》，頁 399）

宮廷本將「俊鸑鼻」改爲「俊英鼻」，概因不解原作「俊鸑」的用意，故以平常語「俊英」代之，以爲「俊俏英挺」之意。鄭騫以爲「俊鸑鼻」乃指：「鸑嘴部以上高高隆起如鼻，俊鸑鼻與下臥蠶眉對文。」（〈元雜劇異本比較〉第五組，頁 57）宮廷本所改不但不解原意，且失去對偶。

7、《看錢奴買冤家債主》第二折正宮第一支【滾繡球】

元刊本曲文爲：

> 似銀沙漫了山海，瓊瑤砌世界，玉琢成九街千陌，粉粧成十二樓臺，似這雪韓退之馬鞍心冷怎當，孟浩然驢背上凍下來，剡溪中禁回了子猷訪戴，三口兒敢凍倒在長街，把不住兩條精腿千般戰，這早晚十謁朱門九不開，凍餓難捱。（《校訂元刊雜劇三十種》，頁 88）

宮廷本將「九街千陌」改成「六街三陌」，「十二樓臺」改成「殿閣樓臺」，應是認爲「九、千、十二」等數字，不切實際，故皆改之。但此曲原本架構在「銀沙漫山海」、「瓊瑤砌世界」的虛幻感覺之上，故數字上的誇張，有助於文氣的推展，且「十二樓臺」之語，令人想到黃帝建五城十二樓的神仙之事，更給人一種飄飄欲仙的感覺。宮廷本之改，使人墜入凡塵，不如元刊本之用語巧妙。

8、《死生交范張雞黍》第一折仙呂【（寄生草）么】、第三折仙呂【後庭花】

元刊本曲文爲：

> 【（寄生草）么】口□頭奶腥也不曾落，頂門上胎髮依舊存，生下來便落在爺羹娘飯長生的運，正行著子承父業的財帛運，又交著夫榮

婦貴靈官運，盡教他大拼了千年家富小兒嬌，不妨來少一朝馬死黃
金盡。（《校訂元刊雜劇三十種》，頁321）

……

【後庭花】恰祭酒奠一二斗，挽詩吟到十數首，可惜耗散了風雲氣，
沉埋了經濟手，論交游，你都在諸人左右，播英聲橫宇宙，吐虹霓
貫斗牛，臥白雲商嶺頭，釣西風渭水秋，笑嚴光傲許由，到如今一
筆勾。（《校訂元刊雜劇三十種》，頁326）

宮廷本將【（寄生草）么】之「盡教他大拼了千年家富小兒嬌」句改爲「你大
拼著十年家富小兒嬌」，句式與格律並沒有太大的變動，基本上仍符合本格，
文義亦無甚差別，最主要在於數字運用的觀點不同。元刊本之「千年」乃是
一種誇飾的修辭法，使「千年」與「一朝」形成強烈的對比，強調其間的落
差。宮廷本改「十年」或許更切於實際，但給人的感受則不如元刊本強烈。

9、《醉思鄉王粲登樓》第三折中呂【普天樂】

李鈔本曲文爲：

楚天秋，山疊翠，對無窮景色，總是傷悲。動旅懷關心地，壯志離
愁英雄淚，都做助江天景物淒淒，氣吁做江風淅淅，愁隨做江聲瀝
瀝，淚彈做了江雨霏霏。（《校訂元刊雜劇三十種》，頁451）

宮廷本將「壯志離愁英雄淚」改爲「壯志難酬英雄輩」，意義格律皆無不可，
但鄭騫指出其「語意與下句不聯貫，且與夾白所云之『氣、愁、淚』失去呼
應。」（〈元雜劇異本比較〉第三組，頁37）乃謂此句與賓白中「氣、愁和我
這淚！」之語本相呼應，宮廷本所改實失去佳處。且曲末的「氣吁做江風淅
淅，愁隨做江聲瀝瀝，淚彈做了江雨霏霏。」亦無所對照，故應以不改爲佳。

　　從宮廷本的改編中，我們看到改編者對帝王之事謹慎的處理方式，不但
隱諱帝王信讒言、殺忠臣之事，並企圖迴避舊臣鞭帝王尸的關目；而改劉備
爲眞命天子，以取代原劇劉禪的關目，亦皆爲符合觀眾對眞命君王形象要求
的作法；即使在部分曲文之些微曲意調整中，亦可見其對「君臣之義」的重
視。姑且不論其改本之優劣，這些改編都顯示了明代演劇環境的改變，已對
曲文內容造成了實質的影響。

　　另外還有一些曲文的改編，目的在追求文義的合理性及針線緊密，只是
改筆有好有壞，有時尚且能夠彌縫原作之疏漏，有時則點金成鐵、弄巧成拙。

而在文辭的修飾上，則顯示出改編者避免使用重字、改不符明代語法的文字、使用精確的文字與典故、及追求字句之切實、工穩、典雅與對仗等種種改編傾向，但有時也會因爲改編者本身的學養不足，或泥於現實而缺乏活潑之致，對原來的文句產生誤解，致使原本生動的字句變形走樣，甚至與原來劇本失卻呼應的缺點。

二、過渡曲本之用字修辭

與宮廷本不同者，過渡曲本由於沒有完整的情節敘述，收錄的曲牌也不一定完全連貫，所以縱然過渡曲本所根據的版本，可能曾經因爲情節關目的改編而修訂文辭，但我們幾乎無法從中得見過渡曲本因情節關目而改編的曲文。故在過渡曲本的文辭改編中，暫不論可能因情節關目而修改的曲文。其餘且分析如下：

（一）與近真本文辭的異同

1、曲意的改編

（1）《蕭何月夜追韓信》第二折雙調【梅花酒】

元刊本曲文爲：

> 雖然是暮景殘，恰夜靜更闌，對綠水青山，正天淡雲閑，明滴溜銀蟾似海山，光燦爛玉兔照天關，撐開船對起帆，俺紅塵中受塗炭，恁綠波中覓衣飯，俺乘駿騎懼登山，你駕孤舟怕逢灘，俺錦征袍怯衣單，你綠簑衣不曾乾，俺乾遨的鬢斑斑，你枉守定水潺潺，俺不能夠紫羅襴，你空執著釣魚竿，咱都不到這其間。（《校訂元刊雜劇三十種》，頁 370）

此曲從「俺紅塵中受塗炭」到「你空執著釣魚竿」一段，皆爲韓信對著漁夫而唱，其中「你」字所指稱者乃「漁夫」也。過渡曲本將「俺乾遨（應作「熬」）的鬢斑斑，你枉守定水潺潺」二句順序對調，變成「枉守定水潺潺，干熬的鬢斑斑」，如此一來，則「守定水潺潺」者成了韓信，「熬的鬢斑斑」者成了漁夫，似乎不甚合理，且其「俺乾遨的鬢斑斑」一句，正與【掛玉鈎】之「我怎肯一事無成兩鬢斑」兩相呼應，對照出韓信之所以不願繼續在漢營中虛擲光陰的心情。故筆者以爲，過渡曲本此處實不當改。

（2）《尉遲恭三奪槊》第二折南呂【隔尾】

元刊本曲文爲：

【隔尾】那鞭卻似一條玉蟒生鱗角，便是半截烏龍去了牙爪，那鞭，著遠望了吸吸地腦門上跳，那鞭，休道十分的正著，則若輕輕地抹著，敢交你睡夢裡驚急列地怕到曉。（《校訂元刊雜劇三十種》，頁148）

元刊本末尾原作「則若輕輕地抹著，敢交你睡夢裡驚急列地怕到曉」二句，強調的是心理層面的恐懼，而《雍熙樂府》改作「但些兒抹著，便就是鐵臂銅頭也震碎了」，則言現實層面的反應，兩者層次不同，各有優點。

2、用字的斟酌

（1）《蕭何月夜追韓信》第二折雙調【新水令】

元刊本曲文為：

恨天涯流落客孤寒，嘆英雄半世取幻，坐下馬枉踏遍山水雄，背上劍枉射得斗牛寒，恨塞於天地之間，雲遮斷玉砌雕欄，接不住浩然氣透霄漢。（《校訂元刊雜劇三十種》，頁368）

其第三句的「枉踏遍」與第四句的「枉射得」，重用兩個「枉」字，顯得繁複，過渡曲本將第三句之「枉」字改為「空」，概欲避免其重複的問題，二個字意義相當，在此處可以通用。

（2）《醉思鄉王粲登樓》第一折仙呂【鵲踏枝】、【六幺序】

李鈔本曲文為：

【鵲踏枝】赤緊的仕途難，主人慳，那里取握髮周公，下榻陳蕃，凍餓死閒居的范丹，憂愁殺高臥袁安。（《校訂元刊雜劇三十種》，頁446）

……

【六幺序】投奔你為東道，倚靠你如泰山，似金烏月冷枝寒，鏡里空看，冠上空彈，前程事非易非難，蟄龍奮起非為晚，待春雷震破天關，有一日應非熊得志扶炎漢，離了桑樞甕牖，平步上玉砌雕鞍。（《校訂元刊雜劇三十種》，頁447）

其【鵲踏枝】曲末二句之「凍餓死」、「憂愁殺」相對甚好，《雍熙樂府》卻改前者為「凍餓殺」，「殺」字反成重字。

而【六幺序】一曲，《雍熙樂府》的作法則如宮廷本一般，將原本「鏡里空看」、「冠上空彈」所重之「空」字，加以修改，只是宮廷本是將前者改為「鏡裡羞看」，而《雍熙樂府》則改後者為「劍上虛彈」，同樣可能皆是為了

避免重字而改。

（3）《漢高皇濯足氣英布》第四折黃鍾【刮地風】

元刊本曲文爲：

> 鼕鼕不待的三聲凱戰鼓，火火古剌剌兩面旗舒，脱脱僕剌剌二馬相
> 交處，喊震天隅，我子見一來一去，不當不覷，兩疋馬兩個人有如
> 星注，使火尖鎗的楚項羽，是他便剌胸脯。（《校訂元刊雜劇三十種》，
> 頁 165）

此折乃演探子向漢王等回報英布戰況，【刮地風】曲云兩軍激烈交戰，未分勝
負，故仍不到勝利的時候，首句云「三聲凱戰鼓」，所指應該不是「奏捷」之
意，此處「凱」字應作「打擊」解，〔註63〕過渡曲本將「凱戰鼓」改作「索
戰鼓」，蓋以爲「凱」字作「打擊」不甚通行，反而容易被誤認爲「奏凱歌」
之意，故改爲「索」字，則頗有士氣高昂，積極求戰之意，亦平妥可通。

3、典故的運用

（1）《死生交范張雞黍》第三折第三支【醋葫蘆】

其「想對床風雨幾春秋」一句，與宮廷本之改編有同樣的錯誤。（請參見
頁 269 第 3 條）

（2）《醉思鄉王粲登樓》第一折仙呂【天下樂】、【六么序】、《蕭何月夜
追韓信》第二折雙調【沈醉東風】

上文在討論宮廷本用典的問題時，曾提及其似有用馮諼「彈鋏」典故之
意。（請參見頁 269 第 4 條）過渡曲本「冠上空彈」句，雖改爲「劍上虛彈」，
但與宮廷本「劍匣空彈」用典之意實無差別。

另外，過渡曲本在《蕭何月夜追韓信》【沈醉東風】一曲的處理上，也可
能是基於同樣的想法下所作的修改。元刊本【沈醉東風】曲文原作：

> 幹功名千難萬難，求身仕兩次三番，前番離了楚國，今次又別炎漢，
> 不覺的皓首蒼顏，就月朗回頭把劍看，百忙裡搵不乾我英雄淚眼。
> （《校訂元刊雜劇三十種》，頁 369）

在這裏沒有重韻的問題，但過渡曲本仍將「回頭把劍看」，改作「回頭把劍
彈」，其意概欲以馮諼彈鋏的典故，說明韓信不被重用的悲哀。但此處韓信

〔註63〕王學奇主編《元曲選校注》注云：「凱，擊也。《小尉遲》二折【柳青娘】：『到
　　　來日撲冬冬的征鼙慢凱。』《鎖魔鏡》四折【喜遷喬】：『撲冬冬征皮鼓凱。』
　　　俱可証。」三下，石家庄：河北教育出版社，1994 年，頁 3266。

既以灰心夜走，未必有想要引起重視的意思，而是表達一種英雄孤寂之感，
「把劍看」或許較「把劍彈」之句合適。但由以上諸例可見，用馮諼彈劍典
故以感嘆懷才不遇的情況，在明代似乎頗爲普遍。

4、其它修辭技巧

（1）《尉遲恭三奪槊》第二折南呂【一枝花】

元刊本曲文爲：

> 【一枝花】箭空攢白鳳翎，弓閑掛烏龍角，土培損金鎖甲，塵昧了
> 錦征袍，空喂得那疋戰馬咆哮，皮楞簡生疎卻，那些兒俺心越焦，
> 我往常雄糾糾的陣面上相持，惡暗暗的沙場上戰討。（《校訂元刊雜
> 劇三十種》，頁147）

按【一枝花】格律，末二句應爲「七乙・七乙。」式，通常皆作對仗（《北曲
新譜》，頁119）。元刊本「我往常雄糾糾的陣面上相持，惡暗暗的沙場上戰討」
二句，對仗工穩，意義明白，格律亦無誤，但《雍熙樂府》卻改作「多不到
五七載其高，不能勾惡狠狠沙場上戰討」，不但意義不清，正襯難明，且失去
對仗的優點，實不應改。

（2）《死生交范張雞黍》第一折仙呂【（寄生草）么】、第三折仙呂【後庭花】、商調第二支【醋葫蘆】（元刊本題爲【三煞】）

前二曲過渡曲本對於數字的改編，大致同於宮廷本（除《雍熙樂府》【後
庭花】首句仍作「一二斗」外），亦有切於實際及修改重字的作法。

另外，《盛世新聲》、《詞林摘豔》二本（《雍熙樂府》無此曲）還注意到
【醋葫蘆】曲中的數字不合實際，而加以修改。此曲元刊本原作：

> 待不去呵逆不過親眷情，待去呵應不過兄弟口，想對牀風雨幾春秋，
> 只落的墳頭上一盃澆奠酒，從今別後，再相逢枕席上黃昏時候五更
> 頭。（《校訂元刊雜劇三十種》，頁327）

過渡曲本將「一盃澆奠酒」改爲「幾盃澆奠酒」，其意概以爲祭祀時不可能僅
奠酒「一盃」，「幾盃」方切合於實際，但卻忽略了「一」字在文學上特殊的
修辭效果。相傳唐代齊己便曾爲「昨夜一枝開」之句，盛讚鄭谷爲「一字師」，
〔註64〕因爲鄭谷所改的「一」字，將早梅傲立於深雪中的幽香與素雅，栩栩

〔註64〕唐代齊己有〈早梅〉一詩曰：「萬木凍欲折，孤根獨暖迴。前村深雪裡，昨夜
　　　　一枝開……」根據《唐才子傳》記載，齊己曾以此詩向鄭谷請教，原文爲「前
　　　　村數枝開」，鄭谷認爲「數枝」不算「早」，當改「一枝」爲妙。齊己從善如

如生的「點」了出來，遠較原作的「數」字爲佳。而此處原用「一」字，更能顯得墳頭孤寂，與齊己〈早梅〉詩的「一」字，有異曲同工之妙，過渡曲本改「一」爲「幾」，實失其佳處也。

（二）與宮廷本文辭的異同

由於過渡曲本與近眞本重複的曲套不多，二者文辭運用的差別，不一定能夠透過區區數曲的比較，全面的反應出來，故此暫時藉著與宮廷本的對照，輔助觀察之。但較爲複雜的是，在兩種不同系統的版本中，有時宮廷本近於原作，有時過渡曲本近於原作，二者之間的差異，並不能完全代表其中一個版本與原作的差異，僅能藉其所突顯出的特性，揣摩其間可能的動筆修改痕跡，姑且整理分析之，以爲參証。

1、曲意之不同

（1）《破幽夢孤雁漢宮秋》第三折雙調【川撥棹】

古名家本曲文爲：

> 怕不待放絲韁，咱可甚鞭敲金鐙響，您可管甚燮理陰陽，掌握朝綱，
> 治國安邦展土開疆，假若俺高皇，差你箇梅香臥雪眠霜，背井離鄉，
> 待他不戀恁春風畫堂，我便官封你一字王。（古名家本，《全元雜劇》
> 初編四，頁 13）

其「臥雪眠霜，背井離鄉」二句，在過渡曲本與顧曲齋本，皆作「背井離鄉，臥雪眠霜」，二者用字雖同，而前後對調。以文義而言，此二句並非對等的關係，而是有其先後順序的，一般說來，昭君應是在「背井離鄉」之後，方才可能「臥雪眠霜」，故過渡曲本與顧曲齋本所錄，比較合乎情理。

（2）《㑳梅香騙翰林風月》第二折大石調【初問口】

宮廷本曲文爲：

> 不爭你先輩顛狂枉惹的吾儕恥笑，你戀著這尾生期，改盡顏回樂，
> 又不曾共枕席，便指望同棺槨，只記夜偷期，不想朝聞道。（脈望館
> 校息機子本，《全元雜劇》二編一，頁 15）

其「又不曾共枕席」一句，過渡曲本作「未能薦枕席」。鄭騫以爲：「『薦枕席』有投懷送抱之意，不合閨女身分，且此處是就白敏中方面而言，更不能云薦。」（〈元雜劇異本比較〉第三組，頁 40）且「共枕席」與「同棺槨」對仗甚工，

流，盛讚鄭谷爲「一字師」。

故宮廷本所錄「共枕席」於此處較爲合適。

（3）《唐明皇秋夜梧桐雨》第四折正宮【呆骨朵】

宮廷本曲文爲：

> 寡人心蓋一座楊妃廟，爭奈無權柄謝位辭朝，孤辰限難熬離恨天最高，在時同衾枕，死後同棺槨，怎想馬嵬坡塵土中，把可惜也把一枝海棠花零落了。（古名家本，《全元雜劇》初編二，頁 21）

其第二句「爭奈無權柄謝位辭朝」，與上下文一氣呵成，文義通暢明白，而過渡曲本作「爭奈我幸蜀車駕還朝」，則與上下文不連貫，似有未竟之語，不如宮廷本通順合理。

（4）《四丞相歌舞麗春堂》第四折雙調【五供養】、【唐兀歹】

宮廷本曲文爲：

> 【五供養】我覷了這窮客程舊行裝，我可是麻衣錦還鄉，恰離了這雲水窟，早來到是非鄉，你與我去了長竿卻了短掉，我又怕惹起風波千丈，我這里凝眸望文官武職，一個個壯貌堂堂。擺列著諸子諸王（雍：見旌旗颭颭擺列著文武卿相、太：見文官武職排列著諸子諸王）。
>
> ……
>
> 【唐兀歹】萬萬載千秋聖壽帝主昌，地久天長，老微臣怎敢道是不謙讓，我是當也波當。（古名家本，《全元雜劇》初編四，頁 19）

【五供養】後二句「我這里凝眸望文官武職，一個個壯貌堂堂」，其「壯貌堂堂」之語，直接形容「文官武職」排列的氣勢，而《雍熙樂府》作「見旌旗颭颭，擺列著文武卿相」，亦同樣只有「文武卿相」來相迎。但《盛世新聲》與《詞林摘豔》作「見文官武職，排列著諸子諸王」，有別於前二者，其意似乎除了「文官武職」之外，連「諸子諸王」都來相迎，氣勢更勝。觀《太和正音譜》之所錄，亦同於《盛》、《詞》，故此二本應較近於原本。筆者以爲，宮廷本及《雍熙樂府》所改，應是認爲「諸子諸王」列班歡迎四丞相有失皇室威嚴，不適於明代皇室貴族面前搬演，故而改之。

【唐兀歹】末二句《雍熙樂府》作「溥天下八方四海盡來降，齊祝贊吾皇」，是爲歌功頌德之用，一望可知爲明代慶壽劇的慣用語言，《雍熙樂府》此曲亦應曾爲明人所修改，與上一曲同樣皆爲配合宮廷演劇所作的改編。

（4）《破幽夢孤雁漢宮秋》第三折雙調【殿前歡】

宮廷本曲文爲：

則甚麼舞衣裳，怕西風吹散舊時香，我委實怕宮車再過青苔巷，猛
到椒房，那一會想菱花鏡裏粧，風流相兜的又橫心上，看今日昭君
出塞，幾時得蘇武還鄉。（古名家本，《全元雜劇》初編四，頁 13）

其第二句古名家本作「怕西風吹散舊時香」，與過渡曲本「我則怕春風吹動舊
時光」不同〔註65〕。古名家本之「西風吹散舊時香」一句，說明漢皇害怕失
去往日美好的心情。顧曲齋本與過渡曲本「則怕春風吹動舊時光」之句，雖
然強調漢皇害怕再次觸動過去美好回憶，引起往事不再的感傷，二者各俱佳
處。但從「西風吹散舊時香」曾為元代詩人元淮〈昭君出塞〉詩引用一事看
來，古名家本所錄應為馬致遠原來所創作之句。

2、用字的斟酌

（1）《迷青瑣倩女離魂》第二折越調【小桃紅】、第三折中呂【鬥鵪鶉】

宮廷本【小桃花】曲文為：

驀聽的馬嘶人語鬧喧譁，我側著耳剛聽罷，諕的心頭丕丕那驚怕，
原來是響璫璫的鳴榔板捕魚蝦，我這里順西風悄悄聽無那，趁著這
厭厭露華，立在這澄澄月下，驚的那呀呀寒雁起平沙。（脈望館校古
名家本，《全元雜劇》二編一，頁 9）

其首二句「驀聽的」與「剛聽罷」，二「聽」字犯複，過渡曲本第二句作「掩
映在垂揚下」，不但沒有重字的問題，且層次亦較為分明。鄭騫評曰：「掩映
句頗有神味，蓋舊本如此，古名家、顧曲齋謬矣。」（〈元雜劇異本比較〉第
三組，頁 44）雖然目前沒有証據可以斷定何者接近原本，但此處過渡曲本修
辭上的處理，顯然較宮廷本為佳。

又，宮廷本【鬥鵪鶉】曲文為：

他得了官別就新婚，剗落的羞歸故里，眼見的千死千休，折倒的半
人半鬼，為甚這思竭損的枯腸不害飢，苦厭厭一肚皮，母親若肯成
就了燕爾新婚，強如喫龍肝鳳髓。（《全元雜劇》二編一，頁 15）

其「燕爾新婚」一句，與首句「別就新婚」犯重，《詞林摘豔》作「燕侶鶯儔」，
就修辭而言，不但可免去重字之弊，且「燕侶鶯儔」與末句之「龍肝鳳髓」
相對亦甚為工整；就文義而言，則「燕爾新婚」，僅指新婚的甜蜜，而「燕侶
鶯儔」，則有兩人恩愛，永世為伴的意思。故筆者以為，此處用「燕侶鶯儔」
實優於「燕爾新婚」之句。

〔註65〕顧曲齋本此處亦同於過渡曲本，見於《全元雜劇》初編十一，頁 13、14。

（2）《杜牧之詩酒揚州夢》第一折仙呂【混江龍】

宮廷本曲文爲：（節錄）

> ……平山堂觀音閣閑花野草，九曲池小金山浴鷺眠鷗，豬市街馬市街如龍馬聚，天寧寺咸寧寺似蟻人稠。……（古名家本，《全元雜劇》二編二，頁3）

其後二句《元明雜劇》楊升菴改本作「銀行街米市街如龍馬驟，禪智寺山光寺似蟻人稠」，《雍熙樂府》所錄則上句同於《元明雜劇》，下句改作「天寧寺雍熙寺似蟻人稠」。楊改本將「豬市街」改爲「銀行街」，可能是嫌「豬」字不雅，而「馬市街」之「馬」字又與「龍馬驟」犯複，故皆改之。但原句「豬市街馬市街」皆揚州買賣馬匹之市場，而云「馬聚」，如此一改，只好將「馬聚」改爲「馬驟」，意謂街市繁忙如龍馬奔騰一般，與原本意旨不同。又將「咸寧寺」改爲「禪智寺」，則可能是因爲上一句「市街」的重複性既已消失，此處「寧寺」之重複亦當解除，因而改之，但鄭騫評曰：「禪智山光本富幽靜空曠之趣，讀杜牧之禪智寺詩可知，而竟著以似蟻之稠人，眞是大殺風景。」（〈元雜劇異本比較〉第四組，頁 8）而《雍熙樂府》改爲「雍熙寺」，不但可以符合其曲集之名，又能避免楊改本的缺點，與「似蟻人稠」之語較能相稱。

（3）《唐明皇秋夜梧桐雨》第四折正宮【笑和尚】

宮廷本曲文爲：

> 滴溜溜颩閑階落葉飄，疎剌剌刷落葉被西風掃，忽魯魯風閃的銀燈爆，廝瑯瑯鳴殿鐸，撲簌簌動珠箔，吉丁當玉馬兒向簷間鬧。（古名家本，《全元雜劇》初編二，頁22）

首二句《雍熙樂府》作「原來是滴溜溜丟遍閑階敗葉飄，疎剌剌落葉被西風掃。」免去了宮廷本「落葉」的重複，但「敗葉」終究不如「落葉」之自然，而宮廷本「滴溜溜颩」與下句「疎剌剌刷」相對稱，《雍》本「滴溜溜」爲獨立音節，下句則無「刷」字，求其對稱，但皆不如宮廷本模擬形聲可愛。而《盛世新聲》與《詞林摘豔》則作「原來是滴溜溜遍閑階敗葉飄，淅零零細雨將紗窗哨」，首句與《雍》本同樣避開了「落葉」的重複，但第二句則與其下一曲【尾聲】首句「順西風忙把紗窗哨」重複更甚。

3、典故的運用

（1）《杜牧之詩酒揚州夢》第一折仙呂【混江龍】

宮廷本曲文有：

> 江山如舊，憶昔歌舞古揚州，二分明月，十里紅樓，……（古名家
> 本，《全元雜劇》二編二，頁 3）

其「二分明月」一詞，在曾經過楊升菴改訂的繼志齋本《元明雜劇》中則作「三分明月」，《雍熙樂府》所錄同於繼志齋本。

唐人徐凝〈憶揚州〉詩中曾有：「天下三分明月夜，二分無賴是揚州。」〔註66〕道天下三分的明月中，揚州即占其三分之二，意指揚州繁華甲於天下。故後人言揚州，皆云「二分明月」，清代李斗《揚州畫舫錄》便錄有：「二分秋夜揚州月，把讀淮南把祕書。」〔註67〕之句。故喬吉借用此典，以說明揚州的繁華，是極有可能的，繼志齋本或因楊升菴一時不察而改，《雍熙樂府》未經細究而加以延用。

（2）《玉簫女兩世姻緣》第三折越調【鬥鵪鶉】

宮廷本曲文為：

> 翡翠窗紗鴛鴦碧瓦，孔雀金屏芙蓉繡榻，幕捲輕綃香焚睡鴨，燈上
> 上，簾下下，這的是南省尚書，東床駙馬。（顧曲齋本，《全元雜劇》
> 二編二，頁 13）

末句之「東床駙馬」，用的是晉朝王羲之的典故，過渡曲本此句作「東窗駙馬」，顯然有誤。但筆者以為，此處也有可能是因為二者音近而造成的訛誤，不一定為改者本意。

（3）《李太白匹配金錢記》第一折仙呂【尾聲】

宮廷本曲文為：

> 這信物斷送的客愁多，這信物欲買春無價，也不是羅帕玉納，這的
> 是有誠實姻緣天賜下，則那坐車兒折末有勢劍銅鍘，你道是暮殘霞
> 淡烟籠鸂鶒，汀沙落日平林噪晚鴉，小姐把金錢漾下，將我那五百
> 載姻緣牽掛，我只要尋見那多情多緒俏冤家。（顧曲齋本，《全元雜
> 劇》二編二，頁 8）

末三句《雍熙樂府》作「折末是王侯世家，直趨到正宮闕下，我待要倩宮鶯唧出上陽花。」此曲文句秀麗典雅，稍事雕琢，曲本所錄，與原曲相稱且末

〔註66〕清聖祖敕編《全唐詩》，北京：中華書局，1996 年，474 卷，第 14 冊，頁 5377。
〔註67〕李斗《揚州畫舫錄》江都朱篔詩，收錄於《中國風土志叢刊》28 冊，揚州：
　　　　廣陵書社，2003 年，頁 4。

句化用雍陶〈天津橋望春〉之「宮鶯銜出上陽花」〔註68〕，亦有所本，應屬原劇固有。而鄭騫亦就其文字風格判定宮廷本「此三句殊為質樸，與全劇之綺豔不類。」（〈元雜劇異本比較〉第三組，頁2）宮廷本所錄應為伶工當場所湊之句。

4、其它修辭技巧

（1）《破幽夢孤雁漢宮秋》第四折中呂【粉蝶兒】

宮廷本曲文為：

> 寶殿涼生，夜迢迢六宮人靜，對銀缸一柱寒燈，枕席間靈寢處，越顯的吾身薄倖，萬里龍亭，不知宿誰家，一靈真性。（古名家本，《全元雜劇》初編四，頁16）

其「萬里龍亭」一句，過渡曲本改為「千里龍亭」，蓋以為龍亭之遠，不可能達到萬里，故改而為「千里」，較能切合實際。

（2）《迷青瑣倩女離魂》第二折越調【拙魯速】

宮廷本曲文為：

> 你若是似賈誼困在長沙，我敢似孟光般顯賢達，休想我半星兒意差，一分兒抹搭，我情願舉案齊眉近書榻，任粗糲淡薄生涯，折莫穿戴荊釵布麻。（脈望館校古名家本，《全元雜劇》二編一，頁11）

其「休想我半星兒意差，一分兒抹搭」，「半星兒」對「一分兒」甚為工穩，且意義連貫，說明倩女情願服侍夫婿的心意，似孟光般不會有半點的疏忽怠慢。過渡曲本作「若半星兒意差，一心（《雍》作「星」）兒敬他」，不但失去上述對句的優點，語意也斷作兩截，「若半星兒意差」之句成為懸空之句，與上下文義似不相連。

（3）《杜牧之詩酒揚州夢》第一折仙呂【寄生草】

宮廷本曲文為：

> 我夬了十個千歲，他剛咽了三個半口，嬼涴了內家妝束紅鴛袖，越顯的宮腰嬝娜纖如柳，添上些芙蓉顏色嬌皮肉，白處似梨花擎露粉酥凝，紅處似海棠過雨胭脂透。（古名家本，《全元雜劇》二編二，頁6）

末二句《元明雜劇》楊升菴改本作「白處似梨花妝冷粉酥香，紅處似海棠暈暖胭脂透」，《雍熙樂府》同之，鄭騫評曰：「過於雕琢刻畫，不如古名家清爽

〔註68〕同註66，518卷，15冊，頁5926。

自然。」（〈元雜劇異本比較〉第四組，頁8），「梨花擎露」、「海棠過雨」乃著重於自然姿態的描繪，而「梨花妝冷」與「海棠暈暖」則有人為修飾的效果，鄭騫所評甚是。且此二句乃形容好好的「芙蓉顏色嬌皮肉」，「梨花擎露粉酥凝」是比喻其皮膚之白晰，「海棠過雨胭脂透」則比喻其皮膚之紅嫩，故楊升菴將前者「粉酥凝」改為「粉酥香」，從一種視覺的感受轉成了嗅覺，不合於白晰肌膚給人的直覺。

　　過渡曲本的用字與修辭，與宮廷本顯示出頗為相近的改編特色，除了其情節關目的改編較難得見全貌外，其餘如在曲意上追求針線緊密與合理性，及調整字句以求彰顯皇家威嚴的作法，皆與宮廷本改編考量之出發點，極其類似。而在文辭的修飾上，亦出現避免使用重字、改用明代通用語法、改正文字與典故，及追求字句之工穩、典雅、對仗等與宮廷本雷同的改編傾向。另外，明人喜愛在數字上追求實際的作法，在討論宮廷本的改編時，已略有所及，而透過過渡曲本與近真本、宮廷本的比較，更可以說明明人此一特性。

　　總而言之，過渡曲本與宮廷本產生的時空背景大致相近，在不用考慮其音樂旋律可能的改變與選本用途之不同的情況下，過渡曲本的用字修辭顯示出與宮廷本更為貼近的特色。其二者之間用字修辭的差異，也是不同改編者在上述改編觀點的考量下，作出不同理解而產生的個別差異，尚不足以歸納為兩階段不同的改編特色。

三、文人改編本之用字修辭

　　以下先將之前討論過近真本與宮廷本、近真本與過渡曲本、宮廷本與過渡曲本有關於曲文用字修辭的改編，與《元曲選》作一簡單的比較，表列如下，以便觀察：

【表5-7】《元曲選》與近真本、宮廷本曲文用字修辭之異同

曲 牌 名	近 真 本	宮 廷 本	元 曲 選
《楚昭王疏者下船》還寶劍事	無	有	有
《楚昭王疏者下船》去鞭尸事第二折越調【調笑令】	他每是有些父兄讎，可敢一日無常萬事休，恨心不捨鞭屍，抵三千個武王伐	他每做的來不周，有些父兄讎，呀他可甚一日無常萬事休，恨心不捨相爭鬧，費無	他每做的來不周，結下了父兄讎，抵多少不是冤家不聚頭，今日在殺場上面爭馳

	紂，打的皮開綻碎了骨頭，兀的是和後怎生干休。	忌你索承頭，這一場報冤不罷手，兀的不怎肯干休。	驟，費無忌你索擔憂，他只待摘了你心肝標了你首，可兀的便肯罷休。
《楚昭王疎者下船》去鞭尸事第三折中呂【醉春風】	是你送了正直臣，是你昏俺明聖主，自從盤古到如今數數，不曾見篡君王江山，弒君王性命，揭君王墳墓。	則俺這妻子意關心，弟兄手共足。俺一家四口兒盼程途，端的好苦苦，幾時能勾搖展旌旗還歸故里，撫安黎庶。	則俺這妻子似琴和瑟，弟兄如手共足。俺一家四口兒盼程途，俺端的苦苦，幾時能勾罷息干戈還歸宮闕，撫安黎庶。
《楚昭王疎者下船》去鞭尸事第四折雙調【駐馬聽】	雪恨鞭尸惹是非	雪恨懷讎惹是非	入楚地鞭尸尙恨遲
《楚昭王疎者下船》第二折越調【聖藥王】	五六行地下滾死人頭 片時間血濺了鳳凰樓，休想分破帝王憂	骨磓磓地下滾人頭 片時間疊屍高聳似山丘，恰便似落葉盡歸秋	只待要戰爭酣處討回頭 早殺的俺人亡馬倒積成丘，恰便似落葉盡歸秋
《西華山陳摶高臥》第二折南呂【一枝花】	讀書匡社稷，學劍定乾坤	文能匡社稷，武可定乾坤	文能匡社稷，武可定乾坤
《西華山陳摶高臥》第二折第一支【隔尾】	放著這高山流水爲檀信	則與這山流水同風韻	則與這山流水同風韻
《西華山陳摶高臥》第二折南呂第三支【牧羊關】	也不是九轉火里燒丹藥，三足鼎里煉水銀，若會的參同契便是眞人，教雖沒千言，道不離一身，你寸心休勞苦，四體省殷勤，散旦是長生法，清閑眞道本。	則當學一身拜將懸金印，萬里封侯守玉門，你如今際明良千載風雲，怎學的河上仙翁，關門令尹，可不道朝中隨聖主，卻甚的林下訪閒人，既受了雨露九天恩，怎道的雲霞三市隱。	則你這一身拜將懸金印，萬里封侯守玉門，現如今際明良千載風雲，怎學的河上仙翁，關門令尹，可甚的林下訪閒人，既受了雨露九天恩，怎還想雲霞三市隱。
《西華山陳摶高臥》第二折南呂【菩薩梁州】	風雲不憶風雷信	煙霞不憶風雷信	煙霞不憶風雷信
《西華山陳摶高臥》第三折正宮第二支【滾繡球】	玊階前松擺龍蛇影	玉階前風擺龍蛇影	玊階前風擺龍蛇影
《西華山陳摶高臥》第三折正宮第五支【倘秀才】	首陽山採蕨	是山人樂矣	是山人樂矣
《西華山陳摶高臥》第四折雙調【離亭宴帶歇指煞】	飯餘皮袋飽，茶罷精神爽	推開名利關，摘脫英雄網	推開名利關，摘脫英雄網

《相國寺公孫汗衫記》第二折越調第二支【紫花兒序】	我問甚玉杯茭下下，惹大個東大岳爺爺	且休說陰陽的這造化，許來大個東岳神明	且休說陰陽的這造化，許來大個東岳神明
《相國寺公孫汗衫記》第三折中呂【粉蝶兒】	我想五臟神一頓飽，多應在九霄雲外。	則我這五臟神無一頓飽呵約，哎則我這魂靈兒在九霄雲外。	猛想起十年前，兀那鴉飛不過的田宅。
《張鼎智勘魔合羅》第三折商調【集賢賓】	有公事豈敢行唐	有公事怎敢荒唐	有公事怎敢倉皇
《張鼎智勘魔合羅》第三折商調【尾】	命歸在何處	知他來怎生身喪	知他來怎生身喪
《張鼎智勘魔合羅》第四折中呂【醉春風】	我敢交大人享祭，強如著小童博覷	我教人將你享祭，不強如小兒博戲	我教人將你享祭，煞強如小兒博戲
《看錢奴買冤家債主》第一折仙呂【寄生草】	常憂飯	耽飢餓	耽飢餓
《看錢奴買冤家債主》第二折正宮第一支【滾繡球】	九街千陌 十二樓臺	六街三陌 殿閣樓臺	六街三陌 殿閣樓臺
《看錢奴買冤家債主》第三折【梧葉兒】	業[心]腸	業情腸	業情腸
《看錢奴買冤家債主》第四折越調第一支【調笑令】	我行木驢上剮了這忤逆子	娘和兒廝見非同造次	父子每廝見非同造次
《死生交范張雞黍》第一折仙呂【（寄生草）么】	盡教他大拼了千年家富小兒嬌	你大拼著十年家富小兒嬌	你大拼著十年家富小兒嬌
《死生交范張雞黍》第三折仙呂【後庭花】	恰祭酒奠一二斗	祭酒奠到五六斗	祭酒奠到五六斗
《死生交范張雞黍》第三折第二支【醋葫蘆】	想對床風雨幾春秋	想著俺那對寒窗風雨幾春秋	想著俺那對寒窗風雨幾春秋
《醉思鄉王粲登樓》第一折仙呂【天下樂】	時復挑燈把劍[看]	時復挑燈把劍彈	時復挑燈把劍彈
《醉思鄉王粲登樓》第一折仙呂【六么序】	鏡里[空]看，冠上空彈	鏡裡羞看，劍匣空彈	鏡裡羞看，劍匣空彈
《醉思鄉王粲登樓》第三折中呂【普天樂】	壯志離愁英雄淚	壯志難酬英雄輩	壯志如虹英雄輩

【表5-8】《元曲選》與近真本、過渡曲本曲文用字修辭之異同

曲 牌 名	近 真 本	過 渡 曲 本	元 曲 選
《漢高皇濯足氣英布》第四折黃鍾【刮地風】	三聲凱戰鼓	三聲索戰鼓	三聲凱戰鼓

《死生交范張雞黍》第一折仙呂【(寄生草)么】	盡教他大拼了千年家富小兒嬌	你大拼著十年家富小兒嬌	你大拼著十年家富小兒嬌
《死生交范張雞黍》第三折仙呂【後庭花】	恰祭酒奠一二斗	祭酒奠到五六斗	祭酒奠到五六斗
《死生交范張雞黍》第三折商調第二支【醋葫蘆】	一盃澆奠酒	幾盃澆奠酒	一盃澆奠酒
《死生交范張雞黍》第三折第三支【醋葫蘆】	想對床風雨幾春秋	想著俺對窗前風雨幾春秋	想著俺那對寒窗風雨幾春秋
《醉思鄉王粲登樓》第一折仙呂【鵲踏枝】	凍餓死閑居的范丹，憂愁殺高臥袁安	凍餓殺閑居的范丹，憂愁殺高臥的袁安	凍餓死閑居的范丹，憂愁殺高臥袁安
《醉思鄉王粲登樓》第一折仙呂【天下樂】	時復挑燈把劍看	時復挑燈把劍彈	時復挑燈把劍彈
《醉思鄉王粲登樓》第一折仙呂【六么序】	冠上空彈	劍上虛彈	劍匣空彈

【表5-9】《元曲選》與宮廷本、過渡曲本曲文用字修辭之異同

曲牌名	宮廷本	過渡曲本	元曲選
《破幽夢孤雁漢宮秋》第三折雙調【殿前歡】	怕西風吹散舊時香	我則怕春風吹動舊時光	被西風吹散舊時香
《破幽夢孤雁漢宮秋》第三折雙調【川撥棹】	臥雪眠霜，背井離鄉	背井離鄉，臥雪眠霜	背井離鄉，臥雪眠霜
《破幽夢孤雁漢宮秋》第四折中呂【粉蝶兒】	萬里龍亭	千里龍亭	萬里龍亭
《㑳梅香騙翰林風月》第二折大石調【初問口】	又不曾共枕席	未能薦枕席	又不曾薦枕席
《唐明皇秋夜梧桐雨》第四折正宮【呆骨朵】	爭奈無權柄謝位辭朝	爭奈我幸蜀車駕還朝	爭奈無權柄謝位辭朝
《唐明皇秋夜梧桐雨》第四折正宮【笑和尚】	滴溜溜颭閑階落葉飄，疎刺刺刷落葉被西風掃	原來是滴溜溜丟遍閑階敗葉飄，疎刺刺落葉被西風掃。（《雍》）原來是滴溜溜遍閑階敗葉飄，淅零零細雨將紗窗哨。（《盛》、《詞》）	原來是滴溜溜遶遍閑階敗葉飄，疎刺刺刷落葉被西風掃。
《四丞相歌舞麗春堂》第四折雙調【五供養】	我這里凝眸望文官武職，一個個壯貌堂堂。	見文官武職，排列著諸子諸王。（《盛》、《詞》）見旌旗颭颭，擺列著文武卿相。（《雍》）	元來是文官武職，一剗地濟濟蹌蹌。

《四丞相歌舞麗春堂》第四折雙調【唐兀歹】	老微臣怎敢道是不謙讓，我是當也波當。	溥天下八方四海盡來降，齊祝贊吾皇。	老臣怎敢道不謙讓，可是當也波當。
《迷青瑣倩女離魂》第二折越調【拙魯速】	休想我半星兒意差，一分兒抹搭	半星兒意差，一心兒敬他	休想我半星兒意差，一分兒抹搭
《迷青瑣倩女離魂》第二折越調【小桃紅】	我側著耳剛聽罷	掩映在垂揚下	掩映在垂揚下
《迷青瑣倩女離魂》第三折中呂【鬥鵪鶉】	燕爾新婚	燕侶鶯儔	燕爾新婚
《杜牧之詩酒揚州夢》第一折仙呂【寄生草】	白處似梨花擎露粉酥凝，紅處似海棠過雨胭脂透	白處似梨花妝冷粉酥香，紅處似海棠暈暖胭脂透	白處似梨花擎露粉酥凝，紅處似海棠過雨胭脂透
《杜牧之詩酒揚州夢》第一折仙呂【混江龍】	豬市街馬市街如龍馬聚，天寧寺咸寧寺似蟻人稠	銀行街米市街如龍馬驟，天寧寺雍熙寺似蟻人稠	馬市街米市街如龍馬聚，天寧寺咸寧寺似蟻人稠
《杜牧之詩酒揚州夢》第一折仙呂【混江龍】	二分明月	三分明月	三分明月
《玉簫女兩世姻緣》第三折越調【鬥鵪鶉】	東床駙馬	東窗駙馬	東床駙馬
《李太白匹配金錢記》第一折仙呂【尾聲】	小姐把金錢漾下，將我那五百載姻緣牽掛，我只去尋見那多情多緒俏冤家。	折末是王侯世家，直趕到正宮闕下，我待要倩宮鶯喞出上陽花。	遮莫是王侯世家，直趕到香閨繡闥，我只待要倩宮鶯銜出上陽花。

※畫框者為重字。

　　由上列表格中可見，臧懋循的《元曲選》彷彿同時受著三個不同階段版本的影響，但其中近眞本對《元曲選》的影響應該是一條虛線，極可能是直接改編自近眞本的宮廷本或過渡曲本（或其所根據之本）散失，而導致我們看到部分《元曲選》的曲文，直接跳過宮廷本與過渡曲本而與近眞本文字類似。如《楚昭王疎者下船》第四折的雙調【駐馬聽】一曲，宮廷本極力掩蓋的「鞭尸」一事，在《元曲選》中卻仍有「入楚地鞭尸尚恨遲」之句，文字介於近眞本與宮廷本之間；而《高皇濯足氣英布》第四折的黃鍾【刮地風】一曲，《元曲選》所採用的是元刊本的「三聲凱戰鼓」，而非過渡曲本的「三聲索戰鼓」。

　　但在表格的對照中我們也同時發現，《元曲選》的文辭有時並不同於任何一本，而是獨立於三者之外的。如對於文字的小幅調整者有：在《張鼎智勘魔合羅》第三折商調【集賢賓】中，將「行唐」、「荒唐」改作「倉皇」；在《四

丞相歌舞麗春堂》第四折雙調【五供養】中，將「壯貌堂堂」、「諸子諸王」改作「濟濟蹌蹌」；在《杜牧之詩酒揚州夢》第一折仙呂【混江龍】中，將「豬市街馬市街」、「銀行街米市街」重新組合作「馬市街米市街」等。對於曲意作改編，而修訂部分文句者有：在《相國寺公孫汗衫記》第三折中呂【粉蝶兒】中，跳脫無法吃飽一事，直接以「猛想起十年前，兀那鴉飛不過的田宅。」之句，與前面的曲文作今昔之比。更有對關目情節作大幅度的改編者：如《楚昭王疎者下船》第二折之越調【聖藥王】，曲文與元刊本及宮廷本全異，實因宮廷本大幅刪節了楚昭公與家人逃走時，描述宮中慌亂及楚軍戰敗情形的關目，《元曲選》可能嫌其過簡，但又未能得見原本，因而自行增改的曲文，其中對於伍子胥與費無忌交戰的情形多所描述。

　　以上所舉諸例，目前均未見在《元曲選》之前且與其改編文句類似的版本，鄙意以爲，這些獨立於前人版本之外的曲文，應該皆爲臧懋循憑己意所改編，而其文辭之求雅、求明白通順的風格，也極爲類似其個人風格。以下便根據上列重複諸劇中，各本皆同而《元曲選》獨異的曲文，再列舉數例以資印証。

（一）情節關目的改編

　　在元刊本與《元曲選》，及宮廷本與《元曲選》的比較中，發現《元曲選》應該確實曾經因爲情節關目的改編而增刪曲牌，如《杜蕊娘智賞金線池》中增入杜蕊娘之母以言語挑撥離間的情節（添作二曲）、《包待制智斬魯齋郎》增入張珪妻勸夫告魯齋郎而其夫不敢關目（添作三曲）、《大婦小婦還牢末》中增入李孔目被劉唐打昏後由其之子喚醒及李孔目哀告劉唐寬赦關目、《冤報冤趙氏孤兒》增入第五折諸曲實寫孤兒報仇之事等。另有一些小小關目的更動，則表現在說白之上，並不及於曲文的改編，如《錢大尹智寵謝天香》中刪去錢大尹告張千揀吉日立謝天香爲小夫人之事（說白）、《邯鄲道省悟黃粱夢》刪去驢化呂岩之妻及雞化其子女的關目、《楊氏女殺狗勸夫》增入胡子傳對孫大敲詐的關目等。而眞正由於情節關目而改動同一曲牌之內容者，實不及前一個階段幅度之大，較明顯的如《冤報冤趙氏孤兒》爲增入第五折對第四折曲牌內容多有改編。但某些情節關目的內容改編，由於缺乏完整階段版本的比較，亦難確定所更動內容實爲臧懋循所改。故此處僅舉幾個版本較齊全的劇本，針對其同一曲牌文字內容的改編，作一簡單的討論。

1、《死生交范張雞黍》第一折仙呂【油葫蘆】

此曲元刊本缺漏，宮廷本與過渡曲本則文字幾乎全同，其曲文爲：

> 道統相傳十二君，孔顏孟三聖人，想皇天有意爲斯文，教人從誠心
> 正意修根本，以至於齊家治國爲標準，説信實孔孟書談性命齊魯論，
> 不離了忠恕傳心印，因此上天子重賢臣。（何煌據元刊本校脈望館藏
> 息機子本，《全元雜劇》二編二，頁 15）

而《元曲選》文字則與二本完全相異，其曲文作：

> 想高皇本亭長區區泗水濱，將諸侯西入秦，不五年掃清四海絕烽塵。
> 他道是功成馬上無多遜，公然把詩書撇下無勞問。雖則是儒不坑，
> 雖則是經不焚，直到孝文朝挾書律蠲除盡，才知道天未喪斯文。（三
> 上，頁 2432）

細察曲前賓白，宮廷本有：「王仲略云：…哥哥，你將那道統相傳的事，再說
一遍你兄弟聽咱。」之語，故范巨卿此曲乃談論道統相傳之事，故有十二君、
孔顏孟三聖，及誠心正意、齊家治國之論。而《元曲選》此曲之前的賓白乃
爲：「王仲略云：…哥哥，你將我朝的故事再說一遍，您兄弟聽咱。」不論道
統而談漢朝故事，從漢高祖馬上得天下，說至漢孝文帝解除禁書令，其中敘
述的主軸，則是詩書之事，故結論云「天未喪斯文」。

臧懋循改此曲爲鄭騫評曰：「全曲酣暢生動，晉叔所改元曲如此佳者不
多。」（〈元雜劇異本比較〉第三組，頁 31）對其文辭曲意，皆頗爲肯定。但
若論及其改編此曲的原因，鄙意以爲恐怕仍以不願重複前一曲【混江龍】爲
主因，由於【混江龍】曲從三皇興運說至周公孔孟，其中已包含道脈相傳之
事，實不必再重複敘述一遍。故臧懋循將此一關目刪節，另增入漢朝故事，
內容同樣鎖定文人所關心的詩書之事，緩緩道來，更是別具精神。

（二）曲意的改編

1、《看錢奴買冤家債主》第一折仙呂【天下樂】

元刊本曲文爲：

> 子好交披上片驢皮受罪罰，他前世托生在京華，貪財心沒命煞，他
> 油鐺內見財也去抓，富了他三五人，窮了他數萬家，今世交受貧乏
> 還報他。（《校訂元刊雜劇三十種》，頁 86）

其首句「子好交披下片驢皮受罪罰」，宮廷本作「則好教他披上片驢皮受折
罰」，而《元曲選》則改作「這等人何足人間掛齒牙」，蓋以爲此句字面與前

曲「去驢騾馬象剛生下」句重複，語意亦有所重，故而改之。

　　2、《迷青瑣倩女離魂》第三折般涉調【哨遍】

　　宮廷本曲文爲：

　　　　將往事從頭思憶，百年情只落得一口長吁氣，起初把婚聘不曾題，
　　　　恐少年墮落了詩書，在後園裏，竹邊書舍，眼底陽臺，咫尺巫山翠
　　　　雨，無奈朝朝日日，他本閒行去遠近，苦央及辭翰清奇，把巫山錯
　　　　認做望夫石，我將小簡帖聯做斷腸集。恰湘雨初陰，奈皓月照窗，
　　　　早行雲易飛。（脈望館校古名家本，《全元雜劇》二編一，頁 17）

此曲過渡曲本刪去。《元曲選》改去「在後園裏，竹邊書舍，眼底陽臺，咫尺
巫山翠雨，無奈朝朝日日，他本閒行去遠近，苦央及辭翰清奇」數句，而作
「想當日在竹邊書舍，柳外離亭，有多少徘徊意，爭奈匆匆去急，再不見音
容瀟洒，空留下這辭翰清奇」。原本「眼底陽臺」、「巫山翠雨」句，暗喻男女
歡合之事，寫來直捷露骨，臧懋循蓋覺不妥而欲予以隱諱，僅以二人徘徊於
「竹邊書舍、柳外離亭」等中性辭句，而迴避了引人遐想的空間。

　　3、《鐵柺李度金童玉女》第一折仙呂【青哥兒】

　　宮廷本曲文爲：

　　　　爭似俺花濃柳重，更和這雨魂雲夢，月戶雲軒錦繡擁，香溫玉軟叢
　　　　叢，珠圍翠遶重重，鼉皮鼓兒鼕鼕，剌古笛兒嗚嗚，盃行走罷飛觥，
　　　　歌音換羽移宮，玉肩相並，玉手相攜，媚姿姿嬌滴滴軟兀剌笑相從，
　　　　兀的不強似你白雲洞。（脈望館就于小穀校古名家本，《古本戲曲叢
　　　　刊》三，第三十四冊，頁 4）

過渡曲本曲文與宮廷本近似，而《元曲選》則將第八句後改爲「琵琶慢撚輕
攏，歌音換羽移宮，助人笑口歡容，幾多密意幽悰，只這等朝朝暮暮樂無窮，
煞強似你那白雲洞」，其改「盃行走罷飛觥」一句爲「琵琶慢撚輕攏」，如此
一來，則從「鼉皮鼓兒鼕鼕」以下一連四句，皆作音樂之描繪，只是一層意
思，而原本四句則有從前二句之樂音描繪，轉入旁人隨音樂飲酒作樂的意
味。接下來「玉肩相並，玉手相攜，媚姿姿嬌滴滴軟兀剌笑相從」，敘述沈
醉溫柔鄉的快樂，而《元曲選》所改則只作尋常歡會之描寫，意思較原本呆
滯庸弱。

　　4、《破幽夢孤雁漢宮秋》第四折中呂【十二月】

　　宮廷本曲文爲：

> 休道是吾家也動情，你宰相每也難聽，不比那雕樑燕語，不比那錦樹鳩鳴，漢昭君離鄉背井，千里途程。（脈望館校古名家本，《全元雜劇》初編四，頁 17）

末句「千里途程」，過渡曲本作「阻隔著千里途程」，二者差別只在襯字，唯《元曲選》改作「知他在何處愁聽」。原本「離鄉背井，千里途程」只是一層意思，而臧懋循所改則寫漢皇由昭君之離鄉背井，設想她孤獨一人在異鄉聽著「雕樑燕語」、「錦樹鳩鳴」，怎不生愁？因而心疼難過，可見其用情之深。故孟稱舜評曰：「說情事甚熨折。」（《續修四庫全書》1763 冊，頁 601）對晉叔所改頗為認同。

5、《楚昭王疏者下船》第四折【折桂令】

元刊本曲文為：

> 這的是楚昭王嫡子親妻，這的是殿下丹朱，這的是重添墻上泥皮，暗想當日，船難行五千水接雲齊，賢皇后三從四德，孝皇儲百從千隨，妻子別離，天地輪回，不防兄弟，再得完備，本待勸化人心，誰想泄漏天機。（《校訂元刊雜劇三十種》，頁 81）

其「暗想當日，船難行五千水接雲齊」句文意不全似有脫誤，宮廷本依其意改作「暗想當年船小江深水接雲齊」，語意稍明，《元曲選》又據之而改為「想當日，船小江深風高浪湧雲鎖天低。」又更為完整，他用「風高浪湧雲鎖天低」之句，將人處於小舟上對於江上風雲險迫的感受，描寫的生動逼真，令人如臨其境。故鄭騫評曰：「能令全折生色，因江上一段情形，為主要關目所在也。」（〈元雜劇異本比較〉第二組，頁 104）

（三）用字的斟酌

1、《醉思鄉王粲登樓》第三折中呂【迎仙客】

李鈔本曲文為：

> 雕檐外紅日低，畫棟畔彩雲飛，十二欄干在天外倚，我這裡望中原思故國，不由我感嘆傷悲，越惱得一片鄉心碎。（《校訂元刊雜劇三十種》，頁 451）

其「感嘆傷悲」句，宮廷本改作「感慨傷悲」，文字相近，而《元曲選》獨作「感歎酸嘶」，蓋因前【粉蝶兒】有「彈鋏傷悲」句，後【普天樂】有「總是傷悲」句，「傷悲」二字重複太多，故為改易。但鄭騫以為：「酸嘶與傷悲語意輕重不同，且嘶字遠不如悲字之響。」（〈元雜劇異本比較〉第三組，頁 37）

所改不佳。

2、《迷青瑣倩女離魂》第三折中呂【十二月】

宮廷本曲文爲：

> 元來是一枕南柯夢里，和二三子文翰相知，他訪四科習五常大禮，
> 通六藝學七步詩疾，憑八韻賦雄才大筆，九天上得遂風雷。（脈望館
> 校古名家本，《全元雜劇》二編一，頁 16）

過渡曲本刪去此曲。宮廷本「他訪四科習五常大禮」與「憑八韻賦雄才大筆」二句重「大」字，《元曲選》將前一句的「大禮」改爲「典禮」，無改其意，而能迴避重字。

3、《張鼎智勘魔合羅》第三折第一支商調【（醋葫蘆）么】

元刊本曲文爲：

> 我慢慢的過兩廊，他遙遙的映秉墻，哭啼啼口內訴衷腸，我待兩三
> 番推阻不問當，他緊拽住我衣服不放，不由咱須索廝應昂。（《校訂
> 元刊雜劇三十種》，頁 232）

其末尾「不由咱須索廝應昂」一句，宮廷本曲文亦同，唯《元曲選》改作「不由咱不與你作商量」，「應昂」原有答應之意，臧懋循可能因其不夠通俗而改之，但關漢卿《錢大尹智寵謝天香》一劇第二折南呂【一枝花】亦有「陪著笑臉兒應昂」（脈望館就于小穀校古名家本，《全元雜劇》初編一，頁 11）一句，《元曲選》則並未改之。故筆者以爲，此處亦無改訂之必要。

4、《張鼎智勘魔合羅》第四折第二支中呂【醉春風】

元刊本曲文爲：

> 不強如你教幼女演裁剜，佳人學繡刺，要分付不明白冤屈重刑名。
> 魔合羅呵全在你，你，出脱婦人啣冤，我敢交大人享祭，強如著小
> 童博覷。（《校訂元刊雜劇三十種》，頁 235）

其「教幼女演裁剜」一句，宮廷本曲文亦同，《元曲選》改作「不強似你教幼女演裁縫」，蓋「剜」字一般作「用刀挖取」之意，如關漢卿《趙盼兒風月救風塵》第一折便有「那的是最容易剜眼睛嫌的，則除是親近著他便歡喜。」的說法，但鄭騫認爲「剜」字在此應解爲裁衣時之一種動作，如北方人所謂「剜領口」（〈元雜劇異本比較〉第三組，頁 27），臧選改爲「裁縫」應是不明此一北方通用語，故另改一較爲南方人所接受的用字。

5、《破幽夢孤雁漢宮秋》第三折雙調【駐馬聽】

宮廷本曲文爲：

> 宰相每商量，入國使還朝多賜賞，早是俺夫妻每屈快，小家兒出外
> 也栓裝，尚兀自渭城衰柳助淒涼，霸橋流水添悲愴，你每不斷腸，
> 想娘娘那一天愁都撮在琵琶上。（脈望館校古名家本，《全元雜劇》
> 初編四，頁 13）

其「小家兒出外也栓裝」一句，過渡曲本作「小家兒出外也搖樁」，《元曲選》
異於二本而作「小家兒出外也搖裝」，三者所差在末尾二字。蓋古代有「搖裝」
之習俗，乃「遠行者先擇吉日出門，與親友於江邊飲宴後，移動船身離岸即
返，象徵已經啓碇。至於正式的開航，則另訂他日出發。」故鄭騫以爲宮廷
本「栓裝」二字乃「形近而誤」，過渡曲本「搖樁」二字則爲「音近而誤」（〈元
雜劇異本比較〉第一組，頁 34），《元曲選》改爲「搖裝」是爲正確的用法，
在字句的斟酌上《元曲選》實較二本謹慎。

（四）典故的運用

1、《楚昭王疎者下船》第四折雙調【駐馬聽】

元刊本曲文爲：

> 子胥無敵，雪恨鞭屍惹是非，包胥有智，借兵救主定華夷，想過昭
> 關八面虎狼威，怎知哭秦庭七日英雄淚，我身立在寶殿裡，子不見
> 同胞共乳親兄弟。（《校訂元刊雜劇三十種》，頁 80）

其「想過昭關八面虎狼威」一句，宮廷本曲文相去無多，而《元曲選》改作
「雖然他會臨潼八面虎狼威」。「過昭關」乃伍子胥一生重要的轉捩點，但若
云此時的他有「八面虎狼威」，則與事實不相符。鄭騫道：「伍子胥過昭關時，
易服偷渡，甚且有一夜憂思鬚髮皆白之傳說，尚有何虎狼威可言。」（〈元雜
劇異本比較〉第二組，頁 103）其說甚是，原本此處用典實不恰當。而傳說中
「臨潼之會」伍子胥舉鼎示眾，嚇退諸侯，撐立楚國國威，眞可謂威風八面，
故臧懋循改「會臨潼」是爲比較貼合歷史傳說的說法。

2、《唐明皇秋夜梧桐雨》第二折中呂【滿庭芳】

宮廷本曲文爲：

> 你文武兩班，空列些烏靴象簡金紫羅襴，內中沒箇英雄漢，掃蕩塵
> 寰，慣縱的箇無徒祿山，沒揣的撞過潼關，先敗了哥舒翰，疑怪昨
> 宵向晚，不見烽火報長安。（脈望館校古名家本，《全元雜劇》初編

二，頁13）

過渡曲本刪去此曲。宮廷本「不見烽火報長安」一句，《元曲選》改作「不見烽火報平安」，鄭騫以爲：「報長安意雖可通，不如報平安之典切。」（〈元雜劇異本比較〉第二組，頁113）以臧懋循此處用典頗爲確鑿。蓋唐代在關內設烽燧，還須在每日初夜，放烽一炬，報告平安，謂之「平安火」，亦謂「平安烽」，唐人每有「每待平安火到來」〔註69〕、「蓬萊每望平安火」〔註70〕、「空舉平安火入雲」〔註71〕之句。故在天寶十五年，潼關失守，烽燧吏卒皆潰的情況下，宮廷本「報長安」之句，實不如臧懋循所改「報平安」貼切。

3、《死生交范張雞黍》第三折仙呂【元和令】

元刊本曲文爲：

> 怪幾日前長星落大如斗，流光射夜如晝，元來是喪賢人地慘共天愁，你看樹掛盡汝陽城外柳，和這青□一夜也白頭，滿城人雨淚流。（《校訂元刊雜劇三十種》，頁326）

其「樹掛盡汝陽城外柳」一句，宮廷本與過渡曲本皆同，唯《元曲選》改作「空餘下劍掛盡汝陽城外柳」。孟稱舜評曰：「北人常云：樹上有凝霜倒掛，謂之掛白，見則國有大喪。故曲云：樹掛盡汝陽城外柳。吳興本改爲劍掛云云，殊失本旨。」（《續修四庫全書》1763 冊，頁 658）可見「樹掛」之意乃國有大喪，與此處曲意甚爲貼合，而臧懋循改用「劍掛」可能欲藉用吳季札掛劍典故，但與前後文義不通，實不應改。

4、《醉思鄉王粲登樓》第一折仙呂【油葫蘆】

李鈔本曲文爲：

> 你休笑我書生膽氣寒，看承我如等閒，子爲散裘常怯曉霜寒，有人也做兒曹看，恨無端一郡蒼生眼，我量寬如東大海，志高如西華山，只爲五行差幹運難迭辨，不能得隨聖主展江山。（《校訂元刊雜劇三十種》，頁446）

末句「不能得隨聖主展江山」，宮廷本與過渡曲本皆同，唯《元曲選》改作「幾能勾青瑣點朝班」。唐朝詩人杜甫〈秋興八首〉中有「幾迴青瑣照朝班」〔註72〕之句，意謂做官列入上朝謁見皇帝的隊伍，臧懋循此處藉用之，與全

〔註69〕張籍〈雜曲歌辭〉，同註66，二十七卷，第二冊，頁381。
〔註70〕許渾〈獻郎坊丘常侍〉，同註66，五百三十六卷，第十六冊，頁6120。
〔註71〕高駢〈塞上曲二首〉，同註66，五百九十八卷，第十八冊，頁6922。
〔註72〕杜甫〈秋興八首〉，同註66，二百三十卷，第七冊，頁2510。

曲風格曲意相合，頗爲恰當。

5、《看錢奴買冤家債主》第二折正宮【塞鴻秋】

元刊本曲文爲：

> 疾忙把公孫弘東閣門桯陌，休等他漢孔融北海樽席待，你依著范堯
> 夫肯付舟中麥，他不學龐居士放取來生債，搯破三思臺，險顚破天
> 靈蓋，早離了晉石崇金谷園門外。（《校訂元刊雜劇三十種》，頁90）

其末句以石崇之富比喻賈員外，用典十分貼切，宮廷本此句亦同。唯《元曲
選》改作「走走走早跳出了齊孫臏這一座連環寨」，用「齊孫臏」之典可能只
是爲了說明賈員外家門險似軍營，實不如原本之用金谷園典故來的恰當。

（五）其它修辭技巧

1、《迷青瑣倩女離魂》第二折越調第二支【紫花兒序】

宮廷本曲文爲：

> 不爭你風送客張開帆幔，你索悶縈心困倚琴書，我淚和愁付與琵琶，
> 有甚心著碧霧輕籠丹鳳，黛眉淡掃雙鴉，情願似落絮飛花，誰更問
> 出外爭如只在家，更無多話，秋風駕百尺高帆，儘春光事一樹鉛華。
> （脈望館校古名家本，《全元雜劇》二編一，頁10）

此曲過渡曲本刪去。《元曲選》將首三句改作「只道你急煎煎趲登程路，元來
是悶沈沈困倚琴書，怎不教我痛煞煞淚濕琵琶」，辭句之對仗，較原本更形工
整。宮廷本「不爭你風送客張開帆幔，你索悶縈心困倚琴書，我淚和愁付與
琵琶」三句，以首句爲因，後二句則對映出二人面對此因的不同心情；而《元
曲選》所改三句，則前二句形成一因，第三句則爲倩女面對此因的心情。如
此一來，則原本倩女爲王生離去而憂愁傷懷的心情，變成是因爲心疼王生之
愁悶而淚流，化主動爲被動，痴心反不及原本之甚。

2、《破幽夢孤雁漢宮秋》第四折中呂【叫聲】

宮廷本曲文爲：

> 高唐也夢難成，那里也愛卿愛卿，卻怎生無些靈聖，怎做的吾當染
> 之輕。（顧曲齋本，《全元雜劇》初編十一，頁17）

其末句作「怎做的吾當染之輕」，過渡曲本文字亦同。「吾當染之輕」意頗難
解，《元曲選》改作「偏不許楚襄王枕上雨雲情」，較爲明白顯豁，且能與前
「高唐也夢難成」互相呼應，不失爲改編中之佳作。

3、《死生交范張雞黍》第一折仙呂【寄生草】

元刊本曲文爲：

> 將鳳凰池攔了前路，把麒麟殿頂殺後門，你便是漢相如獻賦難求進，賈長沙上書誰俅問，董仲舒對策也無公論，便是司馬遷也撞不開這昭文館內虎牢關，便是公孫弘也打不破編修院里長□陣。(《校訂元刊雜劇三十種》，頁 321）

其「漢相如獻賦難求進，賈長沙上書誰俅問，董仲舒對策也無公論」三句有鼎足對的效果，宮廷本與過渡曲文此三句用字除「也」之外，餘皆相同。其中「賈長沙上書誰俅問」一句，《元曲選》改作「賈長沙痛哭誰俅問」，蓋以爲賈誼痛哭乏人聞問更能顯其悲哀，但如此一來卻將「獻賦」、「上書」、「對策」三個對仗工穩的辭句破壞了。

4、《西華山陳摶高臥》第三折第三支正宮【滾繡球】

元刊本曲文爲：

> 貧道穿的部落衣，喫的是黎藋食，睡時節幕天席地，喝婁婁鼻息如雷，二三年喚不起，若在省部里，敢每日畫不著卯曆，子有句話對聖主先題，貧道子得身閑心上全無事，除睡人間總不知，交人道眈眼鋪眉。(《校訂元刊雜劇三十種》，頁 107）

其「身閑心上全無事」一句，宮廷本改作「心閒身外全無事」，《元曲選》又據之改爲「貪閒身外全無事」，如此則「貪」與「除」分別爲修飾動詞「閒」與「睡」的副詞，對仗較原本工整，但卻顯得頗不自然，【滾繡球】第九、第十兩句，非必要對仗，不必強改。

　　由上列諸表及各曲文字的比較中可見，臧懋循的用字修辭，在關目、曲意與文字上，皆有儘量迴避重複的傾向，而其改編文字中，雖然不乏合理貼切之處，但有時爲了迴避重複而不惜犧牲文字的聲調或意境；在用字的選擇上，他儘量追求通俗、正確，但有時由於誤解或拘於一方之見，卻也有喪失原意的缺漏；而在用典及其它修辭技巧的運用上，雖然亦欲追求正確、典雅，但有時卻因爲無法通博或無法完全理解原作而使文辭意境失於平淺庸弱。但整體而言，臧懋循追求文字及曲意之典雅，及煉字修辭之精確與多元的傾向，實較其前兩個階段更加明顯了。

　　對於臧懋循的修辭用字之改編，孟稱舜的意見遠較於他對曲牌套式、句式、聲調、押韻等改編格律者爲多，他用他的《古今名劇合選》對《元曲選》

的修辭用字作了一次徹底的批評。由於未能得見元刊本，他在曲文的選擇上，多半介於宮廷本與《元曲選》之間，在二者之中選擇他認爲恰當的文字，而他對《元曲選》文字的選用與否，便等於直接宣告了他對臧懋循改編曲文的肯定與否。綜觀他在《古今名劇合選》有關於臧懋循改本的文字，可分爲以下三種情況：1、肯定《元曲選》的改編而加以採用；2、否定《元曲選》的改編而延用原曲；3、不置可否而二者均錄或稍加改作。

孟稱舜對於《元曲選》改編句子中肯定者，多半以「……句出吳興本勝過原句。」（《秦脩然竹塢聽琴》第一折，《續修四庫全書》1763 冊，頁 415）「三句四句係吳興改本較原本爲佳。」（《劉晨阮肇誤入桃源》第一折，《續修四庫全書》1763 冊，頁 461）「么篇吳興本改數句，覺勝原本，從之。」（《唐明皇秋夜梧桐雨》楔子，《續修四庫全書》1763 冊，頁 632）「……不若今本爲佳，從之。」（《散家財天賜老生兒》第一折，《續修四庫全書》1764 冊，頁 181）等方式表明。但有時也會針對其改本佳處稍作說明，如：

> 末句出吳興改本，說情事甚熨折。（《破幽夢孤雁漢宮秋》第四折，《續修四庫全書》1763 冊，頁 601）

> 原本云，這婆娘心如風刮絮那裏肯身化望夫石，似非媳婦說阿婆語，改從今本。（《感天動地竇娥冤》，《續修四庫全書》1764 冊，頁 26）

而對於其所否定之《元曲選》句子則多半能說明原因，如：

> 吳興本改行人爲征塵，以下有斷送行人句也，然不如行人爲穩。（《月明和尚度柳翠》第一折，《續修四庫全書》1763 冊，頁 438）

> 我待跨鶴來二句，是任屠自說，要飛飛不得也，吳興本改作他不是跨鶴來，怎生有這般翅羽非。（《馬丹陽三度任風子》第二折，《續修四庫全書》1763 冊，頁 606）

> 北人常云，樹上有凝霜倒掛，謂之掛白見，則國有大喪，故曲云樹掛盡汝陽城外柳，吳興本改爲劍掛云云，殊失本旨。（《死生交范張雞黍》第二折，《續修四庫全書》1763 冊，頁 658）

> 吳興本增有，催人淚的是錦爛慢花枝橫繡榻，斷人腸的是剔團圞月色掛粧樓等語，太覺情豔，不似竇娥口角，依原本刪之。（《感天動地竇娥冤》，《續修四庫全書》1764，頁 22）

> 吳興本首二句改云，避凶神要擇好日頭，拜家堂要將香火修，與下梳著個霜雪般二語語氣不貫，不如原本爲佳。（《感天動地竇娥冤》，

《續修四庫全書》1764 冊，頁 23）

由以上評語中，我們大概可以感覺到，孟稱舜對於曲文內容能否敘情貼切或符合人物口吻，最為重視，正其《古今名劇合選‧自序》所謂：

> 非作者身處於百物雲為之際，而心通乎七情生動之竅，曲則惡能工哉。……撰曲者不化其身為曲中之人，則不能為曲。（〈古今名劇合選‧自序〉，《續修四庫全書》1763 冊，頁 207）

作曲者能夠化為曲中人，方能設想其人物身分貼切的語言，說情則能熨貼。其次，孟稱舜對於文字之穩妥、通貫，且不失原意等要素，亦十分重視，對於不符合以上三者的文字，亦多不予採用。

孟稱舜對於二本曲文的抉擇，當其選擇依從臧本而改處，多半僅簡單說明與舊本不同，但每遇對臧懋循所改文字不能認同時，則多能在眉批上說明原因，這可能即顯示了《元曲選》在當時已有穩固的地位，如欲顛覆其文辭，必須給予合理的說明，方能使一般讀者心服。

另外，在孟稱舜的《古今名劇合選》中，有些評語令人感覺中性，如：

> 「責取招伏狀」，吳興本作「老夫人撞見如何講」。（《㑳梅香騙翰林風月》第三折，《續修四庫全書》1763 冊，頁 255）

> 「今人不飲」二句，吳興本作「都似你朦朧酒戒那醉鄉侯安在哉」。（《江州司馬青衫淚》第一折，《續修四庫全書》1763 冊，頁 267）
> 此枝與原本及吳興本稍異。（《臨江驛瀟湘夜雨》第一折，《續修四庫全書》1763 冊，頁 369）

> 首二句吳興本改云「只要你凡情滅盡元無垢，剗的道枝葉蕭條漸到秋亦好」。（《月明和尚度柳翠》第一折，《續修四庫全書》1763 冊，頁 441）

> 吳興本改云「他怎敢面欺者當今駕，他當日為尋春色到兒家，便待強風情下榻，俺只道他是個詩措大酒遊花，卻元來也曾治國平天下。」亦自韻甚。（《江州司馬青衫淚》第一折，《續修四庫全書》1763 冊，頁 280）

這些評語多半是對於二本文字不置可否，基本上認為二本皆有其保存價值。但對於這些曲文孟稱舜則多數延用舊本，此蓋與其改編態度「古本非甚訛謬，不宜輕改。」有關。但有時二本曲文實在都不能如其意時，孟稱舜偶而也會動筆修改，如他將《散家財天賜老生兒》第一折仙呂【後庭花】曲文改作：

則爲我治家呵忒分外，今日著我無兒可便絕後代，咱人這慳吝咨呵可
便招災禍，則我正是那慈悲也生患害，我則待要捨浮財，就著那邰
城裏外，都教他請鈔來，缺食的買米柴，少衣的截絹帛，正寒愁怎
捱，享榮華喜滿腮，咱死時節撇在外宅，死時節撇在外宅。（《續修
四庫全書》1764 冊，頁 170）

而評曰：「正饑寒下數句吳興本改云，把饑寒蚤撇開免憂愁儘自在，以原本數
語上下文氣未貫也，然如改本又淡而少味，細味原本數語是言我今日自貧寒
至榮華正好享用，而無兒子則死時撇在外矣，守此錢何用，不如散之爲愈，
下枝接云祖先相待云云，則無子而有子矣，如此乃覺意味深長。」顯示孟稱
舜有時爲求曲文之文氣通貫及意味深長，亦不惜改動曲文，以達到自己心目
中的標準。

　　從《古今名劇合選》的批評與其字句的揀擇中可以發現，孟稱舜雖然以
尊重原著爲原則，但仍然在相當程度上依從了《元曲選》的改編，而且對於
不依從《元曲選》之處，亦多所說明。這顯示了《元曲選》的改編確實有其
佳處，且於其刊印當時，便已成爲流行的版本，具有不容輕忽的地位，儼然
是多數人心目中元雜劇的代表。這便爲《元曲選》後來之所以能在諸多版本
中保存最完整，成爲最廣爲人知的元雜劇版本，下了最佳的註解。

結　論

　　經過冗長繁瑣的分析與歸納後，發現元雜劇的改編，原不如心中所想的那般單純，有些結論是要在多重反覆的比對中，方才露出一線曙光。而最後的論定則是要在整理分析所呈現的結果中，一一對照當代的時空背景，慢慢的去尋求解答。其過程是辛苦的，但結果卻也是令人驚喜的。

　　在第一章「明人對於元雜劇保存之貢獻與研究範圍之確立」的探索中，筆者發現明人對於元雜劇的保存與流傳，確是首居其功。尤其是在劇本的保存上，如果不是明人的收藏與傳印，我們現在能看到的劇本大概也只有內容殘缺不全的《元刊雜劇三十種》一書了，甚至連此一種亦不可得。但在明人積極的搜索、整理、鈔錄、刊印之下，我們居然還能得見《改定元賢傳奇》、《脈望館鈔校古今雜劇》、《元人雜劇選》、《古名家雜劇》、《陽春奏》、《元明雜劇》、《古雜劇》、《元曲選》、《古今名劇合選》等數種珍貴的選本，及《太和正音譜》、《詞謔》、《盛世新聲》、《詞林摘豔》、《雍熙樂府》等保留元雜劇部分樣貌的曲譜與曲選。

　　如細探今日所刊行的元雜劇版本所收錄的劇本文字，則不論是古本的重新影印刊行，抑或是重新校正編排的元雜劇總集，及今人所選錄的元雜劇選集、校注本，一皆是以明代流傳的版本為主要底本，更詳細者則輔以其它明代版本為之校正。可見明代元雜劇版本的流傳，已成為今人窺見元雜劇樣貌的主要源頭，使後世研究者受惠不少。

　　明人在元雜劇音樂的保存上，亦是居功不小。除了在絃索中保存了元雜劇的唱段之外，還將其改換面貌，搬上明傳奇的舞台，甚至藉著崑劇曲譜的流傳，讓我們至今仍能聞得其遺響。這些音樂雖然不見得保存了元雜劇的原

汁原味，但其音樂的美好與迥異於南曲的風格，吾人亦藉此得窺一斑。配合明人所保存的元雜劇劇本，聊以想見元雜劇在當時舞台上的風貌。

而明人所流傳下來的版本，由於是在一些愛好元雜劇的文人雅士，輾轉借閱、傳鈔的情況下，慢慢匯集而成，其過程可謂多源而一本、一本而多流，當中牽涉不少複雜的因果關係。對此，筆者在第二章「明代流傳之元雜劇版本」的討論中，根據眾版本之來源考察，及內容之詳細比對，依其刊行或鈔錄底本的時間先後，將明代流傳元雜劇之諸多版本大致分爲「元雜劇的近眞本」、「明代宮廷演出本」、「過渡曲本」及「文人改編本」四個階段。

「元雜劇的近眞本」包含現存《元刊雜劇三十種》、《太和正音譜》、《李開先鈔本元雜劇》、《詞謔》四種版本，而其中比較可能具爭議的是《詞謔》所收錄的詞套，但因比對其文字與其它現存的近眞本，內容均十分相近，對於文字有所變異的部分也皆能夠提出說明，所以縱使其它劇套的文字，可能在不見近眞本的情況下近於明代宮廷演出本，筆者仍然認爲其應歸屬爲較忠於原著的近眞本。而關於李開先的鈔本，則由於現存的版本乃輾轉經由何煌校對脈望館藏《古名家雜劇》中得見，而非直接錄自李開先親筆鈔校的元雜劇，故其文字並非百分之百等同於李開先所見的元刊本雜劇，最明顯的便是其中闕漏了【殿前歡】、【喬牌兒】、【掛玉鉤】、【沽美酒】、【太平令】等五支曲牌。

第二階段爲「宮廷演出本及其嫡系」，其中包含脈望館鈔校之內府本、于小穀本及不知來歷三種鈔本，及《改定元賢傳奇》、《元人雜劇選》、《古名家雜劇》、《陽春奏》、《元明雜劇》、《古雜劇》等六種刊刻本。細究上述每一個版本可堪考察的源頭，均可能與明代爲宮廷演出之需求所整理收藏的版本有關，故將這些版本歸納爲「宮廷演出本」一系，應是接近事實的推斷。但其中繼志齋《元明雜劇》所收錄的《杜牧之詩酒揚州夢》一劇，及脈望館標註爲「內世合一」的《馬丹陽三度任風子》、《閥閱舞射柳蕤丸記》兩個劇本，由於其內容與宮廷演出版本差異較大，顯示當時有另一個體系的版本流傳之可能。

關於這個體系版本的大量線索，則來自於《盛世新聲》、《詞林摘豔》、《雍熙樂府》三部曲選，其中《雍熙樂府》便保留了與楊升菴所改編的《杜牧之詩酒揚州夢》十分相近的曲文。而比較此三本與宮廷演出本的文字，也有較大的出入，故筆者以爲其未必如孫楷第所言，與《古名家雜劇》、《元人雜劇選》等版本一樣，皆出自明內府本。縱使其內容與宮廷本可能相關，或宮廷

本即為其源頭之一，但其文字之編定應該還曾經參考其它改編本，或是同時參考近真本與宮廷本而自行改編收錄。由於此處所提之《盛世新聲》、《詞林摘豔》、《雍熙樂府》三種選曲本，實不如上述版本之整齊一致，其來源亦無法完全確定，故暫且稱之為「過渡曲本」，代表明代前中期在「宮廷演出本」之外，曾經存在過的另一個體系。

　　最後一個階段，則是將臧懋循的《元曲選》與孟稱舜的《古今名劇合選》並論，合稱為元雜劇的「文人改編本」。雖然二者內容差距頗大，改編的程度也大不相同，但這兩個版本與之前版本都有一個明顯的不同之處，即是其改編整理均由具有文人身分的曲家所獨力完成，選編的劇目與字句中，頗能顯示出其個人對於元雜劇的特殊見解，而這種見解與其文人身分則有著不可分離的關係，故此稱之。需特別注意的是，兩人的選本文字出入甚大，並不完全屬於同一個觀念下的改編產物。但由於《古今名劇合選》所錄通常介於《元曲選》與宮廷本之間，鮮少自出己意改編內容，故筆者以為其文字雖異，卻無須另屬一個階段說明之。反倒是他對於《元曲選》的改編，有不少的批評與補充說明，二者合而觀之，正可彌縫《元曲選》文獻上的闕漏與改編之缺失。

　　以下則將元雜劇版本在明代的幾個階段以圖示之，以便讀者瞭解其間關係：

【圖一】明代流傳元雜劇版本交互影響圖〔註1〕

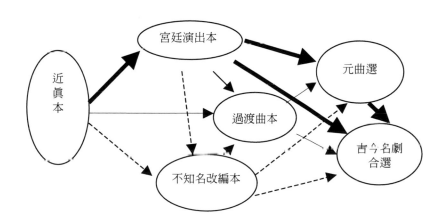

〔註1〕　其間粗線代表直接且重要的影響關係，細線代表存在但不一定作用的影響關係，虛線則代表可能存在的影響關係。

　　接下來則將曲文的組成元素，劃分為「曲牌套式」、「句數句式」、「音律修辭」三個章節，分階段比較說明之。首先，從曲文的整體「篇章」切入，討論「明本元雜劇之曲牌套式改編」。在比較中發現明代宮廷演出本乃刪減曲牌最多的一個階段，大部分元雜劇曲文的佳作，在這個階段便已為宮廷伶工所刪去。宮廷本所刪減的多是元人用以重複抒情的曲文，但偶而也能保留「情感高潮」的片段，使觀眾感情得到適當的宣洩；而在敘事關目的部分，宮廷本對曲文的處理則較為細緻，雖多而不亂刪，縱使欲加以刪減，也能以合併或改換曲目的方式為之。可見為明人搬上舞台的元雜劇，已有逐漸以敘事為主的傾向。另外，宮廷本對於音樂曲調不諧或不合套式的曲牌，也盡量迴避使用，以免歌者為難、聽者不悅。又有鑑於當時演出環境的改變，對於內容難入官宦貴族之耳的曲文，亦盡量予以刪除。此皆宮廷本曲牌遠較近真本減少的重要原因。

　　而過渡曲本對於曲牌套式的改編，亦大約與宮廷本同樣是以刪減曲牌為主。但過渡曲本所刪減的曲牌，多半不是嫌其繁冗多餘而為之，而是其選錄曲牌的本身，即是以關目段落為基本單位，採取保留或刪減某些段落的動作。由於沒有全劇情節考量的必要，其所保留段落通常是編者憑己意或觀眾的反應，選擇保留優美且合乎當時演唱環境的曲辭，有時格律也是其考量的因素之一；而為其所摒除的段落或個別曲牌，則通常是其中包含不斷重複的曲調或尾聲的部分。故其保留與刪減的曲牌，便可能與宮廷本產生部分的歧異，也因此可能留下了幾支為宮廷本刪減而散佚的曲牌。

　　在宮廷本及過渡曲本中，我們也可以看見伶工為曲牌的精確、套式的規律等因素，對曲牌名稱或整支曲牌加以改換，有時也調整曲牌順序或增減曲牌，使其符合曲牌套式使用的慣例。但由於收編的劇本數量龐大，從事者水準不一，以致內容紛歧，呈現落差。曲牌的精確與套式的規整，在這兩個階段中並未得到統一，或者根本尚不被認為是必要的改編。

　　如仔細對照《元曲選》與之前階段的曲牌便可發現，一般人認為喜歡「盲修瞎改」的臧懋循，在《元曲選》中所刪減的曲牌並不如想像之多，反倒由於其參考體系之多元，而保留了幾支其它版本失卻的曲文，另外還有一些未知來歷的曲牌，可能是臧懋循參考它本所得，也可能是其所自著。由於其刪減的曲牌相對的減少，且原因與之前階段無甚差別，故在《元曲選》的討論中，筆者僅將重點放在其所增改曲牌的討論之上，突顯文本的特殊意義。進

而欲從《元曲選》與近眞本、宮廷本、過渡曲本現存曲牌的反覆比對中，慢慢整理歸納出臧懋循可能自行增入及改編的曲牌。

在比較中發現《元曲選》所增改的曲牌，有其明顯的特色，如與情節關目的補充或調整相關，尤其是針對元人對第四折演出總是草率爲之的問題，在末折中增列不少曲牌；而其所增改的曲牌，在文字風格上也與元人有較明顯的不同，大體而言，「文從字順」、「流利暢達」、「平穩工妥」、「平庸稚弱」是將其曲文相對於之前版本（尤其是近眞本）可以感受到的明顯差異。

另外，臧懋循已逐漸注意到曲牌名稱的精確規整，及曲牌套式的使用慣例，故其改編《元曲選》中，不但根據曲文格律改正曲牌名稱，且將之前不甚留意的尾曲牌名，逐漸歸於統一，甚至將不合該名稱尾曲格律的曲文，一一加以改編，最明顯的便是其仙呂【賺煞】的使用。爲求符合元雜劇的聯套慣例，增刪、改編曲牌，皆爲《元曲選》中常見之事，不僅如此，爲避免同劇中使用宮調的重複，或同一折使用兩宮調的違例情形，臧懋循還不惜大幅調整曲牌、重寫曲文，以求合於元雜劇使用宮調的慣例。

由分析可知，我們雖然不能百分之百的確定《元曲選》所多出的曲牌，何者爲臧懋循參考多本所搶救下來的曲牌，何者爲其依據個人的見解加入的曲牌，但其增入的部分曲牌確實有不同於前人的特色，這些特色，如透過孟稱舜的批評與說明，便益覺明顯。故我們更加確信，具有以上所分析特色的曲牌，應該大部分爲臧懋循所作。

而孟稱舜個人選編之《古今名劇合選》一書，雖然偶用《元曲選》所改編的曲牌及名稱，但仍有一大部分保留了宮廷本的曲牌用例，並未如臧懋循之斤斤於曲牌名稱的精確性與聯套的規則。這也顯示出，臧懋循是明代唯一重視、且認眞思考前人曲牌套式慣例、名稱，而加以統整修訂的改編者。雖然他改編元雜劇曲牌及套式的堅持，並未能得到後世曲家學者的一致認同。但其爲求符合一己理想及大眾習性的用心，使其能造就一部清澈整齊的《元曲選》，這也是《元曲選》能一般人所普遍接受而完整保存流傳的最大原因吧！

如繼續觀察各版本對於元雜劇曲文之「句」的改編，相同的情況，也可以得到驗証。在「明本元雜劇之句數與句式改編」一章中，我們發現宮廷本與過渡曲本對於元人「以多爲勝」的增句改編，並未如前賢所謂之「群出刪削一途」，而是視其增句內容而定，各有其減句之取抉準則的。以目前可以對照的曲牌而言，宮廷本較近眞本大量刪減增句者僅見《看錢奴冤家債主》的

【混江龍】及【收尾煞】二曲，主要原因可能是在於其內容的不合時宜，而非增句之多。在其它可增減句數的曲牌中，宮廷本則大部分是雖多而不刪的，甚至出現在曲牌可以增減句的情況下，對於原作句數較少的曲牌，依劇情加入曲文，使其文義更加明暢，或令歌者更能盡情發揮唱腔的情況。

　　而對照過渡曲本與近眞本的差別，由於重複劇套之鮮少，更難以得出「刪削一途」的結論。惟有在與宮廷本比對之後，約略可以看出過渡曲本對於部分增句確實有減少的趨勢，雖然這些增句，不見得全是過渡曲本所刪，也有可能是宮廷本所增入的。但從其所減少的增句，多半爲抒情排比的字句，及集中於尾曲增句的兩種傾向可以大約推論，這些句子的確有可能爲過渡曲本所刪減者。因爲抒情排比之句，不見得是宮廷伶工能夠或願意增入者；而對於宮調尾曲增句的刪減，則似乎與過渡曲本不喜歡錄尾曲的態度是一貫的，皆爲時人清唱不喜尾曲之習慣的一種反映。只是過渡曲本所刪減的增句並不多，稱不上是大刀闊斧。

　　眞正「逢多必刪」且「毫不吝惜」之刪減增句的情形，則是到了《元曲選》方才成爲一種改編的定向，凡遇增句數量繁多的曲文，臧懋循必然會動筆加以翦除，而且幅度不小。故相較於其可能引爲底本的宮廷本與過渡曲本兩個階段而言，《元曲選》使用增句的數量，皆明顯減少許多。其中最容易見出《元曲選》對於原著毫不珍惜的刪改，通常顯現在許多劇本皆增句不少的【混江龍】曲中。若以此爲例與宮廷本相對照，《元曲選》幾乎皆用減句，其所減少的增句數，從數十句到一二句不等。而刪減的方式，則是將原本排比抒懷之句、文義毫無進展的曲文，保留部分足以代表的字句，其餘均予以刪減；如遇無法單純以部分取代全部的情況，也會將曲文拆解重作，企圖以較少的字句包容原來繁冗的曲文。但有時臧懋循也會在原曲字句不多，且仍用舊格或曲文不夠通暢的情況下，增句以變舊爲新或使曲文更爲順暢。

　　如將整個觀察的範圍擴大，則臧懋循對於【混江龍】之外可增減曲牌的增句使用上，也大致是依循同樣方向進行的。可見「曲文不過長」及「偏用新格」等形式意義的堅持，爲臧懋循改編元雜劇固定成見，在這兩個原則下，針對可增減的曲牌做刪減或修補的工作。雖然臧懋循的改編給人的印象是「逢多必刪」，但其刪減曲文卻非粗率而不可理解。整體而言，元雜劇的佳句固然因此失卻不少，但由於其修補之用心，改編後的文句依然是通順可讀的。

　　在句式格律的使用上，宮廷本已有漸漸趨於固定的態勢，且偏用曲牌句

式的新格。雖然偶而也會出現疏漏，或游移不定的狀況，但就整體而言，其不符慣用格律的情況已不如近眞本之頻繁。這可能是因爲宮廷本的改編有特定機構從事，故其版本不似元刊本刊刻之粗糙；但也可能代表著，明代宮廷的演出，對於元雜劇曲牌的唱法，有愈來愈固定的傾向。

　　相對而言，出現於明代中葉後的過渡曲本，其句式的改編，卻不如宮廷本般漸趨於整齊。雖然其好用句式新格的傾向與宮廷本頗爲一致，但對照其它句式格律的改編，過渡曲本違乎元雜劇慣例的比例似有升高的趨勢。這種逆乎潮流的作法，可能與其曲本之來源與用途有關。由於這些曲本與明代中葉唱絃索的風氣可能有密切的關係，故而筆者以爲，這些造成句式不符一般格律的異文，排除掉部分刊刻的錯訛之外，其它則可能是可以用於絃索演唱的。由於明人演唱絃索之部分旋律已經較元雜劇音樂有所變化，故而文字也會有些微的調整。但如果說過渡曲本所選曲文皆爲唱絃索而設，則未免推論過度，誠如何良俊所言，在明中葉可入絃索的元雜劇曲套仍然不多。所以，選曲本所選的曲套，也未必能全部符合絃索演唱的需要，故其間同曲牌之格律無法統一的現象，亦可能因此形成。

　　而這種句式格律的使用，同樣也在《元曲選》中趨向於固定，前人版本不合於句式格律慣例的地方，通常能在臧懋循的修改之下逐漸得到統一。如將宮廷本與近眞本、過渡曲本與近眞本、及宮廷本與過渡曲木之間句式出入的曲文，與《元曲選》相對照，便可發現後者的曲文大都趨向句式統一的一方，有時臧懋循也會在三本皆不符慣例的情況下，另作曲文，以求符合句式慣例。他在追求句式規整的過程中，改訂曲牌的句數、字數，將前人誤白爲曲的部分加以修正，種種可謂鉅細靡遺、用心非常。但這種改編卻不見得能爲後人稱賞，如其後之孟稱舜在選編《古今名劇合選》時，便未能完全依照其整理過句式的曲文加以收錄。由此可見，《元曲選》有可能是從元至明之所有元雜劇選本中，唯一斤斤於格式統一、且著意改編的版本。但也因爲這種不一定必要的堅持，在他所改編曲文不如原曲，或失卻原曲優點時，便容易招致後人的批評。

　　最後，可能影響曲文句式格律，使句式不明的文字，即爲襯增字的使用。在比較近眞本、宮廷本與過渡曲本三個階段的版本中，發現其彼此間使用襯字的歧異都非常之大，從無至有、二字到三字、甚至到四、五、六字以上者，所在皆是。這個現象可能說明了元人在撰寫劇本時，對於襯字的使用本就較

爲簡略，留有不少可資演員自我發揮的空間；而伶人在歌唱時，爲便於記憶，亦只取正字背誦，襯字部分僅稍加留心，取其概念，演出時即使忘記原詞，隨意套用當時慣用的襯辭，亦不致過於背離原意。久而久之，便形成了各本襯字的歧異現象。

　　大體而言，明人使用襯字的基數，與元人已經有所不同，大部分以一字與三字爲主，這與其唱腔的改變，及明人「以字代腔」的習慣，應該有極大的關係。另外，明人在「襯上加襯」的情形亦相對的增多，這不僅代表唱腔的改變，也可能與明代演員好耍弄花腔、表現演唱技巧，或更有意藉機表演其嫋娜多姿的身段，以期博得喝采的心態有關。由於宮廷本與過渡曲本來源及用途的相異，故大致上說來，宮廷本「襯上加襯」的情況又較過渡曲本爲多。

　　相對於宮廷本與過渡曲本的百變面貌，文人改編本在襯字的使用上，則顯得穩定許多。它們所使用的襯字大致上直接沿用前人版本，雖然偶而也有相出入的地方，但與之前版本動輒相異的情況相比，《元曲選》及《古今名劇合選》已經大不相同了。這主要是因爲在明代晚期，元雜劇的演出已經不再活躍，襯字不再是藝人隨口取擇的用語，而是固定於書面之文字。臧懋循與孟稱舜所作，主要是對其所見的資料作出主觀選擇與改訂，而非就實際的演出加以客觀的記錄與重現。故而歌者好變以求新的舞台性格對於襯字的影響，在二人文字的取抉上，已不再具有主導作用，而之前版本襯字的合理與通順與否，方才是二本選用襯字或改編的主要關鍵。但由於襯字的使用通常不具實質的意義，故其選錄多能沿襲前人版本，變動亦因此趨於緩和。

　　另外，亦被視爲襯字一部分的，則爲曲文中的「增字」。這個名詞並非元明時代本有，而是鄭騫根據北曲文辭的使用狀況自創的新詞，由於頗能符合元明二代人創作及改編曲文的實際情形，故本文亦加以沿用，以便分析說明。

　　雖然北曲之增字隸屬於襯字的一部分，但仔細觀察明代流傳的元雜劇版本，便可發現元人創作曲文及明人改編元雜劇，仍然將二者分別看待。首先，元人所創作的元雜劇，在增字的使用上，多以實字爲之，且通常與正文有著不可分離的因果關係，缺之則文義不全。故明人在改編元雜劇曲文時，對於增字的改編，便不似襯字般隨心所欲，通常得考慮到其與正文的連帶關係，在曲意、文辭上多所斟酌。由於增字的使用原本就不多，故而當筆者針對各版本之增字加以比對時，可發現諸本的增字歧異，十分微小，不論宮廷本、

過渡曲本或文人改編本皆然，而其改編的方向則與正字的改編大致相同，皆屬於明人修辭觀的一部分。

最後一章則進入「字」的部分，討論「明本元雜劇之音律與文辭改編」，其中包含曲文的聲調格律、用韻及修辭等明代曲壇討論最為頻繁的問題。比較宮廷本與近真本的用字發現，宮廷本改動原著之處，變更其聲調格律之處甚多，大部分皆能改正近真本「平仄不叶」的毛病，可能是因為宮廷本多半為可以實際搬上舞台的劇本，且有專門機構從事修訂，故其所改編的曲文，多數能慮及「避免歌者拗嗓」一事。但也有少數由於時空的變遷、語音的改變，或特殊的修辭需求，而作出不符於北曲用字格律的修改。

而過渡曲本在聲調格律的改編上，便顯得不如宮廷本用字之正確。一般而言，後出版本對於前人版本的修改，如不是為訂正訛誤，便應是為突顯個人特殊的文學觀。如果後出版本所改訂的曲文，在文義上並無變異，卻反而使格律產生錯誤，則實在是令人無法理解。過渡曲本相異於近真本或宮廷本的曲文，便有不少是屬於這一類的用字。這一點或許可與過渡曲本改動句式的情況互相比擬，也是時人唱絃索的一種表徵。沈寵綏曾道時人唱絃索「腔嫌嬝娜，字涉土音，則名北而不真北」，可見明人所唱的絃索北曲，音樂旋律已與元雜劇有所差別，且其中雜有南人土音，故與原來的北曲字音有所差別。但由於過渡曲本的大部分曲文，依舊是前有所承，在音樂上不見得皆是為絃索北曲而設，所以其符合北曲聲調格律者仍屬多數，只有在某些小地方，可能已隨著音樂旋律或地方腔調的轉變被記錄下來，曲文聲調格律顯得不同。

如以格律言之，《元曲選》用字的聲調，是其改編曲文中，最不符合慣例的一項元素。將《元曲選》的用字聲調格律與近真本、宮廷本及過渡曲本加以比對，發現《元曲選》的文字選擇不見得趨向於已存在且正確的一方，其不合於格律的比例，實高出其餘三個階段的版本許多。這與臧懋循在曲牌、套式、句式、用韻上處處要求精確、規整的作法，似乎大相逕庭。這種現象，可能是反應出晚明的元雜劇音樂，已非當時習於南戲的曲壇人士所熟知的實情，故導致拗嗓的聲調格律問題，便不如其曲文的文學意義來得重要。所以臧懋循則可能在文義或修辭技巧等因素的考量下，捨棄對聲調格律的堅持。如孟稱舜所謂：「辭足達情者為最，而諧律者次之。」應可概括為文人改編本對文字的聲調格律處理之共同原則吧！

有關元雜劇的用韻問題，由於明兩代大致皆以《中原音韻》為依歸，故

仍有其規則可循，後出版本也能儘量針對前人版本的疏漏，予以修正。但明代南方曲壇與元劇北音的差距，則經常造成明人無法自然而然的採用北方的韻字，而產生改字用韻錯誤或不必改而改的現象，這一點在宮廷本與過渡曲本中皆然。

而對於「重韻」是否迴避的問題，雖然無關乎韻律的正確與否，但也時常爲明人改編曲文的重要主角之一。由於元雜劇的文辭冗長，且講究自然，一般人對於「重韻」的發生與否，並不如寫詩作詞般視爲禁忌。但明代隨著觀衆結構的改變，戲劇也逐漸講究起修辭，在這種環境下，改編者不免對於「重韻」的發生，有所芥蒂。故在宮廷本中，我們時而可見有些曲文的改編，確實與重韻的發生不無關聯。但由於改編並非出自一人之手，水平亦有所差異，有時也可見到其所改編的曲文，反而導致韻腳重複的現象。過渡曲本的對於「重韻」的迴避問題，與改編結果，亦與宮廷本的狀況頗爲相似。所以「重韻」的問題，在宮廷本與過渡曲本的改編中，僅有意無意的突顯，對於使用與否，並未形成一致的共識。而另一個用韻的問題——「韻字疏密」，在三本的比較中也已稍露端倪，只是各本皆有其考量因素，仍然呈現不一致的狀態。

以上用韻問題，到了《元曲選》，都有了固定的見解與改編的方向。從《元曲選》對於韻字的改編中，可以歸納出臧懋循嚴守韻字格律、迴避重韻的問題及用韻繁密等特色，雖然有時也不免明人韻字混押的弊病，但相對於其它版本而言，《元曲選》在韻字的使用上，幾乎皆能依照中州韻，選擇韻律較爲正確的字辭，且儘量避免其重複，在不違反上述兩種原則的情況之下，也喜歡用韻字較密的格式。

而其後之孟稱舜對於韻律的正確與否，則又不如臧懋循之重視，故在舊本與《元曲選》的用字選擇中，仍然以「辭足達情者爲最」，容許曲文之偶而出韻，更不至於特別選用韻繁密的字句，而犧牲文義。但孟稱舜唯一重視的用韻問題，則在於韻字是否重複之上，在其改編中，甚至有一類曲文是大致上採用宮廷本的文字，而僅最末之韻字隨《元曲選》避開重韻的，可見其迴避重韻之特別用心。「避用重韻」可說是元雜劇的文人改編本，與其它版本間的一項重要區別。

對於曲文的用字，明代版本多在情節關目改換的曲文上（除過渡曲本無情節考量的必要之外），作出較大幅度的調整；有時也隨著改編者對於曲意有

不同的想法或需求，而對文字有所變更。這些改編有時頗能貫串前後，予以合理的改編，有時則誤解原作之意，點金成鐵。而由於兩代修辭觀的改變，對於字辭的斟酌、典故的運用、及其它如譬喻、對偶、映襯、誇飾、呼應等修辭技巧，使用方法與重視程度皆有所差異，故經常導致改編者文字的運用上有不同的選擇。基本上避免使用重字、修改不符明代語法的文字、使用精確的文字與典故、及追求字句之切實、工雅與對仗等種種改編傾向，是明本在元雜劇曲文的用字改編上，所進行的方向，但由於改編者水準不一，也出現了較爲歧異的結果。

　　整體而言，臧懋循追求文字及曲意之典雅，及煉字修辭之精確與多元的傾向，已較前兩個階段更加明顯。他在迴避重複的情節、曲意及文字的特色上，較它本顯得更爲積極，但有時卻因爲迴避重複而犧牲了文字的聲調或意境；對於用字則追求通俗、正確，但有時也容易拘於一方之見，而有喪失原意的缺漏；在用典及其它修辭技巧的運用上，雖然亦欲追求正確、典雅，但有時則因爲無法通博或無法了解原作用意而有令人遺憾的修編。這些爲求好而導致的偏失，則使後人對其改編詬病不少。

　　雖然如此，但從《古今名劇合選》的批評與其字句的揀抉中可以發現，孟稱舜在相當程度上選擇依從《元曲選》的改編，且對其選擇有異於《元曲選》之處，亦多加以說明。這顯示了《元曲選》的改編確實有其佳處，且在孟稱舜身處的時空中，《元曲選》已然是當時最流行的元雜劇版本，具有其權威性，故欲顛覆其文字，則須作出令人可以接受的說明。這便爲《元曲選》後來之所以能在諸多版本中保存最完整，成爲最廣爲人知的元雜劇版本，下了最佳的註解。

　　綜合三個比較曲文的主要章節之討論，其結果蓋可歸納如下表：

【表6】明本元雜劇各曲文元素之比較分析表

	宮　廷　本	過　渡　曲　本	元　曲　選	古今名劇合選
曲牌	刪減多曲，改正名稱但多有闕漏。	刪減多曲、偶能保留宮廷本刪佚之曲、改正名稱但多有闕漏。	增補曲牌較刪減爲多、所改名稱趨於正確、統一。	增減曲牌在前人版本間、名稱不堅持正確、統一。
套式	偶有增補或保留合乎套式的曲牌、調整順序以期敘事之合理順暢。	偶有增補或保留合乎套式的曲牌、調整順序以增強音樂效果。	對於不合乎宮調套式慣例的曲牌多能加以刪改或增補。	不堅持聯套的慣例。

增句	依曲文內容對某些增句有大幅度的刪減，唯數量不多、偶亦能增補內容以使敘事順暢或使歌者唱腔得以盡情發揮。	有減少抒情排比或尾曲中增句的傾向。	對於以多為勝的增句多數加以刪減、偶而對句數較少的曲文能增句以求其酣暢、儘量使用增句曲牌之新格。	認為不宜輕改前人曲文，反對《元曲選》之大力刪減增句。
句式	大部分能增減字數或句數，使之合於曲牌的格式慣例、部分曲牌趨於使用新格。	部分能增減字數或句數，使之合於句式慣例，但也有部分增減字數及句數後反而違乎句式慣例、部分曲牌趨於使用新格，漸漸成為慣例。	幾乎皆能修改字數與句數，或將前人誤白為曲者加以訂正，使之合於句式慣例、偏用新格。	不一定選用句式合於慣例的文辭、偏用新格。
襯增字	襯字歧異大，多用一或三字襯辭、好於襯上加襯；增字歧異不大，用字修辭與正字類似。	襯字歧異大，多用一或三字襯辭、亦有襯上加襯的情形，但不如宮廷本之多；增字歧異不大，用字修辭與正字類似。	襯字歧異轉趨於小，大致同於宮廷本或過渡曲本；增字的獨立於宮廷本或過渡曲本的歧異更是少見，所異者之用字修辭亦與正字類似。	增襯字幾乎完全同於宮廷本或《元曲選》等前人版本，少有自出己意者。
聲調	大部分能修改以合乎聲調格律，亦有少部分因為語音的轉變或文辭等因素所改反而違乎格律。	改動與曲文而違乎北曲聲調格律者比例頗高。	所改違乎聲調格律者甚多，大致而言應是依文辭而不依聲調格律。	取擇曲文亦僅依文辭而不慮及聲調格律，但選擇與《元曲選》不盡相同。
用韻	頗有正韻及避用重韻等改編傾向，但因語音的轉變有時未能使用符合北曲的韻字。	改編用韻情況與宮廷本頗為類似，用韻疏密的情況在此亦漸露端倪。	嚴守韻字格律、迴避重韻、韻字較密。	盡量迴避重韻，但偶而對於用韻是否合律並不甚留意，更未著意使用韻字較密的格式。
修辭	依情節關目的修改，調整大量的曲文；修訂曲意使之合於當時演出環境或能貫串前後，但偶有曲解前人曲意的修改；改合於明代語法的用辭、避用重字但未能一貫；修訂典故用法，但亦有不解前人用典之處；喜於工雅、切實之修辭，但有時未能理解前人修辭佳處而改作拙劣。	除無情節關目的顧慮之外，其餘在曲意、斟酌用字、使用典故及各種修辭技巧的運用上，皆與宮廷本有相同的傾向。	在關目、曲意與文字上，皆有儘量迴避重複的傾向；用字儘量追求通俗精確；在用典及其它修辭技巧的運用上，亦欲追求正確、典雅。整體而言，其追求文字及曲意之典雅，及鍊字修辭之精確與多元的傾向，皆較前兩個階段明顯。	「辭足達情」是此本擇取字句最重要的考量因素，其中包括符合人物形象、說情熨貼、合理通貫等重點。以上所討論之諸多因素幾乎皆可以在此一考量之下，被犧牲或抹滅。故其對《元曲選》的批評亦多集中於此焦點之上。

　　由以上各章節對明本曲文之「篇」、「句」到「字」的比較分析中可見，明代的各階段版本，在不同的來源及用途考量下，皆作出了符合其個人、時代及版本三方面需求的改編。

　　宮廷本不論是爲宮廷演劇而編選，抑或正好反過來，是爲宮廷演劇的記錄，其音樂、文辭都是適於當時演出環境的。它大量的刪節曲牌，以配合演出的時間，並節省歌者之力；固定句式及追求聲調精確之趨向，顯示其不願歌者拗嗓的用心；襯辭的基數變化及襯上加襯的情況，則可見明代唱腔的改變及舞台表演的特質；而用辭的謹慎及典雅化，亦是明初演劇環境對貴族文士的一種迎合。

　　過渡曲本則應是明中葉文人貴族用於清唱或私人宴會的唱本，其選刊曲文在相當程度上受了宮廷本的影響，故在音樂與文辭的走向，大致與之雷同。但由於其文本性質不同於宮廷本，內容上亦略顯其差異。如其所選刊的曲牌段落，由於沒有情節連貫的考量，雖然刪去了不少宮廷本中的曲牌，但也保留了一些爲宮廷本所刪減的抒情曲文；而其句式及聲調之偶而不合於元雜劇的慣例，則可能代表其演唱方式的改變，與宮廷本仍沿襲元雜劇的表演不同，是爲另一種明代流行的「北曲絃索」唱法。

　　臧懋循之《元曲選》出版於元雜劇音樂逐漸消失的晚明，其整理改編文字，不爲求場上之演出，而是作爲一種案頭的文學讀本。故其所追求體製的形式意義與文學意義，大於實質的表演意義。臧懋循將從宮廷本開始之對音樂格律及文辭等追求，做到極致，適於晚明文人對戲劇的要求。在音樂格律上，他追求曲牌名稱精確、套式合乎慣例、句式統一規整、及用韻嚴守中州韻，這些作法雖然使元雜劇音律顯得僵化，但在元雜劇逐漸退出舞台的晚明，卻留下了最爲普遍的範例，以供後人了解元雜劇音樂的大要。在文辭上，除了針對文義作出合乎時宜與劇情發展的改編外，亦努力修訂舊本錯誤的文辭與用典，還善用各種修辭技巧，使其用辭儘量合乎晚明趨於文士化的曲壇之鑑賞。雖然由於個人能力所限，其所改未必盡如人意，甚至失卻佳句，但其整理改編已使元雜劇面目一新，成爲一個適宜案頭欣賞的文學讀本。

　　孟稱舜之《古今名劇合選》做爲明本元雜劇的最後一個版本，適時爲明代元雜劇的改編，提出總結、留下見証。由於他的批評重點不在於音樂，而是在於文辭是否合理、足以達情、與人物形象是否吻合的層面上，故視其爲元雜劇的文學評本，頗有所宜。藉由他的種種批評，我們得以釐清《元曲選》

的改編狀況及優劣得失，其文獻上的價值及文學批評上的意義，遠遠超過於其改編之地位。

　　透過對明代流傳元雜劇版本曲文之整體檢驗，使我們更清楚了解各階段版本的個別性格及其貢獻。這些版本不但豐富了元雜劇的世界，使我們對元雜劇的欣賞可以更加多元，而且適度的修正了近眞本的粗疏之弊，讓我們有機會看到前人藉由各版本的反覆比對，將元雜劇的近眞本恢復爲通順可讀的版本。所以筆者認爲，明本元雜劇的任何一個階段的改編，皆是「元雜劇的功臣」，它們的流傳使得元雜劇的生命得以延續，直接影響了明代至今的戲劇創作，使後世之戲劇愛好者受用無窮！

參考書目

一、古代書籍

（一）曲譜、雜劇總集、選集及校注本〔按書籍筆劃〕

1. 《太和正音譜》，朱權著，收錄於《中國古典戲曲論著集成》三，北京：中國戲劇出版社，1959 年。
2. 《元刊雜劇三十種》，收錄於《古本戲曲叢刊》第四集 1，古本戲曲叢刊編輯委員會編輯，北京：中華書局，1958。
3. 《元刊雜劇三十種》，北京：（出版者不詳）1924 年（據日本大正三年京都帝國大學影印之版本）。
4. 《元刊雜劇三十種新校》，寧希元校點，蘭州：蘭州大學出版社，1988。
5. 《日本藏元刊古今雜劇三十種》，北京：北京圖書館，1998 年出版。
6. 《元人雜劇選》，息機子選編，明萬曆戊戌（二十六年）原刊本。
7. 《元明雜劇》二十七種（所收實爲《古名家雜劇》），南京國學圖書館，合肥：黃山書社，1929 年。
8. 《元明雜劇》，收錄於《古本戲曲叢刊》第四集 7，古本戲曲叢刊編輯委員會編輯，北京：中華書局，1958。
9. 《元曲選》，上海商務印書館，1918 年。
10. 《元曲選》，上海涵芬樓，1936 年。
11. 《元曲選》，台北：藝文印書館（出版年不詳，約在民國四十年左右等版本）。
12. 《元人雜劇全集》，盧冀野編，上海：上海雜誌，1935。
13. 《全元戲曲》，王季思主編，北京：人民文學出版社，1990～1999。

14. 《全元曲》，徐征等主編，石家庄：河北教育出版社，1998。

15. 《全元曲》，張月中、王鋼主編，鄭州：中州古籍出版社，1996。

16. 《元曲四大家名劇選》，徐沁君、陳紹華、熊文欽校注，濟南：齊魯書社，1987。

17. 《元曲選校注》，王學奇主編，石家庄：河北教育出版社，1994 年。

18. 《元曲選外編》，隋樹森主編，北平：中華書局，1959。

19. 《元雜劇選注》，王季思等，北京：北京出版社，1980。

20. 《元曲選釋》，田中謙二、入矢義高、吉川幸次郎注，京都大學人文科學研究所編，京都：京都大學人文科學研究所，1951。

21. 《六十種曲》，毛晉編，北京：中華書局，1958 年。

22. 《古名家雜劇》，收錄於《古本戲曲叢刊》第四集 4，古本戲曲叢刊編輯委員會編輯，北京：中華書局，1958。

23. 《古雜劇》，收錄於《古本戲曲叢刊》第四集 2，古本戲曲叢刊編輯委員會編輯，北京：中華書局，1958。

24. 《古今名劇合選》，孟稱舜選編，收錄於《續修四庫全書》1763、1764 冊，上海：上海古籍出版社，2002 年。

25. 《古今名劇合選》，收錄於《古本戲曲叢刊》第四集 8，古本戲曲叢刊編輯委員會編輯，北京：中華書局，1958。

26. 《白樸戲曲集校注》，王文才校注，北京：人民文學出版社，1984。

27. 《石君寶戲曲集》，黃竹三校注，太原：山西人民出版社，1992。

28. 《全元雜劇》初、二、三、外編，楊家駱主編，台北：世界書局，1962～1963 年。

29. 《改定元賢傳奇》，李開先選編，收錄於《續修四庫全書》1340 冊，上海：上海古籍出版社，1995 年。

30. 《孤本元明雜劇》，趙元度集，王季烈校刊，涵芬樓刻印，台南：平平出版社，1974。

31. 《馬致遠集》，蕭善因、北嬰、蕭敏點校，太原：山西古籍出版社，1993。

32. 《馬致遠全集校注》，傅麗英、馬恒君校注，北京：語文出版社，2002。

33. 《脈望館鈔校古今雜劇》，收錄於《古本戲曲叢刊》第四集 3，古本戲曲叢刊編輯委員會編輯，北京：中華書局，1958。

34. 《校訂元刊雜劇三十種》，鄭騫校訂，台北：世界書局，1962。

35. 《盛世新聲》，北京：文學古籍刊行社，1955 年，據明正德十二年刊本影印。

36. 《詞林摘豔》，劉楫輯，據明嘉靖乙酉年刊本影印，收錄於《續修四庫全書》1740 冊，上海：上海古籍出版社，2002 年。

37. 《陽春奏》，于若瀛編，明萬曆己酉（37年）黃氏尊生館刊本。

38. 《陽春奏》，收錄於《古本戲曲叢刊》第四集6，古本戲曲叢刊編輯委員會編輯，北京：中華書局，1958。

39. 《復莊今樂府選》六十七卷，姚燮選編，清鈔本。

40. 《喬吉集》，李修生校注，太原：山西人民出版社，1988。

41. 《雍熙樂府》，郭勛輯，明嘉靖丙寅年刊本，收錄於《續修四庫全書》1740、1741冊，上海：上海古籍出版社，2002年。

42. 《新校元刊雜劇三十種》，徐沁君校點，北京：中華書局，1980。

43. 《鄭光祖集》，馮俊杰校注，太原：山西人民出版社，1992。

44. 《鄭廷玉集》，顏慧云、陳襄民校注，鄭州：中州古籍出版社，1997。

45. 《雜劇選》，收錄於《古本戲曲叢刊》第四集5，古本戲曲叢刊編輯委員會編輯，北京：中華書局，1958。

46. 《關漢卿戲劇集》，北京：人民出版社，1976。

47. 《關漢卿集》，馬來欣輯校，太原：山西人民，1996。

48. 《關漢卿全集》，吳國欽校注，廣州：廣東高等教育出版社，1988。

49. 《關漢卿名劇賞析》，李漢秋著，合肥：安徽文藝出版社，1986。

50. 《關漢卿全集校注》，王學奇、吳振清、王靜竹校注，石家庄：河北教育出版社，1988 。

51. 《關漢卿戲曲集》，吳國欽校注，台北：里仁書局，1998。

（二）其它論著（按作者、編者年代排列）

1. 趙崇祚著，湯顯祖批評，《花間集》，明萬曆庚申（1620）刊本。

2. 朱熹著，《朱子語類》，收錄於《景印文淵閣四庫全書》700～702冊，台北：台灣商務出版社，1983年。

3. 張小山著，《新刊張小山北曲聯樂府》，收錄於《續修四庫全書》第1738冊，上海：上海古籍出版社，2002年。

4. 周德清著，《中原音韻》，收錄於《中國古典戲曲論著集成》一，北京：中國戲劇出版社，1959年。

5. 鍾嗣成著，《錄鬼簿》，收錄於《中國古典戲曲論著集成》二，北京：中國戲劇出版社，1959年。

6. 鍾嗣成等著，《錄鬼簿》二卷，續編一卷，北京：中華書局，出版年月不詳。

7. 鍾嗣成著，王鋼校訂，《校訂錄鬼簿三種》，河南：中州古籍出版社，1991年。

8. 貫仲明著，《錄鬼簿續編》，收錄於《中國古典戲曲論著集成》二，北京：

中國戲劇出版社，1959 年。

9. 明太祖敕編，《御制大明律》，明洪武三十年五月刊本。

10. 宋廉撰、楊時偉補賸，《洪武正韻》，明禎四年刻本，收錄於《四庫全書存目叢書·經部二〇七》，台南：莊嚴文化事業，1997 年。

11. 魏良輔著，《曲律》，收錄於《中國古典戲曲論著集成》五，北京：中國戲劇出版社，1959 年。

12. 李開先著，《李中麓閒居集》，收錄於《續修四庫全書》1341 冊，上海：上海古籍出版社，1995 年。

13. 李開先著，《寶劍記》，收錄於《續修四庫全書》第 1774 冊，上海：上海古籍出版社，2002 年。

14. 李開先著，《詞謔》，收錄於《中國古典戲曲論著集成》三，北京：中國戲劇出版社，1959 年。

15. 蘭陵笑笑生著，《金瓶梅詞話》，萬曆本，東京：大安出版社。

16. 明無名氏撰，盧冀野校訂，《詞謔》，台北：中華書局，1936 年。

17. 唐順之著，《荊川先生文集》，清光緒三十年（1904）江南書局刊本。

18. 何良俊著《曲論》，收錄於《中國古典戲曲論著集成》四，台北：鼎文書局，1974 年。

19. 徐渭著，《南詞敘錄》，收錄於《中國古典戲曲論著集成》三，北京：中國戲劇出版社，1959 年。

20. 王鏊著，《震澤紀聞》，明嘉靖三十年刊本。

21. 祝允明著，《猥談》，收錄於明陸詥孫編《烟霞小說》，明嘉靖間陸氏刊本。

22. 顧起元著，《客座贅語》，收錄於《百部叢書集成》，台北：藝文出版社，1968 年。

23. 王世貞著，《曲藻》，收錄於《中國古典戲曲論著集成》四，北京：中國戲劇出版社，1959 年。

24. 沈璟著，徐朔方輯校，《沈璟集》，上海：上海古籍出版社，1991 年。

25. 湯顯祖著，洪北江主編，《湯顯祖集》，台北：洪氏出版社，1975 年。

26. 湯顯祖著，臧懋循改訂，《臨川四夢》，明刊本。

27. 臧懋循著，《負苞堂集》，台北：河洛圖書出版社，1975 年。

28. 徐復祚著，《曲論》，收錄於《中國古典戲曲論著集成》四，北京：中國戲劇出版社，1959 年。

29. 王驥德著，《新校注古本西廂記》，明香雪居刊本清初影印本。

30. 王驥德著，《曲律》，收錄於《中國古典戲曲論著集成》四，北京：中國戲劇出版社，1959 年。

31. 呂天成著,《曲品》,收錄於《中國古典戲曲論著集成》六,北京:中國戲劇出版社,1959 年。

32. 馮夢龍著,《太霞新奏》,福州:海峽文藝出版社,1986 年。

33. 凌濛初著,《譚曲雜劄》,收錄於《中國古典戲曲論著集成》四,北京:中國戲劇出版社,1959 年。

34. 凌濛初著,《南音三賴》,收錄於《善本戲曲叢刊》,台北:台灣學生書局,1984 年。

35. 沈德符著,《顧曲雜言》,收錄於《中國古典戲曲論著集成》四,北京:中國戲劇出版社,1959 年。

36. 沈寵綏著,《度曲須知》,收錄於《中國古典戲曲論著集成》五,北京:中國戲劇出版社,1959 年。

37. 沈寵綏著,《絃索辨訛》,收錄於《中國古典戲曲論著集成》五,北京:中國戲劇出版社,1959 年。

38. 王兆雲、焦竑、李維楨等著,《皇明詞林人物考》十二卷,明萬曆間刊本。

39. 姚叔祥著,《見只編》,收錄於《鹽邑志林》,天啓三年海鹽原刊本。

40. 周元暐著,《涇林續記》,收錄於《百部叢書集成》第 69 冊,台北:藝文出版社,1968 年。

41. 劉若愚著,《明宮史》,收錄於《叢書集成新編》第 85 冊,台北:新文豐出版社,1985。

42. 劉若愚著,《酌中志》,台北:偉文圖書出版社,1976 年。

43. 秦蘭徵著,《天啓宮詞》,收錄於《叢書集成續編》第 279 冊,台北:新文豐出版社,1989 年。

44. 清聖祖敕編,《全唐詩》,北京:中華書局,1996 年。

45. 張廷玉等撰,《明史》,台北:中華書局,1966 年。

46. 談遷撰,《國榷》,《續修四庫全書》史部編年類,上海:上海古籍出版社,1995 年。

47. 徐大椿著,《樂府傳聲》,收錄於《中國古典戲曲論著集成》七,北京:中國戲劇出版社,1959 年。

48. 李漁著,《閒情偶寄》,收錄於《中國古典戲曲論著集成》七,北京:中國戲劇出版社,1959 年。

49. 沈乘麐著,《韻學驪珠》,收錄於《續修四庫全書》1747 冊,上海:上海古籍出版社,2002 年。

50. 馮班著,《鈍吟雜錄》,收錄於《四庫全書珍本》191 冊,台北:台灣商務書局,1980 年。

51. 李斗著,《揚州畫舫錄》,收錄於《中國風土志叢刊》28 冊,揚州:廣陵

書社，2003 年。

52. 李玉著，《北詞廣正譜》，收錄於《善本戲曲叢刊》，台北：學生書局，1984 年。

53. 龍文彬著，《明會要》，台北：世界書局，1960 年。

54. 朱彝尊著，《明詩綜》，收錄於《四庫全書薈要》集部，台北：世界書局，1988 年。

55. 錢曾著，《讀書敏求記》，收於《叢書集成新編》第 2 冊，台北：新文豐出版，1985 年。

56. 葉堂著，《納書楹曲譜》，收錄於《續修四庫全書》1756 冊，上海：上海古籍出版社，2002 年。

57. 葉夢珠著，《閱世編》，收錄於《叢書集成續編》第十二冊，台北：新文豐出版社，1989 年。

58. 張潮輯，《虞初新志》，台北：廣文書局，1968 年。

二、今人著書（以下皆按出版年月排列）

（一）書 籍

1. 王玉章纂輯，吳瞿安校訂，《元詞斠律》，上海：商務印書館，1930 年。

2. 蔡瑩著，《元劇聯套述例》，上海：商務印書館，1933 年。

3. 傅惜華著，《元代雜劇全目》，北京：作家出版社，1957 年。

4. 傅惜華著，《明代雜劇全目》，北京：作家出版社，1958 年。

5. 王季烈著，《螾廬曲談》，台北：台灣商務印書館，1971 年。

6. 鄭騫著，《景午叢編》，台北：台灣中華書局，1972 年。

7. 鄭騫著，《北曲新譜》，台北：藝文印書館，1973 年。

8. 鄭騫著，《北曲套式彙錄詳解》，台北：藝文印書館，1973 年。

9. 徐調孚著，《現存元人雜劇書錄》，台北：古亭書屋，1975 年。

10. 吳梅著，《顧曲塵談》，台北：廣文書局，1977 年。

11. 八木澤元著，羅錦堂鐸，《明代劇作家研究》，台北：中新出版社，1977 年。

12. 許之衡著，《曲律易知》，台北：郁氏印獎會，1979 年。

13. 曾聰達著，《北曲譜法——音調與字調》，台北：文史哲出版社，1979 年。

14. 曾永義著，《明雜劇概論》，1971 年台灣大學中文博士論文，台北：學海出版社，1979 年。

15. 孫楷第著，《也是園古今雜劇考》，上海：上雜出版社。

16. 孫楷第著,《元曲家考略》,上海:上海古籍出版社,1981 年。

17. 楊蔭瀏著,《中國古代音樂史稿》,北京:人民音樂出版社,1981 年。

18. 青木正兒著,隋樹森譯,《元人雜劇序說》,台北:長安出版社,1981 年。

19. 莊一拂編著,《古典戲曲存目彙考》,上海:上海古籍出版社,1982 年。

20. 新文豐編輯部編輯,《中原音韻研究》,台北:新文豐出版社,1984 年。

21. 隋樹森著,《雍熙樂府曲文作者考》,北京:書目文獻出版社,1985 年。

22. 徐朔方著,《元曲選家藏懸循》,北京:中國戲劇出版社,1985 年。

23. 王安祈著,《明代傳奇劇場及其藝術研究》,台北:台灣學生書局,1986 年。

24. 張庚著,《戲曲藝術論》,台北:丹青圖書有限公司,1987 年。

25. 陳多、葉長海著,《中國歷代劇論選注》,長沙:湖南文藝出版社,1987 年。

26. 吉川幸次郎著,鄭清茂譯,《元雜劇研究》,台北:藝文印書館,1987 年。

27. 王潔心著,《中原音韻新考》,台北:台灣商務出版社,1988 年。

28. 李春祥著,《元雜劇論稿》,開封:河南大學出版社,1988 年。

29. 卜鍵著,《李開先傳略》,北京:中國戲劇出版社,1989 年。

30. 楊振淇,《京劇音韻知識》,北京:中國戲劇出版社,1991 年。

31. 吳禮權,《中國修辭哲學史》,台北:台灣商務印書館,1995 年。

32. 鍾嗣成著,蒲漢明校,《新校錄鬼簿正續編》,四川:巴蜀書社,1996 年。

33. 許子漢著,《元雜劇聯套研究》,台北:文史哲出版社,1998 年。

34. 宗廷虎等著,《中國修辭學通史》隋唐五代宋金元卷,吉林:吉林教育出版社,1998 年。

35. 李熙宗等著,《中國修辭學通史》明清卷,吉林:吉林教育出版社,1998 年。

36. 曾永義著,《詩歌與戲曲》,台北:聯經出版社,1988 年。

37. 蔡毅編著,《中國古典戲曲序跋彙編》,北京:齊魯書社,1989 年。

38. 王安祈著,《明代戲曲五論》,台北:台灣學生書局,1990 年。

39. 鄭騫著,《龍淵述學》,台北:大安書局,1992 年。

40. 王國維著,《王國維戲曲論文集——〈宋元戲曲考〉及其他》,台北:里仁書局,1993 年。

41. 曾永義著,《論說戲曲》,台北:聯經出版社,1997 年。

42. 徐扶明著,《元代雜劇藝術》,台北:學海出版社,1997 年。

43. 王守泰主編,《崑曲曲牌及套數範例集》上海:上海古籍出版社,1997 年。

44. 徐子方著，《明雜劇研究》，台北：文津出版社，1998 年。

45. 吳梅著，《南北詞簡譜》，收錄於《吳梅全集》，石家庄：河北教育出版社，2002 年。

46. 曾永義著，《從腔調說到崑劇》，台北：國家出版社，2002 年。

47. 唐韻著，《《元曲選》語法問題研究》，成都：四川文藝出版社，2002 年。

48. 李惠綿著，《戲曲批評概念史考論》，台北：里仁書局，2002 年。

49. 查洪德、李軍著，《元代文學文獻學》，北京：中國社會科學出版社，2002 年。

50. 陳紅彥著，《元本》，南京：江蘇古籍出版社，2002 年。

51. 許子漢著，《元雜劇的聲情與劇情》，台北：里仁書局，2003 年。

52. 甯忌浮著，《洪武正韻研究》，上海：上海辭書出版社，2003 年。

53. 韋力著，《批校本》，南京：鳳凰出版社，2003 年。

54. 趙前著，《明本》，南京：江蘇古籍出版社，2003 年。

55. 吳國欽等編，《元雜劇研究》，武漢：湖北教育出版社，2003 年。

56. 吳梅著，《中國戲曲概論》，北京：中國人民大學出版社，2004 年。

57. 康保成著，《中國古代戲劇形態與佛教》，上海：東方出版中心，2004 年。

58. 何佩林著，《梨園聲韻學》，天津：天津古籍出版社，2004 年。

59. 季國平著，《元雜劇發展史》，石家庄：河北教育出版社，2005 年。

（二）學位論文

1. 許媛婷，《明代藏書文化研究》，文化大學歷史研究所碩士，1982 年。

2. 張璉，《明代中央刻書研究》，文化大學歷史研究所碩士，1982 年。

3. 莫嘉廉，《元代刻書研究》，文化大學歷史研究所碩士，1985 年。

4. 林慶姬，《元雜劇賓白、語法研究》，政治大學中文研究所博士，1985 年。

5. 李國俊，《北曲曲牌研究》，文化大學中國文學研究所博士，1989 年。

6. 陳昭珍，《明代書坊之研究》台灣大學圖書資訊研究所碩士，1993 年。

7. 陳冠至，《明代的蘇州藏書——藏書家與藏書生活》，文化大學中國文學研究所博士，2002 年。

8. 龍珍珠，《金元雜劇賓白研究》，台灣師範大學中國文學研究所碩士，2004 年。

9. 陳冠至，《明代的江南藏書－五府藏書家的藏書活動與藏書生活》，文化大學歷史研究所博士，2005 年。

10. 汪詩佩，《從元刊本重探元雜劇——以版本、體製、劇場三個面向為範疇》，台灣清華大學中國文學研究所博士，2006 年 2 月。

（三）期刊論文

1. 葉慶炳，〈北詞廣正譜般涉三煞糾謬〉，台灣大學《文史哲學報》第 3 期，1951 年，頁 149～159。

2. 鄭騫，〈元人雜劇異本比較舉例〉，《書和人》第九十八期，1968 年 11 月 30 日，頁 1～8。

3. 鄭騫，〈元雜劇異本比較〉第一組，《國立編譯館館刊》第 2 卷第 2 期，1973 年 9 月，頁 1～45。

4. 鄭騫，〈元雜劇異本比較〉第二組，《國立編譯館館刊》第 2 卷第 3 期，1973 年 12 月，頁 91～138。

5. 鄭騫，〈元雜劇異本比較〉第三組，《國立編譯館館刊》第 3 卷第 2 期，1974 年 12 月，頁 1～46。

6. 鄭騫，〈元雜劇異本比較〉第四組，《國立編譯館館刊》第 5 卷第 1 期，1974 年 6 月，頁 1～39。

7. 鄭騫，〈元雜劇異本比較〉第五組，《國立編譯館館刊》第 5 卷第 2 期，1976 年 12 月，頁 1～59。

8. 張國標，〈簡論徽派畫黃氏家族等主要刻工〉，《東南文化》，1994 年第 1 期，頁 152～167。

9. 徐子方，〈明前期宮廷北雜劇論略〉，《河北師範大學學報》，1994 年第 2 期，頁 21～28。

10. 王美英，〈試論明代的私人藏書〉，《武漢大學學報》，1994 年第 4 期，頁 115～119。

11. 姚品文，〈《太和正音譜》寫作年代及「影寫洪武刻本」問題〉，《文學遺產》1994 年第 5 期，頁 115～117。

12. 徐扶明〈昆劇中北雜劇劇目初探〉，《藝術百家》，1995 年第 4 期，頁 53～60。

13. 蔣星煜，〈元人雜劇的選集與全集〉，《河北師院學報》，1996 年第 3 期，頁 39～43、127。

14. 李詠梅，〈明代私人刻書業經營思想〉，《四川圖書館學報》，1996 年第 4 期，頁 77～80。

15. 杜桂萍，〈文學性與武台性的失衡──元雜劇衰微論之一〉，《求是學刊》，1997 年第 2 期，頁 70～74。

16. 金登才，〈水調、磨調、弦索調與昆山腔〉，《戲曲藝術》，1997 年第 2 期，頁 89～94。

17. 劉蔭柏，〈朱權《太和正音譜》淺探〉，《河北學院學報》，1997 年第 3 期，1997 年 7 月，頁 77～79。

18. 朱光榮，〈略論元雜劇的校勘〉，《貴州師範大學學報》，1997 年第 4 期（總96 期），頁 74～76。

19. 黃仕忠，〈《全元戲曲》的校勘特點和意義〉，《中山大學學報》，1998 年第2 期，頁 38～41。

20. 張正學，〈元劇套曲曲調、引子與尾聲特徵散論〉，《天津師大學報》，1998年第 5 期，頁 74～79。

21. 譚雄，〈明代中後期的北曲音樂〉，《韓山師範學院學報》第 1 期，1999 年3 月，頁 142～147。

22. 趙天爲，〈《顧曲齋元人雜劇選》審視〉，《徐州教育學院學報》第 14 卷第2 期，1999 年 6 月，頁 24、33。

23. 吳敢，〈《中國古代戲曲選本·劇本選集》敘錄〉（上），《徐州教育學院學報》第 14 卷第 2 期，1999 年 6 月，頁 12～18。

24. 宋若雲，〈誰駕玉輪入海底，輾破琉璃千頃——《脈望館鈔校本古今雜劇》的發現和流傳〉，《學術研究》，1999 年 8 月，共 7 頁（頁數標示不明）。

25. 趙天爲，〈元雜劇選本研究初探〉（上），《徐州教育學院學報》第 14 卷第3 期，1999 年 9 月，頁 36～38。

26. 吳敢，〈《中國古代戲曲選本·劇本選集》敘錄〉（下），《徐州教育學院學報》第 14 卷第 3 期，1999 年 9 月，頁 30～35。

27. 陶慕寧，〈明教坊演劇考〉，《南開學報》，1999 年第 6 期，頁 106～109。

28. 路應昆，〈明代「弦索調」略考〉，《天津音樂學院學報》，2000 年第 1 期，頁 11～16。

29. 徐子方，〈「家樂」——明代戲曲特有的演出場所〉，《戲劇雜志》，2002 年第 2 期，頁 133～137。

30. 吳書蔭，〈《詞謔》的作者獻疑〉，《藝術百家》，2002 年第 2 期，頁 67～70。

31. 趙天爲，〈元雜劇選本研究初探〉（下），《徐州教育學院學報》第 15 卷第1 期，2000 年 3 月，頁 26～28。

32. 顏天佑，〈試析孟稱舜曲論及其在明代曲論史上的意義〉，《古典文學》第15 集，台北：台灣學生書局，2000 年 9 月，頁 431～479。

33. 俞爲民，〈古代曲論中的音律論〉，《中華戲曲》第二十五輯，北京：文化藝術出版社，2001 年，頁 34～62。

34. 吳慶禧，〈元雜劇元刊本到明刊本賓白之演變〉，《藝術百家》，2001 年第 2期，頁 46～55。

35. 伊維德著，宋耕譯，〈我們讀到的是「元」雜劇嗎——雜劇在明代宮廷的嬗變〉，《文藝研究》2001 年第 3 期，頁 97～106。

36. 趙義山，〈元曲宮調曲牌問題研究述略〉，《音樂研究》，2001 年 9 月，第 3

期，頁 101～103。

37. 歐陽江琳，〈試論明代南曲北調與北曲南腔〉，《中國韻文學刊》，2002 年第 1 期，頁 100～106。

38. 俞爲民，〈論明代戲曲的文人化特徵〉（上），《東南大學學報》第 4 卷第 1 期，2002 年 1 月，頁 94～97。

39. 俞爲民，〈論明代戲曲的文人化特徵〉（下），《東南大學學報》第 4 卷第 2 期，2002 年 3 月，頁 79～84。

40. 肖永鳳，〈試析元曲襯字的藝術性〉，《六盤水師專學報》第 14 卷第 1 期，2002 年 3 月，頁 1～2、16。

41. 鄧琪、鄧翔雲，〈從元雜劇的不傳，反思演員的創造力〉，《藝術百家》，2002 年第 4 期，頁 34～38。

42. 張金城，〈「唱賺」在樂體中的地位〉，《新竹師範院語文學報》第 9 期，2002 年 12 月，頁 88～98。

43. 王寧，〈樂妓與元代的雜劇演出〉，《山西師大學報》第 30 卷第 1 期，2003 年 1 月，頁 69～72。

44. 許子漢，〈論元雜劇的借宮〉，《東華漢學》創刊號，2003 年 2 月，頁 285～304。

45. 楊東甫，〈論尾聲〉，《廣西師範學院學報》第 24 卷第 2 期，2003 年 4 月，頁 54～60。

46. 洛地，〈魏良輔‧湯顯祖‧姜白石——曲唱與曲牌的關係〉，《民俗曲藝》140 期，2003 年 6 月，頁 5～31。

47. 程明、劉茜，〈朱權事跡及寧王家族統治〉，《南方文物》，2003 年第 3 期，頁 79～81。

48. 程明、劉茜，〈朱權事跡及寧王家族統治〉，《南方文物》，2003 年第 3 期，頁 79～81。

49. 譚秋明，〈元雜劇宮調、曲牌運用情況的量化研究〉，《廣州大學學報》第 2 卷第 11 期，2003 年 11 月，頁 4～7。

50. 王永恩，〈孟稱舜的語言、曲風論〉，《中國戲曲學院學報》第 24 卷第 4 期，2003 年 11 月，頁 81～89。

51. 徐苗蓁，〈明代戲劇家李開先在藏書史上的貢獻〉，《專業史苑》，2004 年第 1 期。

52. 苗懷明，〈二十世紀《元刊雜劇三十種》的發現、整理與研究〉，《中國戲曲學院學報》第 25 卷第 1 期，2004 年 2 月，頁 15～17。

53. 李惠綿，〈明代戲曲文律論之開展演變〉，《臺大中文學報》，第 20 期，2004 年 6 月，頁 135～194。

54. 李惠綿，〈周德清北曲文律論析探〉，《漢學研究》第 22 卷第 1 期，2004 年 6 月，頁 159～190。

55. 朱崇志，〈中國古典戲曲選本研究芻議〉，《重慶工商大學學報》第 21 卷第 3 期，2004 年 6 月，頁 123～125。

56. 李舜華，〈教坊宴樂環境影響下的明前中期演劇〉，《上海戲劇學院學報》，2004 年第 3 期（總 119 期），頁 101～108。

57. 謝建平，〈元明時期的弦索官腔和新樂弦索——兼論「曲律」形成發展的二個階段性特徵〉，《中國戲曲學院學報》第 25 卷第 4 期，2004 年 11 月，頁 21～29。

58. 俞爲民，〈北曲曲調的組合形式考述〉，《藝術百家》，2005 年第 1 期，總第 81 期，頁 103～111。

59. 黃仕忠，〈《詞謔》作者確爲李開先——與吳書蔭先生商榷〉，《藝術百家》，2005 年第 1 期，頁 74～78、84。

60. 艾春明，〈從《拜月亭》【牧羊關】曲的句讀錯誤看襯字的使用和識別〉，《古籍整理研究學刊》，2005 年 9 月，第 5 期，70～73。

61. 孫崇濤，〈中國戲曲刻家述略〉，《中國戲曲學院學報》第 26 卷第 2 期，2005 年 5 月，頁 58～71。

62. 孫崇濤，〈中國戲曲寫本述略〉，《中國戲曲學院學報》第 26 卷第 4 期，2005 年 11 月，頁 62～74。

63. 張影，〈論明教坊編演本雜劇〉，《藝術百家》，2005 年第 5 期（總 85 期），頁 37～40、5。

64. 郭妍琳，〈論南戲與北雜劇演出市場之爭〉，《藝術百家》，2005 年第 5 期，頁 30～33。

附錄一　現存元雜劇表

1、《元刊雜劇三十種》簡稱「元」

2、李開先《改定元賢傳奇》簡稱「李」

3、息機子《元人雜劇選》簡稱「息」，脈望館藏者除外

4、玉陽仙史《古名家雜劇》簡稱「古」，以南京圖書館重印《元明雜劇》二十七種爲主

5、尊生館《陽春奏》簡稱「尊」

6、趙琦美《脈望館鈔校古今雜劇》簡稱「脈」，其中鈔校內府本標以「1」，鈔校于小穀本標以「2」，不知來歷鈔本標以「3」，收藏《古名家雜劇》本標以「4」，息機子本標以「5」，經何煌以元刊本或李開先鈔本校注者標以「6」，內本世本合一標以「7」

7、繼志齋《元明雜劇》簡稱「繼」

8、顧曲齋《古雜劇》簡稱「顧」

9、《古今名劇合選》簡稱「孟」，但其中《酹江集》以「◎」表示、《柳枝集》以「☆」表示

10、臧懋循《元曲選》簡稱「臧」

11、《盛世新聲》簡稱「盛」

12、《詞林摘豔》簡稱「詞」

13、《雍熙樂府》簡稱「雍」

14、《詞謔》簡稱「謔」

15、《太和正音譜》簡稱「太」

現存劇目	元	李	息	古	尊	脈	繼	顧	臧	孟	盛	詞	雍	諧	太	備註
關張雙赴西蜀夢	◎															
閨怨佳人拜月亭	◎															
關大王單刀會	◎					6										
詐妮子調風月	◎															
好酒趙元好遇上皇	◎					2										
諸宮調風月紫雲亭	◎															
李太白貶夜郎	◎													1	3迎仙客	
晉文公火燒介子推	◎															
地藏王証東窗事犯	◎															
承明殿霍光鬼諫	◎															
嚴子陵垂釣七里灘	◎										2	2	2			
輔成王周公攝政	◎															
蕭何月夜追韓信	◎										2	2	2	2		
諸葛亮博望燒屯	◎					1										
鯁直張千替殺妻	◎															
小張屠焚兒救母	◎															
尉遲恭三奪槊	◎												2			
破幽夢孤雁漢宮秋						4		◎	◎	◎	34	34	34			
李太白匹配金錢記				◎					◎	◎	☆			1	2	1點絳唇
包待制陳州糶米									◎							
玉清庵錯送鴛鴦被			◎			4			◎							2笑和尚
隨何賺風魔蒯通						1			◎							
溫太真玉鏡台						4		◎	◎	☆						
楊氏女殺狗勸夫						3			◎							
相國寺公孫合汗衫	◎					1			◎							
錢大尹智寵謝天香						4			◎							
爭報恩三虎下山									◎							
張天師斷風花雪月						3			◎							
趙盼兒風月救風塵						4			◎							
東堂老勸破家子弟			◎			5			◎	◎						
同樂院燕青博魚						1			◎	◎						
臨江驛瀟湘秋夜雨								◎	◎	☆						
李亞仙花酒曲江池（石）								◎	◎							
楚昭王疏者下船	◎					1			◎							
龐居士誤放來生債									◎							
薛仁貴榮歸故里	◎								◎							
裴少俊牆頭馬上				◎		4			◎	☆						
唐明皇秋夜梧桐雨		◎		◎		4	◎	◎	◎	◎	24	4	24	2		2 叫聲、鮑老兒。4 伴讀書、蠻枯兒、芙蓉花

劇目														備註
散家財天賜老生兒	◎							◎	◎					
朱砂擔滴水浮漚記						1			◎					
便宜行事虎頭牌									◎		2	2	2	
包龍圖智賺合同文字		◎							◎					
凍蘇秦衣錦還鄉									◎					
翠紅鄉兒女兩團圓		◎							◎					
李素蘭風月玉壺春		◎							◎					
呂洞賓度鐵拐李岳	◎							◎	◎					
小尉遲將鬥將認父歸朝						1			◎					
陶學士醉寫風光好				◎		4			◎					
魯大夫秋胡戲妻									◎					
神奴兒大鬧開封府									◎					
半夜雷轟薦福碑						4	◎		◎	◎				
謝金吾詐拆清風府									◎					
呂洞賓三醉岳陽樓						4			◎				1	1 憶王孫、一半兒、2 梧桐樹
包待制三勘蝴蝶夢						4			◎					
說鱄諸伍員吹簫									◎					
河南府張鼎勘頭巾						4			◎					
黑旋風雙獻功						3			◎					
迷青瑣倩女離魂						4	◎		◎	☆	2	234	24	3	4 水仙子、尾聲
西華山陳摶高臥	◎	◎	◎		◎	4			◎					2 牧羊關、紅芍藥
龐涓夜走馬陵道						3			◎					
救孝子賢母不認屍									◎					
邯鄲道省悟黃粱夢						4			◎		3		3	1 醉中天、雁兒、賺煞尾 3 六國朝、玉翼蟬煞
杜牧之詩酒揚州夢		◎		◎			◎		◎	☆		1	12	
醉思鄉王粲登樓				◎		6			◎	◎		1	3、4尾	1 醉扶歸
昊天塔孟良盜骨									◎					
包待制智斬魯齋郎						4			◎					
朱太守風雪漁樵記			◎						◎					
江州司馬青衫淚		◎				4		◎	◎	☆				
四丞相高會麗春堂						4			◎	◎	34	34	34	3 麻郎兒、綿荅絮、4 五供養、離亭宴煞
孟德耀舉案齊眉						3			◎					
包龍圖智勘後庭花						4			◎					

死生交范張雞黍	◎		◎		6		◎	◎	23	23	123		
玉簫女兩世姻緣		◎	◎	◎		◎	◎	☆	23	23	23	2尾、3	2集賢賓、上京馬、金菊香
宜秋山趙禮讓肥		◎			1、5		◎						4小將軍
鄭孔目風雪酷寒亭				◎			◎						
桃花女破法嫁周公					1		◎						
陳季卿誤上竹葉舟	◎						◎						2新水令、梅花酒、3煞
布袋和尚忍字記			◎		5		◎						
謝金蓮詩酒紅梨花				◎		◎	◎	☆					
鐵栯李度金童玉女					4		◎		123	123	123	3	4荊山玉
包待制智賺灰闌記							◎						
崔府君斷冤家債主					3		◎						
㑳梅香騙翰林風月					5	◎	◎	☆	12	1	12	2	2念奴嬌
尉遲恭單鞭奪槊				◎	3		◎						
呂洞賓三度城南柳		◎			4		◎	☆			1	24	2啄木兒煞。4滴滴金
須賈大夫誶范叔		◎					◎	◎					
李雲英風送梧桐葉				◎	4	◎	◎						
花間四友東坡夢							◎						
杜蕊娘智賞金線池					4	◎	◎	☆					
王月英元夜留鞋記			◎		5		◎						
漢高皇濯足氣英布	◎						◎		4	4	4		
兩軍師隔江鬥智							◎	◎					
馬丹陽度脫劉行首				◎	4		◎						
月明和尚度柳翠			◎				◎	☆					
劉晨阮肇誤入桃源			◎	◎			◎	☆					
張孔目智勘魔合羅	◎				6		◎	◎			2		
打打瑬瑬盆兒鬼					3		◎						
荊楚臣重對玉梳記				◎	4	◎	◎	☆					
逞風流王煥百花亭					3		◎						
秦脩然竹塢聽琴				◎		◎	◎	☆					
金水橋陳琳抱妝盒							◎		23	23	23	2尾	
趙氏孤兒大報仇	◎						◎	◎					
感天動地竇娥冤					4		◎	◎					
梁山泊李逵負荊							◎	◎					4漢江秋
蕭淑蘭情寄菩薩蠻					4	◎	◎	☆					
錦雲堂暗定連環計		◎			5		◎						4秋蓮曲
羅李郎大鬧相國寺				◎	4		◎						
看錢奴賣冤家債主	◎		◎		5		◎						
都孔目風雨還牢末				◎	3		◎						

劇名	1	2	3	4	5	6	7	8	9	10	11	備註
洞庭湖柳毅傳書						◎	◎	☆				
風雨像生貨郎旦					3		◎			4		4 貨郎兒
望江亭中秋切鱠旦		◎			5	◎	◎					
馬丹陽三度任風子	◎				7		◎	◎				
薩眞人夜斷碧桃花		◎					◎					
沙門島張生煮海							◎	☆				
包待制智賺生金閣		◎			5		◎					
馮玉蘭夜月泣江舟							◎					
孟浩然踏雪尋梅		◎										
宋太祖龍虎風雲會		◎	◎	◎	4		◎		3	3	3	4 駐馬聽
張公藝九世同居		◎			5							
趙匡義智娶符金錠		◎										
蘇子瞻醉寫赤壁賦					4				1	1	1	3 聖約王、三臺印、煞
龍濟山野猿聽經			◎		4							
忠義士豫讓吞炭			◎		4							3 眉兒彎
漢鍾離度脫藍采和			◎		4							
錢大尹智勘緋衣夢					3、4		◎					
呂洞賓桃柳昇仙夢					4							
狀元堂陳母教子					1							
劉夫人慶賞五侯宴					1							
山神裴度還帶					1							
鄧夫人苦痛哭存孝					1							
破苻堅蔣神靈應					1							
張子房圯橋進履					1							
呂蒙正風雪破窰記					1							
劉玄德獨赴襄陽會					1							
保成公徑赴澠池會					1							
降桑椹蔡順奉母					1							
虎牢關三戰呂布					1							
立成湯伊尹耕莘					1							
鍾離春智勇定齊					1							
程咬金斧劈老君堂					1							
劉玄德醉走黃鶴樓					1							
施仁義劉弘嫁婢					1							
摩利支飛刀對箭					1							
守貞節孟母三移					1							
十探子大鬧延安府					1							
海門張仲村樂堂					1							
十八國臨潼鬥寶					1							
伍子胥鞭伏柳盜跖					1							
田穰苴伐晉興齊					1							

後七國樂毅圖齊						1							
吳起敵秦掛帥印						1							
運機謀隨何騙英布						1							
韓元帥暗度陳倉						1							
八大王開詔救忠臣						1							
楊六郎調兵破天陣						1							
關雲長大破蚩尤						1							
宋大將岳飛精忠						1							
趙匡胤打董達						1							
女姑姑說法陞堂記						1							
觀音菩薩魚籃記						1							
呂純陽點化度黃龍						1							
二郎神鎖齊天大聖						1							
梁山五虎大劫牢						1							
梁山七虎鬧銅臺						1							
王矮虎大鬧東平府						1							
宋公明排九宮八卦陣						1							
漢公卿衣錦還鄉						1				4	4			
馬援撾打聚獸牌						1							
漢姚期大戰邳彤						1							
寇子翼定時捉將						1							
鄧禹定計捉彭寵						1							
雲臺門聚二十八將						1							
關雲長單刀劈四寇						1							
張翼德單戰呂布						1							
莽張飛大鬧石榴園						1							
走鳳雛龐掠四郡						1							
陽平關五馬破曹						1							
壽亭侯怒斬關平						1							
周公瑾得志娶小喬						1							
陶淵明東籬賞菊						1							
魏徵改詔風雲會						1							
徐懋功智降秦叔寶						1							
長安城四馬投唐						1							
立功勳慶賞端陽						1							
賢達婦龍門隱秀						1							
孫眞人南極登仙會						1							
奉天命三保下西洋						1							
許眞人拔宅飛昇						1							
邊洞玄慕道昇仙						1							
李雲卿得悟昇眞						1							

劇目											
灌口二郎斬健蛟				1							
招涼亭賈島破風詩				1							
董秀英花月東牆記				2							
老莊周一枕蝴蝶夢				2							
宋上皇御斷金鳳釵				2							
蘇子瞻風雪貶黃州				2					1		1 寄生草 2 端正好、 煞、煞尾
雁門關存孝打虎				2							
晉陶母剪髮待賓				2							
鄭月蓮秋夜雲窗夢				2							
劉千病打獨角牛				2							
狄青復奪衣襖車				2			3		3		
魯智深喜賞黃花峪				2							
張于湖誤宿女眞觀				2							
王文秀渭塘奇遇記				2							
秦月娥誤失金環記				2							
釋迦佛雙林坐化				2							
呂翁三化邯鄲店				2					23		
黃廷道夜走流星馬				2							
十八學士登瀛州				2							
眾僚友喜賞浣花溪				2							
認金梳孤兒尋母				2							
雷澤遇仙記				2							
風月南牢記				2							
慶豐門蘇九淫奔記				2							
太乙仙夜斷桃符記				2							
十樣錦諸葛論功				3							
下高麗敬德不伏老				3					3 要三台		◎★ 〔註1〕
關雲長千里獨行				3							
癩李岳詩酒翫江亭				3							
李嗣源復奪紫泥宣				3							
壓關樓疊掛午時牌				3							
焦光贊活拿蕭天佑				3							
女學士明講春秋				3							
穆陵關上打韓通				3							
清廉官長勘金環				3							
若耶溪漁樵閒話				3							
徐伯株貧富興衰記				3							
劉關張桃園三結義				3							
張翼德大破杏林莊				3							

〔註1〕　《古本戲曲叢刊》初集《金貂記》附刻本

劇目											
張翼德三出小沛				3							
曹操夜走陳倉路				3							
尉遲恭鞭打單雄信				3							
唐李靖陰山破虜				3							
存仁心曹彬下江南				3							
猛烈那吒三變化				3							
薛苞認母				3							
時眞人四聖鎖白猿				3							
二郎神醉射鎖魔鏡				4							
閥閱舞射柳蕤丸記				7							
西廂記									全	3 拙魯速 17 小絡絲娘	◎〔註2〕
西遊記											◎〔註3〕
董永							【商調】	【商調】			
卓文君花月瑞仙亭								【南呂】			
韓翠蘋御水流紅葉							3	3	3	3 柳青娘、道合、酒旗兒	
李克用箭射雙鵰							【中呂】	【中呂】	【中呂】		
周瑜謁魯肅							2	2	2	2 草池春、蝦蟆序	
劉阮誤入桃源洞										4 收尾	馬致遠作
韓彩雲絲竹芙蓉亭							【仙呂】	【仙呂】	【仙呂】	【仙呂】	
蘇小卿月夜販茶船							【中呂】	【中呂】	【中呂】		
鼓盆歌莊子歎骷髏							【仙呂】	【仙呂】	【仙呂】		
諸葛亮秋風五丈原										4 掛玉鉤序	

〔註2〕 由於明人對《西廂記》的喜愛，及其篇幅之巨，故皆獨立刊行，明代刊刻《西廂記》的版本至少有：金臺岳氏家刻奇妙全相注釋西廂記本、碧筠齋刻本、朱石津校刻本、金陵富春堂刻本、徐士範校刻本、熊氏刻本、日新堂刻本、喬山堂劉龍田刻本、起鳳館刻本、香雪居刻本、羅懋登注本、周居易校刻本、環翠堂刻本、蕭騰鴻刻本、王起侯校刻本、金陵文秀堂刻本、胡氏少口堂刻本、烏程凌氏朱墨套印本、烏程虔氏輯刻六幻西廂朱墨套印本、朱墨套印孫鑛評本、閔振聲校刻本、文立堂刻本、張深之校本、西陵天章閣刻本、彙錦堂刻本、訂正元本、陳長卿校刻本、汲古閣本、湯顯祖沈璟批評朱墨套印本等二十九種。

〔註3〕 日本覆排明刊楊東來批評本。收錄於《古本戲曲叢刊》初集。

羅公遠夢斷楊貴妃									【正宮】	【正宮】	【正宮】		
黃桂娘夜竹窗雨										【仙呂】			
陶朱公范蠡歸湖									4	4	4	4	
神龍殿欒巴噀酒									【南呂】【雙調】	【南呂】【雙調】	【南呂】【雙調】		
陳文圖悟道松陰夢											【仙呂】		
海神廟王魁負桂英											【雙調】		
陶淵明歸去來兮													4 倘秀才、靈壽杖
鳳凰坡越娘背燈													4 太清歌
柳耆卿詩酒翫江樓									【商調】	【商調】	【商調】		
鄧伯道棄子留姪													2 青山口
相府曹公勘吉平													3 鎮江迴
憨慔判官釘一釘													1 玉花秋
崔懷寶月夜聞箏													2 送遠行
持漢節蘇武還鄉									3	3	34		2 雪裏梅
王妙妙死哭秦少游									【雙調】	【正宮】【雙調】	【正宮】【雙調】		
史魚尸諫衛靈公													4 白鶴子
死葬鴛鴦塚									【南呂】	2【南呂】	2【南呂】		
月下老定世間配偶									13	1234	1234	23	3 刮地風、四門子
韓湘子引度昇仙會											【仙呂】後庭花、青歌兒		
盧時長老天台夢													1 六幺序、幺篇、2 掛金索
像生番語罵罵旦									3	3	3		3 窮河西、播海令、古竹馬
火燒阿房宮													3 慶豐年
張順水裏報冤													2 雙雁兒
藍關記													3 賀新郎
藍采和鎖心猿意馬													3 石榴花、鬥鵪鶉
楚金仙月夜杜鵑啼										【仙呂】			

拂塵子仁義禮智信													（楔子）端正好	
望思台									【商調】	【商調】萬曆	【商調】		
女學士三勸後姚婆											【越調】		
千里獨行											【仙呂】		
十八騎誤入長安												3 古竹馬	

共二百二十四劇，佚曲四十一劇

附錄二 《元曲選》與宮廷本增刪曲牌比較表

劇　　名	元　　曲　　選
破幽夢孤雁漢宮秋	異名：第一折仙呂【賺尾】→【賺煞】、第二折南呂【尾聲】→【黃鍾尾】、第四折中呂（脫落曲牌名）→【叫聲】、【尾聲】→【隨煞】
李太白匹配金錢記	增：第一折仙呂【那吒令】【鵲踏枝】 　　　第四折雙調【沽美酒】【太平令】 異名：第一折【青哥兒】→【醉扶歸】、【尾聲】→【賺煞尾】、第二折【尾聲】→【煞尾】
玉清庵錯送鴛鴦被	增：第一折仙呂【青哥兒】【寄生草】 　　　第四折雙調【步步嬌】【錦上花】【么篇】【清江引】 異名：第一折【尾聲】→【賺煞】、第二折正宮【尾聲】→【黃鍾尾】、第三折越調【尾聲】→【收尾】
隨何賺風魔蒯通	增：第四折雙調【沽美酒】【太平令】【鴛鴦煞】 異名：第一折仙呂【尾聲】→【賺煞尾】、第二折中呂【尾聲】→【煞尾】、第三折越調【尾聲】→【收尾】
溫太眞玉鏡台	減：第三折中呂【六煞】【五煞】 異名：第一折仙呂【賺煞】→【賺煞尾】、
楊氏女殺狗勸夫	增：第三折南呂【罵玉郎】【採茶歌】 異名：第一折仙呂【尾聲】→【賺煞】、第二折正宮【尾聲】→【煞尾】、第三折【尾聲】→【煞尾】、第四折越調【尾聲】→【尾煞】
相國寺公孫合汗衫	增：第四折【殿前喜】 異名：第一折【尾聲】→【賺煞尾】、第二折【尾聲】→【收尾】、第三折中呂（脫落曲牌名）→【(小梁州)么篇】、【尾聲】→【煞尾】、第四折雙調（脫落曲牌名）→【太平令】
錢大尹智寵謝天香	異名：第二折南呂【尾聲】→【煞尾】、第三折正宮【尾聲】→【煞尾】、第四折中呂【煞尾】→【隨尾】

張天師斷風花雪月	增：第一折仙呂【鵲踏枝】【一半兒】【醉扶歸】【醉中天】第二折南呂【三煞】【二煞】、楔子仙呂【賞花時】、第四折雙調【折桂令】【雁兒落】【得勝令】
	異名：第一折【尾聲】→【賺煞尾】、第二折【尾聲】→【黃鍾尾】、第三折正宮【尾聲】→【煞尾】
趙盼兒風月救風塵	增：第二折商調【柳葉兒】
	第四折雙調【沽美酒】【太平令】
	異名：第三折正宮【煞尾】→【二煞】、【尾聲】→【黃鍾尾】
東堂老勸破家子弟	增：第四折雙調【喬牌兒】
	異名：第一折仙呂【賺煞尾】→【賺煞】、第二折正宮【隨煞】→【煞尾】、第三折中呂【叫聲】（息機子混入白中）、【煞尾】→【尾煞】
同樂院燕青博魚	錯誤：二本俱將第一折大石調【催花樂】及【歸塞北】兩曲併爲一曲，並誤題名爲【初問口】
	增：第四折雙調【喬木查】【甜水令】【折桂令】
	異名：第二折仙呂【尾聲】→【賺煞尾】、第三折中呂【尾聲】→【煞尾】
臨江驛瀟湘秋夜雨	增：第一折仙呂【醉中天】
	第二折套前插曲【醉太平】、南呂【隔尾】
	第四折正宮【醉太平】【尾煞】
	異名：第一折【尾聲】→【賺煞】、第二折【尾聲】→【黃鍾煞】、第三折黃鍾【尾聲】→【隨尾】、第四折【笑歌賞】→【笑和尚】
李亞仙花酒曲江池	增：楔子仙呂【賞花時】
	第一折仙呂【金盞兒】【青哥兒】
	第二折商調【上京馬】（插曲）
	第三折中呂【三煞】【二煞】
	第四折雙調【沈醉東風】【鴛鴦煞】
楚昭王疏者下船	增：第一折仙呂【醉扶歸】
	第二折越調【小桃紅】【金蕉葉】【天淨紗】
	第三折中呂【鶻鴒曲】
	第四折雙調【錦上花】【么篇】【清江引】【收尾】
	異名：第一折【尾聲】→【賺煞】、第二折【尾聲】→【收尾】、第三折中呂【尾聲】→【煞尾】
裴少俊牆頭馬上	順序：第一折【點絳唇】互調
	異名：第一折仙呂【混江龍】→【點絳唇】、【點絳唇】→【混江龍】、【尾聲】→【賺煞】、第二折南呂【煞尾】→【黃鍾尾】、第三折雙調【尾聲】→【鴛鴦煞】、第四折中呂【尾聲】→【煞尾】
唐明皇秋夜梧桐雨	異名：楔子【正宮端正好】→【仙呂端正好】、第二折中呂【尾聲】→【啄木兒尾】、第三折雙調【雙鴛鴦煞】→【鴛鴦煞】、第四折正宮【二】→【（白鶴子）么】、【三】→【（白鶴子）么】、【四】→【（白鶴子）么】、【尾聲】→【黃鍾煞】

朱砂擔滴水浮漚記	增：第三折正宮【醉太平】【(煞尾)么篇】 　　　第四折雙調【沈醉東風】【喬牌兒】【甜水令】【折桂令】【落梅風】 異名：第一折仙呂【尾聲】→【賺煞尾】、第二折南呂【尾聲】→【黃鍾尾】、第三折【笑歌賞】→【笑和尚】、(脫落曲牌名)→【煞尾】、第四折【尾聲】→【收尾】
包龍圖智賺合同文字	增：第一折仙呂【柳葉兒】【青哥兒】 　　　第三折中呂【十二月】【堯民歌】 　　　第四折雙調【甜水令】【折桂令】 異名：第二折正宮【隨煞尾】→【煞尾】、第三折中呂【煞】→【收尾】
翠紅鄉兒女兩團圓	異名：第一折仙呂【尾聲】→【賺煞尾】、第三折商調【尾聲】→【浪里來煞】、第四折雙調【收尾】→【尾聲】
李素蘭風月玉壺春	減：第二折南呂【罵玉郎】 增：第四折雙調【水仙子】 異名：第一折仙呂【賺煞尾】→【賺煞】、第二折【隨煞尾】→【黃鍾尾】、第三折中呂【尾】→【煞尾】
小尉遲將鬥將認父歸朝	增：第四折雙調【駐馬聽】 異名：第一折仙呂【尾聲】→【賺煞尾】、第二折中呂【尾聲】→【隨尾】第三折越調(脫落曲牌名)→【(麻郎兒)么篇】、【尾聲】→【收尾】
陶學士醉寫風光好	異名：第三折正宮【煞尾】→【黃鍾煞】
半夜雷轟薦福碑	異名：第一折仙呂【醉中天】、【醉扶歸】、【尾聲】→【賺煞】、第二折正宮【尾聲】→【煞尾】、第三折中呂【尾聲】→【煞尾】、第四折【雁兒落帶得勝令】→【雁兒落】【得勝令】、【尾聲】→【鴛鴦煞】
呂洞賓三醉岳陽樓	(古名家第三折僅有插曲及附帶賓白，而將應屬該折之正宮端正好套併入第四折，於是第三折無正曲而第四折有正曲兩套，此種形式不合元雜劇慣例，臧選已改正。) 減：第三折【村里迓鼓】【元和令】【上馬嬌】【勝葫蘆】【柳葉兒】【道情】六支插曲、第四折正宮【三煞】【二煞】 增：第三折【伴讀書】【笑和尚】 　　　第四折雙調【收尾】 異名：第一折仙呂【一半兒】→【憶王孫】(沒有一半兒的字句)、第二折【煞尾】→【黃鍾尾】
包待制三勘蝴蝶夢	異名：第二折南呂【收尾】→【黃鍾尾】、第三折正宮【尾聲】→【尾煞】、第四折雙調【小婦孩兒】→【殿前歡】、【尾煞】→【鴛鴦煞】
河南府張鼎勘頭巾	增：第四折雙調【喬牌兒】【雁兒落】【得勝令】 異名：第二折南呂【尾聲】→【黃鍾煞】
黑旋風雙獻功	增：第一折正宮【笑和尚】【一煞】【二煞】【三煞】 　　　第二折仙呂【一半兒】【醉扶歸】 　　　第四折中呂【小梁州】【么篇】【滿庭芳】【十二月】【堯民歌】 異名：第一折正宮【尾聲】→【煞尾】、第二折仙呂【醉中天】→【醉扶歸】、【尾聲】→【賺煞尾】、第三折雙調【鮑老兒】→【小將軍】、第四折【尾聲】→【隨尾】

迷青瑣倩女離魂	異名：第四折【寨兒令】→【古寨兒令】、（脫落曲牌名）→【古神仗兒】（二曲中間少三句）
西華山陳摶高臥	異名：第四折【雙朵花辰令】（古、陽）→【雙調新水令】
龐涓夜走馬陵道	減：第三折雙調【駐馬聽】 增：第三折【步步嬌】 異名：第一折仙呂【尾聲】→【賺煞尾】、第二折正宮【尾聲】→【煞尾】、第三折【離亭宴煞】→【離亭宴帶鴛鴦煞】、第四折中呂【尾聲】→【煞尾】
邯鄲道省悟黃粱夢	異名：第一折仙呂【雁兒落】→【醉雁兒】、第三折商調【收尾煞】→【隨調煞】
杜牧之詩酒揚州夢	異名：第三折南呂【煞尾】→【黃鍾尾】
醉思鄉王粲登樓	增：第一折仙呂【金盞兒】 第四折雙調【沈醉東風】【甜水令】【折桂令】【離亭宴煞】 異名：第一折【尾聲】→【賺煞】、第二折正宮【尾聲】→【煞尾】、第三折越調【尾聲】→【煞尾】
包待制智斬魯齋郎	增：第二折南呂【罵玉郎】【感皇恩】【採茶歌】 第四折雙調【收尾】 減：第四折套前插曲【玉交枝】 異名：第二折【尾聲】→【黃鍾尾】、第三折中呂【尾煞】→【煞尾】
朱太守風雪漁樵記	增：第四折雙調【鴛鴦煞尾】 異名：第一折仙呂【遊四門】→【上馬嬌】、【上馬嬌】→【勝葫蘆】、【賺煞尾】→【賺煞】、第三折中呂【喜春來】→【喜春兒】、【二煞】→【一煞】
江州司馬青衫淚	異名：第三折雙調【離亭宴煞】（古名家，脈校于作【雙鴛鴦煞】）→【鴛鴦煞】
四丞相高會麗春堂	異名：第一折（脫落曲牌名）→【（勝葫蘆）么篇】、【尾聲】→【賺煞】、第三折越調【尾聲】→【收尾】
孟德耀舉案齊眉	減：第四折雙調【雁兒落】 增：第三折越調【麻郎兒】【么篇】【絡絲娘】 第四折【慶宣和】【鴛鴦煞】 異名：第一折仙呂【遊四門】→【勝葫蘆】、【尾聲】→【賺煞】、第二折正宮【醉高歌】→【笑歌賞】、【尾聲】→【煞尾】、第三折【尾聲】→【收尾】
包龍圖智勘後庭花	異名：第二折南呂【尾煞】→【黃鍾尾】、第三折雙調【尾煞】→【鴛鴦煞】、第四折中呂【尾聲】→【煞尾】
死生交范張雞黍	減：第二折南呂【牧羊關】【隔尾】 增：第四折【煞尾】 異名：第一折仙呂【醉扶歸】→【醉中天】、【賺煞尾】→【賺煞】、第三折【尾聲】→【隨調煞】

玉簫女兩世姻緣	減：楔子仙呂【端正好】 異名：第一折【得勝令】→【得勝樂】、【賺煞尾】→【賺煞】、第二折商調【上馬嬌】→【上京馬】、【隨調煞】→【高過隨調煞】、第三折越調【聖藥王】→【禿廝兒】、【禿廝兒】→【聖藥王】、（脫落曲牌名）→【拙魯速】、【尾聲】→【收尾】、第四折雙調【絡絲娘】→【絡絲娘煞尾】
宜秋山趙禮讓肥	增：第三折越調【絡絲娘】【東原樂】 　　第四折雙調【沈醉東風】【雁兒落】【得勝令】 異名：第一折仙呂【醉中天】→【醉扶歸】、【尾聲】→【賺煞尾】、第二折正宮【尾聲】→【隨煞尾】、第三折【尾聲】→【收尾】
鄭孔目風雪酷寒亭	增：第二折越調【天淨沙】【調笑令】【禿廝兒】【聖藥王】【寨兒令】【么篇】 　　第四折雙調【落梅風】【川撥棹】 異名：第一折仙呂【賺煞】→【賺煞尾】、第二折越調【尾聲】→【收尾】、第三折南呂【尾聲】→【黃鍾尾】、第四折【尾煞】→【鴛鴦煞】
桃花女破法嫁周公	增：第一折仙呂【寄生草】 　　第二折正宮【叨叨令】 　　第三折中呂【迎仙客】 　　第四折雙調【沈醉東風】【雁兒落】【得勝令】【川撥棹】【鴛鴦煞尾】 異名：第一折【尾聲】→【賺煞】、第二折【笑歌賞】→【笑和尚】、【尾聲】→【煞尾】、第三折【尾聲】→【尾煞】、第四折【喜江南】→【收江南】
布袋和尚忍字記	減：第二折雙調【駐馬聽】 異名：第一折仙呂【賺煞尾】→【賺煞】、第四折中呂【醉東風】→【醉春風】、【尾聲】→【煞尾】（與趙校，息機子無此曲）
謝金蓮詩酒紅梨花	增：第一折仙呂【醉中天】 　　第四折雙調【沈醉東風】【掛玉鈎】 異名：第一折【尾聲】→【賺煞】、第二折南呂【尾聲】→【尾煞】、第三折中呂【亂桃葉】→【亂柳葉】、【尾聲】→【煞尾】
鐵枴李度金童玉女	減：第一折插曲【賢聖吉】仙呂【遊四門】 增：第一折【勝葫蘆】、第四折【青天歌】（插曲） 異名：第一折【賺煞】→【賺煞尾】、第二折南呂（脫落曲牌名）→【烏夜啼】、【尾聲】→【黃鍾尾】、第三折商調【尾聲】→【啄木兒尾】、第四折雙調【醉娘子】→【（山石榴）么篇】 順序：第二折南呂【梁州第七】【一枝花】（古名家，于小穀與繼志齋與《元曲選》同為【一枝花】【梁州第七】）
崔府君斷冤家債主	增：第四折雙調【雁兒落】【得勝令】 異名：第一折仙呂【尾聲】→【賺煞】、第二折商調【後庭花】→【窮河西】、【尾聲】→【浪來里煞】、第三折中呂【尾聲】→【煞尾】
㑳梅香騙翰林風月	異名：第一折【賺煞尾】→【賺煞】、 　　第二折大石調顧曲齋【初問口】曲文混入六國朝曲中 　　第三折越調顧曲齋（脫落曲牌名）→【（麻郎兒）么】、【尾】→【收尾】

尉遲恭單鞭奪槊	增：第一折仙呂【寄生草】 　　　第二折正宮【上小樓】【么篇】 異名：楔子正宮【端正好】→仙呂【端正好】、第一折仙呂【尾聲】→ 【賺煞】、第二折正宮【尾聲】→【隨煞尾】、第三折越調【尾 聲】→【收尾】、第四折黃鍾【水仙子】→【古水仙子】
呂洞賓三度城南柳	異名：第二折正宮【煞尾】→【啄木兒尾】、第三折【尾聲】→【隨尾】
須賈大夫誶范叔	增：第四折雙調【雁兒落】【得勝令】【收尾】 異名：楔子【正宮端正好】→【仙呂端正好】、第一折仙呂【賺煞尾】→ 【賺煞】、
李雲英風送梧桐葉	異名：第一折仙呂【醉扶歸】→【金盞兒】、【金盞兒】→【醉中天】、（脫 落曲牌名）→【後庭花】、（脫落曲牌名）→【賺煞】、第三折中 呂【尾聲】→【煞尾】
杜蕊娘智賞金線池	增：第一折仙呂【醉中天】【寄生草】 　　　第二折南呂【罵玉郎】【感皇恩】【採茶歌】 　　　第四折雙調【沈醉東風】 異名：第一折【醉中天】→【醉扶歸】、【二煞】→【三煞】、【三煞】→ 【二煞】
王月英元夜留鞋記	減：楔子【（賞花時）么】（與息同，趙鈔有么篇） 　　　第一折仙呂【（金盞兒）么篇】【醉扶歸】【金盞兒2】【（金盞兒3） 么】（較趙鈔，息僅有【金盞兒2】） 　　　第二折正宮【醉太平】【倘秀才2】【滾繡球4】【倘秀才3】【滾繡球 5】（與息同，趙鈔有） 　　　第三折中呂【迎仙客2】【（上小樓）么】【朝天子】【耍孩兒】【四煞】 【三煞】【二煞】（與息同，趙鈔有） 　　　第四折雙調【水仙子】（與息同，趙鈔有） 增：【川撥棹】【七弟兄】【梅花酒】【收江南】（息無，與趙鈔文字全異）
馬丹陽度脫劉行首	異名：第一折仙呂【古後庭花】→【後庭花】、【尾聲】→【賺煞】、第二 折正宮【尾聲】→【收尾】、第三折中呂【尾聲】→【煞尾】、第 四折雙調（脫落曲牌名）→【（錦上花）么篇】、【梅花酒】→【七 弟兄】、【七弟兄】→【梅花酒】
月明和尚度柳翠	同
劉晨阮肇誤入桃源	異名：第三折中呂【尾煞】→【煞尾】、第四折雙調（脫落曲牌名）→【折 桂令】
張孔目智勘魔合羅	減：第四折中呂【古鮑老】 異名：第二折黃鍾【村裏迓鼓】→【節節高】、【尾聲】→【尾】、第四折 中呂【尾聲】→【煞尾】
玎玎璫璫盆兒鬼	增：第二折中呂【二煞】【一煞】 　　　第四折正宮【叨叨令】中呂【四邊靜】 異名：第一折仙呂（脫落曲牌名）→【（六么序）么篇】、【尾聲】→【賺 煞】、第二折【尾聲】→【尾煞】、第三折【慶元貞】【黃薔薇】【慶 元貞】【黃薔薇】→【黃薔薇】【慶元貞】【黃薔薇】【慶元貞】、（脫 落曲牌名）→【（麻郎兒）么篇】、【尾聲】→【收尾】、第四折脈 望用中呂宮，與第二折重複，臧選增易原曲，改爲正宮。（改【粉 蝶兒】爲【端正好】、【醉春風】爲【滾繡球】、【上小樓】爲【小 梁州】）

荊楚臣重對玉梳記	增：第四折雙調【水仙子】【錦上花】【么篇】【清江引】【離亭宴煞】 異名：第一折仙呂【尾聲】→【賺煞尾】 　　　第二折正宮（脫落曲牌名）→【倘秀才】、（脫落曲牌名）→【滾繡球】、【尾聲】→【黃鍾煞】、第三折中呂【尾聲】→【煞尾】
逞風流王煥百花亭	增：第四折雙調【鴛鴦尾煞】 異名：第一折仙呂【尾聲】→【賺煞】、第二折中呂【鮑老兒】→【鮑老催】、【尾聲】→【隨尾煞】、第三折商調【尾聲】→【浪里來煞】
秦脩然竹塢聽琴	增：第四折雙調【喬牌兒】【甜水令】【折桂令】【離亭宴煞】 異名：第一折仙呂【尾聲】→【賺煞】、第三折正宮【尾聲】→【尾煞】
感天動地竇娥冤	增：楔子仙呂【賞花時】 　　　第一折仙呂【寄生草】 　　　第三折正宮【耍孩兒】【二煞】【一煞】 　　　第四折雙調【沈醉東風】【川撥棹】【七弟兄】【梅花酒】【收江南】 異名：第二折南呂【尾聲】→【黃鍾尾】、第三折正宮【尾聲】→【煞尾】、第四折雙調【雁兒落】→【喬牌兒】、【尾聲】→【鴛鴦煞尾】
蕭淑蘭情寄菩薩蠻	異名：第四折黃鍾（脫落曲牌名）→【水仙子】
錦雲堂暗定連環計	增：第四折【得勝令】【水仙子】 異名：第一折仙呂【賺煞尾】→【賺煞】
羅李郎大鬧相國寺	增：第四折雙調【收尾】 異名：第一折仙呂【醉扶歸】→【醉中天】、第二折南呂【尾聲】→【尾煞】、第三折商調【醋葫蘆】→【（金菊香）么篇】
看錢奴買冤家債主	增：第二折正宮【滾繡球】 　　　第三折商調【醋葫蘆】 　　　第四折越調【天淨紗】【禿廝兒】【聖藥王】 減：第三折商調【尾聲】 異名：第一折仙呂【賺煞尾】→【賺煞】、第二折正宮【隨煞尾】→【隨煞】、第三折【高過浪來里】→【高過浪來里煞】、第四折越調【尾聲】→【收尾】
都孔目風雨還牢末	增：第三折雙調【沈醉東風】【喬牌兒】【落梅風】【川撥棹】【七弟兄】【梅花酒】【收江南】 　　　第四折中呂【耍孩兒】【二煞】
洞庭湖柳毅傳書	增：第一折仙呂【天下樂】 　　　第三折商調【醋葫蘆】【金菊香】 　　　第四折雙調【雁兒落】 異名：第一折仙呂【尾聲】→【賺煞】、第二折（脫落曲牌名）→【（拙魯速）么】、【尾聲】→【收尾】、第三折商調【金菊香】→【金菊花】、【尾聲】→【浪里來煞】、第四折【雁兒落】→【得勝令】、【尾聲】→【鴛鴦尾煞】

風雨像生貨郎旦	增：第一折仙呂【後庭花】【柳葉兒】 　　　第四折南呂【梁州第七】【煞尾】 減：第二折雙調【七弟兄】【梅花酒】【收江南】 　　　第三折正宮【滾繡球】 異名：第一折仙呂（脫落曲牌名）→【鵲踏枝】、【尾聲】→【賺煞】、第 　　　二折【收尾】→【鴛鴦尾煞】、第三折正宮【尾聲】→【隨尾】 順序：第三折【倘秀才】【滾繡球 2】。
望江亭中秋切鱠旦	增：第四折雙調【沈醉東風】【錦上花】【么篇】【清江引】 異名：第一折仙呂【遊四門】→【勝葫蘆】、第三折越調【尾】→【收尾】
包待制智賺生金閣	增：第四折雙調【雁兒落】【得勝令】 異名：第一折仙呂【賺煞尾】→【賺煞】、第二折越調【尾聲】→【收尾】